D1027626

JAN-01

UN AMOUR
DE SOIE

Données de catalogage avant publication (Canada)

Chase, Lindsay

    Un amour de soie

    Traduction de: The vow.

    ISBN 2-7640-0193-2

    I. Gourgeon, Liliane. II. Titre.

PS3505.H477V6914 1997   813'.54   C97-941212-9

Titre original: *The Vow*
traduit de l'américain par Liliane Gourgeon

© 1992, Lindsay Chase
Édition originale: Diamond Book, New York
© 1994, L'Archipel, pour la traduction française
© 1997, Les Éditions Quebecor, pour la présente édition

Bibliothèque nationale du Québec
Bibliothèque nationale du Canada
ISBN 2-7640-0193-2

LES ÉDITIONS QUEBECOR
7, chemin Bates
Outremont (Québec)
H2V 1A6
Téléphone: (514) 270-1746

Éditeur: Jacques Simard
Coordonnatrice à la production: Dianne Rioux
Conception de la page couverture: Bernard Langlois
Photo de la page couverture: Hideki Fujii / The Image Bank
Impression: Imprimerie L'Éclaireur

Tous droits réservés. Aucune partie de ce livre ne peut être repro-
duite ou transmise sous aucune forme ou par quelque moyen élec-
tronique ou mécanique que ce soit, par photocopie, enregistrement
ou par quelque forme d'entreposage d'information ou système de
recouvrement, sans la permission écrite de l'éditeur.

UN AMOUR DE SOIE

Lindsay Chase

LES ÉDITIONS
Quebecor

Note de l'auteur

Cheney Brothers, à Manchester dans le Connecticut, était la plus ancienne entreprise familiale de soieries des États-Unis. Fondée par cinq frères en 1840, elle a poursuivi son activité jusqu'en 1983.

De nombreuses informations concernant l'industrie de la soie dans le Connecticut au xixᵉ siècle m'ont été fournies par son histoire, mais je tiens à préciser que *Un amour de soie* est une œuvre de fiction qui n'a rien à voir avec la famille Cheney.

Que les bibliothécaires de la Lucy Robbins Welles Library, la Société d'Histoire du Connecticut, ainsi que M. John F. Sutherland, professeur d'Histoire au Manchester Community College, soient remerciés pour l'aide qu'ils m'ont apportée dans mes recherches.

1

Qu'il réussisse, et il ferait fortune. Qu'il échoue, et tout le monde à Coldwater dirait : «Pouvait-on attendre autre chose du fils de Rhummy Shaw ?»

Reiver Shaw écoutait mastiquer ses vers à soie. Cela faisait autant de bruit que la pluie tambourinant sur un toit de tôle. Il sourit. Il réussirait, là où tant d'autres avaient échoué. Il le devait.

Dehors c'était encore la nuit noire ; à l'intérieur de l'élevage, la seule lumière provenait des lampes à huile pendant au plafond. Dessous, rangée après rangée, s'alignaient des plateaux peu profonds emplis de milliers de vers blancs, voraces, et qui mangeaient, mangeaient, mangeaient les feuilles toutes fraîches du *morus multicaulis* – le mûrier.

– Vous n'en avez donc jamais assez ?

Reiver prenait bien garde de ne pas effleurer les petites bestioles gloutonnes en leur distribuant toujours plus de feuilles puisées au panier qu'il tenait contre sa hanche.

– Si vous cessiez un peu de manger, je pourrais aller me reposer.

Mais, bien qu'il fût épuisé à en avoir le vertige, il ne s'arrêterait pas avant d'y être obligé. Un jour prochain, ces affreuses créatures gigotantes se mettraient à tisser leur cocon précieux et délicat et lui deviendrait l'homme le plus riche de Coldwater, Connecticut.

Lorsque son panier fut vide, Reiver en prit un autre, renversa son contenu sur une table et tria avec soin les feuilles d'un vert brillant, rejetant celles qui n'étaient pas parfaites pour hacher grossièrement les autres, tel un chef préparant un menu royal.

La porte s'ouvrit doucement sur James, son plus jeune frère, âgé de vingt-deux ans. Une mèche de cheveux bruns lui barrait le front, ses lourdes paupières étaient baissées. Il tenait entre ses mains graisseuses un mécanisme cassé avec autant d'amour qu'il l'eût fait de sa maîtresse – s'il en avait eu une.

– Ferme cette satanée porte, siffla Reiver. Le moindre courant d'air peut les perturber.

Agacé, James obéit avec des précautions exagérées.

– Ne t'en fais pas, Reiver, je ne ferai pas de mal à tes vers chéris.

– Ça vaudrait mieux pour toi, rétorqua Reiver sans le regarder.

Il répartit ses feuilles sur un autre plateau, s'efforçant de ne pas léser un seul des vers à soie.

– Moi aussi j'ai intérêt à ce que les Soieries Shaw marchent bien, tu le sais, dit James. J'entretiens les métiers à tisser, et Samuel t'a aidé plus d'une fois en te prêtant de l'argent pour maintenir l'entreprise à flot.

Samuel, le second frère de Reiver, connaissait un beau succès avec ses gravures de jeunes filles sages et de scènes pastorales qu'il vendait aux lithographes trois cents dollars pièce – un prix scandaleux selon Reiver.

Il ne fit aucun commentaire ; bien qu'il répugnât à l'admettre, James avait raison. Sans la générosité de Samuel et le génie de James en mécanique, les Soieries Shaw auraient sombré dans l'oubli, comme tant d'autres, avant la fin de cette année 1840. Mais Reiver était tellement obsédé par la filature – son œuvre – que confier à qui que ce soit d'autre le soin de veiller sur les chenilles lui faisait mal au cœur.

– Va donc te reposer un peu, proposa James. Je te promets de ne pas les laisser mourir de faim.

Reiver était sur le point de répliquer lorsqu'un second vertige lui fit tourner la tête, et la pièce se mit à tanguer autour de lui. S'il ne suivait pas les conseils de James, il finirait par s'évanouir dans les plateaux et endommager lui-même son élevage.

Il capitula en soupirant.

– C'est bon, j'y vais, mais n'oublie pas de te laver les mains avant de distribuer les feuilles. Et, si elles ne sont pas assez fraîches, va en cueillir d'autres. Les vers n'en voudront pas si elles sont flétries.

James lui lança un regard exaspéré.

– Ne t'en fais pas. Ils seront bien vivants quand tu reviendras.

– Je te le conseille, sinon gare à toi.

Reiver entrouvrit la porte et se glissa à l'extérieur.

Il respira profondément l'air froid du matin pour s'éclaircir les idées. A l'est, le ciel avait déjà pris la couleur gris pâle, cendreuse, de l'aube proche, et l'herbe était couverte de rosée. Il faillit revenir sur ses pas pour rappeler à James de sécher les feuilles de mûrier avant de les distribuer aux vers à soie, puis se ravisa. James le savait bien.

S'éloignant du hangar il fit une pause au sommet de Mulberry Hill, la colline aux mûriers, pour contempler les buissons alignés en longues files. Peu d'endroits aux États-Unis étaient aussi propices, tant pour la qualité du sol que pour le climat, à l'élevage des vers à soie que le Connecticut. Et il était encore moins d'hommes à envisager une industrie américaine de la soie susceptible de rivaliser avec les plus belles productions françaises ou italiennes.

Son regard se porta au-delà de Mulberry Hill.

– Un jour, cette ville sera à moi.

Pour l'instant, Coldwater dormait encore. La place centrale était déserte. Nul garnement n'y jouait au cerceau ou ne courait après les chiens errants ; aucune charrette ne soulevait la poussière des rues en se rendant au marché. Les boutiques et les maisons de bardeaux, aussi solides et résistantes que les Yankees qui les avaient construites, demeuraient sombres et silencieuses – seule une petite lumière brillait quelquefois à l'étage. Même la cloche, au sommet de la haute flèche blanche de l'église, attendait pour saluer le jour.

Réprimant un bâillement, Reiver se détourna et se dirigea vers sa maison.

Hannah Whitby considérait la mer de tabac vert qui ondulait sans fin, tel un mirage, sous le ciel d'août bleu dur. La sueur et des larmes de découragement lui piquaient les yeux. Jamais elle ne parviendrait à cueillir dix boisseaux de tabac avant le début de l'après-midi et la femme de son oncle Ezra crierait encore après elle comme une poissonnière avant de l'envoyer au lit sans dîner, comme la veille. Ou laisserait un de ses fils la battre.

Et Nat Fisher, l'aîné, y aurait grand plaisir.

Hannah frissonna et tenta de prendre une profonde respiration, luttant contre les étourdissements qui l'avaient tourmentée toute la matinée, mais son corset, impitoyable, le lui permit à peine. Et, malgré l'envie qu'elle avait de le délacer, il lui était impossible de déboutonner sa robe en plein air, avec le risque de voir surgir à tout moment les beaux-fils de son oncle. Elle trouva un peu de soulagement en roulant ses manches sur ses avant-bras. Tant pis si le soleil cuisait sans pitié sa peau blanche jusqu'à la tanner comme celle d'une paysanne.

C'est ce que tu es devenue, Hannah Whitby, se dit-elle à mi-voix, une paysanne, et non plus une distinguée Bostonienne. La vie t'a joué un bien mauvais tour, et tout ce qu'il te reste, c'est accepter ton destin.

Résolue à éviter d'être battue, elle courba son dos douloureux et essaya de travailler plus vite. Prise d'une nouvelle faiblesse, elle vacilla, les genoux flageolants, jusqu'au mur bas qui longeait le champ et s'y assit, luttant contre l'évanouissement.

Un bruit de sabots attira son attention et elle leva les yeux sur un cheval bai bien soigné, attelé à une carriole, qui passait sur la route poussiéreuse devant le champ de tabac.

Hannah reconnut le conducteur : Reiver Shaw, le voisin de son oncle. Elle ne vivait à Coldwater que depuis six mois, mais elle avait l'impression de tout connaître de cet homme. Oncle Ezra parlait souvent de lui, pour se moquer de ses projets grandioses concernant les Soieries.

Reiver regarda Hannah du haut de son siège.

– Tout va bien, mademoiselle ?

Il avait une voix grave et puissante. Hannah lui jeta un coup d'œil de sous le bord de sa coiffe. Il n'était pas vraiment beau, avec son nez proéminent et ses mâchoires fortes, mais son visage reflétait une chaleur et une vitalité irrésistibles, tandis que ses yeux bleus brillaient d'enthousiasme et de détermination. Avec sa chemise blanche ouverte, son pantalon usé et ses bottes noires tout éraflées, il ressemblait plus à un fermier qu'au propriétaire d'une filature.

– Je me suis sentie un peu étourdie, dit Hannah.

– Cela ne m'étonne pas. Il faut être folle pour cueillir du tabac par un jour comme celui-ci. Pourquoi n'êtes-vous pas restée chez vous, à l'abri du soleil de midi ?

– Mon oncle veut que je ramasse son tabac. Et moi, je fais ce qu'on me dit de faire, répliqua-t-elle d'un ton sarcastique en reprenant son panier.

Shaw contempla le champ.

– S'il est aussi impatient d'avoir sa récolte, pourquoi ne la fait-il pas lui-même avec ses beaux-fils ? Ces trois costauds seraient mieux à leur place ici qu'un joli brin de fille comme vous.

Hannah sentit ses joues s'enflammer sous le regard appréciateur de Shaw. Elle haussa les épaules.

– C'est mon oncle qui décide.

– Ezra Bickford, c'est bien lui ?

– Oui.

– Alors vous devez être Hannah Whitby, de Boston.

– C'est cela. Et vous, monsieur Shaw, notre voisin.

Il fit un grand sourire, passa les rênes dans sa main gauche et de l'autre, souleva son large chapeau de paille, découvrant une abondante chevelure du même châtain clair que celle d'Hannah.

– Reiver Shaw, à votre service, mademoiselle.

Il reprit son sérieux.

– Je suis au courant, pour vos parents. Désolé.

Devant son apparente sincérité, les larmes montèrent aux yeux d'Hannah. Ses parents étaient morts l'hiver précédent, leur voiture ayant glissé sur une route verglacée et dévalé la pente d'une colline pour finalement s'écraser contre un arbre. Une fois réglées par les hommes de loi les dettes de jeu de son père, il ne resta rien de l'héritage dû à sa fille bien-aimée. Elle semblait vouée à une existence misérable auprès de son unique parent connu.

Elle remercia Shaw et ajouta :

– Vous voudrez bien m'excuser mais j'ai encore neuf boisseaux de tabac à cueillir.

Shaw jura à mi-voix, enroula les rênes autour du frein et sauta à terre. Il enjamba sans effort le mur bas et vint près d'elle.

– Il me semble que vous en avez assez ramassé pour aujourd'hui. Je vous ramène chez vous. Tout de suite.

Hannah le regarda comme si le soleil lui avait altéré le jugement. Il n'était guère plus grand qu'elle, mais avec ses épaules larges et sa stature solide il semblait tout à fait capable de l'emporter sous son bras comme un paquet.

– Je ne peux pas rentrer avant d'avoir terminé ici, dit-elle en faisant un pas en arrière.

Reiver Shaw mit ses mains sur ses hanches.

– Regardez-vous. Vous êtes blanche comme un drap et vous transpirez beaucoup trop. Encore cinq minutes et vous mourrez d'insolation.

– Ce serait préférable à l'esclavage, murmura-t-elle en se détournant pour retourner à son travail.

Shaw la prit par le bras et la fit pivoter vers lui.

– Qu'est-ce que ce vieux grippe-sou vous a fait ?

Il m'oblige à aller aux champs jusqu'à l'épuisement, aurait voulu dire Hannah. Ensuite, c'est sa femme qui me fait travailler à la maison, me traite de paresseuse et menace de me battre, sans compter ses fils qui me menacent de bien pire encore. Mais elle répondit :

– Cela ne vous regarde pas, monsieur Shaw. Vous nous mettrez tous deux dans l'embarras si vous intervenez.

Les yeux de Shaw brillèrent d'un éclat rebelle.

– Je n'ai pas peur d'Ezra Bickford.

– Eh bien moi, si !

Hannah regretta aussitôt son impulsivité. Désespérant de le convaincre de la laisser seule, elle posa la main sur son bras.

– Je sais que vous avez de bonnes intentions, monsieur Shaw, mais oncle Ezra n'aime pas que des étrangers se mêlent de ses affaires. Vous me feriez le plus grand plaisir en me permettant de retourner à mes tâches.

– Je vous ramène chez vous. Et ne vous faites pas de souci au sujet de votre oncle, je m'en charge.

Avant qu'elle ait pu réagir, Shaw l'avait prise par le coude et l'entraînait vers la carriole. Comme elle résistait, il lui lança un regard sévère.

– Il n'est pas question que je vous laisse mourir ici, mademoiselle Whitby, que vous le vouliez ou non. À présent, êtes-vous décidée à venir de votre plein gré, ou dois-je vous porter ?

Hannah comprit qu'il ne plaisantait pas. Elle soupira et se laissa entraîner jusqu'à la carriole.

Reiver espérait que son acte chevaleresque n'allait pas lui coûter les bonnes grâces d'Ezra Bickford, mais il n'avait jamais pu résister à l'attrait de deux grands yeux bleus et d'une gracieuse silhouette de femme. Son frère Samuel le lui avait souvent dit : les femmes causeraient sa perte.

Son regard revint sur la mystérieuse Hannah Whitby. Elle avait peut-être accepté sa destinée, mais n'y était pas résignée. Elle était assise le plus loin possible de lui sur le banc de la carriole, le dos raide, ses mains fines serrées sur son giron comme si elle se préparait à l'épreuve à venir. Elle regardait droit devant, et bien que son profil fût dérobé par la coiffe, Reiver n'avait pas de mal à se souvenir de sa beauté ivoirine.

Ils suivirent en silence la route poussiéreuse, bordée d'arbres, qui menait aux terres d'Ezra Bickford. Reiver connaissait par cœur la propriété de son voisin, les centaines d'acres plantées de tabac, les bois et les collines, et le champ mitoyen de Racebrook.

Il éprouvait pour cette terre de Racebrook un désir si violent qu'il en avait mal. Il aurait fait n'importe quoi pour l'obtenir.

Il jeta un autre coup d'œil à Hannah.

— Vous trouvez sans doute Coldwater bien différent de Boston ?

— Oui.

Elle n'ajouta rien. On n'entendait que le claquement des sabots, le grincement des roues et la stridulence des cigales d'une chaude journée d'été. Comme il se vantait de ses manières irrésistibles auprès des femmes, il fit une seconde tentative.

— Je parie que vous préféreriez être la fille d'un médecin que la nièce d'un fermier.

Elle le regarda d'un air surpris.

— Comment savez-vous que mon père était médecin ?

Il haussa les épaules.

— Coldwater est une petite ville. La fuite de votre mère avec le docteur Horatio Whitby a alimenté les commérages pendant des années.

— Mais il y a dix-neuf ans de cela. Vous étiez un petit garçon à l'époque.

— Je n'avais que huit ans, mais notre gouvernante est beaucoup plus âgée et elle s'en souvient fort bien.

Il ne précisa pas que, selon elle, la plupart des citoyens de Coldwater détestaient la mère d'Hannah à cause de ses grands airs et de sa façon de se juger supérieure aux autres.

— Elle n'est jamais revenue ici, n'est-ce pas ?

Hannah se détendit un peu.

— Nous sommes allés l'année dernière aux funérailles de tante Ruth, mais c'est tout. Maman n'a jamais aimé Coldwater. Elle disait que c'était...

Sa voix mourut et elle rougit.

— Trop endormi ? Trop rustre ?

Elle sourit d'un air penaud, comme s'il avait deviné ses pensées.

— Elle disait «provincial». Elle avait beau être née dans une ferme, elle préférait l'animation et la diversité de la ville, et je dois avouer que moi aussi.

Reiver savait qu'en ville Hannah habitait une belle et grande maison, avec une armée de domestiques prêts à satisfaire ses moindres caprices. Et ici, elle n'était rien de plus, à son tour, qu'une servante qui supportait son malheur en construisant un mur entre elle et la ville que sa mère avait haïe.

— Et vous, monsieur Shaw ? Avez-vous toujours vécu ici ?

– Mes deux frères et moi sommes nés ici et probablement y mourrons-nous.

– J'ai entendu dire que l'un de vos frères est un artiste.

– Samuel, oui.

– Il est très doué ?

– Il paraît que oui, bien que j'aie toujours trouvé que dessiner et peindre n'était guère un métier pour un homme de vingt-cinq ans. Mais puisqu'il gagne plus d'argent que moi, je suis mal placé pour le critiquer, n'est-ce pas ?

Hannah sourit. Reiver poursuivit :

– Mon plus jeune frère, James, aime construire des objets et les démonter pour voir comment ils fonctionnent. Il sera sûrement un grand inventeur un jour.

– Peut-être créera-t-il des machines pour vos soieries ?

Surpris, Reiver leva les sourcils. Ainsi, Mlle Whitby, aussi réservée qu'elle pût paraître, n'était pas totalement coupée du petit monde provincial de Coldwater.

– Peut-être, en effet.

Mais quand la carriole tourna dans le chemin qui menait à la maison des Bickford, Hannah se raidit de nouveau. Au moment où ils s'arrêtèrent devant le vieux bâtiment de ferme qui datait de la guerre d'Indépendance, son visage se figea, comme si toute vie s'en était retirée.

Là, installé à l'ombre d'un chêne imposant, se tenait Ezra Bickford, sirotant un verre de cidre certainement aussi frais que la journée était torride.

Âgé d'une quarantaine d'années, il était petit et si décharné que Reiver se demandait s'il jeûnait de son plein gré afin d'économiser quelques sous ; et s'il ne portait des vêtements aussi vieux et reprisés que pour éviter toute nouvelle dépense.

– B'jour, Shaw, dit-il, ses petits yeux noirs fixés sur Hannah.

Même ses mots, il semblait les distribuer au compte-gouttes.

– Bonjour, Bickford.

Reiver sauta à terre et fit le tour de la carriole pour aider Hannah à descendre. Il la prit par la taille et attendit qu'elle mît les mains sur ses épaules. Lorsqu'elle toucha le sol, son oncle posa sa chope et approcha d'un pas nonchalant.

– Pourquoi avez-vous ramené ma nièce ? interrogea-t-il de sa voix molle et grinçante.

– Elle s'est presque évanouie dans le champ, répondit Reiver en prenant garde de ne pas froisser Bickford. Une minute de plus

16

et elle mourait d'insolation. Vous n'aimeriez pas avoir sa mort sur la conscience, n'est-ce pas ?

Bickford hésita, comme s'il calculait ce que cela lui coûterait.

– Bien sûr que non.

Il hocha la tête vers la maison et ajouta à l'intention d'Hannah :

– Dis à Naomi que tu peux boire un peu et te reposer.

Il ne précisa pas combien de temps.

– Merci, oncle Ezra, répliqua Hannah d'un ton poli mais non servile. Et merci à vous, monsieur Shaw, pour votre aide. J'ai été ravie de vous rencontrer.

– Moi de même, Hannah. Et restez à l'abri du soleil.

Elle eut un sourire fugitif en réponse au sien et partit.

Bickford la regarda disparaître dans la maison, puis se tourna vers Reiver.

– Je ne sais que faire de cette fille. Trop faible pour le travail de la ferme. Tout comme ma sœur.

– Certaines femmes sont plus délicates que d'autres. Votre nièce semble plus à sa place dans une salle de bal que dans un champ de tabac.

Bickford resta impassible.

– Il faut qu'elle gagne sa vie. Comme tout le monde. Je ne veux pas la voir paresser à la façon de sa mère.

Si Reiver perçut une note de jalousie et de ressentiment dans le ton égal de Bickford, il n'en laissa rien paraître, mais caressa la robe luisante de sa jument, Nellie, et dit d'un air détaché :

– Avez-vous pensé à ma demande concernant la terre de Racebrook ?

– J'y ai pensé.

– Et alors ?

– Pas encore décidé.

Vieux filou, songea Reiver. Je vais rester dans l'incertitude six mois de plus. Mais tout ce qu'il répondit fut :

– Vous savez où me trouver quand vous aurez décidé.

Bickford hocha la tête ; ses yeux sombres ne révélaient rien.

Sachant qu'il était trop pingre pour offrir un rafraîchissement, Reiver résolut de partir. Il remonta dans la carriole, rassembla les rênes et salua Bickford avant de faire trotter Nellie en direction de sa maison.

– Ne traîne donc pas ! Les hommes attendent le dîner.

À l'injonction de sa tante, Hannah saisit la soupière de courge de la main gauche et équilibra le plat de porc rôti sur son poignet

17

droit, priant pour que le métal ne lui brûle pas les doigts et que le tout n'aille pas s'écraser au sol. Elle ne désirait qu'une chose, que ce repas se passe sans encombre. Elle fila dans la cuisine, sa tante Naomi la suivant avec le panier de pain.

Dans la petite salle à manger mitoyenne, oncle Ezra trônait tel un potentat desséché au bout de la longue table sur tréteaux. Ses petits yeux suspicieux suivaient chaque geste d'Hannah comme s'ils guettaient la moindre erreur. Zeb et Zeke étaient assis côte à côte et Nat en face, près d'Hannah. Il s'arrangeait toujours pour s'asseoir près d'Hannah.

— C'est pas trop tôt, fit Nat.

— C'est vrai qu'elle est lente, pas vrai ? dit Zeb.

Zeke ajouta :

— Va falloir lui apprendre à aller plus vite, hein, Zeb ?

Il donna un coup de poing dans les côtes de son frère qui ricana.

Contrairement à leur mère, aussi petite et sèche que son mari, les frères Fisher étaient de grands costauds aux yeux gris, sournois, et aux cheveux noirs négligés, raides comme ceux d'un Indien. Hannah les surnommait le «trio de gargouilles» à cause de leur faciès effrayant.

Elle les ignora et déposa les plats avec précaution, puis attendit la permission de sa tante pour s'asseoir. Celle-ci ayant pris place au bout de la table fit un bref signe de tête à Hannah. Seulement alors, elle s'assit. Oncle Ezra dit le bénédicité et les garçons se jetèrent sur les plats, agitant leurs bras velus et leurs fourchettes avec voracité comme si c'était leur dernier repas. Leur mère ne fit pas une seule remarque concernant leurs manières.

Hannah sentait gronder son estomac. Elle regarda chacun se servir, et n'osa les imiter que lorsque les autres assiettes furent emplies à ras bord. Il en restait peu, mais c'était précieux. Comme disait tante Naomi, les hommes travaillaient dur et méritaient les meilleurs morceaux, tandis que les femmes devaient veiller à ne pas grossir.

Le regard gris plein de ressentiment de sa tante se posa sur Hannah.

— Regardez-la engloutir sa nourriture. Je croyais que tu étais malade ?

— C'est vrai, tante Naomi, répondit Hannah sans lever les yeux de son assiette. Il faisait si chaud dans les champs que je me suis presque évanouie.

18

– Un peu de chaleur n'a jamais fait de mal à personne, intervint Zeb.

Elle sentit les orteils de Nat soulever sa jupe et frotter sa cheville. Elle lui donna un coup de pied sans que les autres s'en aperçoivent puis lui jeta un bref regard.

Il se renversa contre le dossier de sa chaise.

– Hannah ne sait pas ce qu'est la vraie chaleur, dit-il en fixant d'un air railleur la poitrine de la jeune fille.

Elle rougit et reporta son attention sur son assiettée avant que sa tante n'ait décidé qu'elle était trop malade pour dîner et ne divisât sa maigre part entre les trois garçons.

– Ce n'est qu'une paresseuse, pas vrai Ezra ? lança Naomi à son mari, à l'autre bout de la table.

– Vous êtes trop durs avec elle. Elle n'est pas habituée à cette vie. Montrez-vous un peu plus indulgents.

Hannah, surprise, leva les yeux. C'était la première fois que son oncle prenait sa défense. Sa tante aussi le regardait, médusée. Puis elle se reprit :

– Elle a eu six mois pour s'y faire, mais elle est constamment souffrante, ou trop lente.

Hannah ne répliqua rien. Elle se contentait de manger, réfugiée dans un endroit secret où personne ne pouvait l'atteindre. Elle savait que son détachement irritait plus la tante et ses trois fils au cerveau plein de compote que toute explosion de colère.

– Tu m'écoutes, oui ou non ? aboya Naomi en tendant la main pour la frapper au bras.

Hannah tressaillit.

– Mais oui, ma tante.

– Non, c'est pas vrai, dit Nat en glissant la main sous la table pour lui presser le genou. Elle a encore la tête dans les nuages.

Elle ne cilla même pas, mais cette fois elle était prête. Sa main fila sous la table et elle lui griffa le poignet. Nat poussa un cri et tomba presque de sa chaise.

– Qu'est-ce qui t'arrive ? demanda Ezra.

– C'est peut-être une guêpe qui l'a piqué, dit Hannah, les yeux obstinément baissés, savourant son petit triomphe.

– Quelque chose m'a mordu, déclara Nat.

Son expression mauvaise promettait une revanche. Naomi pinça ses lèvres minces.

– Tu dois corriger ta fainéantise, ma fille, et vite. La paresse est l'un des sept péchés capitaux.

– Je fais de mon mieux.

– Tu dois y mettre plus de bonne volonté, si tu sais où va ton intérêt. Ton oncle et moi t'avons recueillie dans la bonté de notre cœur, ainsi que le veut la Bible, et bien que tu sois un fardeau. Mais tu dois faire ta part.

Hannah eut envie de crier : je fais bien plus que ma part ! mais elle se mordit la langue.

Les yeux froids de Naomi se rétrécirent.

– Et il n'est pas question de répandre des mensonges sur nous parmi les voisins.

Hannah la regarda comme si elle était devenue folle.

– Je ne vois pas de quoi vous parlez.

– Je parle de Reiver Shaw.

– Je ne lui ai rien dit. Je lui ai à peine causé.

– Et tu as intérêt à continuer ou tu t'en repentiras.

Bien sûr, pensa Hannah, les voisins ne doivent pas savoir de quelle façon vous traitez votre nièce.

Le dîner se passa ensuite sans incident, bien qu'Hannah sentît les yeux de Nat sans cesse posés sur elle, comme un serpent prêt à mordre.

Dans l'espoir d'un souffle d'air, Hannah ouvrit en grand la fenêtre de l'étroit grenier qui était devenu son refuge. Elle demeura assise là un moment, malgré sa lassitude, appréciant la beauté de la pleine lune, voilée et haute dans le ciel plein d'étoiles, et le silence.

Chaque seconde de silence était précieuse, car elles étaient devenues rares ces derniers temps. Pas de tante Naomi pour la harceler, pas de Nat ou ses frères prêts à tous les persiflages. Rien que le silence.

En se levant elle décolla de son corps moite la fine batiste de sa chemise de nuit, puis se dirigea, pieds nus, vers le lit étroit et dur où elle se laissa tomber dans les draps frais. Elle était si épuisée que le sommeil la prit aussitôt.

Quelques instants – ou des heures ? – plus tard, quelque chose s'immisça dans sa conscience, lui criant de se réveiller. Depuis les profondeurs de son sommeil, elle perçut un danger.

Quelqu'un pétrissait durement l'un de ses seins, le pressait à travers le tissu fin de sa chemise, faisant naître une sensation de chaleur inconnue dans son ventre. Puis elle sentit l'odeur âcre d'une bête en rut et ses yeux s'ouvrirent tout grands sur Nat, assis au bord de son lit.

Un instant, elle resta paralysée de peur. Elle ne pouvait que le regarder, impuissante. Il était éclairé par la lune ; ses yeux brillaient de désir. Il se lécha les lèvres en saisissant son autre sein.

— Tu aimes ça, n'est-ce pas, Hannah ? chuchota-t-il en appuyant plus fort. Enlève donc tout ça, et ce bon Nat te fera du bien.

Il tendit la main vers l'ourlet de sa chemise. Un sursaut d'animal pris au piège fit bondir Hannah, elle repoussa la main de Nat et roula sur le lit avant qu'il n'ait pu l'attraper, se retrouvant debout hors de sa portée.

— Sortez d'ici avant que je n'ameute toute la maison !

Son cœur battait si fort qu'il semblait sur le point d'éclater.

Nat eut un petit rire et se dressa, menaçant ; seul le lit les séparait. Il ne portait qu'un pantalon, et son torse massif était si velu qu'il avait plus l'air d'une bête que d'un homme.

— Je ne ferais pas ça, à ta place, chuchota-t-il. Surtout qu'Ezra m'a donné son accord.

— Ce n'est pas vrai ! Vous mentez !

Nat se pencha au-dessus du lit étroit pour atteindre Hannah et elle hurla. Son cri de terreur déchira le silence. Nat lança ses mains en avant pour la frapper et la manqua de peu. Elle fouilla désespérément la pièce du regard à la recherche d'une arme quelconque.

— C'est vraiment idiot, gronda Nat.

Le regard terrifié d'Hannah tomba sur le bougeoir en étain posé sur la table de nuit et elle se jeta dans sa direction. Soudain, Nat plongea la tête la première en travers du lit avec une souplesse surprenante pour un homme de sa taille. Avant qu'Hannah n'ait pu ciller, il la saisit et se releva. Une poigne de fer lui enserrait la taille en l'éloignant du chandelier. Elle cria de nouveau et lui griffa le bras.

— Nat n'aime pas qu'on le griffe.

Il attrapa sa longue tresse et tira. Fort.

La douleur qui irradia son crâne la fit suffoquer et ses yeux s'emplirent de larmes. Il l'attira contre lui, écrasant sa figure contre son épaule nue. Elle sentit l'érection de Nat contre sa hanche, respira l'odeur répugnante de sa sueur qui lui collait aux joues tandis qu'il la pressait contre lui.

— Lâchez-moi !

Elle repoussa sans succès son bras, n'osant pas le griffer de nouveau de peur qu'il ne lui arrache les cheveux.

— Tu promets de rester tranquille ?

— Oui.

Elle aurait promis n'importe quoi pour que cesse la douleur. Mais lorsqu'il la jeta en travers du lit et s'inclina au-dessus d'elle en fouillant dans son pantalon, la terreur la fit de nouveau hurler.

— Garce ! Je t'avais dit de rester tranquille !

Il balança le bras et lui envoya un coup de poing dans les côtes. La douleur lui coupa le souffle. Elle se roula en boule, les genoux contre la poitrine pour se protéger. Sanglotante, elle ferma les yeux dans l'attente du prochain coup, sinon pire. Mais rien ne vint.

La porte du grenier s'ouvrit avec un léger craquement. Oncle Ezra apparut en chemise de nuit, une bougie à la main, tante Naomi clignant les yeux par-dessus son épaule.

— Que se passe-t-il ici ? J'ai entendu crier.

Les petits yeux noirs d'Ezra semblaient énormes dans la lueur vacillante de la bougie.

Tremblante, en larmes, Hannah s'assit au bord de son lit, les bras croisés pour contenir la douleur dans ses côtes.

— Nat a voulu me violer, dit-elle sur un ton proche de l'hystérie. Je me suis défendue et il... il...

— Elle ment ! C'est elle qui m'a invité. Et puis elle a eu peur et a changé d'avis. Elle s'est mise à crier et à me taper dessus.

— C'est lui qui ment ! cria Hannah en se levant malgré la souffrance. Ne l'écoutez pas, oncle Ezra ! Nat a essayé de me violer. Il m'a frappée. Il...

— Silence, tous les deux, dit Ezra en les foudroyant du regard.

Hannah tremblait toujours, pressant le dos de sa main contre ses lèvres pour étouffer ses sanglots. Ezra s'adressa à Nat :

— C'est vrai ?

— Bien sûr que non ! Elle veut me faire des ennuis, c'est tout. Ça s'est passé comme j'ai dit. Elle m'a invité, et puis elle a changé d'avis.

Il regarda sa mère d'un air implorant.

— Tu me crois, n'est-ce pas, maman ?

— Tu es mon fils. Bien sûr que je te crois.

Naomi passa devant Ezra et lança un regard plein de colère à Hannah.

— Si mon garçon dit que ça s'est passé comme ça, il a raison. Cette fille ne nous a causé que des ennuis depuis son arrivée, Ezra.

Le sang-froid d'Hannah finit par l'abandonner.

– Pourquoi donc aurais-je demandé à Nat ou à l'un de vos fils de venir dans ma chambre ? Je les trouve bien trop stupides et trop frustes ! Je préférerais encore coucher avec un porc.

Elle savait bien qu'elle avait toute la vie pour regretter son imprudence, mais observer la maigre face de tante Naomi s'empourprer comme une betterave lui fit chaud au cœur. Cette dernière virevolta vers son époux en sifflant :

– Vas-tu lui permettre de me parler sur ce ton ?

– Silence, gronda Ezra sans quitter Hannah des yeux. Je veux savoir ce qu'elle a à dire.

Hannah prit une profonde respiration.

– Je l'ai dit, jamais je n'ai demandé à Nat de venir dans ma chambre. Je dormais. En m'éveillant je l'ai trouvé assis au bord de mon lit, et il me touchait... là où il n'aurait pas dû.

Elle rougit.

– Quand j'ai crié et tenté de le repousser, il m'a tiré les cheveux et frappée.

Elle se tourna vers Naomi.

– Si vous ne me croyez pas, appelez donc le médecin. Il saura que Nat m'a battue en voyant les hématomes.

Ezra soupira et se frotta la mâchoire.

– L'un de vous ment. Je ne sais pas lequel. Oublions tout ça et allons nous coucher. Il est tard et le travail nous attend demain. Il faut dormir.

– Je veux une clé pour le grenier, dit Hannah. Je veux pouvoir m'enfermer pour le cas où Nat essaierait encore de m'approcher.

Nat rejoignit sa mère d'un air fanfaron.

– Elle n'a pas besoin de clé, maman. Quel homme aurait envie de venir ici ? Pour quoi faire ?

Il parcourut Hannah d'un regard insolent. Mais elle savait bien qu'il reviendrait. Et cette fois, il prendrait soin de ne pas être interrompu.

Dans le lit conjugal, Ezra regardait le dos rigide de sa femme tourné vers lui.

Elle allait lui faire payer cher de n'avoir pas pris le parti de Nat cette nuit-là. Lorsqu'un de ses actes lui avait déplu, elle lui tournait le dos et dormait le plus loin possible de lui sans tomber du lit. L'espace entre eux devenait aussi glacial que la rivière Connecticut en hiver. Il soupira en regardant les rideaux blancs qui ondulaient légèrement à la brise nocturne. Il ne l'avouerait pas à Naomi, mais c'est Hannah qu'il croyait. Il ne partageait pas les illusions de sa femme concernant ses fils ; il était plutôt de l'avis d'Hannah : Nat, Zeb et Zeke étaient des rustres stupides – et Nat le pire des trois.

Ezra l'avait observé depuis l'arrivée d'Hannah. Il l'avait souvent surpris à la lorgner ; il le soupçonnait de chercher à la toucher sous la table, durant les repas, pensant que personne ne le voyait. Mais lui l'avait remarqué.

Hannah...

Ezra secoua la tête dans l'obscurité. Qu'allait-il faire de sa nièce ? Elle avait beau être un fardeau pour lui et une tentation pour ses beaux-fils, elle n'en restait pas moins l'unique enfant de sa sœur et il se sentait responsable d'elle. Mais elle créait trop de perturbations dans sa maisonnée, et avant peu Nat ou l'un de ses frères perdrait la tête et la mettrait à mal.

Il fallait faire quelque chose pour éviter cela, et vite.

L'idée lui vint juste avant qu'il ne s'endormît.

Reiver Shaw sirotait son cidre doux à l'ombre fraîche du chêne de Bickford en se demandant ce que lui voulait le vieux grippe-sou. Il n'arrivait pas encore à croire que Bickford ait pris la peine d'envoyer l'un de ses beaux-fils l'inviter à venir discuter d'une affaire les concernant.

La terre de Racebrook, songea Reiver. Il va me la vendre. Il but une autre gorgée et essaya de se détendre. Pour ne pas laisser l'avantage au vieux radin, il parlait de tout et de rien d'un air dégagé, du temps étouffant, de la récolte d'Ezra.

Lorsque les chopes furent à moitié vides, Ezra s'essuya la bouche d'un revers de manche.

– Je parie que vous vous demandez pourquoi je vous ai fait venir, Shaw.

– En effet.

– J'ai une affaire à vous proposer.

– Quel genre ?

– La terre de Racebrook.

Reiver posa sa chope et se renversa contre son dossier.

– Vous êtes prêt à vendre ?

Enfin !

– Ouais.

– Dites votre prix, et je verrai s'il me convient.

– C'est une bonne terre. J'aime pas l'idée de m'en séparer.

– Alors pourquoi me l'offrez-vous ?

– Parce que vous pouvez faire quelque chose pour moi.

Reiver devint aussitôt soupçonneux.

– Et quoi donc ?

– Ma nièce a besoin d'un mari.

Reiver en resta bouche bée. Puis il reprit ses esprits :

– Moi ? Vous voulez que j'épouse Hannah ?

– Ouais. Contre la terre de Racebrook. Je ne peux pas vous la donner, mais je vous la vends cinquante dollars l'acre. Avec Hannah. C'est à prendre ou à laisser.

Rever se caressa le menton, pensif.

– Cinquante dollars l'acre, ce n'est pas une affaire. C'est ce que vous comptiez en tirer, sans parler d'Hannah.

Il sourit.

– Il me faut une bonne raison pour l'épouser, Bickford. Une très bonne raison.

– Quarante dollars, alors.

– Dix.

Bickford devint cramoisi et ses petits yeux semblèrent jaillir de leurs orbites.

– Dix ! Vous êtes fou, Shaw ! C'est comme si je vous la donnais.

Reiver haussa les épaules.

– Si vous voulez me faire épouser une femme dont je n'ai nulle envie, mettez-y le prix.

– Alors, vingt.

– Quinze.

– Vingt. À prendre ou à laisser.

– Dix-sept. C'est ma dernière offre.

Bickford, les mâchoires crispées, lui lança un regard furieux, puis dit enfin :

– Marché conclu. Dix-sept dollars l'acre, et Hannah.

Reiver en eut le vertige. Il désirait tant cette terre ! Mais valait-elle la peine d'épouser une femme qu'il ne connaissait pas ?

– Que pense Hannah à l'idée d'épouser un étranger ?

– Elle n'en sait rien encore.

– Vous croyez qu'elle sera d'accord ?

– Peu importe. Elle fera ce que j'ordonnerai. Elle a dix-huit ans. Il est temps qu'elle se marie. Vous avez quelque chose contre elle ?

Reiver se souvint du visage délicat et du jeune corps souple, séduisant. Partager son lit avec elle ne serait pas une corvée, même s'il ne l'aimait pas. Une pensée le frappa soudain.

– Est-ce que l'un de vos garçons l'a déjà eue ?

Bickford secoua la tête.

– Non. Mais les garçons sont comme ils sont. Si elle reste à la maison, je ne réponds de rien. Vous lui faites une faveur en l'épousant. Sans parler de la terre.

Reiver hésitait encore. Il pensait à Cécilia Layton, la jeune veuve d'un capitaine de navire, sa maîtresse depuis l'année précédente. Il l'aimait et c'est elle qu'il avait l'intention d'épouser, aussitôt que sa filature serait établie. Comment renoncer à elle ?

Puis il se dit, avec une arrogance toute masculine, qu'il n'aurait pas à en venir là. Cécilia l'aimait et savait combien les Soieries Shaw comptaient pour lui. Elle comprendrait qu'il ait été obligé de la trahir.

Il eut une grimace, se leva et tendit la main à Bickford.

– Marché conclu, Bickford. La terre de Racebrook à dix-sept dollars l'acre et votre nièce Hannah pour femme.

L'autre se leva et serra la main tendue, avec une expression douloureuse.

– Je déteste perdre cette terre, mais j'ai un devoir à remplir auprès de ma nièce.

– Je la traiterai bien.

Mais sans l'aimer. Cela ne faisait pas partie du marché.

2

Le lendemain matin, après le petit déjeuner, quand les garçons furent partis cueillir le tabac et Naomi chez le cordonnier acheter des chaussures, Ezra fit venir Hannah dans le petit salon. Là, il lui annonça qu'elle allait épouser Reiver Shaw.

Clouée sur place, Hannah parvint à dire :

— Je vais... quoi ?

— Tu m'as entendu.

Le chiffon à poussière glissa de ses doigts et ses genoux fléchirent, l'obligeant à s'asseoir sur la banquette. Son cerveau en ébullition tentait de faire correspondre l'image de l'homme râblé et tout en muscles qui l'avait secourue et celle de son éventuel époux, avec toute l'intimité que cela supposait, et elle n'y parvenait pas.

— Je ne peux pas l'épouser. Je ne l'épouserai pas !

Les lèvres minces d'Ezra formèrent une ligne implacable.

— Si. Tout est arrangé.

Hannah porta les mains à ses joues.

— Mais... je ne l'ai rencontré qu'une seule fois. Je ne sais rien de lui. Je ne peux pas épouser un... étranger.

— Cela arrive tout le temps aux filles de ton âge. Tu n'as pas besoin de le connaître. Le mariage se chargera de cela.

— Mais il doit y avoir des douzaines de femmes à Coldwater qui rêvent de lui. Pourquoi m'aurait-il choisie ?

Elle ne se faisait aucune illusion : Shaw n'avait pu être frappé par sa beauté au point de la vouloir pour femme immédiatement.

— Je ne suis qu'une pauvre orpheline. Je n'ai pas de dot.

— Tu en as une maintenant.

Hannah le regarda, stupéfaite.

— Je possède une terre que Shaw désire. Ce sera ta dot. Le marchandage a été dur, crois-moi.

Hannah respira profondément pour réprimer sa panique et son désespoir grandissants, mais la pièce tournait autour d'elle, les murs semblaient se rapprocher. Elle se leva, se rendit près de son oncle et posa la main sur son bras efflanqué.

– Je vous en prie, ne m'obligez pas à faire cela. Je vous promets de travailler plus dur, de ne pas contrarier tante Naomi. Je…

– Inutile de discuter. Ma décision est prise.

– Vous aviez promis à ma mère de prendre soin de moi. Est-ce ainsi que vous tenez parole ?

Ezra lui lança un regard mauvais et repoussa sa main.

– Je n'ai pas promis de prendre soin de toi éternellement.

Hannah savait bien qu'il était inutile de discuter avec lui ou de faire appel à sa sensibilité, puisqu'il n'en avait pas. Elle se détourna afin qu'il ne vît pas ses larmes, s'essuya les yeux et lui fit face de nouveau, la tête haute.

– Quand dois-je me marier ?

Il haussa les épaules.

– Quand Shaw le voudra. Nous n'avons pas fixé la date. Il viendra te parler cet après-midi.

Hannah se tenait raide comme un morceau de bois. Si seulement le sol avait pu s'ouvrir et l'engloutir ! Il lui faudrait désormais partager le lit de Reiver Shaw, porter ses enfants et vivre avec lui le restant de ses jours. Elle frissonna.

Les petits yeux d'Ezra s'adoucirent un bref instant.

– Tu n'es pas heureuse ici. Tu es une tentation permanente pour les fils de Naomi. Le père de Shaw ne valait pas grand-chose, mais lui est un homme bien. Il te traitera avec bonté.

Avant de quitter le salon, il ajouta :

– Tu as l'air fatigué. Laisse le ménage à Naomi, et prends le temps de t'habituer à l'idée.

Il parut hésiter, comme s'il attendait qu'Hannah le remerciât de sa générosité, mais comme elle demeurait rigide et pleine de ressentiment, il haussa les épaules et la laissa méditer sur son sort.

Incapable d'attendre l'après-midi pour parler à son futur époux, Hannah mit sa coiffe, noua les larges rubans sous son menton et partit d'un pas vif. Quinze minutes plus tard, elle arrivait à Mulberry Hill, à la limite des deux propriétés. Elle prit son souffle, releva ses longues jupes de calicot et entama la montée entre les rangées de mûriers. À mi-chemin, elle remarqua plusieurs femmes en robe noire et tablier blanc qui choisissaient des feuilles comme elles auraient cueilli des pommes à l'automne.

L'une d'elles leva la tête et sourit.

— Bonjour.

— Bonjour. Sauriez-vous me dire où trouver Reiver Shaw ?

Elle se mit à rire.

— M. Shaw se trouve là où il est toujours, dans le hangar avec les vers.

— Les vers ?

— Oui, les vers à soie. Des millions, qui mangent les feuilles que nous ramassons. Ça me donne le frisson, d'ailleurs.

— Où est ce hangar ?

— De l'autre côté de la colline, près de la fabrique.

Hannah remercia et poursuivit son chemin. Au sommet de la colline, elle s'arrêta un instant pour reprendre haleine et contempler ce qui serait bientôt sa demeure si elle ne parvenait pas à convaincre Shaw d'annuler sa demande en mariage.

À l'extrémité du vaste pré verdoyant se tenait une petite ferme blanche, à demi masquée par de grands chênes et des érables qui agitaient leur feuillage dans la brise. À la droite d'Hannah se dressaient la filature, sur la berge d'une rivière au cours rapide, et un bâtiment long et bas qui devait être le hangar en question.

Hannah rassembla ses forces et s'y dirigea. À mi-chemin, elle vit la porte s'entrouvrir pour laisser le passage à un jeune homme dégingandé qui la ferma doucement derrière lui. Plus attentif à l'étrange objet qu'il portait qu'à la route, il faillit heurter Hannah et fit un pas en arrière, surpris.

— Excusez-moi, dit-il en rougissant. Je ne regarde jamais où je pose les pieds.

Elle reconnut l'un des frères de Shaw, car il lui ressemblait un peu, comme une image vue à travers une vitre embuée. Il était plus beau que l'aîné, le nez moins fort, la mâchoire plus fine, et un air préoccupé qui le rendait attachant. Ses cheveux châtains tombaient en frange sur ses sourcils, et il y avait quelque chose de timide dans son attitude.

— Je suis Hannah Whitby, et je cherche Reiver Shaw.

Le jeune homme comprit tout de suite, car il rougit de nouveau.

— Ravi de vous rencontrer, mademoiselle Whitby.

Il tendit la main, s'aperçut qu'elle était sale et la retira avec une grimace d'excuse.

29

— Pardonnez-moi. Je ne sais pas garder mes mains propres.

Hannah sourit pour le mettre à l'aise.

— Vous devez être James Shaw, l'inventeur.

— Inventeur est un bien grand mot. Bricoleur me conviendrait mieux. Voulez-vous que j'aille chercher mon frère ? Si toutefois je parviens à l'arracher à la compagnie de ses vers.

— Oui, s'il vous plaît. Je dois lui parler.

James retourna au hangar, dont il revint peu après avec son frère.

Au moment où les yeux bleus de Reiver rencontrèrent les siens, Hannah perçut sa présence avec une acuité toute particulière. Lorsqu'elle l'avait vu la première fois dans le champ de tabac, il n'était que l'un des hommes qu'elle croisait à Coldwater, et qu'elle tenait soigneusement à distance. À présent qu'il était destiné à être son mari, cette distance semblait dangereusement raccourcie ; si seulement les choses avaient pu rester à leur place !

— Bonjour, mademoiselle Whitby. Je ne pensais pas vous voir avant cet après-midi.

Il savait donc pourquoi elle était venue. Elle essaya de sourire, mais n'y parvint pas.

— J'aimerais vous parler, si possible.

James dit à son frère :

— Va donc. Je m'occupe des vers.

Après un signe de tête timide à Hannah, il rentra dans le hangar.

— Allons près du ruisseau, voulez-vous ? proposa Reiver.

Elle le précéda et ils marchèrent dans un silence gêné, comme deux étrangers – ce qu'ils étaient. Enfin, Hannah fit demi-tour face à lui.

— Mon oncle Ezra m'a dit que vous avez demandé ma main. Puis-je savoir pour quelle raison ? Vous ne me connaissez pas plus que je ne vous connais.

— Je ne vous ai pas demandée en mariage. C'est votre oncle qui m'en a parlé.

— Mon oncle vous a fait une proposition ?

— Oui. Il a dit qu'il était temps de songer à vous marier, qu'il n'avait pas confiance dans les fils de Naomi. Il pensait que je ferais un bon époux pour vous.

— Et vous avez accepté son offre ?

— Oui.

Hannah lui lança un regard perçant, comme pour l'évaluer.

30

– Pardonnez ma franchise, monsieur Shaw, mais vous ne me semblez pas homme à accepter un mariage de convenance sans contrepartie.

Il fut surpris en effet, et la considéra avec respect.

– Je ne ferai pas insulte à votre intelligence en vous affirmant que je suis tombé amoureux de vous au premier coup d'œil, mademoiselle Whitby, quoique vous soyez une jeune femme charmante. Si j'ai accepté l'offre de votre oncle, c'est parce qu'il m'a accordé quelque chose que je convoite depuis longtemps. L'une de ses terres.

La dot dont avait parlé Ezra.

Hannah dit d'une voix frémissante :

– Mais je ne veux pas vous épouser, monsieur Shaw.

Il eut un sourire amusé.

– Puis-je demander pourquoi ? Il paraît que je suis un bon parti.

Elle ignora la moquerie.

– J'en suis sûre. Mais nous sommes deux étrangers, nous nous sommes vus pour la première fois avant-hier. Vous ne me connaissez pas du tout.

– Alors parlez-moi de vous.

– Eh bien, je suis têtue, indocile, raisonneuse...

– Une virago, en somme.

– Oui ! Et je pourrais aussi être une ivrogne, pour ce que vous en savez.

L'expression de Reiver se figea.

– Je sais fort bien que vous n'êtes pas une ivrogne, mademoiselle Whitby. Quant à être indocile, il semble que vous obéissez assez bien à votre oncle Ezra.

Elle ne sut que répondre. Reiver se fit solennel.

– Essayez-vous de me décourager parce qu'il y a quelqu'un d'autre ? L'un des fils de Naomi, peut-être ?

À la pensée de Nat, elle eut une grimace de dégoût.

– Non, personne.

– Ah, je comprends. Vous espériez un mariage d'amour ?

– Oui, monsieur Shaw. Mes parents n'ont pas fait un mariage de raison, comme vous le savez. Ils s'aimaient, et ont été heureux.

Le visage de Reiver s'adoucit, mais sa voix resta dure et inflexible.

– J'ai bien peur que vous n'ayez pas autant de chance. Votre oncle m'a offert votre main et j'ai accepté, que vous soyez ou non une ivrogne.

– Comment pouvez-vous épouser une femme que vous n'aimez pas, et qui ne vous aime pas non plus ? s'écria-t-elle.

– Je veux produire de la soie, mademoiselle Whitby. J'en rêve, depuis des années. Je ferais n'importe quoi pour que ce rêve devienne réalité.

Hannah eut les yeux pleins de larmes. Shaw ajouta plus doucement :

– Vous êtes très jeune, et vous ne vous rendez peut-être pas compte de l'avantage qu'il y a à m'épouser.

Comme elle le regardait d'un air interrogateur, il poursuivit :

– J'ai l'intention de devenir riche. Ma femme ne manquera de rien.

– Sauf de l'amour de son mari.

– Cela je ne puis le promettre, mais avec le temps, peut-être...

Elle apprécia son honnêteté, tout en souhaitant qu'il mentît.

Il la prit par les épaules et l'obligea à le regarder.

– Je sais que vous ne voulez pas m'épouser, Hannah, et je préférerais avoir une femme consentante que le contraire. Mais je vous promets que, si vous faites de votre mieux avec moi, je vous offrirai une vie agréable.

Elle le regarda droit dans les yeux, essayant de le jauger, et vit qu'il disait la vérité. Reiver Shaw n'était ni froid comme son oncle, ni rustre comme les fils de Naomi. C'était un honnête homme, respectable et bon. Elle aurait pu tomber plus mal.

Elle soupira, se rendit. Elle ne se sentait plus l'âme d'une virago.

– Je ferai de mon mieux pour être une bonne épouse.

Le sourire de Shaw fit penser au soleil qui traverse les nuages un matin de brouillard. Avant qu'elle n'ait pu l'en empêcher, il saisit sa main et posa un baiser dans sa paume avec une ardeur qui la surprit. Elle eut un geste de recul, déconcertée.

– Je... je ferais mieux de rentrer. J'ai du travail.

– Je rendrai visite à votre oncle cet après-midi pour parler de la noce.

– Ce sera pour quand ?

– Aussitôt que possible.

Chaque fois que Reiver se rendait à Hartford, il faisait une halte pour observer la flottille de bateaux à fond plat qui descendait la rivière Connecticut avec leur cargaison de bois de charpente, de bœuf et de porc salé en provenance du nord de la Nouvelle-

Angleterre. À la venue du chemin de fer, le trafic de bateaux céderait devant la supériorité de la vapeur et tout un mode de vie serait perdu à jamais.

La maison de Cécilia sur Main Street n'était pas loin du pont qui enjambait la rivière et Reiver attacha son cheval devant le seuil. Elle vivait là depuis la disparition de son mari en plein Pacifique, trois ans auparavant. Sur le perron, Reiver hésita. Dans la lumière déclinante du crépuscule, la maison semblait obscure et déserte.

Soudain une lueur apparut aux fenêtres du salon ; il vit Cécilia allumer une lampe à huile qui la baigna d'une chaude lumière dorée, et il se souvint de la nuit de leur rencontre, cinq ans plus tôt.

Il était venu trouver son père dans l'espoir que ce riche capitaine – l'un des « dieux du fleuve » de Hartford, propriétaire d'une flotte de grands navires qui allaient de New London aux Antilles – embaucherait un pauvre garçon de Coldwater. En montant l'escalier du perron, il avait aperçu la jolie fille du capitaine en train d'allumer avec grâce une lampe à huile. Elle représentait tout ce à quoi aspirait Reiver, et il était tombé tout de suite amoureux d'elle.

Mais, puisque Reiver avait été trop fier pour se présenter par l'entrée de service, il n'avait pas été engagé par l'arrogant capitaine, et on avait trouvé un mari plus convenable pour Cécilia. Cependant Reiver ne l'avait jamais oubliée. À vingt-deux ans, elle était veuve, et, Reiver ayant prospéré, s'était arrangé pour lui être présenté. Ils étaient devenus amants peu après.

Il regarda Cécilia replacer le verre de la lampe et s'éloigner de la fenêtre avec grâce. Il monta alors les dernières marches et frappa à la porte.

Elle lui ouvrit. Ses grands yeux bruns brillèrent de plaisir et de confusion à cette visite tardive ; son sourire radieux était comme un baume apaisant.

– Reiver ! Comme je suis heureuse de te voir !

Elle prit son chapeau et le fit entrer dans le vestibule. Il l'enlaça, chercha sa bouche avec avidité. Elle se haussa sur la pointe des pieds pour se prêter à son baiser. Reiver en gémit de plaisir, empli d'une chaleur soudaine. Puis il l'éloigna de lui et la scruta.

– Je n'ai jamais vu de femme à la taille aussi fine. Cette robe te fait paraître plus mince encore.

– Reiver, tu es bien le seul homme de ma connaissance qui remarque comment s'habille une femme.

– Ou comment elle se déshabille.

Cécilia lui donna une tape sur la main.

– Entrons dans le salon. J'ai du vin de sureau, et tu me raconteras les dernières nouvelles de ta filature.

Reiver aimait Cécilia non seulement pour ses audaces amoureuses, mais aussi parce qu'elle savait si bien le réconforter. Jamais elle ne lui reprochait de la négliger, quel que fût le temps passé entre deux visites, jamais elle ne l'implorait de venir plus souvent. Quand il était avec elle, les soucis glissaient de ses épaules comme une vieille peau, et il était baigné de paix.

Il s'installa sur un sofa et elle lui tendit un verre de vin de sureau avant de s'asseoir à son côté, effleurant son genou de son ample jupe. Elle leva son verre :

– Aux Soieries Shaw.

Il porta le toast, prit une gorgée et reposa le verre. Il allait la blesser de façon cruelle ; si après cela elle ne voulait plus jamais le voir, il aimait autant que ce soit fini tout de suite.

Devinant son état d'esprit avec sa perspicacité habituelle, Cécilia s'assombrit et posa sa main sur celle de Reiver.

– Quelque chose ne va pas ?

Il n'avait aucun moyen de le dire sans lui faire de peine.

– Je vais me marier.

Elle demeura immobile, mais la couleur sembla se retirer de son visage en emportant douceur et joie, jusqu'à ne lui laisser qu'un masque de mort.

Reiver s'attendait à ce qu'elle crie, sanglote, lui griffe la figure ou tombe en pâmoison, mais elle restait figée, le regardant sans un mot.

Il pressa sa main inerte.

– Dis quelque chose, je t'en prie.

Ses lèvres bougèrent mais pas un son n'en sortit. Enfin, elle questionna d'une voix rauque :

– L'aimes-tu ?

Il ne s'était pas attendu à cela. Il baissa la tête, honteux.

– Non. C'est toi que j'aime et que j'aimerai toujours. Je ne l'épouse que pour obtenir la terre dont j'ai besoin pour la filature.

Il lui raconta le marché qu'Ezra Bickford lui avait mis en main et pourquoi il avait accepté. Il gardait les yeux baissés sur le tapis de Turquie, incapable de regarder celle qui, par son amour et sa loyauté, méritait bien mieux que ce qu'il lui imposait.

– J'aurais voulu t'avoir épousée avant tout cela mais il a fallu que je me batte pour la filature. Je la voulais prospère afin d'être digne de toi.

– Oh Reiver, mais cela n'avait pas d'importance !

– Je le sais maintenant, mais c'est trop tard. Je comprendrais que tu m'ordonnes de quitter cette maison à tout jamais.

Il soupira, l'air sombre. Puis il sentit les petites mains douces de Cécilia sur ses épaules.

– Je ne supporterais pas de ne plus te voir.

Il se redressa.

– M'as-tu bien entendu ? Je vais épouser une autre femme.

– Je t'ai entendu.

– Et tu acceptes quand même de continuer à me voir ?

– Si tu veux toujours de moi, oui. Il se peut que tu tombes amoureux de ta femme, et ne veuilles plus de moi.

– Non ! Je te désire depuis le premier instant, quand je t'ai vue dans la maison de ton père, et il en sera toujours ainsi.

– Je t'aime tant, Reiver, murmura-t-elle. Quand on aime quelqu'un, on désire son bonheur. Les Soieries Shaw, c'est ton rêve. Si tu as besoin de cette terre pour qu'il devienne réalité...

Il enfouit son visage dans ses cheveux soyeux, au doux parfum d'héliotrope.

– Je ne te mérite pas, Cécilia. Non, vraiment pas.

– Laisse-moi en être juge.

– Tu es tellement compréhensive !

– Et toi, tu es toute ma vie.

Plus tard, après le départ de Reiver, Cécilia, allongée dans le lit encore tiède du corps de son amant et tout froissé de leurs ardeurs, contemplait le plafond. Ce n'est pas elle que Reiver Shaw allait épouser. Cette certitude enserrait son cœur d'une chape de glace. Elle aurait dû lui dire que leur liaison était terminée, mais la pensée de le perdre, de ne plus jamais partager son lit, était plus douloureuse encore que son orgueil malmené. Elle n'avait plus d'orgueil quand il s'agissait de Reiver. Il ne lui restait qu'à se contenter des miettes de vie qu'il daignerait partager avec elle, et en être heureuse.

Mais sa trahison faisait mal.

Elle enfouit sa tête dans l'oreiller et sanglota jusqu'à ce qu'elle n'eût plus de larmes.

Hannah, elle, se refusa à verser la moindre larme le jour de son mariage. Elle était obligée d'épouser Reiver Shaw, que cela lui plaise ou non, et pleurer n'y changerait rien.

Les noces furent une affaire vite expédiée, dénuée d'importance pour quiconque sauf la mariée. Les Bickford l'avaient fait travailler jusqu'au dernier jour, l'exploitant au maximum avant de perdre le bénéfice de ses services. Le fiancé était trop préoccupé par ses vers à soie pour rendre visite à sa promise. Il n'y eut que son séduisant artiste de frère pour s'arrêter un jour qu'il revenait de Hartford et lui présenter ses vœux.

La cérémonie eut lieu un lundi matin froid et nuageux, rien de très bon augure. Dans l'église presque vide, la famille d'Ezra, celle de Shaw et quelques-uns de ses employés composaient l'assistance.

Mais, au moins, Reiver eut la bonne grâce de sourire à Hannah quand elle le rejoignit au pied de l'autel, et lui chuchoter qu'elle était fort jolie dans sa robe bleu lavande assortie à sa coiffe. Elle le trouva plutôt élégant en manteau vert bouteille, cravate et chapeau de soie. Il lui passa l'anneau d'or au doigt, le Révérend Crane les déclara mari et femme; et le seul sentiment qu'elle éprouva alors, c'est que sa destinée était jouée.

Ensuite, les Bickford et les fils de Naomi grommelèrent leurs vœux de bonheur du bout des lèvres et se hâtèrent de rentrer chez eux. Ils n'offrirent pas le moindre cadeau, ni un seul penny pour le repas de noces. Tout fut laissé à la charge des Shaw.

— Voici votre maison, dit Reiver en aidant Hannah à descendre de la carriole. Mme Hardy est notre gouvernante, mais c'est vous la maîtresse et c'est vous qui commandez.

Maîtresse de maison...

À contempler la ferme blanche – sa nouvelle demeure – Hannah se sentit mieux. Elle était ici chez elle. Tante Naomi ne l'humilierait plus, Nat ne la tourmenterait plus. Être mariée conférait un pouvoir grisant. Elle sourit à son mari pour la première fois de la journée.

— Cela paraît très confortable.

— Avec mes frères qui vivent là, je crois que c'est le mot, en effet. Confortable et bruyant.

La seconde voiture s'arrêta derrière eux et les deux frères les rejoignirent. Samuel hocha la tête en donnant une bourrade à Reiver.

— Je croyais que ce jour n'arriverait jamais.

Hannah avait toujours jugé la beauté masculine intimidante et Samuel Shaw ne faisait pas exception. Ses cheveux bruns bouclaient juste comme il faut, et ses yeux d'un bleu très pâle étaient ombrés d'épais cils noirs qu'une femme aurait enviés. Hannah ne trouvait rien à redire à son nez fin et aristocratique, ni à ses belles dents blanches. Il n'avait pas les épaules aussi larges que Reiver, ni l'allure dégingandée de James, et se mouvait avec une grâce sensuelle et virile. La seule qualité qui le sauvait de tant de perfection était sa totale absence de vanité.

Samuel posa un baiser sur la joue d'Hannah.

– Bienvenue, Hannah. Même si les circonstances de votre venue ne sont pas idéales, vous êtes notre sœur à présent, et un jour vous serez fière d'être une Shaw.

Touchée par sa sincérité, elle se sentit moins intimidée. James dit d'un air gauche :

– Bienvenue dans notre famille.

– Avant de rencontrer Mme Hardy, dit Reiver, je dois vous avertir. C'est une vieille dame grincheuse qui dit ce qu'elle pense, sans se soucier de vexer les gens.

– Elle en est quelquefois, disons, impolie, ajouta Samuel.

– Vous voudrez bien l'excuser, poursuivit James. Comme nous tous.

Mme Hardy, proche de la soixantaine, couronnée de cheveux argentés assortis à ses yeux d'un gris perçant, attendait sa rivale avec un somptueux déjeuner servi dans la petite salle à manger du rez-de-chaussée.

– Ce n'est pas trop tôt, grommela-t-elle en parcourant Hannah des yeux comme si elle cherchait le défaut d'un cristal. J'espère que vous avez le dos large, ma petite, sinon vous ne tiendrez pas longtemps et Reiver vous ramènera d'où vous venez.

Hannah sourit.

– Je pense que je tiendrai.

– Bon. Alors mangeons avant que tout ne soit refroidi.

Si Hannah avait pensé s'attarder à son repas de noce, elle fut vite détrompée. Reiver engloutit sa dernière tranche de cake aux raisins et se leva en disant :

– J'aurais bien aimé traîner un peu, mais le travail attend. Je dois m'occuper des vers à soie.

Mme Hardy eut un petit gloussement.

– Je croyais que tu montrerais ta chambre à ta jeune épouse.

– Martha...

Cependant, Hannah saisit l'occasion.

– Madame Hardy, pourquoi ne pas me faire visiter la maison ? Plus tôt j'assumerai mes nouveaux devoirs, mieux cela vaudra.

Reiver la regarda d'un air rayonnant.

— Je vois que j'ai épousé une femme qui connaît la valeur du travail.

Hannah, elle, espérait y trouver le moyen de s'adapter à la nouvelle vie de Mme Reiver Shaw.

Vers le milieu de l'après-midi, Mme Hardy avait montré à Hannah le fonctionnement de la maison et les deux femmes se reposaient devant une tasse de thé.

— Depuis quand êtes-vous chez les Shaw ? demanda Hannah en se servant elle-même.

— Toute une vie, il me semble, répondit la gouvernante en lui tendant une assiette de biscuits. Je suis venue d'une ferme voisine prendre soin des garçons quand leur mère est morte. Leur père était un ivrogne fini, mais beau comme le péché. Il s'appelait Rémi Shaw, mais tout le monde le surnommait Rhummy parce que le rhum des Antilles semblait couler dans ses veines à la place du sang.

Est-ce à cela qu'Ezra faisait allusion en parlant du père de Reiver comme d'un vaurien ?

Hannah hocha la tête.

— Ce devait être dur pour ses fils.

— Sans eux, cette famille serait morte de faim. Rhummy était constamment trop ivre pour voir clair, sans parler de travailler. Oh, il avait des projets, de grands projets, mais ce n'était que de la fumée. Un vrai rêveur. Tandis que les garçons... c'est autre chose.

— Ils vous aiment beaucoup.

Mme Hardy gloussa.

— S'ils ne m'écoutent pas, ils n'ont ni vêtements propres ni dîner. Je veux les voir mariés, et connaître leurs enfants. C'est un peu tôt pour le dire, mais je crois que vous serez une bonne épouse pour Reiver. Sam et James, c'est différent. Sam est trop occupé à peindre de jolies femmes pour en courtiser une, et le pauvre Jimmy est si timide que sa langue se fige dans sa bouche quand on fait mine de le regarder.

— Il préfère la compagnie de ses machines.

Mme Hardy vida sa tasse et claqua des lèvres.

— Je vais vous dire une chose : ça ne va pas être facile d'être la femme de Reiver. Il n'aime pas qu'on lui dicte sa conduite. Ne le faites jamais. Si vous avez besoin d'un conseil sur la façon de le prendre, venez trouver la vieille Martha.

Hannah était toute prête à saisir l'occasion.

– Je voudrais être une bonne épouse pour lui, mais je ne sais pas comment m'y prendre. Nous sommes des étrangers.

La gouvernante posa ses coudes sur la table et se pencha en avant, les yeux brillants.

– C'est simple. Donnez-lui au lit ce qu'il désire et intéressez-vous à sa filature.

Hannah rougit et ignora la première partie du conseil.

– Pourquoi veut-il produire de la soie ?

– Pour se prouver à lui-même qu'il vaut mieux que son père. Il veut faire fortune, il est certain d'y arriver. Il pense que, si les Américaines ont la possibilité d'acheter de la soie fabriquée dans le pays, elles le feront.

Hannah se souvint des robes de soie fine de sa mère, et des récriminations joviales de son père au sujet de leur coût. Même l'austère tante Naomi possédait une belle robe de soie noire pour les occasions spéciales et les deuils. Hannah se leva.

– Je vais aller jeter un coup d'œil à cette filature.

Mme Hardy eut l'air enchanté que la jeune épouse de Reiver fût si bien disposée à suivre ses conseils.

Hannah s'immobilisa sur le seuil du hangar, clignant les yeux dans la pénombre.

– Fermez cette fichue porte ! rugit Reiver.

Comme elle demeurait interdite, il se précipita sur elle, la saisit par le bras et la projeta hors du hangar, puis ferma avec soin avant de se tourner vers elle, le visage déformé par la colère.

– Ne faites plus jamais cela !

– Mais qu'ai-je fait ?

– Ouvrir la porte en grand, petite sotte ! Un courant d'air subit peut les rendre tous malades.

Les joues d'Hannah s'empourprèrent.

– Je... je l'ignorais.

La fureur de Reiver décrut tel un orage d'été. Il se passa la main sur la mâchoire pour se calmer.

– Bien sûr, vous l'ignoriez...

– Tout le monde parle de vos vers à soie, et j'ai voulu les voir aussi.

Il soupira.

– Mais personne ne vous a avertie qu'il fallait entrer avec pré-caution ?

– Non, personne.

– Venez alors, mais parlez doucement car le bruit les dérange.

Elle n'osait même plus respirer en entrant dans le hangar, et souleva ses jupes de crainte qu'elles ne bruissent et ne dérangent les petites créatures. Deux des femmes qu'elle avait vues en train de cueillir les feuilles de mûrier étaient maintenant occupées à nourrir les chenilles. Hannah, observant les corps crémeux dans les plateaux, chuchota :

– Qu'est-ce qu'elles font comme bruit !

Reiver sourit.

– Leur façon de manger laisse beaucoup à désirer, c'est vrai.

– Comment font-elles la soie ?

Surpris par l'intérêt qu'elle montrait, il répondit :

– Dans deux semaines, elles auront atteint leur taille adulte et cesseront de manger pour commencer à tisser leur cocon. Quand ceux-ci seront formés, nous tuerons les chenilles à l'intérieur afin qu'elles ne les brisent pas et n'abîment pas la soie. Puis nous les plongerons dans l'eau chaude et les déroulerons.

– Ensuite, on les tisse pour faire des robes ?

Il secoua la tête.

– Les Soieries Shaw se contentent de fabriquer du fil, mais un jour prochain...

Il ne termina pas sa phrase, le regard lointain.

– Puis-je voir la filature ? s'enquit Hannah.

Reiver sortit de sa rêverie.

– Bien sûr. Suivez-moi.

Ils longèrent le sentier qui menait à un bâtiment isolé sur le bord de la rivière. Reiver dit d'un ton moqueur :

– Je ne vous demanderai pas de prendre soin de la filature au même titre que la maison, vous savez.

– Je n'en ai pas l'intention. Je suis simplement curieuse. Cela fait partie de ma vie, à présent.

– Et ce sera l'héritage de nos enfants.

À cette allusion, Hannah pensa à sa nuit de noces et elle eut un léger frisson. Si Reiver le remarqua, il n'en dit rien ; cependant, tandis qu'il lui présentait les deux jeunes filles qui déroulaient les fils de soie et lui expliquait le processus, l'esprit d'Hannah resta obnubilé par cette nuit proche, et par ce que seraient les exigences de son mari.

Peu après le coucher du soleil, Hannah se retira au premier étage dans la chambre qu'elle devait partager avec Reiver.

Elle enfila une chemise de nuit qui avait appartenu à sa mère, en fine batiste presque arachnéenne brodée de bleuets, éteignit la lampe et se glissa dans le lit au moment où les pas de son mari résonnaient dans le couloir. Son cœur battait comme un tambour.

La porte grinça doucement et Reiver apparut, plus semblable à une ombre menaçante qu'à un homme de chair et d'os. Il se déshabilla et ses vêtements tombèrent sur le sol dans un froissement d'étoffes.

Il ne dit rien.

Hannah ferma les yeux et demeura immobile quand le lit craqua et se creusa sous le poids de Reiver. Elle pensa qu'il allait apaiser ses craintes de jeune fille et lui murmurer des mots doux, mais il se contenta de s'approcher d'elle et souleva sa chemise de nuit. Elle ouvrit tout grands les yeux et ses joues brûlèrent de confusion quand il se mit à la caresser sans douceur, le souffle court, la peau chaude et humide contre la sienne. Son ombre grandit au-dessus d'elle comme un monstre noir. Lorsqu'il la pénétra d'un seul coup brutal, elle cria et tenta de lui échapper, mais de ses mains puissantes il la saisit aux épaules et la cloua au lit.

Heureusement, ce fut vite terminé. Il grogna et roula loin d'elle. Hannah abaissa sa chemise pour cacher sa nudité et lui tourna le dos, tandis que des larmes d'humiliation roulaient sur ses joues.

Reiver l'entendit pleurer ; embarrassé, il posa la main sur son épaule. Il avait apprécié la douceur de son corps, mais elle n'était pas Cécilia. Elle ne serait jamais Cécilia.

Il ferma les yeux et sombra dans le sommeil.

Le lendemain matin, éveillée avant Reiver, Hannah fit sa toilette et s'habilla rapidement, résolue à ne pas s'attarder sur une nuit de noces synonyme de douleur et de honte. Elle survivrait, comme toujours, et elle supporterait.

Elle descendit allumer le fourneau. Une longue journée s'annonçait.

3

Hannah regardait par la fenêtre de la salle à manger les érables qui agitaient leur brillant feuillage rouge et orangé dans le vent d'octobre avant de le répandre sur le pré en un tapis éclatant.

En se levant de table, elle remarqua la déchirure dans la chemise de James.

— James, votre manche est trouée. Si vous vous changiez, je pourrais vous la recoudre ce matin.

James rougit.

— Elle a dû se prendre dans le métier à tisser sur lequel je travaillais hier.

Il monta se changer et Reiver se leva à son tour.

— Bon, eh bien j'y vais.

— N'oubliez pas votre manteau, dit Hannah. On dirait qu'il fait froid ce matin.

— Nous sommes mariés depuis deux mois, et elle en est déjà à me dire ce que je dois faire. Que dis-tu de ça, Samuel ?

— C'est notre petit tyran domestique.

Habituée aux plaisanteries joviales des frères Shaw, Hannah répliqua :

— Tyran, vraiment ! Sans Mme Hardy et moi, vous iriez vous promener dans Coldwater en guenilles.

Reiver et Samuel se mirent à rire. Hannah suivit son mari et lui tendit son manteau sans un mot. Quand il sortit, elle frissonna dans le courant d'air automnal qui s'engouffra à l'intérieur en tourbillonnant autour de ses jupes. Reiver lui fit un bref signe de tête et partit à grands pas à travers le pré.

Hannah, les bras serrés sur la poitrine dans l'air froid, aurait aimé qu'il l'embrasse sur la joue avant de partir, ou qu'il se retourne et lui fasse un signe. Mais il ne l'avait pas fait. Il ne le faisait jamais.

Elle soupira, ferma et vit James debout devant elle. Avec un sourire d'excuse, il lui tendit sa chemise et s'en alla.

De retour dans la salle à manger tiède et fleurant bon le café et le bacon, elle trouva Samuel s'attardant comme d'habitude après le départ de ses frères. Avant de rejoindre son atelier pour peindre ou graver, il aimait bavarder avec Hannah.

– Quelque chose ne va pas ? Vous paraissez troublée, dit-il comme elle s'asseyait en face de lui.

La passion de Reiver allait à ses soieries et celle de James à ses machines, mais Samuel ne s'intéressait qu'aux gens. Pas seulement à leur physique – la courbe de leurs joues ou la longueur de leur nez – mais aussi à ce qu'ils ressentaient. Sa curiosité l'avait souvent conduit à poser des questions qui avaient embarrassé Hannah, avant qu'elle ne comprenne que c'était sa façon d'être.

Elle feignit la surprise et se versa une nouvelle tasse de café.

– Non, tout va bien.

Les yeux clairs de Samuel se voilèrent, sceptiques.

– Je n'oserais pas contredire une dame, mais je crois que vous avez vraiment des soucis, Hannah.

Elle secoua la tête avec véhémence.

– Non, je vous assure.

Samuel jeta un coup d'œil sur la chemise de James qu'elle avait posée sur le dossier d'une chaise.

– James et moi vous avons chargée de tout notre lavage et raccommodage.

Elle sourit.

– Mais non. Cela me permet de me sentir utile.

– Comment vous entendez-vous, Reiver et vous ?

Elle se leva.

– Vous voudrez bien m'excuser. Je dois débarrasser la table, Millicent va être là d'une minute à l'autre pour la lessive.

Elle se mit à rassembler les assiettes qui cliquetèrent entre ses mains tremblantes. Samuel ne fit pas un geste pour l'arrêter, mais dit :

– S'il vous plaît, ne vous sauvez pas.

Elle posa la pile d'assiettes et s'assit. Au risque de paraître déloyale vis-à-vis de son mari, il fallait qu'elle se confie. Elle ne pouvait garder ses sentiments enfouis plus longtemps. Elle choisit ses mots avec soin :

– Il me traite avec... courtoisie et respect. D'ailleurs, vous êtes tous très gentils avec moi. Mais... Reiver est si distant. Je sais bien que nous avons fait un mariage de raison et je ne m'attends pas à ce qu'il me montre beaucoup de chaleur. Mais il me tient sans cesse à distance. Et moi qui croyais si bien savoir édifier des murs autour de moi ! Oh, vous devez croire que je ne suis qu'une gamine romantique et stupide.

– Absolument pas. Je vous trouve d'une intelligence et d'une sagesse bien au-dessus de votre âge.

Hannah regarda par la fenêtre tomber les feuilles.

– Je ne supporte pas l'idée de mener la même vie que celle d'oncle Ezra et tante Naomi.

Elle se tourna vers Samuel.

– Savez-vous que pas une seule fois, durant mon séjour chez eux, je n'ai vu mon oncle toucher la main de sa femme, ou l'embrasser sur la joue, ou simplement la regarder avec sympathie ?

– Les connaissant, cela ne m'étonne guère. Mais Reiver n'est pas comme cela, Hannah. Il lui faudra peut-être du temps, mais il s'adoucira.

– Je l'espère. Vous ne lui direz rien de tout cela, n'est-ce pas ?

– Bien sûr que non.

Elle se sentit soulagée. Elle avait confiance en Samuel.

Samuel connaissait la raison de la froideur de Reiver à l'égard de sa femme. Lorsque Millicent, la femme de journée, arriva, Hannah la rejoignit pour faire bouillir dans d'énormes marmites la montagne de linge du lundi matin. Samuel se rendit à son atelier afin de travailler à de nouvelles gravures, car l'hiver serait bientôt là, les mûriers perdraient leurs feuilles et les vers à soie hiberneraient ; la famille dépendrait alors de ses gains jusqu'au printemps.

La pièce, ensoleillée et spacieuse, était son domaine tout comme la filature était celui de ses frères. Là, dans l'odeur forte de l'essence de térébenthine, tenant bien en main une plaque à graver, Samuel Shaw donnait forme et substance à ses visions.

Mais aujourd'hui, même la lumière dorée de l'automne entrant à flots dans son atelier ne l'inspirait pas. Il ne parvenait pas à oublier le visage triste d'Hannah qui tentait de dissimuler son chagrin. Il déroula ses manches sur ses poignets, attrapa son manteau et partit à la recherche de Reiver. Il le trouva à la filature, bien sûr, dans le vrombissement des machines à dévider le fil et les bavardages des ouvrières, surveillant l'une d'elles qui trempait puis déroulait le dernier des cocons. Cette fois, Samuel ne répondit pas au coup d'œil appréciateur de la jeune fille ni à son sourire engageant. Il alla droit vers son frère.

— Reiver, je dois te parler.

— Tu vois bien que je suis occupé.

— C'est important.

Reiver lui jeta un regard mauvais, disant clairement : « Rien n'est plus important que mon travail. »

— Il s'agit d'Hannah, insista Samuel.

Reiver hésita.

— Sortons.

Ils suivirent la rivière. Samuel s'arrêta et fit face à son frère.

— Tu vois toujours Cécilia Layton, n'est-ce pas ?

— En quoi est-ce que ça te regarde ?

— Tu es marié à présent.

Reiver eut un sourire sardonique.

— Ne joue pas les prêcheurs avec moi, Sam. Tu connais la vie. Tu as eu ta part d'aventures.

— Mais je ne suis pas marié, moi. Cela fait toute la différence.

— Ce n'est pas parce qu'un homme se marie qu'il doit renoncer à sa maîtresse.

— Si c'est elle que tu aimes tant, pourquoi ne pas l'avoir épousée à la place d'Hannah ?

Reiver se tourna vers la terre qui avait appartenu à Ezra Bickford.

— Tu sais pourquoi.

— Mais oui, suis-je bête. Comment oublier ton précieux Racebrook ?

Reiver fit un pas en arrière et lui lança un regard singulier.

— Que t'arrive-t-il, Sam ? Qu'est-ce qui t'inquiète au sujet d'Hannah ?

— Je l'aime beaucoup.

— Tu sais pourquoi je l'ai épousée. Tu n'as pas élevé d'objections quand je vous ai fait part de mes projets, à James comme à toi.

Samuel contint sa colère.

— Mais, à présent qu'elle est ta femme, tu pourrais lui montrer un peu d'affection, en plus de coucher avec elle.

Reiver s'empourpra et baissa la tête comme un taureau prêt à charger.

— Ma femme t'aurait-elle parlé de notre vie privée derrière mon dos ?

– Elle n'en a pas besoin. Je ne suis pas aveugle.

Samuel enfouit ses mains dans ses poches et contempla les arbres à l'horizon.

– Te souviens-tu comment nos parents se conduisaient l'un envers l'autre ? Comment papa serrait maman dans ses bras quand il croyait que nous ne les regardions pas ? Comment il l'écoutait quand elle parlait – l'écoutait vraiment – et sa façon à elle de le suivre des yeux partout où il allait ?

– Je me souviens surtout qu'il était constamment ivre, et si maman le suivait des yeux, c'était pour surveiller qu'il ne chaparde pas l'argent que nous, les garçons, rapportions à la maison.

– Ils s'aimaient, malgré les faiblesses de papa. Toi tu ne l'as jamais vu.

– Comment aurait-elle pu l'aimer ? C'était un ivrogne, incapable de travailler deux jours de suite ! Il vivait de notre salaire, l'as-tu oublié ?

– Ce n'est pas de papa que je voulais discuter, mais d'Hannah. Elle est en train de tomber amoureuse de toi.

Cela surprit Reiver.

– Elle te l'a dit ?

– Elle est trop fière pour cela. Je ne sais même pas si elle s'en rend compte. Mais je connais suffisamment les femmes pour reconnaître les symptômes.

– Tu passes trop de temps avec les femmes, petit frère. Tu deviens aussi sensible qu'elles.

La vieille insulte venue de leur enfance ne suffit pas à vexer Samuel, mais il résista à l'envie de balancer son poing dans la figure de Reiver.

Quand ce dernier vit qu'il ne réussissait pas à énerver son frère, il se détourna pour rentrer à la filature. Samuel le saisit par le bras.

– Tu dois donner une chance à Hannah. Et ce sera impossible tant que Cécilia fera partie de ta vie.

Reiver dégagea son bras.

– Tu penses et tu parles trop, Sam. Je ne veux pas me bagarrer avec toi. Je ne me suis jamais mêlé de ta façon de vivre, alors fais-en autant avec la mienne. Et si tu parles de Cécilia à Hannah, tu le regretteras.

Avec cette menace dressée entre eux comme une dague, Reiver s'en alla vers la filature, raidi de colère.

– Il a la tête plus dure qu'un mulet, murmura Samuel.

47

Il se dirigea vers la maison, luttant contre le vent. Une idée lui était venue.

Il trouva Hannah dans le petit salon, assise près de la fenêtre en train de recoudre la chemise de James. Elle inspectait son travail – les points étaient presque invisibles – et sourit, satisfaite :

– Voilà ! C'est fini.

Samuel regarda autour de lui afin d'être sûr de ne pas être interrompu par Mme Hardy ou Millicent, puis demanda :

– Hannah, aimeriez-vous poser pour moi ?

– Moi ?

– Oui. Je voudrais faire votre portrait, ou bien une gravure. Vous pourriez l'offrir à Reiver à Noël, si vous voulez.

– Vous fêtez donc Noël ? Chez moi aussi, mais c'est assez rare en Nouvelle-Angleterre.

– Ma mère venait de New York et elle tenait à cette fête.

– Croyez-vous que Reiver aimerait avoir un portrait de moi ?

– Oui, j'en suis sûr. Et nous ne lui dirons rien pour lui faire la surprise.

– Quand commençons-nous ?

– Demain matin, dès qu'il sera parti à la filature.

Le visage d'Hannah prit une expression mélancolique.

– Ma mère avait posé pour un portrait juste avant sa mort. Il n'a jamais été terminé.

– Celui-là le sera. Et à temps pour Noël.

Il la quitta – ses yeux brillaient comme ceux d'un enfant qui possède un secret – et retourna à son atelier.

Installée à sa place habituelle dans l'atelier, près de la fenêtre pour que la lumière du sud l'éclaire bien, Hannah frissonna malgré le bon feu de tourbe dans la cheminée, ses jupons de flanelle et le châle de laine sur ses épaules. Mais on était en novembre, et la froidure s'était répandue sur toute la Nouvelle-Angleterre.

Elle jeta un regard au-dehors malgré les recommandations de Samuel. Le ciel était d'un gris d'étain, les arbres dépourvus de feuilles tendaient leur squelette noir vers des nuées qui promettaient de la neige pour la fin du jour.

– Vous avez été formidable, Hannah. Encore une séance et j'aurai tous les dessins dont j'ai besoin.

Durant toutes ces semaines, Hannah avait trouvé très déconcertant le fait d'être détaillée par les yeux pâles de Samuel fixés sur elle tandis qu'il travaillait. Son regard était si pénétrant qu'elle avait l'impression d'être connue de lui de façon bien plus intime que par son mari.

— À quoi pensez-vous ? demanda-t-il. Votre expression a changé, tout à coup.

Sa sensibilité d'artiste lui permettait de deviner beaucoup de choses — beaucoup trop.

— À dire vrai, je ne me sens pas très bien en ce moment.

Samuel cessa de dessiner.

— Vous en faites trop, Hannah. Vous devriez laisser à Millicent le gros du travail.

Mais ses tâches l'aidaient à oublier un mari trop distant et sa solitude au milieu de la bruyante famille Shaw. Soudain, la tête lui tourna, comme en ce jour fatidique dans le champ de tabac. L'atelier oscilla autour d'elle et tout devint noir. Puis, dans le lointain, on l'appela par son nom, et en ouvrant les yeux elle vit le visage inquiet de Samuel flotter au-dessus d'elle.

— Que s'est-il passé ?

— Restez tranquille. Vous vous êtes évanouie.

Elle demeura donc dans les bras de Samuel jusqu'à ce que tout reprît place. Samuel l'aida ensuite à se lever en la prenant par la taille.

— Vous devriez vous allonger sur votre lit et appeler Mme Hardy.

Elle hocha la tête et il l'accompagna à sa chambre. Mme Hardy fut là en une minute, ses yeux gris assombris d'inquiétude.

— Mon dieu, Hannah...

En voyant Samuel hésitant sur le seuil, elle le chassa et ferma la porte, puis s'assit au bord du lit et posa sa main sur le front d'Hannah.

— Dites-moi ce qui s'est passé.

— Je me suis évanouie.

Mme Hardy prit un air soupçonneux et, de sa manière directe, lui posa quelques questions personnelles fort embarrassantes. Elle se mit alors à glousser et se frappa la cuisse.

— Voilà tout mon Reiver. Ce que vous avez, ma petite, c'est que vous êtes enceinte. Vous allez avoir un bébé dans neuf mois d'ici.

Hannah retrouva le même état de stupeur incrédule qui l'avait saisie quand oncle Ezra lui avait annoncé qu'elle épousait Reiver.

— C'est impossible.

— Vous êtes mariée. C'est donc parfaitement possible. Votre maman avait bien dû vous parler de tout ça.

— Il doit y avoir une erreur.

49

Mme Hardy haussa les épaules.

– Tous les symptômes prouvent que non.

Elle allait avoir un enfant. Mais tout en elle criait le contraire.

– Les enfants, ça pleure, ça met la pagaille et ça vous brise le cœur, mais c'est ainsi que va le monde, disait Mme Hardy. Et si c'est un garçon, l'héritier des Shaw, imaginez la fierté de votre époux !

– J'aimerais rester seule maintenant, si vous n'y voyez pas d'inconvénient.

– Vous avez sûrement besoin de vous faire à cette idée.

Elle tapota la main d'Hannah et s'en alla. Hannah entendit des chuchotements dans le couloir entre elle et Samuel, puis ce fut le silence.

Un bébé...

Elle se roula en boule, incapable de l'admettre. Il semblait injuste que les tâtonnements de Reiver sous sa chemise de nuit aboutissent à ce résultat, et pourtant ! Une fois de plus, le destin lui jouait un mauvais tour. Ses larmes jaillirent.

Lorsqu'elles furent taries, elle se leva, réajusta sa robe et baigna d'eau froide ses yeux rouges et gonflés. À présent, elle était prête à accepter la situation avec calme et raison. Elle passa la main sur son ventre encore plat, songeant à l'enfant de Reiver qui grandissait en elle, et elle eut un sursaut d'espoir.

Comment un homme ne pourrait-il pas aimer la mère de son enfant ?

Elle espéra que Mme Hardy n'avait pas dévoilé à Samuel la vraie raison de son malaise. Elle voulait que Reiver fût le premier à savoir.

Elle le lui annonça plus tard dans la soirée, alors qu'ils allaient se coucher. Assise au bord du lit, elle finissait de tresser sa longue natte quand Reiver entra pour éteindre la lampe à huile, comme il faisait toujours avant de se déshabiller.

– N'éteignez pas, pria Hannah, le cœur battant. J'ai quelque chose à vous dire.

Elle fixa son attention sur le ruban bleu à l'extrémité de sa tresse.

– Vous allez être père.

Silence.

Elle risqua un regard sur son mari. Il paraissait figé, la mâchoire contractée, le visage aussi blanc que la première neige. Il parvint enfin à dire :

– Vous êtes...?

Hannah hocha la tête, rougissante.

– Oh mon dieu ! C'est merveilleux, Hannah !

Il s'agenouilla devant elle, prit ses mains et les porta à ses lèvres comme s'il rendait hommage à une reine. De nouveau, Hannah sentit que cette vie nouvelle lui conférait un étrange pouvoir.

– Vous êtes content ?

– Content... Je suis le plus heureux des hommes !

Il se leva, mais au grand regret d'Hannah, il ne la prit pas dans ses bras pour l'étreindre comme l'épouse bien-aimée qu'elle désirait tant être pour lui.

– Cet enfant sera le premier Shaw de sa génération, et si c'est un fils...

Ses yeux étincelèrent.

– J'espère que ce sera un garçon.

Reiver fit un pas en arrière, ayant retrouvé sa réserve coutumière.

– Étant donné les circonstances, je pense que le mieux est que je dorme dans la chambre d'amis. Je ne voudrais pas risquer de vous gêner, vous ou le bébé.

Ainsi, les avances de Reiver seraient épargnées à Hannah jusqu'à la naissance, au printemps, selon l'estimation de Mme Hardy.

– Je le pense aussi.

Reiver se pencha vers elle et effleura sa main de ses lèvres. Son geste la surprit.

– Merci, Hannah.

Puis il souffla la lampe et la laissa dans l'obscurité, seule avec ses pensées.

Reiver se sentait à la fois léger et pesant en s'installant dans le lit froid et dur. Il allait être père. Il en était heureux, excité, fier et plein de gratitude. Puis il pensa à Cécilia, et sa joie se teinta d'amertume. Il remonta les couvertures sur lui et écouta le vent de novembre se ruer sur les avant-toits et les fenêtres comme s'il demandait asile. Il lui faudrait parler à Cécilia dès qu'il le pourrait.

Quelques semaines plus tard, Reiver conduisit son traîneau à Hartford pour annoncer la nouvelle à Cécilia. Il était récemment tombé plus de deux mètres de neige, mais elle s'était tassée et il parcourut les vingt-cinq kilomètres de trajet sans trop de peine. Emmitouflé dans une épaisse couverture, une brique brûlante sous les pieds, il regardait défiler les champs et les maisons ouatés d'une couche de neige virginale, et la fumée qui s'élevait paresseusement des cheminées en traînées grises. Cependant, ce n'est pas à ce spectacle qu'il pensait, mais à sa conversation avec Samuel, juste avant qu'il ne parte, de bonne heure le matin.

En l'aidant à atteler Nellie, Samuel avait dit :

— James et moi sommes très heureux pour toi et Hannah. Elle sera une mère parfaite.

— J'en suis sûr.

— Tu en as parlé à Cécilia ?

— Pas encore. C'est pour cela que je vais à Hartford.

— Si elle possède le moindre bon sens, elle comprendra qu'elle n'a plus rien à faire avec toi.

Ces mots hantaient Reiver.

La maison de Cécilia paraissait saupoudrée de sucre. Elle lui ouvrit, surprise et ravie. Ses boucles châtaines étaient lissées en arrière et réunies en un simple chignon tel que les affectionnait Hannah.

— Entre vite à l'abri, Reiver, dit-elle, frissonnante, en l'attirant dans le salon tiède.

Puis elle fut dans ses bras, le réchauffant d'une chaleur bien à elle.

Il aurait préféré lui parler de l'enfant après lui avoir offert le présent enfoui dans sa poche et fait l'amour avec elle, longuement, dans sa chambre au premier étage. Mais il ne le pouvait pas. Aussi, avant qu'elle ne prît son manteau, il la regarda d'un air stoïque.

— Il faut que tu saches qu'Hannah et moi allons avoir un enfant.

— Chut ! dit-elle en portant ses doigts à ses lèvres. Cette partie de ta vie ne me concerne pas. Elle n'existe pas quand tu es ici.

Jamais Reiver n'avait entendu de mots plus doux. Samuel avait tort ; Cécilia ne le quitterait pas. Elle lui ôta son manteau.

— Montons.

Il sortit une petite boîte de sa poche.

— Pas avant que je ne t'aie donné ceci.

Ses yeux bruns s'éclairèrent.

— Qu'est-ce que c'est ?

— Un cadeau de Noël en avance. Ouvre-le.

Cécilia retint son souffle devant les boucles d'oreilles étincelantes, ornées de grenats et de petites perles.

– Reiver, elles sont magnifiques.

– Elles appartenaient à ma mère, c'était son bien le plus précieux, les seuls bijoux qu'elle ait jamais possédés. Je voulais
qu'elles fussent à toi.

Qu'elles fussent à sa maîtresse, et non à sa femme. La signifi-
cation de son geste était claire pour tous les deux. Cécilia les mit
à ses oreilles, et prit Reiver par la main.

– Viens. Maintenant.

– Où est la domestique ?

– En visite chez sa mère. Elle ne sera pas de retour avant des
heures.

Dans la chambre, il ouvrit en grand les lourdes tentures sur la
lumière froide de l'hiver, car il souhaitait voir chaque courbe de
son joli corps quand il lui ferait l'amour, voir monter la passion
dans ses yeux qui viraient à l'onyx, voir s'ouvrir ses lèvres roses.
Elle l'attendait au pied du lit, sa main fine posée sur le montant
d'érable sculpté ; seuls ses yeux brillants trahissaient son
impatience.

Reiver commença à défaire les petits boutons au dos de sa
robe.

– Ma douce Cécilia, murmura-t-il à son oreille.

Le désir montait en lui si fort qu'il ne sentait pas le froid de la
chambre tandis qu'il se déshabillait en hâte, puis arrachait robe et
corset à Cécilia défaillante.

Plus tard, quand leur passion fut épuisée, ils demeurèrent enla-
cés sous l'édredon. Reiver aurait aimé que Cécilia le félicite d'être
bientôt père, mais elle ne le ferait pas. Il devait respecter sa façon
de nier l'existence d'Hannah.

Il se souleva sur un coude et se perdit dans la contemplation
de Cécilia, son joli visage en forme de cœur, sa bouche en bouton
de rose.

– Il est tard. Je dois partir.

– Vraiment ? murmura-t-elle en promenant ses petites mains sur
la poitrine musclée de Reiver.

– Je pourrais peut-être rester un peu plus longtemps...

Ce qu'il fit.

Le matin de Noël, tandis que le reste de la famille était à
l'église, Hannah jeta un dernier regard à son cadeau pour Reiver
– son portrait par Samuel, encadré – avant de l'emballer. Elle en
était très étonnée. Cette belle femme aux yeux graves ne pouvait

53

pas être elle. Quand elle avait protesté auprès de Samuel, disant qu'il l'avait mal représentée, il avait eu un sourire énigmatique.

– Mais c'est ainsi que vous serez, un jour.

Elle fit courir ses doigts le long du cadre de bois. Est-ce donc ainsi que la voyait Samuel, belle, pleine d'expérience et de sagesse, elle qui connaissait si peu le monde ? Elle ne se sentait pourtant ni très savante ni très sage.

Une nausée soudaine – comme souvent au cours de ce mois-là – l'obligea à se précipiter au lavabo. Elle s'allongea un instant, puis termina le paquet cadeau pour son mari. Bientôt elle entendit toute la famille se ruer dans le vestibule en tapant des pieds pour faire tomber la neige des bottes.

– Bouh ! Quel froid !

– Comment était le sermon du Révérend Crane ? interrogea Hannah.

– Si ennuyeux que je me suis presque endormi, répliqua Reiver.

– Apprends à dormir les yeux ouverts, comme moi, dit Samuel en riant. Comme ça personne ne te jettera de regard indigné.

– Nous avons vu votre oncle et votre tante, ajouta Mme Hardy.

– Ont-ils demandé de mes nouvelles ?

– Ils sont partis avant que nous ayons pu leur parler, dit Reiver.

– C'est aussi bien.

Samuel ôta son chapeau et son écharpe.

– Vous sentez-vous mieux, Hannah ?

– Beaucoup mieux, merci, dit-elle en prenant les manteaux. Je suis désolée d'avoir manqué la messe.

– Dieu vous pardonnera bien, vu les circonstances, grommela Mme Hardy en brossant la neige de ses cheveux gris. Et maintenant, à table pour le déjeuner de Noël !

Après un somptueux repas, tout le monde se réunit dans le salon afin d'échanger les cadeaux. Hannah fut ravie de voir que les bas de laine qu'elle avait tricotés pour James et Samuel leur plaisaient, et elle apprécia beaucoup à son tour la belle édition reliée de cuir d'*Ivanoé* qu'ils lui offrirent. Mais elle surveillait avec nervosité Reiver tandis qu'il ouvrait son paquet. Lorsqu'il découvrit le tableau, son visage prit une expression singulière, mais si fugitive qu'Hannah crut l'avoir imaginée. Il le tendit pour que tous le voient.

– Regardez ce que mon frère a fait pour moi... un charmant portrait de mon épouse. Mais elle m'a déjà donné le plus beau cadeau qu'un homme puisse espérer.

Puis il tendit à Hannah un paquet et posa un léger baiser sur son front.

– Cela ne peut se comparer au vôtre, mais j'espère qu'il vous plaira.

C'était un châle de laine grise, un cadeau utile.

– Juste ce dont j'avais besoin durant la saison froide, dit-elle en le drapant sur ses épaules.

Plus tard, Reiver suivit Samuel dans la grange. D'abord aveuglé par la pénombre, il finit par le distinguer en train de seller son cheval. Celui-ci leva la tête en soufflant doucement, dévoilant sa présence.

Reiver se tenait devant la stalle, bien calé sur ses pieds, la tête baissée comme un taureau qui charge.

– Que diable croyais-tu faire ?

Samuel arrangea la selle sur le dos de son cheval.

– À propos de quoi ?

– Ne joue pas l'innocent avec moi ! Ce portrait d'Hannah... il ne lui ressemble pas du tout !

Son souffle formait des petits nuages dans l'air glacé.

– Tu insultes un artiste en lui disant qu'il n'a pas réussi à capter la personnalité de son sujet, dit Samuel.

– Eh bien, tu n'as pas réussi. Tu l'as faite trop... trop...

– Sensuelle ?

Samuel serra la sangle de la selle.

– Je dessine ce que moi, je vois chez un être. Si nous ne voyons pas en Hannah les mêmes choses, je n'y peux rien.

– Ne te moque pas de moi, Samuel.

Samuel le regarda avec froideur.

– Tu fais une montagne de rien du tout, espèce de tête de pioche. J'ai proposé à Hannah de faire son portrait pour te l'offrir à Noël et j'ai représenté ce que j'ai vu. Désolé si cela ne te plaît pas. Maintenant excuse-moi, j'ai une visite à faire.

Il rassembla les rênes et fit sortir le cheval de son box.

Reiver le regarda monter en selle dans la cour et s'éloigner, élégant et bien droit. Il était si beau, si galant, les femmes se pâmaient devant lui. Se pouvait-il qu'il essaie de séduire Hannah ?

Mais non, c'est mon frère, se dit Reiver en refusant aussitôt ce soupçon.

Il rentra chez lui.

Le printemps fut précoce et Hannah se sentit en harmonie avec la saison du renouveau, si bienvenue après l'âpre hiver de la Nouvelle-Angleterre. Elle s'épanouissait en même temps que les frênes et les érables se couvraient de petits bourgeons verts. Le ventre rond, pesant, elle passait ses journées à somnoler et rêver d'un petit garçon dévalant Mulberry Hill, ou s'asseyait près d'une fenêtre et contemplait la campagne qui devenait verdoyante à mesure qu'avril laissait place à mai. C'était pour bientôt, avait assuré la sage-femme.

Ce fut plus tôt encore qu'on ne le pensait.

Hannah avait souffert du dos tout l'après-midi, et en début de soirée les douleurs commencèrent à lui taillader le ventre. Elle se leva avec effort et traversa le salon pour se rendre près de Reiver, penché sur ses livres de comptes. Elle posa une main tremblante sur son épaule.

— Il faudrait appeler la sage-femme.

Il pâlit.

— Êtes-vous sûre ?

Elle hocha la tête et il sauta sur ses pieds, renversant presque sa chaise dans sa hâte. Si une autre douleur n'avait pas étreint Hannah à cet instant, elle aurait trouvé son inquiétude touchante, mais elle ne pensait qu'à l'accouchement proche, avec la peur primitive de ne pas y survivre.

— Madame Hardy ! cria Reiver en aidant Hannah à monter l'escalier. Ça y est ! Ne restez pas plantée là ! Dites à Sam d'aller chercher la sage-femme. Mon fils va naître.

— Ne t'énerve donc pas. Il ne sera pas là avant des heures.

Des heures plus tard, le fils de Reiver n'était pas encore né.

Banni de la chambre où gisait son épouse par des femmes résolues à accomplir leur tâche sans que les hommes s'en mêlent, Reiver fit les cent pas dans le couloir jusqu'au moment où les gémissements d'Hannah le chassèrent au rez-de-chaussée où veillaient Samuel et James.

Il se mit à tourner en rond dans le salon.

— Si seulement je pouvais faire quelque chose !

Samuel lui tendit un verre de brandy de pomme.

— Tu ne peux rien faire. Hannah doit traverser seule cette épreuve.

Reiver but en deux gorgées et la brûlure de l'alcool lui fit du bien.

– Et si elle mourait ?

Le regard de Samuel répondit clairement : «Tu pourrais alors épouser ta chère Cécilia.» Reiver en eut honte.

– Hannah ne mourra pas, dit James en tripotant une pièce de machine. Je vais faire un tour. Appelez-moi quand l'enfant sera né.

Reiver passa les heures suivantes à arpenter le salon tandis que Samuel dessinait la bouteille de brandy posée sur le vaisselier. Ils s'immobilisaient chaque fois que les cris de souffrance d'Hannah leur parvenaient du premier étage. Reiver regarda son frère avec désespoir.

– C'est beaucoup trop long. Je monte, et elles ont intérêt à me laisser entrer.

À cet instant la porte s'ouvrit sur James, une lanterne à la main, livide et haletant.

– Reiver ! Un chat s'est introduit dans le hangar. Les vers à soie...

Les mots lui manquèrent et il eut un geste d'impuissance.

Reiver lança un juron à faire trembler les murs. Il se rua au-dehors, femme et enfant oubliés, et courut avec James dans l'obscurité en balançant la lampe qui jetait des lueurs fantasmagoriques sur l'herbe.

Le silence inquiétant du hangar disait l'étendue du désastre. Reiver en eut un haut-le-cœur. Les plateaux étaient renversés, feuilles de mûrier et vers gisaient mêlés sur le plancher où s'agitaient les survivants, pathétiques.

– Où diable est ce misérable Freddie Bates ?

– Ic... ici, monsieur Shaw, fit une petite voix effrayée.

Reiver vit Freddie, un frêle garçonnet de dix ans tremblant de terreur. Il fut sur lui en deux pas et lui assena une gifle qui l'envoya rouler au sol.

– Satané petit idiot ! Pourquoi crois-tu que je te paie cinq sous par semaine, pour dormir ?

Freddie se redressa.

– N... non, monsieur.

– Je t'ai engagé pour surveiller le hangar afin que les rats et les chats n'attaquent pas les vers. Qu'as-tu à dire pour ta défense ?

Le garçon se mit debout en époussetant son pantalon.

– Je... je suis désolé, monsieur. Je me suis endormi et un chat est entré. Je ne l'ai pas fait exprès.

– Quand je trouverai ce chat, je le mettrai dans un sac avec toi et je vous balancerai tous les deux à la rivière !

Cette fois, Freddie ne demanda pas son reste et s'enfuit.

— Tu n'es pas un peu dur avec ce gamin ? dit James.

— Dur ? Être écorché vif, c'est tout ce qu'il mérite !

Il parcourut du regard l'étendue du désastre.

— Toute une récolte de cocons fichue à cause d'un stupide gamin qui s'est endormi.

— On doit pouvoir en sauver quelques-uns.

— Penses-tu. Ceux qui restent sont trop choqués pour continuer à tisser.

— Essayons quand même.

Ils se mirent au travail, oubliant Hannah et le bébé.

L'épreuve était terminée, et elle avait survécu.

Elle baissa les yeux sur le nouveau-né qui tétait avidement, et les longues heures de calvaire s'effaçaient déjà de sa mémoire. Reiver serait comblé : c'était un fils. Elle ressentit une bouffée d'amour si puissante qu'elle en tressaillit. Il paraissait si petit, ses doigts, ses orteils, étaient minuscules et parfaits...

— Accoucher c'est l'enfer, pas vrai ? dit Mme Hardy. Vous avez bien mérité de vous reposer. Quand vous vous éveillerez, Reiver sera là.

Mais lorsqu'elle ouvrit les yeux, c'est Samuel qu'elle vit à son chevet, inquiet, les joues bleuies de barbe.

— Comment vous sentez-vous ?

— Beaucoup mieux, maintenant que c'est fini.

Il contempla le bébé couché dans le berceau de bois que James avait fabriqué deux semaines auparavant.

— Merci pour ce beau neveu. Comment allez-vous l'appeler ?

— Nous nous sommes mis d'accord pour Benjamin. Quelle heure est-il ?

— C'est presque le matin.

Elle regarda vers la porte.

— Où est Reiver ?

— Toujours dans le hangar avec James. Un chat est entré et...

— Ne lui cherchez pas d'excuses, Samuel. Ses vers à soie comptent plus pour lui que son fils ou moi-même.

— Sans vouloir le défendre, cet accident est une catastrophe. Ils ont travaillé toute la nuit pour essayer de sauver ce qui reste des chenilles. Il sera là très bientôt. Et ravi d'avoir un fils, je vous l'assure.

Après son départ, Hannah, les yeux baissés sur le nourrisson qui dormait paisiblement, se rendit compte tout à coup que désormais son mari lui importait beaucoup moins que son fils. Elle était peut-être unie à Reiver par la loi, mais ce qui la liait à Benjamin venait du sang. Tout son amour irait à cet enfant, et il le lui rendrait au centuple.

Cet enfant, c'était sa famille, son avenir, son pouvoir.

Reiver entra dans la chambre, épuisé et penaud.

— Je suis désolé pour votre élevage, dit Hannah en pensant que c'était ce qu'il voulait entendre par-dessus tout.

Mais il ne voyait que le berceau. Elle se pencha et prit le précieux petit paquet qu'elle lui tendit comme s'il avait été de verre.

— N'est-il pas merveilleux ?

Reiver passa son doigt sur la joue toute douce du bébé en le regardant comme s'il n'en avait encore jamais vu.

— Mon fils.

Non, se dit Hannah. *Le mien*.

4

—Benjamin Shaw, tu es le petit garçon le plus intelligent du monde, dit Hannah.

L'enfant, âgé de quatorze mois, assis par terre dans la nursery, empilait avec soin des cubes de bois.

—Tu as construit une vraie maison !

À ces compliments, Benjamin fit un grand sourire, puis d'un revers de main, démolit sa construction et tous les cubes se répandirent sur le sol. Il pouffa de rire et applaudit.

—Ah, tu es content de toi, n'est-ce pas ?

Hannah s'agenouilla pour rassembler les cubes afin qu'il pût de nouveau les empiler et les renverser. En se relevant, une soudaine faiblesse l'obligea à s'agripper au dossier d'une chaise jusqu'à ce que la nausée passât. Quand la pièce eut cessé de tourner, elle sourit à son fils qui considérait avec sérieux cette étrange conduite.

—Tu vois, Benjamin, bientôt tu auras un petit frère ou une petite sœur pour partager tes jeux.

Ce n'était pas la chaleur étouffante de juillet qui lui faisait ainsi tourner la tête. Elle n'avait pas ses règles depuis deux mois et, puisque Benjamin était sevré, ce n'était pas à cause de l'allaitement que sa poitrine était si sensible.

Elle n'avait pas besoin de consulter le docteur Bradley pour savoir qu'elle attendait un deuxième enfant. Pleine de joie, elle eut hâte de l'annoncer à Samuel.

En se rendant compte de son lapsus, elle rougit et dit à Benjamin, comme s'il pouvait lire ses pensées :

—Je veux dire, à ton père.

Elle le prit dans ses bras et ajouta :

—Allons-y tout de suite.

Elle le laissa à la garde de Mme Hardy dans la cuisine et partit d'un pas vif vers la filature.

Elle n'avait pas fait exprès de penser à Samuel en premier. Son nom lui était venu en tête, mais cela ne signifiait rien. Rien du tout.

L'énorme bâtiment carré, avec ses fenêtres placées très haut pour recueillir le maximum de lumière, l'impressionnait toujours un peu. C'était le domaine de Reiver, là où s'accomplissait le travail mystérieux des bruyantes machines dévidant la soie des cocons sur les bobines grâce à l'énergie de l'eau. Elle trouva son mari dans un coin de la salle, un papier à la main, en grande conversation avec James. Bien qu'elle ne pût l'entendre dans le fracas des machines, elle devina à sa mine renfrognée que quelque chose l'avait mis de mauvaise humeur.

— Reiver, puis-je vous parler un instant ?

Il ne leva même pas les yeux.

— Pas maintenant, Hannah.

— Mais c'est très important.

— Il vous faudra patienter.

Il brandit le papier devant James.

— Tu ne vois donc pas que ça ne pourra jamais fonctionner ?

Hannah fit demi-tour et s'éloigna sans bruit, essayant d'ignorer les coups d'œil apitoyés des ouvrières. Dehors, elle cligna les yeux, voulant se persuader que les larmes perlaient sur ses joues à cause de la réverbération du soleil, et se dirigea vers la maison.

Elle remarqua aussitôt que Samuel venait d'attacher son nouveau cheval, Titan, à l'ombre d'un chêne et était en train d'étriller sa robe brune jusqu'à ce qu'elle brille. Il était torse nu. Hannah aurait dû rentrer, mais elle ne parvenait pas à le quitter des yeux. Ses épaules n'étaient pas aussi larges et musclées que celles de Reiver, mais elles jouaient souplement tandis qu'il tendait la brosse vers l'encolure de Titan puis descendait en un arc ferme. Ses hanches étroites tanguaient à chaque mouvement.

Hannah allait s'éclipser quand le cheval la trahit en levant la tête et en soufflant doucement. Samuel se tourna vers elle et sourit. Elle ne pouvait faire autrement que le rejoindre.

— Il est très beau.

Elle tendit la main vers le museau velouté de Titan. Si elle fixait son attention sur lui, elle ne serait pas obligée de regarder vers Samuel dont le torse brillait autant que la robe de son cheval.

— N'est-ce pas ? Il est aussi rapide que le vent et aussi doux qu'un bébé.

Il le gratta entre les oreilles, et le cheval eut un soupir de satis-faction.

— À propos de bébé, dit Hannah, rougissante, Reiver et moi allons être de nouveau parents.

Bien qu'elle ne le regardât pas, elle perçut un changement en lui, comme s'il se renfermait, comme si elle l'avait déçu d'une cer-taine façon. Cela ne dura qu'un instant.

— C'est merveilleux, dit-il en changeant sa brosse de main. Féli-citations. Mon frère doit en être très heureux.

— Il ne le sait pas encore.

Il s'arrêta, surpris.

— Vraiment ?

Hannah lui fit face. Malgré la pénombre, la lumière semblait se condenser dans le regard clair de Samuel, le rendre plus intense.

— J'ai pourtant essayé de le lui dire.

— Je vois. Il vous a répondu qu'il était trop occupé. Vous devez être bien désappointée.

— J'essaie de ne pas l'être. Il travaille dur pour réussir.

Le beau visage de Samuel s'assombrit.

— Il pourrait quand même vous consacrer une minute, surtout pour une aussi merveilleuse nouvelle.

Hannah haussa les épaules.

— Je lui parlerai ce soir, avant le dîner, quand il prendra le temps de se reposer un peu.

— J'ai bien envie de lui dire deux mots.

Elle posa sa main sur le bras de Samuel, chaud et humide. Une sensation agréable.

— S'il vous plaît, n'en faites rien. Le seul résultat serait de le mettre en colère.

Samuel regarda sa main toujours posée sur son bras, et elle la retira vivement.

— Mon frère est peut-être très doué pour diriger une filature, mais il devrait apprendre à se comporter en époux attentionné. Cependant, si vous ne voulez pas que je lui parle...

— Je vous en prie.

— Je n'en ferai donc rien.

Il l'observa avec attention.

— Comment vous sentez-vous ? Vous paraissez bien pâle aujourd'hui.

— J'ai eu un petit malaise ce matin en jouant avec Benjamin, mais c'est fini.

— Vous vous fatiguez beaucoup trop, Hannah. Vous devriez vous reposer un peu et laisser le travail aux domestiques.

Elle humait l'odeur prenante qui s'exhalait du cheval et de Samuel en sueur.

— Ne vous faites pas de souci, Samuel. Je vais très bien.

Il fit un pas vers elle.

— Je me *fais* du souci.

Titan balança la tête vers son maître. Hannah aussi le fixait, consciente du changement d'atmosphère autour d'eux, lourde comme celle qui précède un orage d'été. Une partie d'elle-même voulait la fuir. L'autre voulait s'y perdre.

Elle emmêla ses doigts dans la crinière drue de Titan.

— Il ne faut pas. Les malaises passeront. Je supporterais n'importe quoi pour avoir un autre enfant. Benjamin est une telle joie pour moi ! J'ai hâte d'en avoir un second, une petite fille j'espère.

— Je souhaite que vous obteniez tout ce que vous désirez, Hannah.

Pourquoi cette impression déconcertante qu'il ne faisait pas allusion à sa prochaine maternité ?

— J'en suis sûre. Et maintenant, excusez-moi, je dois rentrer.

Elle s'enfuit avant qu'il ait pu ajouter un mot.

À l'office, elle s'absorba dans sa tâche, hacher menu du romarin et de la verveine séchés, mais ses pensées revenaient sans cesse à Samuel, debout dans l'ombre du chêne, en train d'étriller son cheval. Elle huma avec plaisir le riche arôme des herbes. Samuel, lui, partageait son bonheur au sujet du bébé, s'inquiétait de son bien-être.

Elle finit de hacher les herbes et emplit la boîte à épices. Ce soir, quand elle ferait part à Reiver de la nouvelle, il se montrerait aussi ravi et prévenant que son frère.

Hannah, hésitante, se tenait sur le seuil de sa chambre.

— Reiver, puis-je vous parler un instant ?

Il était en train d'enfiler une chemise propre.

— Une minute, alors. Je sors.

Elle tenta de cacher sa déception.

— Vous ne dînez donc pas avec nous ?

— Non. Je dois voir les Athelson. Des affaires importantes. Qu'avez-vous à me dire ?

– Vous allez être père de nouveau.

Il s'immobilisa.

– Un autre enfant ?

Il eut un grand sourire, la prit par la main et l'embrassa sur la joue.

– C'est merveilleux ! Un autre fils pour l'empire Shaw.

Elle ne dit pas qu'elle espérait une fille. Elle attendait qu'il se rendît compte pourquoi elle avait tant voulu lui parler cet après-midi et qu'il exprimât ses regrets de l'avoir rebuffée ; mais il finit simplement de boutonner son plus beau gilet devant la glace.

– Les autres le savent-ils ?

– Vous êtes le premier.

– Ils seront sûrement aussi heureux que moi.

Il enfila sa redingote noire, l'ajusta pour qu'elle tombât bien. Puis il saisit les mains d'Hannah et les porta à ses lèvres.

– Je rentrerai sans doute tard, ne m'attendez pas. J'irai dormir dans l'autre chambre jusqu'à la naissance du bébé.

Puis il s'en alla.

L'été 1842 s'écoula trop lentement au gré d'Hannah, mais par bonheur septembre passa plus vite. Elle était enceinte de cinq mois et sa taille arrondie l'obligeait à porter des robes amples. Un matin d'octobre, elle barattait le beurre à l'office quand Samuel survint, les yeux brillants d'excitation.

– Je viens de vendre cinq gravures, il faut fêter cela !

Hannah sourit.

– Une fête en milieu de semaine ? C'est un péché, Samuel Shaw. Le Révérend Crane ne serait pas d'accord.

– Je me sens d'humeur pécheresse. Vous joindrez-vous à moi ?

Connaissant sa façon de plaisanter elle répliqua :

– Une femme dans ma condition évite le péché à tout prix.

Il leva les sourcils et tortilla une moustache imaginaire, comme le méchant d'un mélodrame.

– Cette demoiselle sans méfiance aimerait-elle faire une petite promenade dans les collines ?

– J'aimerais bien, en effet, mais j'ai du travail.

– Oubliez-le. Vous travaillez trop. Et puisque Reiver se permet de laisser la filature pour aller à Hartford aujourd'hui, vous pouvez bien faire une balade en carriole, vous aussi.

Elle jeta un regard d'envie par la fenêtre.

– C'est une belle journée pour se promener.

— Alors laissez votre baratte à Mme Hardy, prenez un châle et allons-y.

Peu après elle était assise près de Samuel dans la carriole, sur la route qui menait au sud de Coldwater. Elle drapa le châle gris plus étroitement autour d'elle ; la fraîcheur de l'automne était revigorante.

— Vous avez l'air très heureux aujourd'hui, Samuel.

— C'est vrai. Non seulement j'ai vendu cinq gravures, mais Broome, un fermier riche, m'a passé commande du portrait de sa fille, Patience. Comme j'ai entendu dire que la jeune dame était charmante, ce ne sera pas une corvée.

— Vous avez de la chance.

Soudain, Hannah se rendit compte que Samuel ne parlait jamais de ses conquêtes. Pourtant un homme aussi beau, galant et séduisant que lui devait bien avoir une amie de cœur quelque part. Elle ne comprenait pas pourquoi cette pensée la troublait.

— Où avez-vous rencontré votre demoiselle Broome ?

L'humeur légère de Samuel s'évanouit.

— Ce n'est pas *ma* demoiselle Broome. En fait, je ne l'ai jamais vue. C'est son père qui m'a parlé du portrait.

— Je vois, dit Hannah en tirant distraitement sur l'ourlet de son châle. Avec l'hiver qui vient, je sais que Reiver appréciera beaucoup votre contribution aux revenus de la maisonnée.

— Il l'apprécie constamment. Avec cela, au moins, il pourra acheter de la soie brute de Chine.

Ils roulèrent en silence sur la route poussiéreuse, croisèrent quelques autres attelages en grimpant la colline. Samuel ne s'arrêta pas avant d'en avoir atteint le sommet, d'où ils admirèrent le panorama.

Un coup de vent fit voler les longs rubans de la capeline d'Hannah vers le visage de Samuel.

— Vous n'avez pas froid ?

— Pas du tout.

En réalité, elle avait chaud, peut-être parce que son bras frôlait celui de Samuel et qu'elle en percevait la tiédeur à travers sa manche. Elle prit une profonde inspiration pour savourer l'air automnal ; mais un élancement brutal lui fit perdre le souffle, et elle se plia en deux de douleur.

— Hannah, que vous arrive-t-il ?

Les bras croisés sur le ventre, elle le regarda, désemparée.

— Je ne sais pas.

— Vous avez mal ?

Elle déglutit avec peine et une autre douleur fulgurante la poignarda. Samuel l'enlaça.

— C'est le bébé ?

— Oh mon dieu, Samuel ! Je vais perdre mon enfant !

Agrippée aux pans du manteau de Samuel, elle avait l'impression qu'on la déchirait de l'intérieur.

— Vite ! Ramenez-moi à la maison !

Samuel rassembla les rênes avec un claquement si sec que le cheval rejeta la tête en arrière, effrayé, avant de faire demi-tour pour dévaler la colline au trot. Samuel conduisit comme un fou, surveillant Hannah du coin de l'œil. Elle était pliée en deux sur le siège comme pour empêcher l'enfant de glisser de son ventre. Lorsque la route fut droite et lisse, Samuel fit aller le cheval au petit galop, ne ralentissant que pour éviter ornières et gros cailloux.

Il sauta à terre avant même que la carriole ne fût complètement arrêtée devant la maison, saisit la bride du cheval pour l'immobiliser et courut de l'autre côté. Il tendit les bras à Hannah qui se leva, vacilla, et s'évanouit.

Quand elle ouvrit les yeux elle se trouvait dans son lit. Les rideaux étaient tirés, et la chambre aussi sombre que ses pensées. Tout lui revint en un éclair... la douleur déchirante, les voix affolées autour d'elle, les gestes qui soulagent. Son corps, qui avait abrité et nourri l'enfant fragile qui grandissait en elle, n'était plus maintenant qu'une coquille vide.

Une main douce sortit du néant et balaya de son front les mèches de cheveux mouillées de transpiration.

— Hannah ?

C'était bien Samuel, assis à son côté, tout comme lors de la naissance de Benjamin. Ses yeux clairs brillaient, tristes, dans son beau visage grave et résolu.

— J'ai perdu mon bébé, n'est-ce pas ?

— Je suis désolé.

— Je suppose que c'était la volonté de Dieu.

— J'ai peine à croire que Dieu vous veuille tant de mal.

Hannah prit la main de Samuel, mêla ses doigts aux siens avec force.

— Était-ce un garçon ou une fille ?

Il hésita un instant.

– Un garçon.

Elle eut un rire amer, presque hystérique.

– Un autre fils pour l'empire Shaw.

Il la prit dans ses bras et attira sa tête contre son épaule, pour qu'elle pût pleurer à souhait.

Quand Reiver, de retour d'Hartford, apprit ce qui s'était passé, il se rendit au chevet d'Hannah. Il lui prit la main et lui promit qu'ils auraient d'autres enfants ; mais Hannah ne pouvait oublier qu'il n'était jamais là quand elle avait le plus besoin de lui.

L'hiver arriva avec les premières chutes de neige. Hannah s'était rétablie. Elle ne pouvait se permettre de porter trop longtemps le deuil de son enfant, car le bien-être de Benjamin et de toute la maisonnée dépendait d'elle. Par un jour de septembre âpre et glacial, elle monta à l'atelier de Samuel avec le plateau de son déjeuner et le trouva en train d'étudier les croquis préparatoires au portrait de Patience Broome.

– Elle est très belle.

Pourquoi le fait de le reconnaître diminuait-il le sentiment de sa propre séduction ? Samuel laissa tomber les croquis et dit :

– J'ai réussi à rendre sa beauté, et rien de plus. Mais peut-être n'y a-t-il rien d'autre à trouver ?

Hannah songea au portrait qu'il avait fait d'elle et à la façon dont il révélait bien plus d'elle-même qu'elle ne l'aurait voulu ; ce n'était donc pas le manque de talent de Samuel qui était en cause.

– Assez parlé de Patience Broome, dit Samuel. Comment allez-vous ?

Elle haussa les épaules.

– Quelquefois je me demande comment aurait été mon bébé, les cheveux châtain clair ou foncé, les yeux bleus ou marron, le même rire que Benjamin... Puis je pense à tous les privilèges dont je bénéficie, et cela passe.

– Je ne prétends pas savoir ce que représente la perte d'un enfant, mais je sais que le temps guérit bien des maux.

– Quand mes parents sont morts, j'ai cru que mon chagrin n'aurait jamais de fin. Mais en vérité, il a cessé.

Elle demeura silencieuse, parcourant des yeux les croquis de Patience Broome étalés sur la table de Samuel. Ils ne lui plaisaient vraiment pas.

Son expression devait refléter ses sentiments, car Samuel dit :

– Sont-ils mauvais à ce point ?

Elle sortit de sa rêverie.

– Je vous demande pardon ?

– Mes dessins. Vous les regardez d'une manière telle que j'ai envie de les déchirer et les jeter !

Hannah s'empourpra, confuse.

– Ils sont très beaux, Samuel. Je pensais aux corvées qui m'attendent cet après-midi, c'est tout.

Il parut soulagé et elle sourit.

– Je dois retourner à la cuisine. Reiver et James vont rentrer déjeuner d'une minute à l'autre.

Mais elle ne gagna pas la cuisine tout de suite. Elle monta à sa chambre, ferma la porte et s'y appuya, s'efforçant de comprendre pourquoi elle ressentait tant d'animosité à l'égard d'une jeune fille qu'elle n'avait jamais rencontrée.

La réponse vint d'un seul coup : elle était jalouse.

Jalouse ? Ses sentiments pour Samuel étaient donc si profonds ? Elle secoua la tête. C'était impossible. Samuel était le frère de son mari. Elle ne pouvait pas être amoureuse de lui. Non, elle ne le pouvait pas !

Elle chassa ces pensées de son esprit et descendit à la cuisine.

Au pied de Mulberry Hill, Reiver regardait mourir une partie de son rêve.

Tout l'hiver, il avait attendu le renouveau du printemps, quand les jeunes mûriers tendraient leurs bourgeons ; mais avril était là et les arbustes ne fleurissaient pas. Il craignait le pire.

James arracha une pousse et examina les racines.

– C'est la nielle, dit-il. Les arbustes pourrissent dans le sol.

Reiver jeta son chapeau à terre et proféra une litanie de jurons qui choquèrent même James.

– Voilà qui nous apprendra à vouloir fabriquer notre propre soie, dit-il avec amertume.

– Il est toujours possible de continuer à la tisser. Nous devrons augmenter nos importations d'Orient, comme tout le monde.

– Je voulais à tout prix avoir ma propre soie.

James repoussa la mèche de cheveux qui lui tombait sur les yeux.

– Tout le monde a dit qu'on ne pouvait pas produire de soie dans ce pays. C'était sans doute vrai.

Reiver arracha une pousse, jura, la lança au loin.

— Retourne-moi tout ça et brûle-le.

— Du moins nous aurons essayé, cria James comme Reiver s'éloignait.

— Cela ne suffit pas. C'est réussir qui compte.

Reiver marchait d'un pas rapide vers la maison ; sa colère et son amertume lui montaient à la gorge avec le goût âcre de la défaite. Attends de voir quand les braves citoyens de Coldwater apprendront que le fils de Rhummy Shaw a échoué, songeait-il. Ce sera de nouveau la risée générale.

Il trouva Hannah dans le salon, assise près de la cheminée. Elle avait subi une nouvelle fausse couche deux semaines auparavant, mais s'était rétablie très vite.

— Reiver, que se passe-t-il ? demanda-t-elle, alarmée, en voyant sa mine.

— La nielle a détruit toute la plantation de mûriers.

Les yeux bleus d'Hannah s'écarquillèrent, immenses, dans son visage mince.

— Oh non ! Est-ce que cela signifie...?

— Les vers à soie vont mourir sans leur approvisionnement de feuilles de mûrier.

Il s'appuya contre le manteau de la cheminée, bras tendus, s'efforçant de contrôler sa fureur. Hannah posa une main hésitante sur son poignet.

— Je suis navrée, Reiver. Je sais à quel point il était important pour vous de fabriquer votre propre soie.

— C'est fichu. Tout est fichu.

— Vous pouvez toujours en importer, n'est-ce pas ?

Il hocha la tête.

— Et continuer de fabriquer du fil.

— Oui.

— Alors ce n'est qu'un contretemps, pas un échec total.

Reiver s'éloigna de la cheminée.

— Excusez-moi, Hannah. Je dois aider James à brûler ce qui reste des mûriers.

Et trouver un moyen d'aller voir Cécilia. Plus que jamais, il avait besoin d'elle, pour le réconforter et l'apaiser.

Hannah le regarda s'éloigner. La perte des mûriers était une catastrophe, elle le savait, mais ce qu'elle avait en tête était bien plus angoissant. Car elle ne pouvait le nier plus longtemps : elle aimait Samuel. Comment expliquer autrement le plaisir qui l'envahissait chaque fois qu'il lui parlait ? La façon dont elle guettait son pas vif et le son de sa voix ? Pourquoi occupait-il sans relâche ses pensées, et jamais Reiver, au point de l'imaginer lui, Samuel, à la place de son mari lorsqu'ils faisaient l'amour ?

Après sa nouvelle fausse couche, Samuel avait compati à son chagrin, comme la première fois, et l'avait aidée à retrouver ses forces, à chasser le désespoir et envisager de nouveau l'avenir. C'est Samuel qui, spontanément, lui offrait le réconfort auquel Reiver ne pensait pas.

Elle ferma les yeux et pressa ses paumes contre son front. Jamais elle ne pourrait lui révéler ses sentiments profonds. Cela ne conduirait qu'à un désastre.

5

Le vieux chêne à la ramure imposante était le seul havre de
fraîcheur en cette brûlante journée de juillet, aussi Hannah et
Samuel avaient-ils installé leurs chaises à son ombre bienfaisante.
Elle cousait tandis qu'il faisait des croquis de David, le second fils
d'Hannah, d'autant plus choyé qu'il était né après ses deux
espoirs déçus. Elle posa sa couture et parcourut du regard les
longues pentes de Mulberry Hill, dépourvues des mûriers qui
avaient été la fierté et l'espoir de Reiver.

— C'est tellement triste, dit-elle. Reiver était pourtant sûr de produire lui-même de la soie. Et maintenant...

— Après cinq ans de mariage, vous devriez savoir que mon
frère n'est pas du genre à se laisser détourner de sa voie, que ce
soit par Dieu ou un caprice de la nature, répliqua Samuel.

Son regard intense allait du visage angélique de l'enfant
endormi à son carnet de croquis.

— Oh oui, je le sais.

Le prix des mûriers avait tellement baissé que les pépiniéristes,
en désespoir de cause, les vendaient comme bois de feu, et l'épi-
démie de nielle avait dévasté le reste ; si bien que Reiver avait été
obligé d'abandonner ses rêves de fabriquer sa propre soie et
concentrait ses efforts sur la production de fil à partir d'importations chinoises. Depuis son mariage, Hannah avait découvert au
moins deux traits de caractère de son époux : c'était un homme
réaliste et inébranlable.

Cinq années... Beaucoup de choses avaient changé. Le hangar
où il pratiquait l'élevage de vers à soie avec tant d'acharnement
avait été démoli après être resté longtemps vide. L'année précédente, en 1844, Hannah, malgré ses craintes, était parvenue à
porter un deuxième enfant à terme, un fils. Elle s'efforçait de garder secrets ses sentiments pour Samuel, mais craignait fort qu'il ne
soit en train de tomber amoureux d'elle.

Elle reprit la chemise de batiste de Reiver et s'appliqua à faire de très petits points à l'accroc du poignet afin de ne pas se laisser distraire par le profil parfait de Samuel, serein et concentré sur son travail.

— Si Elias Howe réussit à se faire connaître, toutes les femmes voudront sa machine à coudre, dit-il. Mais je doute qu'une machine soit capable de reproduire vos points. Ils sont si fins qu'on les voit à peine.

Hannah considéra la chemise de Reiver. Depuis le temps qu'elle recousait ses accrocs, jamais il ne l'avait complimentée sur la finesse de son travail.

— Des machines comme celle-ci ne mettraient-elles pas des milliers de couturières au chômage ?

— C'est un point de vue. Mais Reiver dit que cela leur permettrait de travailler plus vite ; si les couturières utilisent plus de fil, les Soieries Shaw devront en produire plus pour répondre à la demande. D'où un meilleur profit.

— Reiver ne m'a jamais parlé de cela.

Samuel n'ajouta rien, mais reposa son fusain et tint son carnet à bout de bras pour étudier la ressemblance de son dessin avec David ; pourtant Hannah percevait la tension qui émanait de lui avec la même acuité qu'elle sentait la brise paresseuse agitant les feuilles au-dessus de sa tête.

— Êtes-vous heureuse ici, Hannah ?

— J'ai deux beaux enfants en bonne santé, oui, cela me satisfait.

— Et êtes-vous aussi satisfaite de mon frère ?

— Il est mon époux.

Samuel posa la main sur son bras, l'obligeant à cesser de coudre et à lui faire face.

— Il est peut-être votre époux, mais je sais que vous ne l'aimez pas d'amour.

Elle jeta un coup d'œil inquiet vers la maison.

— Je vous en prie. On peut nous voir et faire de fausses déductions.

Il retira sa main avec regret.

— Personne ne nous verra. Mme Hardy a emmené Benjamin donner à manger aux canards, et James est allé à Hartford chercher des courroies. Reiver ne sera pas de retour de Northampton avant ce soir. Nous pouvons parler en toute tranquillité, Hannah, et je crois qu'il est temps.

Appuyé au dossier de sa chaise, ses longues jambes croisées devant lui, Samuel offrait une attitude détendue qui aurait trompé

74

l'observateur le plus soupçonneux : beau-frère et belle-sœur conversaient en toute innocence par un bel après-midi d'été.

Troublée, Hannah s'obligea à regarder ailleurs.

– Il serait peut-être préférable de ne pas parler du tout, de crainte de dire quelque chose que nous regretterions.

– Il le faut, insista Samuel d'une voix très basse, comme pour ne pas réveiller l'enfant endormi. Je me suis tu trop longtemps. J'ai l'impression que je vais exploser.

– Samuel...

– Non. Vous devez m'entendre.

Devant sa détermination, Hannah l'écouta en silence.

– Quand mon frère vous a épousée, je vous ai acceptée comme étant sa femme. Je vous ai accueillie dans la famille comme une sœur. Durant toutes ces années, j'ai observé vos efforts pour plaire à Reiver, et la façon dont il y a répondu : par de la courtoisie, et rien de plus. Même les deux fils que vous lui avez donnés ne vous ont pas gagné son cœur, n'est-ce pas ?

– Reiver aime Ben et Davy !

– Je ne le conteste pas. Mais aime-t-il leur mère ?

Hannah se détourna.

– J'ai vingt-trois ans, je suis une mère de famille et non plus une oie blanche rêvant du prince qui l'enlèvera. L'amour ne compte pas.

Il posa de nouveau une main légère sur son bras, et ce contact était aussi chaleureux et vivant que celui de Reiver était impersonnel.

– Vous ne me dupez pas, Hannah. Il me suffit de plonger dans vos yeux pour voir que l'amour compte pour vous.

Il avait raison, bien sûr. Avec sa sensibilité d'artiste, il lisait dans le cœur et l'âme d'Hannah ; l'amour qu'elle portait à ses enfants ne suffisait pas à combler le vide laissé par l'indifférence de Reiver.

Elle baissa la tête, vaincue.

– Je ne peux pas obliger Reiver à m'aimer. Je dois faire de mon mieux avec ce que Dieu m'a donné.

– Cela s'appelle faire des concessions. Personne ne devrait y être obligé. La vie doit être vécue comme un festin dans lequel on mord à belles dents.

– Facile à dire, Samuel Shaw. Vous êtes un homme. Les femmes doivent faire des concessions, elles n'ont pas le choix.

– Et que feriez-vous si vous l'aviez ?

75

Hannah coupa son fil d'un coup de dent.

— Je suis une femme réaliste. Cela ne sert à rien de rêver éveillé.

— Hannah, Hannah... Vous n'êtes pas aussi réaliste que vous le dites. En réalité, vous attendez toujours le Prince Charmant.

Elle ne répondit rien ; il avait raison.

— Vous êtes réaliste, ajouta-t-il, parce que cela vous aide à surmonter l'indifférence de mon frère, à oublier qu'il n'était pas là quand Benjamin et David sont nés, ou quand vous avez perdu vos autres enfants. Vous croyez qu'en consacrant tout votre temps à élever vos fils et entretenir votre maison vous allez combler le vide de votre mariage, mais c'est faux.

Il posa son carnet, se leva et s'appuya contre l'arbre. Le soleil qui passait à travers le feuillage parsemait de pièces d'or ses cheveux emmêlés. Il regarda au loin, les sourcils froncés.

— Je n'ai jamais su garder mes sentiments pour moi-même.

Son regard revint à Hannah, plein de défi.

— Je vous aime.

Elle sentit son cœur s'affoler et serra les poings.

— Il ne faut pas dire cela, Samuel. Il ne faut pas !

— Pourquoi pas ? C'est la vérité.

— Mais je suis la femme de votre frère.

— Vous l'êtes d'une façon qui ne compte pas.

Prise de panique, elle se leva ; elle devait prendre Davy et fuir avant que Samuel ne découvre une vérité qui les détruirait tous les deux.

— Ne me fuyez pas, Hannah, dit-il, sans faire un geste pour l'arrêter. Écoutez-moi d'abord.

Il avait l'air si bouleversé qu'elle retomba assise.

— Ce n'était pas mon intention de vous aimer. C'est arrivé doucement, avec le temps. Au début j'ai voulu compenser la négligence de Reiver à votre égard en vous offrant mon amitié, rien de plus. Mais à mesure que j'ai appris à vous connaître... je me suis aperçu que je devenais amoureux de vous, contre mon gré.

Désemparée, elle secouait la tête en répétant : «Oh, Samuel...»

— Regardez-moi, Hannah.

Il ne bougeait toujours pas, mais son intonation était assez puissante pour la faire obéir.

— J'aurais gardé le silence si j'avais pensé que vous ne partagiez pas mes sentiments. Dieu sait si la dernière chose que je souhaite est d'ouvrir une boîte de Pandore qui détruirait notre famille. Mais je sais que vous m'aimez, même si vous refusez de l'admettre.

Elle le regarda droit dans les yeux et s'efforça de mentir pour leur sauvegarde à tous deux.

– Je ne vous aime pas, Samuel. Vous vous faites des idées.

Il eut un sourire ironique.

– Ne jouez pas les nobles dames, Hannah. J'ai vu la façon dont vous m'observez, dont votre visage s'éclaire lorsque j'arrive.

Elle rougit intensément, puis s'alarma.

– Est-ce que les autres...

– L'ont remarqué ? Non, j'en doute. Reiver est trop imbu de lui-même pour imaginer une seconde que son frère courrait le risque de provoquer sa colère en convoitant sa femme. James ne jure que par ses machines. Quant à Mme Hardy, si elle soupçonne quelque chose, elle n'en dira rien. Notre secret est en sûreté. Pour l'instant.

Pour l'instant...

Comme un animal traqué, Hannah se leva et ses longues jupes balayèrent le berceau où dormait son enfant. Elle serrait ses mains l'une contre l'autre, s'efforçant de recouvrer son calme.

– Ne troublons pas l'eau qui dort, Samuel ! Il y a des sujets dont il vaut mieux ne pas parler.

Il fit un pas vers elle et elle eut l'impression affolante qu'il allait la prendre dans ses bras. Mais il s'arrêta juste à temps.

– Vous avez raison.

Elle respira. Samuel ajouta :

– Savez-vous que ce matin j'envisageais de vous demander de vous enfuir avec moi en Europe ?

Elle écarquilla les yeux.

– Nous pourrions vivre agréablement de mon travail. Mais j'ai vite conclu que je ne pouvais pas exiger un tel choix de vous. Je sais que jamais vous n'abandonneriez vos enfants pour suivre un homme, surtout dans le péché.

– Même si j'étais capable d'abandonner mes fils, c'est vous qui ne trahiriez pas votre frère. Vous avez trop d'honneur.

Le visage de Samuel s'assombrit.

– N'en soyez pas si sûre.

À ce moment Davy ouvrit ses yeux bleus tout ensommeillés, parvint à s'asseoir et tendit ses bras potelés à sa mère comme s'il l'implorait de le choisir, lui.

Mais il n'était pas question de choix et Hannah le savait bien. Elle s'agenouilla et prit David dans ses bras, l'étreignit en respirant son odeur chaude de bébé.

– Je suis là, mon petit endormi. Maman est là.

Elle serait toujours là.

Dans le lointain une petite voix aiguë appela :

– Maman ! Oncle Samuel !

Ben courait vers eux à travers le pré, suivi de loin par Mme Hardy. Grand pour ses quatre ans, il ressemblait plus au père d'Hannah qu'aux Shaw, avec ses cheveux dorés et son sourire conquérant.

Je voulais qu'il soit à moi, songeait Hannah, mais il a le même caractère que Reiver, curieux et hardi. Davy, lui, est de mon côté, doux et sensible.

Ben disait :

– Le vieux colvert voulait me pincer la main mais je lui ai échappé.

– A-t-il caqueté et couru après toi ? demanda Samuel en le soulevant de terre.

– Oui, mais j'ai couru plus vite.

Mme Hardy les rejoignit, essoufflée.

– Ce petit loupiot va bien trop vite pour mes vieilles jambes.

Ben se mit à rire et Samuel le reposa.

– Moi aussi je courais loin devant Mme Hardy quand j'avais ton âge !

Hannah jeta un regard sévère sur son fils.

– C'était très mal de ta part, Benjamin. Tu ne dois pas aller plus vite que Mme Hardy.

– Bien, maman.

Mais à la façon dont ses yeux brillaient, pleins de défiance, Hannah savait qu'il ne cherchait qu'à temporiser, comme son père.

– Qu'est-ce que tu as dessiné, oncle Samuel ?

– Davy endormi, répondit Samuel en lui tendant le croquis.

On entendit un lent claquement de sabots et le grincement des roues d'une charrette sur le chemin, et tous se tournèrent vers l'entrée de la maison.

– Le colporteur ! s'écria Ben, tout excité, en tirant sur la jupe d'Hannah. Peut-on aller voir ce qu'il a aujourd'hui, maman ?

Elle sourit. Elle attendait les visites mensuelles du colporteur avec autant d'impatience que Ben.

– Allons-y.

Mais cette fois, fouiner dans les collections de pots, de casseroles, d'aiguilles et de rubans ne chasserait sans doute pas de son esprit les déclarations passionnées de Samuel.

Plus tard, après le départ du colporteur enrichi de quelques dollars, Hannah se retrouva seule dans sa chambre à épousseter les meubles. Le ciel de fin d'après-midi se chargeait de nuées orageuses, grises et menaçantes. La confession de Samuel ne cessait de la hanter.

Elle ouvrit une fenêtre pour laisser entrer un peu d'air dans la pièce étouffante. Il avait dit qu'il ne désirait pas jouer avec une boîte de Pandore. Eh bien, le mal était fait. En quelques secondes, il avait jeté à bas tous les faux-semblants de son existence. Elle s'appuya contre le montant de la fenêtre et ferma les yeux. Comme elle aurait préféré qu'il ne lui avoue pas son amour ! Maintenant, comment prétendre se satisfaire d'un mariage dénué de sens ? Mais elle se reprit. «Je continuerai, pour les enfants, se dit-elle. Personne, jamais, ne connaîtra mes sentiments réels à l'égard de Samuel. Surtout pas Reiver.»

Les premiers roulements de tonnerre résonnèrent et elle souhaita le retour de son mari.

Quand le train de la nouvelle ligne reliant Sprinfield, Massachusetts, à Hartford, entra en gare une heure plus tard, Reiver ne prit pas la diligence pour Coldwater mais se rendit chez Cécilia, impatient de lui parler de son voyage à Northampton. Il venait d'y passer quelques jours à apprendre les techniques complexes de la teinture de la soie. Il sut dès son entrée dans le vestibule que quelque chose n'allait pas : pourquoi Cécilia ne se jetait-elle pas dans ses bras avec son sourire de bienvenue ?

Il posa sa valise et ôta son chapeau.

– Que se passe-t-il ?

Elle était très pâle, les yeux rouges et gonflés, l'air abattu. Il fit un pas vers elle pour la prendre contre lui, mais elle recula.

– Cécilia, pourquoi as-tu pleuré ?

Elle tamponna avec un mouchoir ses yeux pleins de larmes, en reniflant.

– Entre, Reiver. J'ai quelque chose à te dire.

Il la suivit dans le salon, où elle prit place près de la cheminée.

– Pour quelle raison me traites-tu comme un lépreux ? Tu étais pourtant ravie de me voir, il y a deux semaines. Je dirais même, en extase.

Il pensait à la façon presque sauvage, bouleversante, dont ils avaient fait l'amour. Elle eut un frisson qui fit trembler ses boucles châtaines.

– Amos Tuttle a demandé ma main. Et j'ai dit oui.

Il la regarda, incrédule.

– J'ai mal entendu. Qu'as-tu dit ?

Cécilia redressa les épaules comme un brave soldat avant la bataille.

– J'ai dit que j'allais épouser Amos Tuttle.

– Le fils du banquier ? Mais ce n'est qu'un gamin ! Tu plaisantes.

Il fit un pas vers elle en souriant, prêt à la prendre dans ses bras. Mais les yeux bruns de Cécilia se firent plus durs.

– Absolument pas. Amos a demandé ma main et j'ai accepté.

– Cécilia... tu ne peux pas faire cela. Nous nous aimons.

Elle se détourna, irritée, dans un froissement de taffetas.

– J'ai vingt-sept ans, Reiver. Je ne suis plus si jeune, je dois penser à mon avenir. Je ne peux vivre indéfiniment des ressources que m'ont laissées mon père et mon mari. Les Tuttle sont riches et respectés à Hartford.

– Où l'as-tu rencontré ?

– Son père était un ami de mon mari. Et bien qu'Amos ait deux ans de moins que moi, ses parents approuvent notre union.

Reiver serra les dents.

– Es-tu sa maîtresse dès que j'ai le dos tourné ?

Cécilia rougit violemment.

– Bien sûr que non ! Il croit que je suis une veuve respectable.

– Tu es respectable, Cécilia. Mais j'aimerais tant que tu ne l'épouses pas.

– Comment oses-tu me demander un tel sacrifice ? Tu es marié toi-même, tu as deux enfants. Pourquoi me refuser une chance de bonheur ?

– Parce que ton seul bonheur, c'est moi. Tu m'as souvent dit que mon amour te suffisait.

– Plus maintenant. Je veux un mari et des enfants. Est-ce que tu quitteras ta femme pour moi ? Est-ce que tu seras le père de mes enfants ?

– C'est impossible.

– Oui, à cause de tes chères soieries.

– Tu sais à quel point la manufacture est importante pour moi, non ?

– Eh bien, j'ai décidé de ne plus me contenter de la seconde place.

– Je ne peux pas quitter Hannah.

Les yeux de Cécilia s'emplirent de larmes.

– Alors il n'y a rien à ajouter, sinon adieu.

Le cœur brisé, Reiver s'approcha et lui prit la main avant qu'elle ne pût l'en empêcher :

– Est-ce vraiment ce que tu désires ? Épouser quelqu'un d'autre et ne plus jamais me voir ?

À la fois déterminée et déchirée, Cécilia dit dans un soupir :

– Non. Je ne veux pas te perdre, Reiver. Je t'aime, mais je vais épouser Amos Tuttle.

– Mais tu ne l'aimes pas !

– Tu as bien épousé ta femme sans l'aimer. Pourquoi ne ferais-je pas la même chose ?

Reiver la saisit aux épaules.

– Ne fais pas ça, Cécilia. Je t'en supplie, pour notre salut à tous deux.

Elle demeura inflexible.

– Adieu, Reiver.

Si seulement il parvenait à l'entraîner dans sa chambre... Mais elle devina son intention et s'éloigna de lui.

– N'essaie pas de me séduire, Reiver Shaw.

Piqué au vif, il la contempla une dernière fois, longuement, puis fit demi-tour et se dirigea vers la porte. Avant de sortir il lui jeta :

– Puisque c'est ainsi, marie-toi.

Et il s'en alla sans regarder derrière lui, bien qu'il perçût les sanglots de Cécilia juste avant qu'un roulement de tonnerre n'ébranlât le ciel au-dessus de la maison.

Une pluie froide se mit à tomber du ciel assombri comme de l'eau d'une pompe, s'écoulant du chapeau de Reiver et le trempant jusqu'aux os au moment où il descendit de la diligence pour rentrer chez lui.

Il avait perdu la seule femme qu'il eût jamais aimée.

Il trébuchait dans le sentier boueux et la pluie – ou était-ce les larmes ? – lui brouillait la vue. Il souffrait comme si son âme écorchée vive exposait ses plaies ouvertes. Il aurait voulu s'engloutir dans la boue et ne jamais se relever.

À travers le mur de pluie il distingua les lumières réconfortantes de la maison et Hannah, debout sur le seuil, tenant une lampe qui éclairait son visage inquiet.

– Dépêchez-vous, vous allez attraper la mort, cria-t-elle.

Mais il ne pressa pas le pas. Mourir était préférable à sa douleur. Elle lui jeta un regard inquisiteur.

– Bonsoir, Reiver. Avez-vous fait bon voyage ?

Enfin à l'abri du porche, il ôta son chapeau dégoulinant.

– Excellent.

À sa propre surprise, il l'embrassa sur la bouche avec force, avide de la sensation des lèvres douces d'une femme contre les siennes. Stupéfaite, Hannah recula et dissimula sa confusion en se détournant pour ouvrir.

– Vous êtes trempé. Je vais réchauffer le dîner pendant que vous vous changez. James et Samuel sont impatients d'avoir des nouvelles de votre séjour.

– Ils attendront, répliqua-t-il en la suivant dans la maison.

Il salua ses frères assis près de la cheminée.

– Je vous raconterai tout plus tard. Je suis exténué et je vais directement au lit.

Mais James se leva, très excité.

– Il faut adjoindre aux métiers à tisser des courroies de transmission, Reiver. Il y aura moins de casse et...

– Stop, dit Reiver en levant la main. Tu me parleras des Jewell et de leurs inventions demain, James. Je vais me coucher.

Il se tourna vers Hannah.

– Voudrez-vous me donner des vêtements secs ?

C'était un bon prétexte pour monter avec elle. Il la suivit au premier étage.

– Les enfants sont couchés, dit-elle. Ben voulait vous attendre, mais je lui ai dit que vous seriez là très tard.

Reiver ne pouvait détacher ses yeux du balancement des hanches d'Hannah devant lui.

– Je les verrai demain.

Dans leur chambre, elle posa sa lampe et dit en se rendant près de la commode :

– Vous tremblez.

Reiver ferma la porte à clé.

– Venez me réchauffer, Hannah.

Elle hésita, déconcertée ; c'était la première fois qu'il lui parlait ainsi. Et, pour rendre les choses encore plus claires, il enleva sa veste, déboutonna sa chemise, puis sourit en la voyant rabattre les draps. Quand elle s'apprêta à souffler la lampe, il dit :

– Ce soir, ne l'éteignez pas.

Il sentit son pouls s'accélérer en la voyant rougir. Elle lui tourna le dos et se déshabilla, ôtant l'une après l'autre les nombreuses pièces de lingerie féminine pour révéler les courbes gracieuses de son corps. Ses hanches avaient perdu leur étroitesse adolescente depuis ses maternités. Il pressa son corps nu contre le sien, les mains à sa taille, enfouit le visage dans son cou, là où émanait son doux parfum épicé, sous l'oreille. Il ressentit son tressaillement involontaire, qu'il soupçonna être plus de répugnance que de désir.

Cécilia ! cria-t-il en silence, en faisant glisser ses mains sous les seins palpitants d'Hannah.

— Reiver, je vous en prie... murmura-t-elle, raidie.

Il coupa court à ses protestations en mordant le lobe sensible de son oreille. Cette nuit entre toutes les nuits, il lui fallait la conquérir et la satisfaire afin d'atténuer la douleur insupportable causée par l'abandon de Cécilia.

Hannah se coucha comme il le demandait, obéissante, résignée, les draps tirés jusqu'au menton, les yeux au plafond. Il se planta au pied du lit, les mains sur les hanches.

— Hannah, regardez-moi.

Elle ferma les yeux et secoua la tête.

— Je ne comprends pas pourquoi vous ne voulez pas me regarder. Suis-je laid au point de vous pétrifier ?

Son ton de moquerie affectueuse surprit si fort Hannah qu'elle ouvrit tout grands les yeux et vit son mari nu pour la première fois. Elle essaya de détourner le regard mais n'y parvint pas, à sa grande confusion. Reiver avait un très beau corps, puissant et ferme, les épaules larges, le torse musclé, la taille étroite. Et son désir pour elle n'était que trop évident. Elle rougit et tourna la tête.

— Vous n'êtes pas laid du tout.

Il attrapa le drap et la découvrit.

— Vous non plus. Et puisque j'ai grand plaisir à vous regarder aussi, nous laisserons la lampe allumée.

— Vous ne le vouliez pas auparavant.

— Eh bien maintenant, si.

Il se coucha à côté d'elle et elle se raidit, prête à leur habituelle union hâtive. Mais ce soir-là il la prit dans ses bras, l'embrassa avec lenteur, attention, caressa ses seins et la confusion d'Hannah se transforma en stupéfaction tandis que des vagues de chaleur la parcouraient. Elle avait l'impression de fondre, haletante, et, les yeux fermés, se prit à souhaiter que ce fût Samuel qui lui donnât tant de plaisir. Reiver continuait d'explorer son corps avec sa langue, avec ses mains, lui procurant des sensations inconnues jusqu'alors. À quel moment se transforma-t-elle en cette créature impudique, qui gémissait et frémissait, réclamant plus encore ? Elle l'ignorait, car le temps s'était figé. Elle ne connaissait plus que ce plaisir infini qui lui donnait le vertige, lui faisait battre le cœur trop fort.

Reiver la posséda enfin, avec un art consommé qui attisait le feu brûlant en elle ; et, lorsque pour la première fois il lui fit atteindre le sommet du plaisir, ce fut avec une telle intensité qu'elle cria.

Tard dans la nuit, Hannah s'étonnait encore, en regardant les cheveux emmêlés de Reiver endormi contre son épaule. Il s'était passé quelque chose entre eux, essentiel et inexplicable. Il ne l'avait jamais aimée ainsi. Elle ne s'était jamais sentie si proche de lui. Elle se souvenait de chaque caresse, choquante et délicieuse, et de son corps avide d'y répondre. Elle ignorait jusqu'alors que les devoirs conjugaux puissent receler des côtés aussi secrets, dangereux, exaltants.

Ses doigts couraient sur le bras musclé de Reiver en un geste absent. Elle avait découvert le plaisir et voulait le connaître encore. Et encore. Dommage que ce ne puisse jamais être avec Samuel.

En bas, Samuel regardait par la fenêtre, et ses pensées étaient aussi sombres et versatiles que le ciel nocturne.

– Il pleut toujours, dit-il à James qui dessinait à grands traits quelque machine sur une feuille de papier.

– Qu'est-ce qui retient Reiver ? Son dîner va être froid.

Il couche avec elle, pensa Samuel. Il se moque pas mal de son dîner puisqu'il est au lit avec elle.

En voyant arriver son frère, blême et hagard, Samuel avait deviné qu'une catastrophe sans précédent était tombée sur lui, et qui avait sans doute pour nom Cécilia. Dès le lendemain, Samuel chercherait à savoir ce qui poussait son frère sans foi ni loi à se réchauffer au lit de son épouse.

Le lendemain matin, il faisait beau, et Samuel sortit de bonne heure se promener près de la rivière, de façon à éviter de rencontrer Hannah au petit déjeuner. Il ne revint qu'au moment où Reiver partait pour la filature. Samuel le rejoignit.

– Il est arrivé quelque chose entre Cécilia et toi, hier.

Les yeux de Reiver s'assombrirent.

– Elle a rompu. Elle va épouser Amos Tuttle.

– Le fils du banquier ? C'est un bon parti.

Reiver eut un grognement, sans ralentir le pas, obligeant Samuel, ébahi, à le rattraper.

– J'espère que tu ne lui en veux pas ? Tu es marié toi-même. Elle n'a pas d'avenir avec toi.

Reiver s'arrêta, la tête baissée comme un taureau prêt à charger.

– Je l'aime, nom de dieu ! Comment peut-elle me faire une chose pareille ?

– Si tu n'étais pas si malheureux, je dirais que c'est bien fait pour toi.

– Elle prétendait qu'elle m'aimait. Qu'elle comprenait pourquoi j'avais dû épouser Hannah. Elle sait que j'aurais toujours pris soin d'elle. Et que fait-elle ? Elle me quitte pour un blanc-bec qui n'est pas sorti de l'ombre de son père.

– Reiver, tu es peut-être doué en affaires, mais tu ne connais rien aux femmes.

– Ah vraiment ? Eh bien, mon petit frère si intelligent, je sais que les femmes désirent être aimées et protégées. Et c'est ce que je faisais.

– La plupart aspirent à un mariage respectable, et à avoir des enfants qui ne porteront pas les stigmates de la bâtardise.

Les épaules de Reiver s'affaissèrent.

– Tu as raison. Je ne pouvais pas exiger de Cécilia qu'elle reste à jamais ma maîtresse.

– C'est fort magnanime de ta part de le reconnaître. Et Hannah ?

– Je vais m'efforcer d'être un meilleur mari pour elle. Elle ne remplacera jamais Cécilia, mais je vais essayer de l'aimer.

Cet imbécile parle de l'aimer comme d'une corvée, se dit Samuel.

Reiver eut un grand sourire et donna une tape dans le dos de son frère.

– J'ai bien commencé, hier soir.

Samuel s'obligea à sourire.

– Espèce de gredin.

– Allez, j'ai assez perdu de temps à bavarder. J'ai mieux à faire.

Samuel le regarda se diriger à grands pas vers la filature, puis revint à la maison.

Il trouva Hannah seule, souriante et détendue, qui débarrassait la table du petit déjeuner. Il l'observa sans être vu, s'aperçut de la satisfaction que reflétait son visage pour la première fois. Elle leva la tête vers lui.

— Samuel... Je ne vous ai pas entendu arriver.

— Nous sommes seuls ?

— Oui. Mme Hardy est à l'étage avec les garçons, et James est allé à la grange.

Elle frotta ses mains à son tablier d'un geste nerveux.

— Samuel, à propos de notre conversation d'hier...

Il leva la main pour la faire taire.

— Même si j'en pensais chaque mot, il est mieux de tout oublier.

Elle hocha la tête.

— Je ne sais pas pourquoi, mais Reiver a changé.

Sa maîtresse l'a envoyé promener, voilà pourquoi, songea Samuel. Mais il répliqua :

— Il a peut-être enfin compris quelle chance il a de vous avoir pour compagne.

Elle rougit timidement.

— Peut-être.

— J'en suis très heureux pour vous, Hannah.

Il détestait mentir, mais n'avait pas le choix.

— Tout va aller mieux, maintenant, dit-elle. J'en suis sûre.

Ses yeux brillaient d'optimisme, ses doutes étaient balayés.

Samuel avait de la peine à la voir si confiante, si sûre d'elle. Il connaissait son frère ; sa fidélité ne durerait pas.

Hannah finit de façonner les miches de pain, les laissa reposer afin que la pâte monte, et essuya la farine de ses mains. Elle ôta son tablier et sortit à la recherche de son mari pour lui faire part de ses plans.

Elle le trouva dans la cour de la filature en train de décharger des caisses de cocons qui avaient voyagé en clipper de Chine à New York, puis par la route jusqu'à Coldwater. Hannah le regarda travailler, les manches de sa chemise roulées sur ses avant-bras, les sourcils froncés, en sueur. Elle se rappelait la nuit précédente, et la force de ses bras autour d'elle.

Il sauta de la remorque, prit son couteau et ouvrit l'un des sacs estampillés des étranges signes noirs de l'écriture chinoise. Reiver plongea les mains dans les cocons et le mot qu'il rugit fit frémir tous les assistants.

– Brisés ! Ces salauds nous ont encore trompés !

Rouge de colère, il jura de nouveau en brandissant les cocons pour que tout le monde pût voir.

– Ouvrez le reste et voyez combien d'autres sont abîmés.

En remarquant Hannah, sa colère s'évanouit et il sourit. Il la rejoignit.

– Je suis désolée de vous déranger, murmura-t-elle.

Il eut un regard dégoûté vers les sacs.

– C'est une interruption bienvenue.

Il ne m'avait jamais dit cela, pensa Hannah.

– Y a-t-il quelque chose à faire contre ce... ce vol ? demanda-t-elle.

– À moins d'aller en Chine surveiller moi-même la sélection des cocons, je ne peux rien faire sinon me plaindre à l'intermédiaire et en trouver un autre.

– Mais ils nous volent, ce n'est pas juste !

Son indignation le surprit, et il posa une main apaisante sur son bras.

– Je suis aussi furieux que vous, Hannah, mais c'est le prix à payer quand on fait des affaires avec les Chinois. Puisque je ne peux fournir ma propre soie, je dois l'importer. Toutefois je suppose que vous n'êtes pas venue me parler de cela ?

– Je... j'aurais aimé avoir votre permission d'acheter quelques livres afin de faire la lecture aux femmes qui travaillent dans la salle des écheveaux.

Son expression s'assombrit.

– Je ne veux pas encourager la paresse, mais le travail, Hannah.

– Lire n'encourage pas la paresse. Elles travailleront plus vite, et cultiveront leur esprit. Je pensais qu'elles pourraient lire à haute voix, à tour de rôle, et emporter les livres chez elles le soir.

– Quel est votre but ?

Elle détourna le regard, timide.

– La filature compte tant pour vous, je voudrais vous aider.

– Mais c'est en prenant soin de la maisonnée et de nos enfants que vous m'aidez.

– Et je continuerai, soyez-en sûr. Mais les Soieries sont une affaire de famille, après tout, et j'aimerais faire quelque chose à mon tour.

Le voyant hésiter, elle ajouta :

— Je sais que diriger la filature est le travail des hommes, mais je pourrais au moins veiller au bien-être des ouvrières, comme je le fais pour nos enfants.

— C'est d'accord. Vous pouvez acheter quelques livres pour les femmes qui s'occupent des écheveaux. Je vous donne carte blanche pour trois mois ; mais si le rendement chute, plus de lectures.

— Bien. Merci, Reiver.

Elle se haussa sur la pointe des pieds et posa un baiser sur sa joue, ravie de voir l'effet que cela produisit sur lui.

Les feuilles des arbres se teintèrent de rouge, de jaune et d'orange. En cette fraîche soirée d'octobre, Hannah allait connaître le sort réservé à ses séances de lecture avec les ouvrières de la filature.

Elle posa un baiser sur le crâne duveteux de David afin de le coucher.

— Bientôt, toi et Ben aurez un petit frère ou une petite sœur.

Elle connaissait bien à présent les signes annonciateurs de maternité. David luttait contre le sommeil mais ses paupières se faisaient lourdes. Elle sourit. Elle aimait ses enfants de tout son être, mais celui qui allait venir aurait quelque chose de spécial, car il avait été conçu dans un désir mutuel. Et elle espérait avoir une fille, cette fois.

Davy s'endormit et elle descendit annoncer la nouvelle à Reiver.

Il lisait le journal dans le salon. Il se redressa brusquement, le visage déformé de douleur et de colère, jeta le journal à terre et fut en trois pas près de la fenêtre, où il resta à grommeler en se passant la main dans les cheveux.

— Reiver, que se passe-t-il ? Avez-vous lu quelque chose de grave ?

L'air lugubre, il lutta pour retrouver son sang-froid.

— Non, Hannah, tout va bien. Je viens de recevoir une autre cargaison de cocons abîmés, c'est tout.

— Reiver, j'ai quelque chose à vous dire.

— Moi aussi. Les ouvrières peuvent continuer à lire. Puisque leur rendement a augmenté ces trois derniers mois, je ne vois pas de raison d'arrêter.

Hannah mit les bras autour du cou de Reiver et l'étreignit.

— C'est merveilleux !

Mais elle le lâcha en le sentant se raidir dans ses bras. Pour cacher son désarroi, elle dit :

— J'ai une autre nouvelle. Je vais avoir un enfant.

Il demeura silencieux un moment, puis posa un baiser léger sur ses lèvres :

— Ainsi je vais être père de nouveau. Merci, Hannah.

Mais il ne témoignait pas de la même joie que les autres fois. Mortifiée, elle recula d'un pas.

— Vous n'êtes pas heureux ?

— Si, bien sûr. J'ai seulement eu une journée très difficile. À présent, excusez-moi, j'ai un travail à finir à la filature.

Hannah le regarda s'éloigner, les yeux pleins de larmes. Elle ne s'attendait pas à le trouver si réservé, si froid. Et une mauvaise livraison de cocons ne pouvait en être la cause ; toute la soirée, il avait été de bonne humeur.

Elle ramassa le *Journal d'Hartford* qui gisait froissé là où Reiver l'avait jeté et parcourut les titres. Une chaudière avait explosé... le banquier Amos Tuttle épousait Cécilia Layton, veuve d'un capitaine... le niveau de la rivière Connecticut était plus bas que la normale à cause de la sécheresse de l'automne. Elle fronça les sourcils, perplexe. Rien ne justifiait le bouleversement soudain de Reiver.

Elle plia le journal avec soin et posa la main sur son ventre.

— Ne t'en fais pas, mon tout petit. Il t'acceptera le moment venu.

6

— Maman, Abigail est-elle une idiote ? demanda Benjamin en s'agenouillant près du berceau de sa sœur.

— Benjamin ! Quelle horreur ! Qui a dit cela ?

Hannah prit sa fille de huit mois contre elle comme pour la protéger. Le petit garçon haussa les épaules.

— Je ne sais plus. Je l'ai entendu quelque part.

— Est-ce Mme Hardy ? Ou cette médisante de Millicent ? Allez, j'attends une réponse.

Il se releva et frotta le sol du bout de sa chaussure.

— J'ai dit que je ne m'en souvenais plus.

— Très bien. Va dans ta chambre et restes-y jusqu'à ce que la mémoire te revienne.

Les yeux de Benjamin brillèrent de défi puis il murmura « Bien, maman » et quitta la nursery. Hannah savait par expérience qu'il resterait dans sa chambre le restant de la journée, sans capituler jusqu'à ce que son père le réprimandât. Ben idolâtrait Reiver, dont la désapprobation le blessait plus qu'une correction.

Elle serra Abigail contre elle, pressant sa joue contre les soyeux cheveux blonds.

— Tu n'es pas une idiote, ma chérie. Tu es mon trésor, ma douce petite fille.

Mais, bien qu'elle refusât de l'admettre avec la férocité d'une lionne, elle savait au plus profond d'elle-même qu'Abigail n'était pas tout à fait normale.

Elle avait toujours été lente. Elle n'avait pas donné des coups de pied aussi souvent et aussi fort que ses frères lorsqu'elle était encore dans le giron maternel ; Hannah avait dû subir trois jours de douleurs intenses avant la naissance et failli mourir. Les semaines passaient et elle grandissait, mais elle mettait du temps à tenir sa tête droite et à rouler sur le ventre.

Hannah contemplait son visage potelé à l'expression grave, et se désolait de n'y voir aucun signe de reconnaissance, comme si elle n'était qu'une étrangère pour sa fille. Puis, soudain, l'enfant la reconnut, sourit, et son cœur s'emplit d'un vain espoir. Elle lui sourit en réponse et lui chatouilla le menton.

— Coucou, Abigail, ma chérie. Tu n'es pas une idiote, et quand j'aurai trouvé qui a dit cela...

On ne pouvait la comparer aux garçons. C'était une petite fille, et les filles sont différentes, plus calmes, moins excitées. Hannah savait que les facultés mentales d'Abigail étaient intactes et qu'un jour ou l'autre, elle rattraperait ses frères.

Hannah descendit avec elle au rez-de-chaussée et trouva Mme Hardy à l'office, en train de donner du pain d'épice à David.

— Où est Ben ? Je voulais l'emmener en promenade avec Davy, dit-elle en fronçant légèrement les sourcils devant Abigail.

— Ben est puni. Madame Hardy, voudriez-vous me suivre au salon pendant que Davy finit son goûter ? J'ai quelque chose à vous dire.

— Je sens qu'on va me passer un savon, grommela Mme Hardy.

Hors de portée de David, Hannah déclara :

— J'ai envoyé Benjamin dans sa chambre parce qu'il m'a demandé si Abigail était idiote et a refusé de me dire où il avait entendu ce mot. Savez-vous qui ose proférer de si horribles choses au sujet de ma petite fille ?

— Vous devriez pourtant l'admettre, Hannah. La pauvre enfant n'est pas comme les autres.

— Cela ne signifie pas qu'elle soit idiote ! Elle est seulement un peu plus lente que les garçons, et cela s'arrangera avec le temps.

L'expression circonspecte de Mme Hardy était fort éloquente. Hannah reprit :

— Vous avez parlé d'Abigail dans mon dos, n'est-ce pas ?

La gouvernante rougit jusqu'aux oreilles.

— Eh bien, sans vous mentir, oui. Tout le monde a remarqué qu'Abigail n'est pas aussi... vive que les garçons au même âge. Reiver ne voulait pas vous inquiéter, mais...

Soudain lasse, Hannah se laissa tomber dans le rocking-chair. L'enfant s'était endormie dans ses bras. Autant Ben et Davy avaient été prompts à percevoir les tensions autour d'eux, autant Abigail y était insensible. Hannah sentit le désespoir l'envahir.

Davy, maintenant âgé de quatre ans, apparut à la porte, le menton plein de miettes de pain d'épice.

— J'ai fini, madame Hardy. Je voudrais jouer avec Ben.

Davy collait à son frère comme son ombre.

— Pas aujourd'hui, Davy. Ben est puni et il doit rester dans sa chambre.

L'enfant cligna les yeux, prêt à pleurer.

— Emmenez-le faire un tour. Je suis fatiguée et je désire être seule avec mon bébé.

Mme Hardy hocha la tête, essuya le menton de David et l'emmena. Hannah l'entendit questionner : « Pourquoi Ben est-il puni ? » puis la porte se referma et elle resta seule.

Elle se balança doucement. Petit à petit, le grincement du rocking-chair et la quiétude de la maison l'apaisèrent. Elle baissa les yeux sur Abigail, si calme dans son sommeil, et son cœur se serra. Quel serait le destin de cette innocente ? Reconnaîtrait-elle son nom ? Apprendrait-elle à lire et à écrire ? Et quand elle serait devenue une jeune fille, est-ce qu'un homme honorable tomberait amoureux d'elle et la demanderait en mariage ? Ou bien les gens continueraient-ils de la ridiculiser et de la traiter d'idiote ?

Pourquoi Dieu avait-il fait cela à son enfant ? Pourquoi ? Elle ferma les yeux, et des larmes amères roulèrent sur ses joues. Mais elle les essuyait à mesure.

— Dieu t'a peut-être abandonnée, ma chérie, mais pas moi. Je serai toujours là pour te protéger.

Toujours.

Sur le sentier qui menait chez lui, Reiver entendit résonner les coups de marteau. Au lieu de rentrer directement, il fit un détour pour voir où en était la construction de sa nouvelle maison.

La façade de style néo-grec de l'imposante demeure venait juste d'être terminée et il se dit, satisfait, qu'ils pourraient emménager à la fin de l'été. Il aurait ainsi une maison non seulement assez grande pour loger confortablement sa famille, mais qui de plus refléterait le modeste succès de sa filature, tandis que Samuel et James continueraient d'habiter la ferme. Il se tourna vers l'ensemble de bâtiments qui se dressait à l'emplacement de l'ancien hangar des vers à soie. Ils étaient au nombre de trois, abritant les machines à dévider la soie, plus un quatrième, à l'écart, pour les opérations de teinture, humides et malodorantes.

Il salua les charpentiers et rentra chez lui. Dès qu'il eut franchi le seuil, un cri haut perché lui donna la chair de poule et il frissonna de dégoût. Même les pleurs de celle-là – impossible de la considérer comme sa fille – étaient *différents*.

— Hannah ? appela-t-il en roulant ses manches avant de se laver les mains à l'office.

Elle apparut, pâle, épuisée, le visage strié de larmes, ses yeux bleus reflétant son désespoir. Elle berçait l'enfant dans ses bras, murmurant sans répit :

— Ne pleure pas, mon poussin, ne pleure pas...

Reiver refréna son agacement et se sécha les mains.

— Vous paraissez à bout. Pourquoi ne pas confier le bébé à Millicent et me rejoindre pour le déjeuner ?

— Savez-vous ce que Ben a dit d'Abigail ?

— Hannah...

— Il l'a traitée d'idiote. Je suis sûre qu'il répétait ce qu'il a entendu dire.

Elle pressa sa joue contre le visage de l'enfant, qui s'apaisa enfin. Reiver se détourna pour cacher son expression coupable. Hannah reprit :

— Qui a osé dire une chose aussi cruelle, aussi blessante ? Je refuse de penser que James ou Samuel...

— Laissez tomber cela. Confiez le bébé à Millicent, je veux vous parler seul à seule, dans le salon.

Hannah obéit sans protester et revint peu après, l'air sombre.

— Asseyez-vous, je vous en prie, dit Reiver.

Il s'agenouilla devant elle et prit ses mains froides et inertes entre les siennes.

— Hannah, quelque chose ne va pas chez cette enfant.

— Mais elle n'est pas anormale, Reiver, non.

Il pensait à son repas qui refroidissait, aux trois nouvelles recrues à l'atelier qui avaient besoin d'être surveillées et son impatience grandissait. Il se releva.

— Soyez forte, Hannah. Vous devez accepter le fait qu'Abigail risque d'être handicapée pour le reste de ses jours.

— Non !

— Hannah...

— Je veux que le docteur Bradley l'examine. Il aura peut-être une solution.

— Bradley s'efforce de soigner les corps malades. Il ne peut rien contre les cerveaux malades. Ni aucun d'entre nous.

— Il y a sûrement quelque chose qui...

— Assez ! Dois-je vous rappeler votre devoir envers moi et nos deux autres enfants ?

— Mais Abigail...

– Et les ouvrières ? Vous n'avez pas mis le pied à la filature depuis qu'elle est née. Croyez bien que Constance et Henrietta s'en sont aperçues.

– Ma fille a besoin de soins continuels.

– Nos fils et mes frères aussi ! Ne soyez pas entêtée, Hannah. Je ne vous permettrai pas de faire passer son bien-être avant celui de tous les autres.

Brusquement, elle comprit.

– Vous la détestez parce qu'elle n'est pas parfaite, tout comme vous avez haï votre père pour ses défauts.

– Qui vous a parlé de mon père ?

– Peu importe. Je sais que vous le détestiez d'être le poivrot de la ville, un objet de mépris.

Reiver recula de quelques pas.

– Et j'avais de bonnes raisons. Ce n'était qu'un paresseux, un soûlard sans vergogne qui faisait de nos vies un enfer. Cela n'a rien à voir avec ce que j'éprouve pour Abigail.

– Reiver...

– Quoi que vous en pensiez, je ne la déteste pas. Je suis seulement réaliste, et tant pis si vous prenez cela pour de l'insensibilité. En tant que chef de famille je dois décider de ce qui convient à chacun. Je ne permettrai pas que vous négligiez nos fils !

– Les garçons vont très bien. C'est Abigail qui a le plus besoin de mon amour et de mon attention.

Reiver prit un air menaçant.

– Vous êtes mon épouse et vous m'obéirez, pour le bien de notre famille.

– Dois-je vous obéir même si vous avez tort ?

Sa résistance inattendue le surprit.

– Surtout si vous pensez que j'ai tort.

Hannah baissa la tête, mais serra les poings.

– J'ai dit ce que j'avais à dire, conclut Reiver en déroulant ses manches de chemise sur ses poignets. Maintenant, j'ai faim et j'aimerais fort déjeuner.

Sans un mot de plus, Hannah le servit. Il mangea son repas froid dans un silence plus froid encore.

De retour dans la nursery, Hannah regarda Abigail qui dormait paisiblement ; elle aurait voulu pouvoir s'enfuir avec elle. Puis, venant du dehors, lui parvint la voix insouciante de Davy qui exhortait la pauvre Mme Hardy à marcher plus vite, et Hannah sentit son amour et sa loyauté s'ouvrir en deux comme la mer

Rouge : une part pour Abigail, et l'autre pour le reste de sa famille.

Elle soupira. Reiver avait raison, mais jamais elle ne lui pardonnerait de ne pas aimer Abigail. Elle caressa la joue très douce du bébé.

— Ne t'inquiète pas, mon trésor. J'ai assez d'amour pour deux.

Une nouvelle livraison de soie brute eut lieu le lendemain et Reiver demanda à Hannah si elle voulait bien aider Constance à trier les cocons et tirer les fibres de soie.

Tout en s'activant, Hannah interrogea Constance :

— Aimez-vous travailler ici ?

— Oui, madame, répondit la jeune fille sans lever les yeux. Je gagne plus que dans une autre usine. Mais j'arrêterai sûrement quand je serai mariée. Ne le dites pas à M. Shaw, ajouta-t-elle en baissant la voix.

Hannah sourit.

— Ce sera notre secret.

Des heures plus tard, quand tous les cocons furent prêts, Hannah dit :

— Que faisons-nous maintenant ?

— Il faut les mettre à bouillir.

Constance emporta un panier de cocons dans une autre salle, où se trouvait un réservoir plein d'eau bouillante près des dévidoirs.

— Faites attention à vos mains, madame. Il faut que l'eau soit brûlante pour que les fibres se relâchent.

Elle déversa les cocons dans le réservoir, les laissa tremper un moment, puis y plongea les doigts en écartant la toile d'araignée formée par les fils pour trouver leur extrémité ; lorsqu'elle en eut saisi six, elle commença à dévider la soie.

— Laissez-moi la prochaine fournée, proposa Hannah.

Elle regretta son impulsion quand ses mains plongèrent dans l'eau brûlante, mais, une fois habituée à la température, elle parvint à trouver les filaments afin que Constance pût les dévider.

Quand ce fut terminé, Hannah rentra chez elle, les mains endolories, ayant appris ce qu'était le dur travail des ouvrières de la filature.

Reiver n'avait pas vu Cécilia depuis le jour, il y avait deux ans de cela, où elle lui avait annoncé son intention d'épouser Tuttle.

96

Ce soir, elle et son mari faisaient partie des quatre invités des Shaw, car Reiver avait besoin d'un prêt pour agrandir la filature. Et, à la façon dont Cécilia évitait son regard, il savait qu'elle n'ignorait rien de ses arrière-pensées.

Son mari, très énamouré, s'occupait fort bien d'elle, à en juger par sa tenue très élégante, une robe d'un rose flatteur couverte de dentelle. Elle portait un collier étincelant de saphirs, et non la modeste parure de grenats et de perles que Reiver lui avait offerte.

– Vous avez une bien belle maison, Shaw, dit Tuttle. Elle est récente, n'est-ce pas ?

L'air doucereux, encore enfantin, il en rougissait d'envie. À la manière d'Ezra Bickfort, il évaluait mentalement le prix de chaque meuble et bibelot du salon.

– Nous sommes installés depuis deux mois. Avec notre petite famille qui s'agrandit, nous avons besoin de place, répondit Reiver, assis à côté de Cécilia mais souriant à Hannah.

Il comparait sa femme à son ancienne maîtresse. Hannah se coiffait toujours de la même façon, ses cheveux châtain clair séparés par une raie médiane et réunis en chignon sur la nuque, tandis que Cécilia, suivant la mode, portait des anglaises qui lui donnaient un air délicat et précieux. Ses gestes gracieux contrastaient avec ceux d'Hannah, larges et précis ; sa vivacité captait le regard des hommes comme une sirène fascine les marins, alors qu'on ne s'attardait pas sur Hannah.

– Combien d'enfants avez-vous, madame Shaw ? demanda Cécilia.

– Trois. Deux garçons et une fille. Et vous ?

– Un fils, âgé de quinze mois.

La pensée que Cécilia ait pu concevoir un enfant la nuit de ses noces emplit Reiver d'une telle jalousie qu'il but une gorgée de sherry pour cacher son irritation. Hannah se tourna vers leurs autres invités, George Burrows, un homme corpulent qui venait de créer une papeterie au nord de la ville, et son épouse insipide, Louise.

– Je crois savoir que vos enfants sont presque adultes ?

Reiver n'écoutait qu'à moitié les fanfaronnades de Burrows au sujet de ses huit fils, il ne pensait qu'à Cécilia qui feignait de s'absorber dans la conversation. Il savait, à observer la tension de ses épaules, qu'elle aussi ne songeait qu'à lui. Il se demandait comment manœuvrer pour lui parler seul à seul ce soir.

Mme Hardy vint annoncer que le dîner était prêt. Reiver offrit son bras à Hannah et ils conduisirent leurs invités à la salle à manger.

— Madame Tuttle, s'il vous plaît, dit Reiver en désignant la place à sa droite.

Elle remercia avec grâce, et seul Reiver s'aperçut du tremblement de ses mains tandis qu'elle rassemblait sa jupe pour s'asseoir. Mme Hardy servit la soupe de fraises glacée et la conversation reprit ; Reiver y participait tout en se délectant de la beauté de Cécilia, et c'était comme un jeu. Ayant placé Tuttle à la droite d'Hannah, il était obligé de porter les yeux sur Cécilia chaque fois qu'il s'adressait à son ennuyeux époux ; il avait bien manœuvré et s'en félicitait.

— Coldwater se développe à pas de géant, constata Tuttle.

— Outre mes soieries et la papeterie de M. Burrows, répondit Reiver, nous avons vu s'installer une fabrique de savon, une fonderie et une filature de coton ces six derniers mois.

Du coin de l'œil, il vit Cécilia qui le regardait sous ses longs cils noirs.

— Nous sommes à l'aube d'une nouvelle ère, reprit Tuttle, l'ère industrielle. Tuttle Senior — c'est ainsi que j'appelle mon père — assure que l'agriculture va devenir obsolète dans le Connecticut.

Et ainsi de suite jusqu'à ce que l'arrivée du plat de poisson l'interrompît suffisamment pour qu'Hannah pût dire :

— Je suppose, monsieur Tuttle, qu'il vous arrive de penser à autre chose qu'au commerce ?

Oh non, sans doute pas, songea Reiver en risquant un autre coup d'œil vers Cécilia. Prise au dépourvu, elle offrait l'attitude absente de l'épouse qui a entendu le même discours fastidieux trop souvent déjà.

Sous la table, Reiver tendit sa jambe et glissa son pied sous les jupons de Cécilia. Elle rougit et jeta un regard coupable autour d'elle. Comme tout le monde écoutait son mari discourir des théories de son père sur les vertus du travail, elle foudroya Reiver du regard et retira son pied. Il refréna un sourire. Un point pour lui.

Après dîner, Hannah et les dames se retirèrent au salon, laissant les hommes avec leurs cigares et leur brandy. Burrows déboutonna son gilet, but une gorgée et considéra la salle à manger avec une admiration non feinte.

— Voilà une belle réussite, Shaw. J'espère qu'un jour ma papeterie me permettra la même aisance.

– J'ai l'intention de faire mieux encore, avec une petite aide de la banque Tuttle.

– Je dois admettre que nous étions fort réticents quand vous êtes venu nous trouver, dit Tuttle. Après le désastre des plantations de mûriers, nous pensions que c'en était fini de l'industrie de la soie dans ce pays.

– Beaucoup d'entreprises ont fait faillite, répondit Reiver, mais les plus modestes ont retenu la leçon. Sachant que l'avenir réside dans les filatures, il est inutile de cultiver les mûriers et d'élever des vers à soie. Le climat ne leur convient pas, je le sais depuis longtemps. Maintenant j'importe des cocons d'Orient et je fabrique du fil.

Les petits yeux noirs de Tuttle considérèrent Reiver avec un respect accru.

– Et quels sont les projets des Soieries Shaw ?

– Innover. Mon frère James, un inventeur, travaille sur une machine capable d'exploiter les matériaux gâchés provenant des cocons brisés, ainsi que sur des métiers à tisser du fil plus solide afin de s'adapter aux machines à coudre de M. Howe. Votre prêt sera en bonnes mains, Tuttle.

Il eut un sourire plein d'assurance. Le banquier alluma son cigare et tira plusieurs bouffées.

– Je suis impressionné, Shaw, et je sais que Tuttle Senior le sera aussi. Venez donc à la banque demain et nous en parlerons.

– Vous ne le regretterez pas.

Reiver finit son brandy et, se levant, ajouta :

– Messieurs, si vous avez envie de visiter la filature, je suis certain que ces dames sauront se passer de nous quelques instants encore.

Les deux autres eurent un gloussement approbateur et suivirent Reiver.

Au moment de se séparer, Reiver fit en sorte de se trouver à côté de Cécilia pour lui mettre son châle sur les épaules. Elle remercia doucement, mais il devina à la façon dont elle rougit qu'il la troublait toujours autant.

Quelle serait sa réaction quand il lui rendrait visite le lendemain ?

C'est une Cécilia fort pâle qui le reçut dans son salon richement meublé. À l'intention de la domestique qui l'avait annoncé, Reiver dit :

– Veuillez me pardonner cette intrusion, madame Tuttle, mais ma femme m'a prié de vous apporter quelques pots de gelée de pommes en venant à Hartford.

– Oh, merci beaucoup, monsieur Shaw, comme c'est aimable à vous.

Elle demanda à la domestique de les emporter à la cuisine ; Reiver et Cécilia se retrouvèrent enfin seuls. Elle s'éloigna aussitôt de quelques pas.

– Mon dieu, es-tu devenu fou ? Et si Amos te trouve ici ?

– Il le sait déjà. Je le lui ai dit à la banque – j'ai parlé des pots de gelée, évidemment.

– Tu n'aurais pas dû venir. Va-t'en tout de suite.

Elle se dirigea vers la porte mais Reiver la retint.

– Je ne partirai pas avant de t'avoir expliqué pourquoi je suis venu.

– Reiver, je t'en prie !

Elle tremblait contre lui.

– Cesse d'agir comme si j'allais te sauter dessus ici même et assieds-toi.

Elle hésita, puis, Reiver la laissant aller, s'installa sur une chaise, droite et les mains croisées.

– Es-tu heureuse ?

– Très. J'ai un mari charmant, généreux et qui m'adore, un beau petit garçon. Pourquoi ne serais-je pas heureuse ?

– Parce que tu n'aimes pas ton mari. Avoue-le.

– C'est faux ! J'aime vraiment Amos.

– Tu n'as jamais su mentir. Tu peux toujours essayer de te convaincre que tu l'aimes, mais ce n'est pas vrai. Je le vois dans tes yeux. Tu es désespérément malheureuse.

Il avait pris son menton dans sa main et attirait son visage vers lui. Elle se dégagea avec brusquerie et se leva.

– Arrête ! Tout cela ne sert à rien.

– Je t'aime toujours, Cécilia. Dieu sait que j'ai tenté de m'en empêcher mais c'est impossible. Deux ans ont passé et c'est toujours toi que je désire.

Cécilia se raidit, comme pour rassembler son courage.

– Eh bien, il faut cesser. Tu as tort, Reiver. Est-ce à moi de te rappeler que tu as une épouse charmante ? Elle ne mérite pas cela.

– Mais je ne l'ai jamais aimée.

– Cela ne justifie en rien ton... ton obsession envers moi.

– Je ne crois pas être le seul en cause.

Elle secoua la tête.

– Non. Tu as tort.

Il fut sur elle en deux enjambées et saisit ses mains glacées dans les siennes.

– Alors prouve-le. Montre-moi que tu ne veux pas de moi, que tu n'as pas besoin de moi.

– Reiver...

– Laisse-moi t'embrasser, et ensuite tu me diras ce que tu éprouves.

– Non, je...

– Tu as peur que je n'aie raison ?

Elle soupira, désarmée, et Reiver, prenant son visage entre ses mains, chercha au fond de ses yeux le désir caché derrière la peur. Leurs lèvres se joignirent.

Ce baiser lui apprit tout ce qu'il voulait savoir.

Ils se séparèrent, pantelants ; Cécilia paraissait déconcertée, étourdie.

– Quand pouvons-nous nous rencontrer ? murmura Reiver.

Elle s'accrocha à lui.

– Je ne sais pas. Dans un endroit sûr. J'ai une amie qui pourrait peut-être nous prêter sa maison.

Elle lui donna l'adresse.

– Arrange-toi avec elle et retrouvons-nous demain à 13 heures.

Elle acquiesça, et il l'embrassa plus fort.

– À demain.

Après le départ de Reiver, elle se rendit près de la fenêtre et regarda s'éloigner sa voiture.

– Maudit sois-tu, Reiver Shaw. Et que je sois maudite pour ma faiblesse.

Mais même les flammes de l'enfer ne pouvaient l'empêcher d'attendre le lendemain avec impatience.

Le soir, au dîner, Hannah remarqua que Reiver mangeait, certes, mais sans un mot, les yeux dans le vague, indéchiffrables. Quelque chose le préoccupe, pensa-t-elle. Samuel et James étaient trop absorbés dans leur discussion à propos de la ligne de chemin de fer Providence – Hartford – Fishkill pour prêter attention à l'étrange humeur de leur frère. Hannah se tourna vers lui :

– Comment s'est passé votre voyage à Hartford ? Mme Tuttle a-t-elle apprécié les conserves que je lui ai fait porter ?

101

Reiver sauça son assiette avec grand soin.

— Je l'ignore. Je les ai laissées à son mari à la banque. Mais je suis sûr qu'elle les appréciera, ajouta-t-il avec un sourire.

— J'aime bien Mme Tuttle, dit Hannah. Elle est si jolie et agréable.

— En effet.

Reiver s'adressa à James de l'autre côté de la table.

— As-tu déjà essayé notre fil sur la machine à coudre ?

— Oui, mais il a cassé. Il n'est pas assez solide pour convenir à une telle machine.

— Alors que faut-il faire ?

— Je vais créer un métier à tisser qui doublera le fil. Cela devrait le rendre plus fort.

Reiver hocha la tête d'un air absent, puis se leva et sortit. Hannah regarda Samuel et James, perplexe.

— Il n'est pas lui-même ce soir.

— Il est peut-être arrivé quelque chose à Hartford aujourd'hui, répondit Samuel, une lueur singulière dans ses yeux pâles.

— Reiver est toujours franc, dit James. Cet air lointain ne lui ressemble pas.

Hannah sourit.

— Il me confiera sans doute ce qui le trouble.

Elle le trouva devant les tiroirs ouverts de la commode de leur chambre, une pile de vêtements dans les bras. Il se figea en la voyant, l'air aussi coupable qu'un voleur pris la main dans le sac.

— Que faites-vous donc ?

— Je m'installe dans l'autre chambre.

Hannah eut l'impression qu'il venait de la frapper.

— L'autre chambre ? Mais pourquoi ? Je croyais que vous aimiez bien...

Sa voix mourut. Il empilait toujours les chemises dans ses bras.

— C'est vrai.

— Alors ?

Il lui fit face.

— Je ne vois pas d'autre moyen de vous l'expliquer, alors je serai direct : je refuse le risque d'avoir un autre enfant comme Abigail.

— Que dites-vous ?

— Vous m'avez entendu.

Elle aurait voulu lui retirer les chemises des bras et les remettre dans les tiroirs, comme si cela avait pu le retenir. Mais sa fierté l'en empêcha ; s'il ne voulait plus partager son lit, elle ne le supplierait pas.

— N'ayez pas l'air si déçue, Hannah. Vous n'appréciez guère cet aspect du mariage.

— Au début, non. Mais vous savez que cela a cessé d'être un devoir depuis des années.

Elle avait envie de ses caresses avec une avidité qui l'effrayait.

— En tout état de cause, comment continuer à céder à cela en sachant que nous risquons d'avoir un autre enfant simple d'esprit ? Abigail n'est-elle pas un fardeau suffisant pour vous ?

— Abigail n'est pas un fardeau, par tous les saints ! Je l'aime autant que les garçons. De plus, rien ne prouve qu'un autre enfant lui ressemblerait !

— Je n'en prendrai pas le risque en tout cas.

Elle faillit lui rappeler toutes les occasions où il s'était retiré à temps pour éviter une nouvelle grossesse, mais elle se tut. Son silence blessé le toucha car il s'approcha et lui caressa la joue.

— Je ne dis pas que je ne partagerai plus jamais votre lit, Hannah, mais simplement que je refuse de tenter le sort trop souvent.

Elle luttait contre ses larmes.

— Si c'est votre volonté...

— J'ai dit que je ne voulais pas d'autre enfant comme Abigail, et je le maintiens.

Il fit demi-tour et ferma la porte derrière lui.

Hannah resta à regarder la porte close, puis, résignée, se déshabilla et ôta le plaid du lit, posa l'oreiller de Reiver sur une chaise et plaça le sien au milieu. Elle souffla la lampe, se glissa sous les draps et ferma les yeux, mais le sommeil ne vint pas.

Elle ne comprenait pas pourquoi Reiver s'était ainsi retranché loin d'elle, hors de sa portée, au moment même où elle croyait que le succès de la filature et leurs enfants les avaient rapprochés l'un de l'autre. Mais elle avait mieux à faire que se disputer avec lui et le défier. Il lui reviendrait à son heure.

Le lendemain Reiver retrouva Cécilia dans la maison de son obligeante amie, tout comme il s'y attendait.

— J'ai failli ne pas venir, dit-elle en soulevant son épais voile noir lorsqu'ils furent seuls dans la chambre.

Il sourit et la prit dans ses bras.

— Ne me tourmente pas avec des menaces vides de sens, Cécilia. Tu sais bien que tu as envie d'être là, avec moi.

Elle était si douce, et ses boucles châtaines sentaient si bon l'héliotrope tandis qu'il y enfouissait son visage ! Elle ferma les yeux et se laissa aller contre lui.

— Ce doit être la seule et unique fois. C'est beaucoup trop dangereux.

Les doigts de Reiver s'activaient sur les petits boutons agaçants de sa robe.

— Pourquoi dis-tu cela, pour faire semblant de me résister ? Tu sais bien que tu accourras dès que je te ferai signe.

Il atteignit ses seins et elle en eut le souffle coupé ; son mari, son fils, tout disparut dans le tourbillon de la passion.

7

Ce fut la visite du colporteur, le printemps suivant, qui donna à Hannah l'idée singulière qui serait peut-être une aubaine pour les Soieries Shaw.

Par un après-midi froid d'avril 1848, elle se tenait avec Mme Hardy près de la voiture surchargée de Septimus Shiveley, et tandis qu'il vantait d'une voix chantante les vertus de différents moules à beurre, vaporisateurs et brosses, Hannah ne cessait de penser à l'aversion persistante de Reiver envers leur infortunée petite fille. Soudain, le colporteur dit quelque chose qui la ramena à l'instant présent.

— Mesdames, j'ai une nouvelle collection de porcelaines qui flattera, j'en suis sûr, votre bon goût.

Avec un geste maniéré, il présenta une assiette décorée de délicates roses jaunes.

— C'est un article de Paris, vendu cinq sous seulement la pièce, à peine plus cher pour les plats.

Hannah prit l'assiette, examina le dessin et fit courir son doigt sur le bord.

— Comment pouvez-vous vendre de la porcelaine française à si bas prix ?

Le colporteur se raidit.

— Ai-je dit que cet article venait de France, ma bonne dame ? Non, pas du tout. Septimus Shiveley ne triche jamais sur sa marchandise, ça non !

— Alors pourquoi prétendez-vous que c'est de la porcelaine française si elle ne vient pas de France, c'est idiot ! s'exclama Mme Hardy.

— Non, c'est une façon de la décrire. Cette porcelaine *ressemble* à celle qui est fabriquée en France, donc le fabricant l'a appelée « article de Paris ».

Mme Hardy reposa la bouilloire qu'elle tenait et jeta au colporteur un regard torve.

– Espèce de vieille chèvre menteuse ! Vous essayez de nous mener en bateau !

– Ma bonne dame ! Septimus Shiveley est l'honnêteté même. Il ne triche jamais sur sa marchandise, ça non ! Mais si les clientes me comprennent mal et pensent que cette belle porcelaine vient vraiment de France... pourquoi les détromper ?

Hannah sourit et lui rendit l'assiette.

– Avez-vous beaucoup de clientes qui comprennent mal ?

Il répondit, en empochant l'argent de leurs autres achats :

– Un nombre surprenant, ça oui. Le fabricant de ces plats ne parvenait pas à les vendre auparavant. Il a eu l'idée de les baptiser « articles de Paris » et tout le monde en a voulu. J'en manque constamment.

– Tout ça parce qu'il a changé le nom ?

– Eh oui. Incroyable, pas vrai ?

Puis Septimus Shiveley remonta en voiture, agita le bras en signe d'adieu et s'éloigna dans un remue-ménage de pots et de casseroles brinquebalants vers la prochaine maison sur sa route, laissant les deux femmes méditer sur la crédulité de leurs compatriotes.

Tout en cousant, Hannah pensait aux « articles de Paris » du colporteur ; elle regarda la marque de son fil : « Fil de Soie – Compagnie des Soieries Shaw ». L'idée lui vint, lumineuse.

Elle partit chercher Reiver.

Il était dans la salle des machines avec James, penché sur un ensemble de pièces graisseuses réparties sur une longue table de bois.

– Je ne vois pas comment ça pourrait fonctionner, James.

– Si, je t'assure, répondit James qui, en se redressant, vit Hannah et l'accueillit avec un grand sourire.

– Bonjour, Hannah ! Qu'est-ce qui vous amène ici ?

– Je voudrais parler à Reiver.

Celui-ci ne leva pas la tête.

– Ça ne peut donc pas attendre ? Nous sommes très occupés.

– C'est important.

– Au point de ne pouvoir attendre ce soir ?

Elle resta à sa place, décidée à ne pas se laisser renvoyer comme un enfant importun.

– Oui.

Reiver croisa les bras sur la poitrine et la regarda d'un air ennuyé et impatient.

– Eh bien ?

– J'ai une idée pour vendre plus de fil.

Reiver eut une grimace condescendante.

– Et quelle est cette extraordinaire idée ?

– J'ai pensé que vous devriez donner un nom italien à votre production.

Il écarquilla les yeux, incrédule, puis éclata de rire.

– Un nom italien ? Mais pourquoi donc ? Notre fil ne vient pas d'Italie, il est fabriqué dans le Connecticut par la Compagnie des Soieries Shaw, et il ne changera jamais de nom.

Il se pencha de nouveau au-dessus de la table, lui signifiant son congé.

Les joues en feu, Hannah ne bougea pas.

– Au lieu de rejeter aussi vite mon idée, Reiver, laissez-moi vous parler des «articles de Paris» de Septimus Shiveley.

– Hannah, je vous ai déjà dit que James et moi étions occupés.

James essuya ses mains pleines de graisse.

– Cela peut attendre. Écoute donc Hannah.

Reiver capitula avec un soupir agacé, et elle leur raconta son entretien avec le colporteur.

– ... et n'est-ce pas la soie italienne la plus réputée ?

– Pour le moment.

– Alors pourquoi ne pas appeler la vôtre «Fil de Soie de Gênes» ou «Fil de Soie Milanais»? Après tout, il est aussi bon que   l'italien, non ?

– Meilleur, dit Reiver. Mais il n'est pas fabriqué en Italie, et lui donner un nom italien serait trompeur. Je suis fier de notre soie et ne veux en aucun cas participer à une tricherie.

– Mais il ne s'agit pas de tricher. L'étiquette dirait qu'il est fabriqué par la Compagnie des Soieries Shaw, Connecticut. Si les gens pensent qu'il est meilleur parce qu'il porte un nom italien ce sera leur faute, et non la nôtre.

James eut un large sourire.

– Ce n'est pas bête.

– Pourriez-vous au moins essayer ? demanda Hannah.

– J'y penserai, répondit Reiver d'un ton neutre, dénué d'intérêt, et Hannah se dit qu'il finirait par trouver une bonne raison pour rejeter sa proposition.

Elle quitta la salle des machines avec le sentiment d'être plus que jamais une étrangère pour son mari, et se rendit à l'atelier de Samuel.

Debout à la fenêtre, elle regardait sa maison tandis que Samuel terminait une gravure à sa table de travail.

– Cela ne marchera pas, murmurait-elle. C'est une bonne idée, mais comme elle vient de moi, il n'en fera rien.

– Mon frère vous réserve des surprises, dit Samuel. Il est fier et entêté, mais il mettra ses sentiments personnels de côté pour le bien de la filature. Si donner un nom italien au fil rend service aux Soieries Shaw, il le fera, même si l'idée venait de l'une des gargouilles de Naomi.

Elle sourit ; Samuel se leva et traversa la pièce.

– C'est un grand plaisir de vous voir sourire de nouveau, Hannah. Il y a longtemps que cela ne vous était pas arrivé.

Consciente de sa présence, à un pas derrière elle, elle regardait obstinément par la fenêtre.

– Vous l'avez remarqué.

– Je remarque tout ce qui vous concerne, mais je n'en dis rien, pour notre salut à tous deux. Cependant, si vous avez envie de me parler, sachez que je suis toujours là.

Elle lui fit face, prête à décliner son offre, mais lorsqu'elle vit la chaleur et la sympathie dans ses yeux pâles, elle se rendit compte qu'elle devait se confier, ou exploser.

– Reiver ne partage plus ma chambre. Il ne veut pas prendre le risque d'avoir un autre enfant comme Abigail.

Sans un mot, Samuel la prit dans ses bras. Hannah songea qu'elle ferait mieux de fuir le danger, car le moindre effleurement de sa main, le contact de sa joue quand il l'embrassait pour lui dire bonjour suscitaient en elle tant de pensées coupables ! Mais cette fois, pourtant, elle se laissa faire.

– Mon frère sait aussi se conduire comme un salaud sans cœur.

En fermant les yeux, Hannah posa la tête contre l'épaule de Samuel.

– Sa froideur envers Abigail me blesse tellement. Vous et James êtes si gentils avec elle, si patients, alors que son propre père ne peut la voir sans répulsion.

– Il considère ses enfants comme une réplique de lui-même, et il ne parvient pas à accepter l'imperfection d'Abigail.

Elle recula d'un pas.

– Ce n'est pas sa faute si le Seigneur l'a faite ainsi.

– Votre indignation est justifiée, mais n'êtes-vous pas également furieuse à cause de l'attitude de Reiver à votre égard ? Vous êtes une femme de passion, Hannah.

Sa voix se fit plus grave, ses yeux la scrutèrent.

– Je ne peux vous imaginer seule toutes les nuits jusqu'à la fin de vos jours.

– Ne dites pas de choses aussi... intimes, Samuel. Vous savez que je n'aime pas cela.

– Oui, mais comment m'en empêcher, surtout quand je vous vois souffrir ainsi ?

– Les plaisirs conjugaux sont fort surestimés. Je survivrai certainement à ma solitude.

L'expression de Samuel se durcit, un muscle frémit dans sa mâchoire.

– Qu'est-ce que mon diable de frère vous a fait ?

– Rien ! Rien du tout. Oubliez ce que j'ai dit.

Elle se dirigea vers la porte, mais la main de Samuel glissant sur son épaule l'arrêta net.

– Comment pourrais-je oublier ?

Elle se tourna vers lui.

– Je suis venue vous voir parce que j'avais besoin de parler à quelqu'un qui sache me réconforter, pas pour... pour badiner.

Ni pour être prise en pitié. Samuel acquiesça :

– Je le sais.

– Je ne veux pas me mettre entre Reiver et vous.

Cela, c'est déjà fait, pensa Samuel.

– Ne vous inquiétez pas pour ça.

Elle se détendit.

– C'est heureux, parce que, si cela devait arriver, je ne me le pardonnerais jamais.

– Hannah, je souhaite seulement que vous veniez me voir quand vous en avez envie, chaque fois que vous avez besoin d'amitié et de réconfort.

– Je tiens beaucoup à notre amitié, je ne veux pas la gâcher.

Il prit sa main et la porta à ses lèvres.

– Cela n'arrivera pas.

Comme elle s'éloignait, il la rappela.

– Tenez-moi au courant de la décision de Reiver, à propos de votre idée.

– Je n'y manquerai pas.

Ses pas décrurent dans l'escalier. Par la fenêtre, Samuel la vit sortir puis monter vers sa maison. La brise d'avril jouait dans ses jupes.

Je sais pourquoi Reiver ne partage plus ton lit, se disait-il. Cela n'a rien à voir avec Abigail.

Il n'aurait pas voulu être là quand elle apprendrait la vérité. Ou peut-être que si, au contraire.

Au sommet de la colline, Hannah se retourna pour contempler la ferme, essayant d'oublier que son cœur l'entraînait de ce côté.

«Je tiens à notre amitié», avait-elle affirmé à Samuel. Qui cherchait-elle à leurrer? Elle ne voulait pas être son amie, mais son amante.

— Oh Samuel, murmura-t-elle pour elle-même, comment vais-je résister à mes sentiments pour toi?

Il le fallait, pourtant. Elle continuerait à prétendre qu'il s'agissait d'amitié, qu'elle ne souffrait pas mille morts chaque fois qu'elle le rencontrait. Si elle parvenait à se mentir avec assez de constance, peut-être finirait-elle par le croire.

Deux jours plus tard, Reiver annonça à Hannah qu'il allait mettre sa suggestion en pratique.

— Nous appellerons notre production «Fil de Soie de Milan». Si cela nous en fait vendre plus, nous garderons ce nom.

Hannah avait du mal à contenir sa joie.

— Quand saurons-nous si cela marche?

— À la fin de l'été, je pense.

Cependant, dès la fin juin, l'augmentation impressionnante des ventes du Fil de Soie de Milan prouva que l'idée d'Hannah était excellente.

Reiver étudiait avec satisfaction la liste de commandes qui venait d'arriver ce matin-là. À ce rythme, il serait obligé de mettre de nouvelles machines en place et d'engager d'autres ouvrières; mais c'était un souci bienvenu.

Il se sentait assez stupide d'avoir rejeté la proposition d'Hannah comme il l'avait fait tout d'abord, mais cela lui avait paru si ridicule! Après tout, que connaissait-elle aux affaires? Son domaine, c'était la maison, comme il se doit. Toutefois, il savait reconnaître ses erreurs et ferait part à Hannah de sa décision dès que possible.

À ce moment, il entendit la porte du vestibule s'ouvrir et une voix rauque se mit à crier :

– Shaw ? Montre-toi si tu es un homme, espèce de couard !

Il sortit dans le couloir et se trouva face à Amos Tuttle, qu'il reconnut à peine : il avait vieilli de dix ans, sa figure poupine était ravagée et hagarde, sa bouche, d'habitude molle, s'était durcie comme une balafre. En découvrant l'expression désespérée de ses yeux et la haine qui en jaillissait, Reiver sut pourquoi il était venu.

– Salaud ! hurla Tuttle en sortant un Colt de sa poche.

Reiver n'eut pas le temps de plonger à terre, Tuttle visa et fit feu.

Hannah, à l'étage, s'occupait du linge quand le bruit la fit sursauter. Elle se figea, les yeux agrandis de peur, tandis que le coup de feu résonnait encore. En criant le nom de Reiver, elle lâcha son linge, prit ses jupes à pleines mains et courut dans l'escalier.

À mi-chemin, elle vit Reiver étendu face contre terre. Elle appela de nouveau et se précipita vers lui avec une telle hâte qu'elle faillit trébucher dans ses jupons. Elle fit une brève pause devant Amos Tuttle toujours debout dans le vestibule, le revolver à la main – l'air sentait la poudre brûlée –, puis se laissa tomber à genoux près du corps de Reiver.

– Pourquoi avez-vous tué mon mari ?

Le regard absent, sans vie, de Tuttle rencontra le sien.

– Parce que ce salaud couche avec ma femme.

– Vous mentez !

Elle fit rouler le corps de Reiver sur le dos et pâlit à la vue de la tache rouge foncé qui s'étendait sur sa chemise, comme une horrible fleur déployée. Frénétique, elle déchira un morceau de son ourlet qu'elle mit en boule contre le flanc de Reiver pour étancher le sang.

Elle toucha son cou et perçut un faible battement dans la veine.

– Dieu soit loué !

De l'aide. Elle avait besoin d'aide. Samuel, James, n'importe qui.

Elle se leva et passa près de Tuttle pour se ruer dehors, dans la lumière aveuglante du soleil. Elle eut un sanglot de soulagement en voyant Samuel et James dévaler la colline dans sa direction.

– Hannah ? Que s'est-il passé ? Nous avons entendu un coup de feu, s'écria Samuel en courant vers elle.

111

– Amos Tuttle a tiré sur Reiver ! Vite !

Elle ne pouvait plus respirer. James jura et accéléra le pas, Samuel et Hannah sur ses talons.

Ils se précipitèrent dans le vestibule. Reiver était toujours étendu par terre et Tuttle s'était assis sur les marches, les bras ballants. Il leva la tête ; ses joues striées de larmes lui donnaient l'apparence d'un petit garçon perdu.

James se jeta sur lui, le saisit par le col et le mit debout.

– Ne perds pas ton temps avec lui, ordonna Samuel en s'agenouillant près de Reiver. Va plutôt chercher le médecin.

James projeta Tuttle contre le mur.

– Si mon frère meurt, tu mourras aussi.

Puis il partit en courant.

Tuttle glissa tout le long du mur, geignant comme un enfant.

– Hannah, faites sortir ce salopard avant que je ne le tue moi-même, pria Samuel.

Sous le choc, Hannah éprouvait un certain détachement qui lui permit de prendre Tuttle par le bras avec calme pour l'emmener au salon, où elle le fit asseoir. Il lui saisit la main.

– Comprenez-moi. Votre mari a commis l'adultère avec ma femme. C'est pourquoi j'ai tiré sur lui. Je voulais le faire payer. Il le fallait.

Elle retira sa main d'un geste brusque.

– Comment osez-vous salir la réputation de mon mari avec vos mensonges ! Jamais Reiver n'aurait fait une chose pareille.

– C'est que vous ne connaissez pas votre mari aussi bien que vous l'imaginez. Il est l'amant de ma femme depuis des années.

– Vous me rendez malade, monsieur Tuttle. Mon mari a besoin de moi.

Tuttle enfouit sa tête dans ses mains, les épaules secouées de sanglots.

– Comment a-t-elle pu me trahir ainsi ? Ma belle Cécilia...

Hannah quitta le salon, poursuivie par ses lamentations.

– Votre époux a eu beaucoup de chance, madame Shaw, dit le docteur Bradley. La balle n'a pas causé trop de dommages, avec du repos et des soins vigilants il s'en remettra.

Hannah s'appuya légèrement contre Samuel.

– Dieu soit loué !

– Je donnerai mes instructions à Mme Hardy, ajouta le médecin.

– Puis-je le voir ?

Il acquiesça d'un signe de tête.

Elle prit une profonde inspiration pour se donner du courage. Plus tard, il faudrait faire face aux accusations d'Amos Tuttle, mais pas pour le moment. Elle entra dans la chambre de Reiver.

Étendu dans son lit, il avait le visage aussi blanc que le drap qui le recouvrait jusqu'à la poitrine et se soulevait au rythme de sa respiration. Hannah tâta sa joue ; elle était douce et chaude. Reiver frémit à ce contact, sans ouvrir les yeux. Elle s'assit près du lit et lui tint la main ; malgré l'état de choc dans lequel elle se trouvait, mille pensées se bousculaient dans sa tête. Que raconter aux garçons ? Que dire à Reiver quand il se réveillerait ? Qu'allait-il arriver à Amos Tuttle ?

Reiver avait-il commis un adultère ?

Non, pas lui.

Elle ne quitta pas son chevet avant que Samuel ne vînt la trouver, à la nuit tombée.

– Hannah, le dîner est prêt.

– Je n'ai pas faim.

– Mais vous êtes restée assise ici toute la journée. Vous devez être exténuée.

– C'est mon mari, Samuel. Ma place est à ses côtés.

Il s'agenouilla près d'elle.

– Les enfants vous réclament. Je leur ai dit qu'un fou avait tiré sur leur père, mais qu'il était hors de danger.

Elle ferma les yeux et se laissa aller en arrière.

– Est-ce que Benjamin a demandé pourquoi on avait voulu tuer son père ? Il est très intelligent.

– Ce n'est qu'un petit garçon. Il est surtout effrayé, Davy aussi, et ils ont besoin de leur maman. Allez les voir, Hannah, je resterai près de mon frère.

Elle se leva, mit un peu d'ordre dans son chignon à demi défait, et se rendit près de ses enfants.

À son retour elle trouva Samuel les sourcils froncés, son beau visage reflétant son tourment intérieur.

– Comment vont les garçons ?

– Ils avaient peur pour leur père, mais je leur ai demandé de se montrer forts et braves, et ils se sont calmés. Tuttle a-t-il été arrêté ?

– Tuttle père nous a suppliés de ne pas porter plainte contre son fils. Il a même offert d'annuler la dette de Reiver à la banque.

Elle jeta un coup d'œil à son mari.

– Bien que j'aimerais mieux voir Tuttle payer pour ce qu'il a fait, je suis sûre que Reiver préférera cette solution si cela rend service à la filature.

– Hannah, à propos des accusations de Tuttle...

– Elles sont fausses, bien entendu. Quand Reiver sera rétabli, il me le confirmera lui-même.

– Je suis sûr qu'il vous dira la vérité.

Et Samuel s'en alla.

Reiver s'éveilla sous l'effet de la douleur et vit le visage inquiet d'Hannah flotter au-dessus de lui.

– Ne parlez pas, chuchota-t-elle avec une sollicitude qu'il ne méritait sûrement pas. Le docteur Bradley a dit que vous vous rétabliriez à condition de vous reposer.

Il n'allait donc pas mourir. Grâce à Dieu, Tuttle avait mal visé. Il eut un pâle sourire à l'adresse d'Hannah puis trouva refuge dans une bienfaisante inconscience.

– Tu ne pouvais donc pas t'empêcher de lui courir après, n'est-ce pas ? demanda Samuel d'un air dégoûté.

Reiver était assis dans son lit, son flanc gauche toujours bandé.

– Je suis encore alité, répliqua-t-il. Pourrais-tu avoir la décence d'attendre mon rétablissement avant de m'écorcher vif ?

– Oh, tu es sûrement assez costaud pour entendre ce que j'ai à te dire.

Deux semaines s'étaient écoulées depuis le coup de feu d'Amos Tuttle, et Reiver était capable de rester assis dans son lit deux heures par jour. Selon Bradley, il pourrait même faire quelques pas dès le lendemain, aussi Samuel n'avait-il guère de scrupules à lui dire ses quatre vérités.

– Tout le monde se moque de toi à Coldwater, comme on le faisait de papa. «Rhummy avait des faiblesses pour la bouteille, dit-on, et son fils en a pour les femmes mariées. Tel père tel fils. »

Reiver devint cramoisi.

– Quel coup bas ! Répète encore une fois et je t'écrase la figure contre ce lit. Je ne ressemble en rien à papa.

C'est que tu ne t'en rends pas compte, pensa Samuel. Il enfonça ses poings dans ses poches.

– Est-ce qu'elle en valait vraiment la peine ? Tu en es presque mort, et maintenant tout Coldwater et la moitié de Hartford sont au courant de votre liaison.

– Inutile de rendre les choses si vulgaires. J'aime Cécilia, je l'ai toujours aimée.

– Et cela justifie tout ? As-tu songé à ceux qui risquaient d'être blessés si vous veniez à être découverts ? Que deviennent ta femme et tes enfants, sans parler de Cécilia et son pauvre fou de mari ? De tous les inconscients, égoïstes que...

– Baisse le ton, ou tout le monde va t'entendre.

– Aucune importance. Tout le monde *sait* !

Reiver se redressa.

– Qu'est-il arrivé à Cécilia ? Tuttle l'a-t-il chassée ?

– Je suis ravi de constater que ton premier souci va à ton épouse, comme d'habitude.

– Tu ne me comprends pas. Tu n'as jamais compris. Hannah compte réellement pour moi. Elle... elle ne m'a rien dit des accusations de Tuttle. T'en a-t-elle parlé ?

– Non. Je pense qu'elle essaie d'oublier toute l'affaire en travaillant jusqu'à l'épuisement. Elle va à la filature...

– Vraiment ? Qu'y fait-elle ?

– À ton avis, qui l'a dirigée en ton absence, ballot ? C'est elle qui ouvre tous les matins, distribue le travail aux ouvriers et fait la fermeture à la nuit tombée. Elle s'occupe aussi de soigner ta misérable personne et dirige la maisonnée comme un général au combat.

– Hannah est forte. Elle sortira indemne de cette histoire. Cécilia, elle, risque de tout perdre.

– Pourquoi n'y avoir pas songé avant, alors ?

– Parce que c'était plus fort que moi. Il faut que je sache ce qui lui est arrivé, Samuel, aide-moi.

Il se laissa aller contre les oreillers en grimaçant de douleur. Samuel tira une lettre de sa poche et la jeta sur le lit.

– Je voudrais bien te prendre en pitié, mais je n'y parviens pas. J'ai vu Tuttle père hier pour discuter de sa proposition au sujet de ton emprunt. J'allais partir quand Cécilia m'a abordé et demandé de te donner cette lettre, en précisant qu'elle expliquerait tout.

– Comment était-elle ? Si jamais Tuttle lui a fait du mal, je...

– Tu n'as pas besoin de t'inquiéter. Elle paraissait fatiguée et triste, les yeux rouges comme si elle pleurait depuis des semaines, mais en bonne santé.

– Dès que j'irai mieux, je me rendrai auprès d'elle.

Samuel en grogna de dépit.

– Pour que Tuttle te tue à coup sûr ? Laisse donc sa femme tranquille !

Reiver se mit à lire la lettre.

Mon amour,
Je t'en prie, pardonne-moi. Si j'avais su qu'Amos en voulait à ta
vie, je l'aurais arrêté, par n'importe quel moyen. Mais grâce à
Dieu tu as survécu. Si Amos avait atteint son but, la vie n'aurait
plus eu de sens pour moi.
Je soupçonne l'un de mes domestiques d'avoir remarqué mes
absences fréquentes et de nous avoir dénoncés. Amos m'a suivie.
Quand je suis rentrée, il m'a menacée de me séparer de mon fils si
je n'avouais pas la vérité. Je te supplie de me pardonner, je n'avais
pas le choix.
Il me faut maintenant te dire le plus difficile : nous ne devons
plus jamais nous revoir. Amos jure qu'il m'a pardonné et qu'il
oubliera mon infidélité parce qu'il m'aime, mais je dois renoncer
à toi et partir pour New York avec lui. Son père lui a trouvé une
place dans une banque et j'ai accepté de le suivre.
C'est le mieux que nous ayons à faire. Tu dois m'oublier tout
comme je dois t'oublier.

Porte-toi bien.
Cécilia.

Reiver devint très pâle et la lettre lui échappa des mains.

– Qu'y a-t-il ? demanda Samuel.

– Tuttle et elle se sont réconciliés et quittent Hartford. Elle ne
veut plus me voir. Je n'arrive pas à croire qu'elle ait accepté cela !

– Étant donné les circonstances, que pouvait-elle faire d'autre ?
s'étonna Samuel. Elle a choisi de sauver ce qui reste de son
mariage, et c'est digne d'éloges.

Reiver se tut, mais le désespoir reflété dans son regard disait
l'étendue de sa détresse. Samuel se leva.

– Il m'est difficile de me rendre à tes raisons, Reiver. C'est toi
qui as provoqué ce désastre et tu n'as que ce que tu mérites.

– Je ne veux pas de ta mansuétude. Laisse-moi tranquille, j'ai
besoin de repos.

– Oui, en effet. Il te reste à t'expliquer avec Hannah et je
n'aimerais pas me trouver à ta place pour toute la soie de Chine.

Une semaine avait passé et Reiver se rendit compte qu'il ne
pouvait plus retarder l'échéance. Après avoir fini son petit déjeuner qu'Hannah lui avait apporté sur un plateau, il se leva et

s'habilla. Il trouva Mme Hardy au salon, surveillant Abigail qui jouait tranquillement.

– Où est Hannah ?

– Là où elle va tous les matins depuis qu'on t'a tiré dessus. À la filature.

– Voudriez-vous lui dire que j'aimerais la voir ? Je reste avec Abigail.

Mme Hardy revint cinq minutes plus tard avec Hannah.

Celle-ci, l'air inquiet, demanda :

– N'est-il pas un peu tôt pour vous lever ?

– Le docteur Bradley a dit hier que je m'étais rétabli de façon remarquable et que je pouvais retourner au travail.

Il jeta un coup d'œil sur Abigail, qui, assise par terre, choisissait ses cubes avec la plus grande attention.

– J'aimerais que Mme Hardy emmène Abigail jouer dehors. J'ai à vous parler, Hannah.

Comme il redoutait cette entrevue ! Il en avait les mains moites et la bouche sèche.

Mme Hardy saisit l'enfant et sortit. Hannah regardait son mari d'un air circonspect. Il ferma soigneusement la porte du salon, se tourna vers elle et prit une profonde inspiration. Puis il avoua d'une traite :

– Tuttle a dit la vérité.

Hannah frémit, devint très pâle. Impossible de continuer à se mentir. Reiver fit un pas vers elle, tendit la main.

– Ne me touchez pas !

Elle se laissa tomber sur la banquette, anéantie.

– Mme Tuttle était donc... votre maîtresse ? Son mari l'a découvert, et c'est pourquoi il a voulu vous tuer ?

Il y avait tant de peine dans sa voix rauque que Reiver, incapable de le supporter, détourna son regard.

– Oui.

– Depuis combien de temps cela durait-il ?

– Hannah...

– *Combien de temps ?*

Sa véhémence le désarçonna. Il n'avait pas imaginé une telle réaction de son épouse, si dévouée et docile.

– Avant son remariage. Un an avant le nôtre.

– Et après ?

– J'ai continué de... de la voir.

– L'aimiez-vous ?

Tout en lui cria : Je l'aime toujours !

– Oui.

– Alors pourquoi m'avoir épousée, moi et non elle ? Oh, que je suis bête. Vous ne m'avez épousée que pour obtenir de mon oncle la terre de Racebrook, rien de plus. Quel dommage que Mme Tuttle n'ait rien eu de semblable à vous offrir, vous auriez pu vous passer de moi.

Reiver lui lança un regard agacé.

– Ce n'est pas cela qui importe. Ce qui est fait est fait. Il nous faut oublier et continuer.

Elle se leva, les poings serrés.

– Oh, je vois. Je suis censée oublier que vous avez brisé les liens du mariage pour me trahir avec une autre femme ? Censée ne pas entendre les murmures de commisération dans mon dos, où que j'aille ? Ignorer les larmes de Benjamin quand il rentre de l'école ?

Pour la première fois, Reiver sentit le feu de la honte.

– Mon fils rentre en pleurant ? Pourquoi ?

– Que croyez-vous ? Les autres enfants insultent son père, répétant ce que disent leurs parents. Mais il n'en parle jamais, parce qu'il sait que j'en serais bouleversée. Et qu'il vous idolâtre.

Les larmes roulaient sur ses joues. Reiver baissa la tête.

– Je ne m'étais pas rendu compte...

– Pas rendu compte ? Dieu tout-puissant, êtes-vous si arrogant que vous pensiez être le seul homme au monde ? Croyez-vous donc que vos actes ne rejaillissent pas sur les autres ? Eh bien, si. Et je suis censée prétendre que rien n'est arrivé ?

Elle hocha la tête en signe de dégoût.

– À moins que vous ne preniez le fusil pour achever ce que Tuttle a manqué, Hannah, ou que vous ne quittiez cette maison, oui, c'est exactement ce que nous devons faire.

– Ne me tentez pas, Reiver Shaw !

De nouveau sa véhémence le déconcerta.

– Je suis vraiment désolé de vous avoir blessée, vous et les garçons, mais j'ai payé – presque au prix de ma vie. Et je vous demande de me pardonner.

Il tendit les bras vers elle.

– Je ne suis pas sûre de pouvoir.

La main de Reiver retomba.

– Il est peut-être temps que je revienne partager votre chambre.

Hannah eut un mouvement de recul.

— Au risque de donner naissance à un idiot tel qu'Abigail ?

Elle ramassa ses jupes et quitta le salon. Il ne fit pas un geste pour la retenir.

Hannah sortit de la maison et se mit à marcher. Elle aurait bien poursuivi sa route jusqu'à tomber face contre terre, mais, quand elle parvint au champ de tabac où elle avait rencontré Reiver la première fois, elle s'y arrêta.

Elle s'appuya contre le muret. Les larges feuilles des plants de tabac ondulaient comme une mer verte sous la brise de juin, chargée des parfums de la terre rouge et de la pluie prochaine.

— Maudit sois-tu, Reiver Shaw ! cria-t-elle.

Un vol de corbeaux s'égailla dans le ciel comme une décharge de chevrotines, et leurs croassements résonnèrent, moqueurs.

Hannah pleurait et ses sanglots la secouaient si fort qu'elle devait se retenir aux pierres tièdes pour ne pas s'effondrer le long du mur. Mais même les larmes ne pouvaient chasser la peine.

Elle perçut le lent clopinement d'un cheval sur la route ; elle se sécha les yeux et se moucha en hâte, puis jeta un coup d'œil par-dessus son épaule pour voir qui arrivait. C'était Samuel. Il s'arrêta à quelques pas.

— Il vous a donc tout dit.

Elle fit un signe de tête, les larmes coulant sur ses joues malgré elle. Samuel mit pied à terre et la rejoignit, soulevant la poussière de la route. Il s'assit près d'elle sur le mur, sans la toucher.

— Oh Hannah... je suis tellement navré pour vous.

— Vous étiez au courant pour Mme Tuttle depuis le début, n'est-ce pas ?

— Oui. Elle est la maîtresse de mon frère depuis des années.

— Pourquoi vous, entre tous, ne m'en avez rien dit ? Je vous croyais mon ami, j'avais confiance en vous.

— Et qu'est-ce que cela aurait donné ? répliqua Samuel en tressaillant à ces reproches. Cela vous aurait fait de la peine pour rien, et je ne pouvais supporter cette idée.

— Ce n'aurait pas été pire que ce que j'endure à présent. J'ai tellement lutté pour faire de mon mieux, être une bonne et loyale épouse pour Reiver. J'ai partagé son lit, mis ses enfants au monde, essayé de comprendre sa passion pour la filature. Et tout cela pour quoi ? Apprendre qu'il me trompait depuis toujours.

Samuel prit ses mains froides entre les siennes, chaudes et réconfortantes. Elle leva les yeux sur lui.

– Vous auriez dû le voir dans le salon en train de m'avouer la vérité. Il se comportait comme s'il n'avait rien fait de plus répréhensible que... que dérober un pâté sur la fenêtre de la cuisine. «Nous devons oublier tout cela et continuer comme si de rien n'était», m'assurait-il. Il se moque complètement d'avoir attiré la honte sur sa famille, d'en avoir fait la risée de tout Coldwater.

– Même s'il ne le montre pas, Reiver regrette profondément ce qu'il a fait.

Le regard d'Hannah se durcit à travers ses larmes.

– Je n'en crois pas un mot. Il ne regrette rien. C'est un parfait égoïste.

– Qu'allez-vous faire alors ? Le quitter ?

Il caressait la jointure de ses doigts blanchie par la tension. Elle soupira.

– Et où irais-je, chez mon oncle et ma tante ? Ils m'accueilleront sûrement à bras ouverts ! Et je dois penser à mes enfants.

Elle retira sa main et se frotta les bras comme si elle avait froid.

– Non, je resterai. Mais tous les sentiments que j'ai pu éprouver envers Reiver sont morts.

– Ils revivront. Avec le temps.

Elle secoua la tête, véhémente.

– Non ! Il m'a fait trop de mal. M. Tuttle a peut-être pardonné à sa femme, moi je ne pardonnerai jamais à mon mari.

Les premières gouttes de pluie tombèrent en faisant bruire les feuilles de tabac. Samuel leva la tête vers le ciel assombri, qui semblait refléter son émotion.

– Nous devrions rentrer avant d'être trempés.

Elle lui jeta un regard plein de défi.

– Je n'ai pas envie de rentrer, jamais.

– Mais il le faut.

– Ah, oui. Le devoir.

Samuel alla chercher le cheval, qui contemplait la route avec placidité, sauta en selle et tendit le bras à Hannah. Elle ne bougea pas, butée. Enfin, elle se leva et Samuel la fit asseoir devant lui. La sensation de son bras ferme passé autour de sa taille, de son corps tel un rempart derrière elle, lui procura l'apaisement et le réconfort dont elle avait tant besoin. Samuel fit avancer le cheval avec lenteur le long de la route poussiéreuse, éclaboussée de gouttes intermittentes. Hannah s'appuya contre lui, laissant la pluie laver ses larmes séchées et, levant la tête, admira le beau visage de Samuel, le dessin ferme de sa pommette et de sa joue.

– Vous souvenez-vous de ce jour, il y a des années, où vous m'avez demandé de fuir avec vous ? Eh bien, je regrette de ne pas l'avoir fait.

Il tira si brusquement sur les rênes que le cheval rejeta la tête en arrière avec un hennissement de protestation et se mit à danser sur place. Samuel regarda Hannah, ses yeux pâles brillant d'ardeur, tout son corps tendu.

– Ne dites pas cela, Hannah.

Elle pressa ses lèvres contre les siennes, aussi tièdes et attirantes qu'elles le paraissaient ; il résista un instant, puis répondit à son baiser. Soudain il recula, les yeux pleins de colère au lieu de désir :

– Cherchez-vous à vous venger de Reiver ?

– Un peu. Mais je pense surtout à moi, à mettre fin à mon chagrin.

– Alors, c'est bien. Je ne serai jamais le substitut d'un autre homme.

Il la serra contre lui en soupirant.

– Hannah... vous me feriez si facilement oublier que Reiver est mon frère.

– Et vous, que je suis sa femme.

Ils terminèrent le trajet en silence, tous deux refusant d'admettre qu'ils jouaient avec le feu.

Il fallut plusieurs semaines à Hannah pour que la blessure infligée par l'infidélité de Reiver commençât à cicatriser. Elle s'investit encore plus dans le travail de la filature, car cela l'aidait à garder les idées claires et à ne pas ressasser la liaison de son mari avec la charmante Cécilia Tuttle.

Elle enregistra la livraison des flacons d'indigo, de cochenille et autres colorants arrivée ce matin-là, et les apporta à la teinturerie sans attendre que Reiver le fît lui-même.

C'était un vaste bâtiment éclairé de hautes fenêtres afin de laisser entrer le plus de lumière possible ; en entrant elle fronça le nez à l'odeur âcre qui montait des bacs de cuivre. Giuseppe Torelli, le maître coloriste que Reiver avait fait venir à grands frais d'Italie, se tenait près d'une cuve, examinant cinq écheveaux fraîchement teints qui pendaient d'une perche.

– Monsieur Torelli ! appela Hannah.

Il leva la tête, lui sourit et tendit les écheveaux à l'un de ses fils.

– Bonjour, *signora,* dit-il avec une courbette.

– Une nouvelle fournée de colorants.

Hannah lui tendit sa collection de flacons.

– *Grazie.*

Il les disposa sur une table et commença à prendre une pincée de celui-ci, une cuillerée de celui-là, pour les mélanger avec l'habileté d'un sorcier qui prépare une potion magique. Hannah l'observait avec étonnement.

– Comment savez-vous quelles proportions utiliser ?

Giuseppe Torelli se tapota le front avec un doigt taché d'indigo. Hannah écarquilla les yeux.

– De mémoire ?

Il acquiesça. Enrico, son fils cadet, qui passait en portant des sacs de mousseline emplis de soie prête à être teinte, sourit avec fierté :

– Les formules de mon père sont des secrets bien gardés. Il est le seul à connaître les mélanges à faire pour obtenir telle ou telle couleur.

– Et vous, Enrico, vous ne les connaissez pas ? Personne n'en sait rien excepté votre père ?

Enrico hocha la tête avec un grand sourire et continua son travail, laissant Hannah perplexe ; quel serait le sort des Soieries Shaw si leur maître coloriste venait à mourir brusquement ?

Dans la soirée, elle accosta Reiver dans son bureau.

– J'ai appris quelque chose de très inquiétant aujourd'hui, dit-elle.

Il demanda, sans lever les yeux de son livre de comptes, car leurs relations étaient toujours très tendues :

– Quoi donc ?

– Saviez-vous que Giuseppe fabrique ses teintures uniquement de mémoire, que personne d'autre ne connaît les formules et qu'elles ne sont même pas écrites ?

Il prit un air condescendant.

– Évidemment. Les recettes d'un maître coloriste sont des secrets bien gardés et non écrits, de peur qu'ils ne soient volés et vendus à une maison rivale. En acceptant de travailler pour moi, Torelli a apporté ses secrets.

– Et que ferez-vous s'il lui arrive malheur ?

– Je trouverai un autre maître teinturier.

Exaspérée, Hannah haussa le ton.

– Ce ne serait pas plus simple d'écrire les formules et de les mettre en sûreté, surtout celle de la teinture noire ?

Le noir était la teinte la plus délicate à obtenir, et l'une des plus demandées, à cause des vêtements de deuil. Celui de Giuseppe Torelli était dense et résistant, et ses écarlates, ses cramoisis, obtenus à partir de la cochenille, parmi les plus vibrants qu'Hannah ait jamais vus.

– Je ne sais pas si Torelli voudra écrire ses formules, dit Reiver. Ces Italiens ont le goût du secret.

– Il y a sûrement un moyen de le persuader.

– Vous n'avez pas tort. Si un malheur arrivait à Giuseppe...

– La qualité de notre fil en souffrirait, sans parler du temps perdu à trouver un autre coloriste.

Le lendemain Reiver passa un marché avec Torelli : celui-ci transmettrait ses secrets à son fils Enrico et, s'ils décidaient de quitter les Soieries Shaw pour une maison concurrente, ils devraient payer un dédommagement afin que Reiver trouve un remplaçant.

Hannah se dit que les Torelli allaient rester fidèles aux Soieries Shaw très, très longtemps.

8

Par une froide matinée de juin, Hannah prit un seau de fer-blanc et se rendit aux limites ouest du domaine, cueillir des myr-tilles car elle avait promis une tourte à Benjamin et Davy lorsqu'ils rentreraient de l'école.

Peu à peu, la vie reprenait son cours normal. Les flammes pro-voquées par le scandale brûlaient moins vives à Coldwater ; les gens ne se taisaient plus chaque fois qu'elle descendait la Grand'Rue, on lui jetait moins de regards furtifs. Les médisances dont avait souffert Benjamin à l'école s'étaient calmées.

Mais sa blessure était profonde et serait longue à cicatriser. Heureusement, Reiver gardait ses distances et n'exigeait rien. Il partait à la filature dès six heures du matin et n'en revenait guère avant vingt heures ; ses rapports avec Hannah étaient toujours ten-dus, mais polis. Il continuait de dormir dans l'autre chambre.

Elle arriva donc aux buissons de myrtilles et commença sa récolte, accompagnée par le bourdonnement des abeilles, sans résister à l'envie de goûter une poignée de baies sucrées. Les myr-tilles tombaient dans le seau avec un petit bruit rassurant de gouttes de pluie ; il était à demi plein quand elle remarqua un homme qui quittait la route pour se diriger vers elle.

Nat Fischer.

Les années l'avaient épaissi, rendu plus rude encore ; sa figure charnue était à présent alourdie de bajoues. Il approchait tel un ours guettant son dîner, et à chacun de ses pas Hannah luttait contre l'envie de reculer. Au lieu de cela, elle sourit poliment.

– Bonjour, Nat. Je suis navrée de savoir que votre beau-père est malade.

La chemise de Nat était crasseuse et empestait la sueur. Mais, par-dessus tout, c'était son expression vicieuse qui emplissait Hannah d'appréhension.

– Navrée, vraiment ? C'est faux. Tu fais partie maintenant de ces Shaw aux grands airs, qui nous regardent de haut.

Elle répliqua en cueillant une poignée de myrtilles :

– Vous vous trompez. Nous sommes allés à votre mariage l'année dernière et j'ai souvent invité tante Naomi. Elle a toujours refusé.

– En tout cas tes grands airs, madame Shaw, n'ont pas empêché ton mari de gambader avec la femme du banquier.

Hannah, les joues brûlantes, crispa ses doigts sur la poignée du seau.

– Savez-vous pourquoi je ne vous ai jamais convié chez moi, Nat Fisher ? Parce que vous n'êtes qu'un rustre vulgaire.

Il devint cramoisi à son tour, et la saisit par le poignet.

– Pourquoi ne pas aller vérifier sous ces buissons à quel point je peux être rustre ?

– Si vous posez le petit doigt sur moi, mon mari...

– Que fera ton mari ? Il se moque pas mal de toi ! Il préfère baiser sa catin !

Il la parcourut d'un regard méprisant et la lâcha.

– D'ailleurs qui voudrait d'un morceau de glace comme toi ? Même pas bonne à faire des enfants, que des idiots comme ta fille. Un homme qui cherche du plaisir ferait mieux d'inviter une chèvre dans son lit !

Hannah était trop outrée pour être choquée. Sans réfléchir, elle leva son seau et le renversa sur la tête de Nat, puis, prenant ses jupes à pleines mains, s'enfuit. Elle entendait ses grognements de surprise et de rage, mais ne se retourna pas.

Elle courut sans s'arrêter, puis, s'apercevant que les seuls pas qu'elle entendait étaient les siens, elle ralentit, son corset lui coupant la respiration. Elle se retourna. Nat avait disparu.

Elle croisa les bras, frissonnant malgré la chaleur. Tant pis pour les garçons et leur tourte aux myrtilles, elle ne retournerait pas là-bas aujourd'hui. Les insultes de Nat avaient ravivé de vieilles blessures. Ses larmes jaillirent. Aucun homme ne l'avait désirée pour elle-même ; Nat ne voulait que son corps, et Reiver ne l'avait épousée que pour la terre qu'il convoitait. Il n'était venu à elle que pour satisfaire ses besoins physiques ou engendrer ses enfants, jamais par désir.

Mais Cécilia... oui, les hommes désiraient Cécilia, avec son minois de porcelaine et ses jolies boucles. Au point que Reiver avait bravé le scandale pour ses faveurs, et que son mari en avait provoqué un. Mais qui se battrait pour Hannah ?

126

Elle atteignit la ferme dans une sorte de brouillard, et s'adossa au tronc rugueux du vieux chêne. C'est là que Samuel la trouva quelques instants plus tard.

– Hannah, quelque chose ne va pas ? Je vous ai vue courir dans les champs comme si vous aviez le diable aux trousses.

Ce jour-là il devait être en train de peindre, car une trace de bleu barrait sa pommette et du brun tachetait ses mains.

– J'étais seulement en train de m'apitoyer sur moi-même, répondit-elle en essuyant ses larmes avec un sourire vaillant.

Mais les phrases blessantes de Nat avaient ébranlé sa confiance en elle, si fragile. Les yeux clairs de Samuel avaient le don de voir plus loin que les apparences.

– Qu'est-ce que mon frère vous a fait cette fois ?

– Ce n'est pas Reiver, mais Nat.

– L'une des gargouilles de Naomi ?

– Il est arrivé pendant que je cueillais des myrtilles, et il m'a dit...

– Entrez et racontez-moi.

Elle le suivit dans la maison où ils montèrent à l'atelier inondé de lumière. L'odeur puissante de la térébenthine, l'assortiment de pinceaux et d'outils de graveur répartis sur la table de travail, tout montrait que c'était ici le domaine de Samuel.

– Alors, que vous a dit la gargouille ?

Soudain, Hannah se sentit intimidée, incapable de parler.

– Je ne sais pas si je dois. Ce n'était guère flatteur. Plutôt humiliant, même.

– Alors parlez-moi, que je réfute ces mensonges.

Elle se rendit près de la fenêtre, lui tourna le dos et lui raconta tout. Sans rien omettre.

Puis elle le regarda ; elle s'attendait à le trouver indigné puisqu'il était son ami, son chevalier servant. Mais il avait l'air étrangement insensible, fermé.

– L'horrible gargouille se trompe, et j'aimerais vous le prouver.

Il alla à la porte et prit la clé ; seul le tremblement de ses mains trahissait son trouble.

– Si vous voulez partir, Hannah, c'est le moment, sinon je vais fermer à clé et vous aimer.

Elle en eut le souffle coupé. Des prétextes lui traversèrent l'esprit : *Je suis une femme mariée. J'ai trois enfants. Il ne faut pas faire cela. On risque de nous découvrir...*

Mais ses lèvres demeurèrent closes. L'infidélité de Reiver l'avait laissée vide de sentiments, dénuée d'amour. Et elle comprenait à

127

présent avec une clarté aveuglante qu'elle désirait Samuel pour des raisons qui n'avaient rien à voir avec le besoin de combler ce néant.

— Resterez-vous avec moi ?

La voix basse, douce, de Samuel lui promettait tout un monde de richesses si elle acceptait.

— Fermez la porte, dit-elle.

Il soupira, à la fois émerveillé et soulagé. Il tourna la clé, et le cliquètement résonna dans la tête d'Hannah comme un coup de feu.

Il vint vers elle. Pour la première fois elle s'autorisait à voir en lui un amant, et c'était follement excitant. Elle avait envie de mêler ses doigts à ses boucles brunes, la pensée des lèvres sensuelles de Samuel sur son corps nu la faisait défaillir. Elle voulait ouvrir sa chemise et sentir la douceur de sa peau, la fermeté de ses muscles. Comme elle avait envie de lui !

Il eut un grand sourire et l'attira hors de l'embrasure de la fenêtre d'où l'on aurait pu la voir.

— Eh bien, eh bien, quelles mauvaises pensées dans cette jolie tête ?

Elle rougit comme une petite fille.

— Ce n'est pas juste. Vous ne pouvez pas lire dans mes pensées.

Samuel prit son visage entre ses mains, caressant doucement ses joues avec ses pouces.

— Non, seulement dans vos beaux yeux.

Puis il ôta les épingles qui retenaient le chignon d'Hannah et ses cheveux brillants cascadèrent dans son dos en un gracieux abandon.

Quand il l'embrassa, elle eut l'impression de n'avoir jamais été embrassée auparavant, tant elle en resta pantelante et étourdie. Quand les baisers ne furent plus suffisants, Samuel caressa sa poitrine à travers le calicot de son corsage jusqu'à ce qu'elle en gémît. Il dit en promenant ses lèvres le long de son oreille :

— Laisse-moi voir tes seins.

Frémissante, Hannah déboutonna sa robe qui s'ouvrit avec complaisance, et que Samuel, dénudant ses épaules, fit descendre le long de ses bras, les emprisonnant contre son flanc. La chemise suivit.

— Que tu es belle !

À ces mots chuchotés, Hannah sentit une vague de chaleur la parcourir tout entière. Jamais Reiver ne lui parlait quand il la prenait, jamais il ne lui avait dit qu'elle était belle.

128

Samuel se retourna, saisit un pinceau large et revint vers elle, les yeux étincelants. Comme elle le regardait avec étonnement, il murmura :

– Il faut absolument que je te peigne.

Les poils soyeux du pinceau effleurèrent sa gorge, les aréoles de ses seins, la chatouillant avec volupté.

– Samuel, non. C'est... c'est...

– Inexprimable ? Et nous n'en sommes qu'au début.

Il dessina la pointe de son sein avec le pinceau jusqu'à ce qu'elle vacillât. Il la rattrapa et finit de la déshabiller avec précision, dévotion, comme s'il participait à un rituel. Il savait exactement quelles agrafes ôter, quel lien délacer. Bientôt, robe, corset, jupons et sous-vêtements gisaient sur le plancher et Hannah se tenait nue devant un homme qui n'était pas son mari – mais son amant.

Mon amant. Comme cela sentait le péché !

Elle le regarda se déshabiller avec sa grâce virile, et rougit lorsque son pantalon glissa sur ses hanches. Il la prit par la main et la mena au vieux divan appuyé contre un mur.

– Ce n'est pas aussi bien que je le voudrais, mais nous nous en contenterons.

Elle s'allongea, prête à recevoir le poids de Samuel, mais à sa surprise il s'agenouilla au sol et continua ses affolantes caresses avec ses mains, ses lèvres, sa langue. Quand enfin il la pénétra avec force, elle crut s'embraser tout entière et suivit son rythme, avide d'atteindre l'extase qui lui était si souvent refusée dans les bras de son mari. Et elle vint, montant puis explosant comme un feu de bengale et Hannah s'éveilla enfin au plaisir.

Après sa propre jouissance, Samuel l'embrassa tendrement et murmura :

– Tu n'as rien d'un glaçon, Hannah, et tu m'as donné bien plus de plaisir qu'un homme n'en mérite.

Samuel savait qu'après cela Hannah serait tenaillée par la culpabilité. Il le vit à ses sourcils froncés, la hâte avec laquelle elle rassembla ses cheveux pour refaire son chignon, sa façon d'éviter son regard. Il l'aida à enfiler sa robe avec une efficacité de femme de chambre, sans toutefois pouvoir s'empêcher de poser des baisers sur sa peau nue avant de la voiler.

– Il faut que je parte, dit Hannah en frottant ses poignets comme si elle avait été attachée au pilori depuis des heures. Je suis restée trop longtemps et Mme Hardy doit se demander où je suis.

Il prit sa main juste comme elle allait s'enfuir.

— Je veux t'aimer encore, Hannah. Toute la journée, tous les jours.

Ses grands yeux bleus s'emplirent d'effroi.

— C'est impossible ! Je suis... je suis mariée, j'ai des enfants. Quelqu'un nous surprendra...

— Non, personne, si nous faisons très attention. Le matin je suis seul ici. James est tout le temps à la filature avec ses satanées machines et le ménage n'est fait que bien plus tard. Tu ne crois pas que cela était une erreur, n'est-ce pas ? Une folie passagère ? Parce que ce n'est pas le cas, ma douce petite puritaine. Du moins pour moi. Ni pour toi, je pense.

— Non, en effet. Mais j'ai des devoirs à respecter, des responsabilités qui doivent passer avant mes désirs personnels.

— Oublie les devoirs et les responsabilités. Vis l'instant présent, car il ne reviendra jamais.

Elle lui jeta un regard singulier.

— Mais toi ? Ne ressens-tu donc aucune honte pour ce que nous avons fait ?

— Honte d'avoir convoité la femme de mon frère ? Non, parce que Reiver ne te mérite pas. Je te désire si profondément que je suis prêt à risquer n'importe quoi pour toi.

— Et si nous sommes pris ?

— Alors nous demanderons à Reiver de pardonner, comme il te l'a demandé pour Cécilia.

Ce rappel brutal que Reiver avait été le premier à la tromper l'arrêta net et elle dit :

— Deux mauvaises actions n'en font pas une bonne.

— Non, mais quand je te vois devenir la femme belle et sensuelle que j'ai dessinée peu après ton mariage, je sais que c'est juste.

La main d'Hannah se posa sur son ventre et son regard s'assombrit.

— Et si je suis enceinte ?

— Je te montrerai comment ne pas le devenir. Il suffit d'une éponge, de vinaigre et d'un peu de vigilance.

Elle le dévisagea : il possédait un savoir mystérieux qu'elle ne connaissait pas encore. Il posa un baiser dans la paume de sa main.

– Viens demain. Je t'en prie. Prends le risque. Il n'y a rien à craindre, je te le jure.

Elle se dirigea vers la porte.

– Je... je ne crois pas que cela soit sage, Samuel.

Et elle partit.

Tout le monde va deviner, se disait-elle en rentrant chez elle. D'un seul regard ils sauront que j'ai trompé Reiver. Mais tout ce que Mme Hardy remarqua c'est qu'Hannah ne rapportait pas les myrtilles promises et elle sortit en coup de vent pour aller les cueillir elle-même. Au dîner, Reiver et James se montrèrent si préoccupés par leurs nouveaux métiers à tisser que nul ne vit le « A » pour Adultère qu'Hannah s'était elle-même mis au front.

Seule dans la profonde obscurité de la nuit estivale, ses pensées revinrent sans cesse à Samuel, le seul qui comprenait sa solitude et sa détresse. Incapable de dormir, elle se leva et vint à la fenêtre qui donnait sur la ferme, noyée dans la pénombre excepté un rectangle lumineux à l'étage. Elle distingua l'ombre familière de Samuel profilée contre la lumière dorée, et sentit son regard brûlant dirigé vers sa propre chambre.

Désormais elle devrait l'éviter. À tout prix.

Samuel regardait d'un air morose la bruine matinale qui brouillait le paysage. Il résista à l'envie de jeter sa plaque à graver à travers les vitres.

Onze jours avaient passé depuis qu'il avait séduit Hannah, et elle n'était pas revenue. Oh, il la voyait ! Tous les jours. Difficile de l'éviter. Mais, à son grand chagrin, elle agissait comme si rien ne s'était passé. Comment pouvait-elle prétendre que leur amour ne signifiait rien pour elle ? Pour lui, il était tout.

Puis il entendit des pas légers dans l'escalier. Il retint son souffle jusqu'à en être étourdi, n'osant pas encore y croire.

La porte s'ouvrit avec un craquement. Il respira enfin.

– Hannah...

Elle hésitait sur le seuil, entre honte et excitation. Des gouttes de pluie parsemaient d'étoiles sa chevelure et il s'exhalait une faible odeur de teinture de sa robe de calicot mouillée.

– Je ne voulais pas revenir, dit-elle d'un air résigné, mais je ne peux m'en empêcher.

Elle plongea la main dans sa poche et en sortit une petite bouteille et une éponge.

– Je crois que nous aurons besoin de ceci.

131

Du vinaigre et une éponge. Preuve tangible sinon exprimée qu'elle se rendait avec préméditation, qu'elle acceptait d'être sa complice. Il avait fallu onze jours, mais Samuel avait gagné. Elle était à lui, enfin.

Écœuré, Reiver jeta un autre cocon brisé et l'écrasa du talon.

— Combien en tout ? s'écria-t-il à l'adresse de Constance Ferry comme si elle était responsable de la catastrophe.

Celle-ci s'assit à sa table, environnée par les amas de cocons blancs qu'elle triait.

— Au moins une centaine rien que dans le dernier paquet, monsieur Shaw.

— Sacrebleu, c'est beaucoup trop ! Je ne paie pas de telles sommes pour des cocons brisés !

Le long visage de Constance se crispa.

— C'est pas ma faute, monsieur Shaw. Ils arrivent comme ça.

Reiver, sans se soucier de l'embarras de la jeune femme, sortit en coup de vent, à la recherche de James. Dans l'atelier de tissage une demi-douzaine de machines cliquetaient en cadence, musique que Reiver trouvait d'habitude apaisante. Mais aujourd'hui leur ronronnement monotone lui portait sur les nerfs.

— James ! Où diable es-tu ?

Il parcourut à grands pas l'allée entre les métiers à tisser, ignorant les regards curieux des ouvriers, et faillit heurter son frère.

— Que se passe-t-il ? interrogea James en essuyant ses mains graisseuses à une serviette.

— Pourquoi n'as-tu pas encore inventé une machine qui utilise ces satanés cocons brisés ? Ça me rend malade de devoir les jeter. C'est du gâchis pur et simple.

— Je fais de mon mieux, mais ça prend du temps.

— Nous n'avons pas de temps. Nous perdons de l'argent à chaque cocon jeté.

James se hérissa, peu habitué à être la cible des colères de Reiver.

— Pourquoi s'en prendre à moi ? Je n'y suis pour rien. Je travaille aussi vite que je peux.

— Alors va plus vite.

James s'empourpra.

— Je ne crois pas, Reiver, que seuls les cocons te rendent malade. Il y a autre chose, et tu t'en prends à tous ceux qui ont le malheur de croiser ta route.

— Je n'ai jamais rien entendu de plus stupide de ma vie.

James haussa les épaules.

— Penses-y quand même. Je retourne au travail.

Reiver quitta la filature avant que les incompétents qui l'entouraient ne le fassent exploser de rage. Dehors, la brise tiède de septembre rafraîchit son visage et l'aida à retrouver son calme. Il ralentit le pas et se mit à réfléchir.

Il enfouit ses poings dans ses poches. James avait raison ; les cocons brisés n'étaient pas responsables de son humeur massacrante.

Cécilia lui manquait. Il souffrait chaque fois qu'il pensait à elle. Il la désirait toujours. Cécilia...

Il arriva en vue de la ferme au moment où en sortait Hannah, des chemises au creux du bras. Dans la limpidité cristalline du matin, il crut que la rougeur de ses joues était due à la fraîcheur de l'air et que ses yeux brillaient encore de quelque remarque amusante des enfants avant leur départ pour l'école. Elle portait une simple robe de laine bleue, avec un col de dentelle bordé de noir en signe de deuil pour son oncle Ezra, mort d'une maladie de foie l'été précédent.

Elle se figea en voyant Reiver. Ces derniers temps, l'éclat de son regard se ternissait chaque fois qu'elle se trouvait en sa présence. Elle lissa sa robe d'un geste nerveux et avança à sa rencontre.

— Samuel avait des chemises à raccommoder, commença-t-elle comme pour expliquer sa présence dans la ferme.

— Il serait temps que mon frère se marie et que sa femme s'occupe de ses chemises.

— Cela ne me dérange pas.

Elle prit le chemin de la maison et Reiver lui emboîta le pas. Comme d'habitude, un mur de silence et de ressentiment s'éleva entre eux.

— On a peine à croire que l'été est fini, dit Reiver.

— Oui.

Il attendit, mais elle n'ajouta rien et il fit encore quelques remarques anodines, puis s'arrêta en mettant la main sur le bras d'Hannah.

— Est-ce ainsi que nous allons passer le restant de notre vie, à parler du temps qu'il fait ?

Elle serra les chemises contre elle.

— Nous pouvons aussi parler des enfants. Abigail sait dire son nom à présent, du moins « Abby ».

Il ne s'y trompa pas. Elle le mettait au défi.

– J'en suis ravi. Croyez-le, je ne mens pas. J'en suis vraiment heureux pour elle. Cependant ce n'est pas tant des enfants dont je veux parler que de leurs parents.

– Alors allons à la maison.

Reiver vérifia qu'ils étaient seuls et fit entrer Hannah au salon. Elle demeura debout, lissant les chemises de Samuel d'un geste machinal qui commençait à agacer Reiver.

– J'ai assez souffert, Hannah. Vous avez eu tout l'été pour pardonner ce qui est arrivé et...

– Je ne pardonnerai jamais.

Cette fois il s'emporta.

– Eh bien, que vous l'acceptiez ou pas, vous êtes toujours ma femme, et vous avez des devoirs envers moi.

Hannah devint très pâle.

– Vous voulez dire des devoirs conjugaux ?

– Je réintègre notre chambre dès ce soir.

– Même si je ne le désire pas ?

– Je suis persuadé que vous mettrez vos désirs personnels de côté et ferez votre devoir d'épouse.

Avec un sourire forcé il ajouta :

– Je vous promets de faire vite afin que vous ne subissiez pas mes exigences plus longuement que nécessaire.

– Vous m'y obligeriez ?

Plein de colère, il la secoua par le bras.

– Sacrebleu, allez-vous me faire passer pour un porc en rut ? Je ne vous permets pas de me traiter ainsi !

Devant son regard angoissé, il la lâcha et s'efforça de retrouver son calme.

– Vous m'obéirez, Hannah. Plus nous attendrons, plus la faille entre nous s'élargira.

Il fit demi-tour et partit sans remarquer le frisson de dégoût d'Hannah.

Une fois seule, elle enfouit son visage dans les chemises de Samuel et huma une faible odeur de peinture et de térébenthine mêlées à celle de son corps. Comment supporter la présence de Reiver dans son lit, après avoir connu tant de délices dans les bras de Samuel ? Elle en tremblait, se demandant si Reiver devinerait qu'un autre homme l'avait possédée. Sûrement, chaque courbe de son corps, la texture de sa peau et jusqu'à son intimité lui semblaient différentes, étrangères. Sûrement elle se trahirait, d'une façon subtile mais évidente.

Elle caressait les chemises d'un geste absent, comme si cela pouvait lui donner la solution de son dilemme. Mais il n'y en avait pas, sauf celle qu'elle voulait ignorer.

Le panier d'osier empli de belles pommes rosées était lourd, mais Hannah savait que confectionner une tarte représenterait pour elle un rituel apaisant, quoique passager, et elle ne tenait pas compte de la tension douloureuse de son bras en marchant d'un bon pas sur le sentier.

Puis elle vit Samuel sur la pente de la colline, les pieds écartés et les mains sur les hanches, dans une attitude à la fois autoritaire et patiente. Ses yeux pâles brillaient de triomphe, de désir et de reproche mêlés. Un brusque coup de vent fit claquer sa chemise comme un linge pendu à une corde en dessinant son torse de façon suggestive.

Hannah envia le vent. Elle s'arrêta, incapable de sourire et fit un signe distrait de la main, sans pouvoir détacher ses yeux de lui. Elle aurait voulu fuir et ne le pouvait pas. Samuel commença à dévaler la colline, de plus en plus vite à mesure que grandissait son impatience. Arrivé devant elle, il tendit la main vers le panier.

– Cela paraît bien lourd.

Elle le lui laissa porter et le regretta aussitôt. Elle ne savait plus quoi faire de ses mains.

– Puis-je te raccompagner à la maison ? demanda-t-il.

Sans attendre de réponse, il lui emboîta le pas.

Ils marchèrent en silence, image innocente d'un homme portant le panier d'une jeune femme. Enfin, il dit :

– Tu me manques.

Comme elle ne répondait pas il ajouta :

– Ces huit derniers jours m'ont paru une éternité. Je ne peux ni dormir, ni travailler. Maintenant, je sais à quoi ressemble l'enfer.

Elle aussi le savait.

– Pourquoi n'es-tu pas venue ? demanda-t-il doucement. Tu ne pouvais pas t'échapper ?

– Ce n'est pas ça.

Elle prit une profonde inspiration.

– Reiver est revenu dormir avec moi.

Samuel se figea et la regarda, le visage déformé par la jalousie.

– Cela explique tout.

Elle ne pouvait le rassurer en lui révélant comment elle était demeurée raide de terreur la première nuit à l'idée que Reiver

135

devinerait son secret dès qu'il la toucherait. Elle ne pouvait lui dire à quel point c'était à lui qu'elle pensait tandis que son mari se servait d'elle avec la promptitude promise. Les amants ne devaient pas tout s'avouer.

Elle enfouit sa main dans la poche de son tablier ; les bâtiments de la filature étaient tout proches.

– Je déteste qu'il me touche, mais de quel droit refuserais-je ? Je ne vaux pas mieux que lui.

– Si, beaucoup mieux.

– Nous ne pouvons pas continuer, Samuel, s'écria-t-elle avec désespoir. Pas tant que Reiver occupera mon lit. Je ne peux pas aller d'un homme à l'autre, comme... comme une...

– Ne dis pas cela !

Il posa le panier et se rapprocha d'elle, mais elle saisit rapidement la poignée à deux mains et le tint entre eux comme si elle lui offrait un fruit.

– Ne me touche pas, Samuel ! Quelqu'un peut nous voir.

Elle jeta un regard circulaire et se figea en voyant un homme sortir d'un hangar et regarder dans leur direction avant de disparaître dans l'atelier de teinturerie. Elle soupira de soulagement.

– Viens avec moi. Nous parlerons, dit Samuel en essayant de reprendre le panier.

Elle crispa ses doigts dessus.

– Je dois rentrer et faire des gâteaux.

– Ne sois pas la seule à porter ce fardeau. Je suis aussi responsable que toi, partage tes appréhensions avec moi.

– On peut nous voir.

– Tu t'inquiètes pour rien. Nous resterons dans le salon et, si quelqu'un te cherche, nous dirons que tu t'es arrêtée pour nous donner, à James et moi, quelques-unes de ces délicieuses pommes.

– Je... je ne peux pas.

– Pourquoi ? Aurais-tu peur de ne pouvoir me résister une fois entrée dans la maison ?

– Je suis arrivée à résister huit jours, non ?

– Alors tu ne devrais pas avoir peur de me suivre.

Elle ne répondit pas, mais à la croisée des chemins, elle n'hésita qu'une fraction de seconde avant de tourner à droite vers la ferme.

Une fois chez lui, Samuel ne fit pas une tentative pour la toucher, bien qu'il en eût fort envie – et plus encore.

– Tu es en sécurité ici, nous sommes seuls. Personne ne peut nous voir.

Mais cela ne la rassura pas. Très agitée, elle alla à la fenêtre comme si Reiver ou Mme Hardy les espionnait.

– Je crois que je ne suis pas douée pour la dissimulation.

– Tu es trop honnête, Hannah.

– Non. Je suis une femme adultère, pas meilleure que Cécilia Tuttle. Maintenant que je me trouve dans la même situation, je comprends mieux pourquoi Reiver et elle ont agi comme ils l'ont fait, mais je ne peux toujours pas pardonner. Ce qui fait de moi la pire des hypocrites.

– Tu n'es rien de tout ça. Tu es la plus douce, la plus généreuse et la plus adorable des femmes que j'ai jamais connues, mais ton sentiment de culpabilité traîne après toi comme un chat à neuf queues et t'ôte tout courage. Tu dois dépasser cela.

Elle s'aggripa au montant de la fenêtre jusqu'à ce que ses doigts deviennent blancs.

– Nous ne devons plus nous voir, Samuel.

– En es-tu vraiment sûre ? Regarde-moi dans les yeux et dis-moi que tu ne veux plus de moi.

– Ce n'est pas la raison, Samuel. Seulement je ne peux pas vivre dans la crainte d'être surprise à tout moment et de provoquer un désastre pour nous tous. Je frémis à la pensée de ce que Reiver te ferait si...

– Cela n'arrivera pas.

– C'est presque arrivé.

– Tu ne m'en as jamais parlé. Quand ?

– Il y a une semaine. Il m'a surprise quand je sortais d'ici.

Elle se souvint de la façon folle, passionnée, dont ils avaient fait l'amour ; elle en était encore brûlante et toute rose en quittant la maison... le monde entier aurait pu s'en apercevoir.

– Heureusement j'emportais tes chemises et j'ai pris le prétexte du raccommodage pour justifier ma présence.

– Est-ce qu'il t'a crue ?

– Oui. Mais j'avais tellement peur qu'il ne lise ma culpabilité sur ma figure et ne devine que je mentais !

– Je sais que ces cachotteries et ces mensonges te pèsent beaucoup, mais ne laisse pas ton imagination te dicter le pire.

Elle s'écria :

– Mais tu ne te rends donc pas compte que ce n'est qu'une question de temps avant que Reiver ne découvre la vérité ? Ou Mme Hardy, ou James ? Ils vont se demander pourquoi je passe tant de temps à la ferme ou remarquer la façon dont je te regarde à table. Ils ne sont ni aveugles ni stupides, Samuel !

Il la prit par les épaules.

— Alors nous partirons ensemble. Paris... Londres... Rome. Quelque part où nous serons libres, où mon frère ne nous trouvera pas.

— Et mes enfants ?

— Nous emmènerons les garçons et Abigail avec nous.

Il n'avait pas manqué d'inclure Abigail dans ses projets.

— Reiver nous poursuivra jusqu'à ce qu'il nous trouve, ne serait-ce que pour réclamer ses fils.

Samuel laissa retomber ses mains, haussa les épaules, découragé.

— Alors que faire ? Et ne me dis pas que tu ne veux plus me voir, ma douce, parce que je crois que tu ne peux pas rester plus longtemps loin de moi que moi de toi.

— Il le faut.

Mais ses yeux croisèrent ceux de Samuel et sa belle résolution tomba en miettes. Il avait enchaîné son âme comme son corps. Avec un cri d'abandon, elle se jeta dans ses bras et leurs lèvres se joignirent sans douceur ; elle se savait prête à courir tous les risques et endurer n'importe quoi, même les exigences de son mari, pour aimer Samuel ne serait-ce qu'une fois encore.

— Personne n'en saura jamais rien, murmura Samuel. Nous sommes en sécurité.

Mais, tout en se prêtant à ses caresses, elle se demandait pour combien de temps encore.

Hannah venait de terminer son petit déjeuner quand Reiver apparut dans la cuisine, l'air irrité.

— Déjà de retour ? demanda-t-elle, car il était parti pour la filature moins d'une demi-heure auparavant.

— Mary Green est malade, et il me faut quelqu'un pour montrer à la nouvelle employée comment préparer la soie avant de l'ébouillanter.

— Je vous aiderai avec plaisir, assura-t-elle en dénouant son tablier.

Dans la salle des écheveaux, Hannah eut un choc en voyant, assise à la table, une petite fille de neuf ou dix ans, nerveuse et apeurée, qui suçait le bout de sa tresse en regardant par la fenêtre.

Furieuse, elle se tourna vers son mari.

— Vous employez des enfants maintenant ?

– Voici Sally Bierce, répondit-il en ignorant sa colère. Sally, Mme Shaw va te montrer ce qu'il faut faire.

Hannah eut un sourire forcé et posa une main rassurante sur l'épaule de l'enfant.

– Bonjour Sally, comment vas-tu ?

– Je vais bien, madame.

Hannah dit à Reiver :

– Puis-je vous parler un instant ?

Une fois seule avec lui dans son bureau, elle s'écria :

– Quelle honte ! Cette petite fille devrait être à l'école, et non douze heures par jour à l'usine !

– Elle ne travaillera que neuf heures, et pas le samedi.

– Pour l'amour de dieu, Reiver, ce n'est qu'une enfant ! Elle devrait être dehors, en train de jouer avec ses camarades.

Il baissa la tête d'un air plein de défi.

– Son père est malade et ne peut travailler. Sa mère m'a supplié de la prendre à la filature. Les vingt-cinq *cents* par jour qu'elle gagnera sauveront sa famille de la famine.

– Il y a sûrement un autre moyen.

– Non. Et ne me regardez pas comme si j'étais un esclavagiste. Je ne lui donnerai rien de trop dur. Et pourquoi irait-elle à l'école, d'ailleurs ? Tout ce qu'elle fera dans la vie, c'est se marier et avoir des enfants.

Hannah retint de justesse la réplique acérée qui lui venait aux lèvres.

– Vous ne changerez pas d'avis ?

– J'emploie Sally par charité. Si elle ne travaille pas ici, ce sera dans une autre usine où on risquera fort de ne pas être aussi conciliant que moi.

Comme il était inutile d'argumenter, Hannah fit demi-tour et revint à l'atelier où elle montra à Sally comment transformer les cocons en écheveaux et les placer dans des filets de mousseline pour les ébouillanter.

À mesure que s'écoulait la matinée, comme la petite fille tombait de fatigue et d'ennui, Hannah se jura que, si un jour elle dirigeait la filature, jamais elle n'emploierait d'enfant.

9

La salle de bal bruissait de musique et de mouvement, pleine de gens en quête de plaisir. Un air de violon entraînant s'éleva au-dessus du brouhaha des conversations et quelques couples s'élancèrent en une polka pleine d'allant. Les jupes volaient, les visages rougissaient, les pieds battaient la mesure.

Sur le seuil, Reiver cherchait Hannah des yeux mais ne la voyait nulle part, ni parmi les danseurs, ni parmi les femmes occupées à papoter, installées sur des chaises le long du mur et s'éventant, bien que les fenêtres fussent grandes ouvertes sur la nuit fraîche de printemps.

Il se tourna vers les gens qui se bousculaient dans le corridor au premier, mais elle n'était pas là non plus. À l'instant où Reiver allait se fondre dans la foule à sa recherche, il fut abordé par Geoffrey Page, propriétaire d'une imprimerie florissante à Hartford.

— Vous vous amusez bien, Page ? demanda Reiver sans cesser de parcourir la foule des yeux.

— Toujours, à vos soirées. Vous n'êtes pas avare de bons vins, et un homme y trouve de quoi se détendre.

Reiver sourit. Où était Hannah ? Il voulait lui montrer les nouveaux échantillons de soie qu'il avait rapportés.

— Je crois savoir que vous allez à Washington après-demain ? s'enquit Page.

— Oui. J'essaie de convaincre notre estimé Congrès d'augmenter les tarifs sur les importations de soie.

— Pensez-vous réussir ?

— Difficile à dire. Mais si nos dirigeants veulent que nos propres fabrications prospèrent, ils doivent modifier la législation afin de nous rendre plus compétitifs. Autrement nous ne ferons jamais rien d'autre que du fil et des rubans.

Page approuva avec vigueur.

– En tant que commerçant, je vous suis tout à fait. Notre gouvernement devrait aider ses citoyens plutôt que les étrangers. Washington a besoin d'une giclée de bon sens yankee.

– J'espère la leur donner.

À l'autre bout du hall, Hannah, radieuse, apparut enfin, souriant et devisant avec ses invités tout en se dirigeant vers la salle de bal. Même si elle n'avait pas la grâce de Cécilia, elle faisait honneur à son mari dans une robe rayée de bleu, et une coiffure ornée de petits bouquets.

Reiver s'excusa auprès de Page et traversa le vestibule. Il leva la main pour attirer l'attention d'Hannah, mais elle était en grande conversation avec un homme qui, de dos, paraissait étrangement familier à Reiver. Comme il approchait, il surprit un éclat dans son regard qui, l'espace d'un battement de cœur, l'illumina.

Il s'arrêta, clignant les yeux comme s'il sortait brutalement de l'ombre. Quand il eut de nouveau Hannah dans son champ de vision, l'éclat avait disparu. Mais aussi bref ait-il été, il l'avait reconnu pour ce qu'il était : le désir d'une femme pour un homme.

Quel était cet homme ?

Tourne-toi que je voie qui me fait cocu, espèce de...

Comme s'il répondait à sa demande, l'homme se tourna à demi, révélant son beau profil.

Samuel.

Les derniers invités s'en allèrent à deux heures du matin. Reiver regarda les voitures s'éloigner dans l'allée, mais ses pensées revenaient sans cesse sur Hannah debout à son côté.

Sa femme et son frère... Étaient-ils amants ?

Rongé de doutes et de soupçons depuis qu'il avait surpris cet éclat dans le regard d'Hannah, il se posait mille questions qui exigeaient réponses. D'abord, il devait interroger sa femme. Si elle était coupable, elle se trahirait.

Hannah referma la porte et s'y appuya, satisfaite. Les invités et leurs rires s'étaient évanouis, mais l'ambiance de convivialité demeurait encore dans la maison redevenue tranquille.

Devant le miroir, Reiver tirait sur sa cravate brodée avec des gestes brusques, comme si elle risquait de l'étrangler. Ses yeux bleus reflétaient son triomphe social et il était presque beau dans son costume noir et sa chemise blanche à haut col. En des instants comme celui-ci, elle aurait voulu pouvoir l'aimer.

142

Elle étouffa un bâillement.

– Je monte me coucher. Vous éteindrez les lampes ?

Elle passa près de lui, et il l'arrêta, le visage grave et déterminé.

– Attendez. J'ai quelque chose à vous dire.

Elle lutta contre la panique. Il ne pouvait rien savoir au sujet de Samuel. Elle reprit son masque neutre – elle en avait l'habitude.

– Il est tard, et je suis fatiguée.

– Ce ne sera pas long.

Elle patienta, priant pour ne pas se trahir. Reiver la scrutait comme si c'était la première fois qu'il la voyait. Puis il posa ses lèvres sur sa main.

– Merci, Hannah. Vous vous êtes surpassée. Nos invités parleront longtemps de cette soirée.

Le ton intime de sa voix la surprit, c'était si rare. Elle retira sa main, agacée.

– Ne me remerciez pas. Je désire seulement que nos amis et nos relations d'affaires se sentent chez eux quand ils viennent nous voir.

– Et c'est le cas. Allez donc vous coucher. Je vous rejoins dès que j'ai fini en bas.

Devant le miroir de sa chambre, Hannah commença à retirer les épingles de sa coiffure tout en cherchant dans son reflet quelque signe dénonçant son adultère. Mais tout ce qu'elle vit, c'est une jeune femme inquiète. Elle brossait ses cheveux lorsque Reiver la rejoignit.

– Puis-je vous aider à vous déshabiller ?

Elle fit un signe de tête, incapable de parler. Reiver dégrafa le dos de sa robe, sans que son regard cessât de la harponner dans la glace.

– J'ai l'impression que Samuel est enfin tombé amoureux.

Hannah sentit son cœur bondir dans sa poitrine. Non, ne pas faiblir.

– Vraiment ? Et de qui ?

Reiver suspendit son geste, il ne s'était pas attendu à cette réaction de sa part.

– Patience Broome.

Hannah eut la vision d'une jeune fille aux cheveux blond doré, au regard vert et impatient.

– N'est-ce pas la fille cadette d'un riche fermier ?

Reiver hocha la tête. Son regard inquisiteur ne la lâchait pas.

– Elle est jolie, elle a un bon caractère et la fortune de son père serait suffisante pour acheter tout Hartford. Samuel ne pourrait pas mieux tomber.

Hannah rassembla ses cheveux sur son épaule et les attacha avec un ruban. Reiver poursuivait :

– Il m'a paru très prévenant envers elle, ce soir, or, je l'ai rarement vu accorder ses faveurs à une seule femme à la fois. Le gredin préfère la variété.

Comme Hannah se taisait, il ajouta :

– Je suis même surpris que nous n'ayons pas chaque semaine la visite d'un père furieux demandant réparation pour sa fille.

– Reiver Shaw, en voilà une façon de parler de votre frère ! Vous le feriez passer pour un coureur de jupons.

– C'est bien ce qu'il est. Samuel a toujours été un homme à femmes. Il s'est intéressé un moment à la fille d'un cultivateur d'oignons et j'ai cru qu'il allait l'épouser, mais il n'en a rien été. Elle était sans doute trop prude pour son goût.

Il avait fini de dégrafer la robe qui tomba aux pieds d'Hannah et qu'elle enjamba ; par bonheur ses jupons dissimulaient le tremblement de ses genoux. Elle dit :

– Il est peut-être temps qu'il se marie et s'établisse.

– En laissant une kyrielle de cœurs brisés derrière lui.

Une kyrielle de cœurs brisés... Hannah eut un sursaut de jalousie tout à fait irrationnel envers toutes ces femmes sans visage, qu'elle cacha en ôtant ses jupons amidonnés avant de les ranger avec grand soin.

– Je ne suis pas aussi sûre que vous au sujet de Patience Broome.

On peut jouer à deux à ce petit jeu, songea-t-elle.

– J'ai remarqué que Samuel s'est attardé avec la fille du forgeron après la messe, dimanche dernier.

Reiver fronça les sourcils, mais ce n'était pas à cause de la fille du forgeron.

– Que diriez-vous si Samuel se mariait ?

Mon cœur se briserait, pensa Hannah.

– J'en serais très heureuse et accueillerais sa femme avec chaleur.

– Vraiment.

– Bien sûr. Croyiez-vous que j'en voudrais à une autre femme de faire partie de la famille ? Disons, puisque je considère Samuel et James comme les frères que je n'ai pas eus, que j'éprouverais peut-être un peu du ressentiment d'une sœur envers celles qu'ils épouseraient.

Cela parut le satisfaire, car le pli inquiet de sa bouche disparut. Il la saisit par les épaules et posa un baiser sur sa nuque.

— Assez parlé de Samuel et de ses projets matrimoniaux.

Elle frémit. Il prit ses seins à pleines mains et l'attira contre lui pour chuchoter à son oreille :

— Je veux que tu me fasses l'amour cette nuit, Hannah. Je vais te dire comment me satisfaire.

Elle écouta, rougissante, ses demandes hardies ; il l'entraîna au lit et elle fit exactement ce qu'il exigeait. C'était sa façon d'expier son amour pour Samuel.

Deux jours plus tard, Reiver partait pour Washington. Du perron, Hannah et les enfants lui disaient au revoir. Il posa la main sur l'épaule de Benjamin.

— C'est toi l'homme de la maison pendant mon absence. Prends bien soin de ta mère et de ton petit frère.

— Et de ta sœur, ajouta Hannah comme Abigail, réfugiée dans ses jupes, jetait un regard timide sur Reiver.

David dit en regardant son frère aîné :

— Je ne suis pas petit ! Ben n'a pas besoin de me surveiller.

Réprimant un sourire, Reiver mit un genou en terre pour se trouver à la hauteur de ses fils.

— Alors, vous serez deux à prendre soin de votre mère à ma place. Et de votre sœur, ajouta-t-il après un coup d'œil à Hannah.

Elle caressait les cheveux duveteux de la petite fille. Une arrière-pensée. Abigail ne serait jamais rien de plus qu'une arrière-pensée pour lui.

David eut un sourire de triomphe mais Benjamin marmonna entre ses dents :

— Peu importe que tu grandisses, je serai toujours l'aîné.

— Mais papa a dit que je pouvais...

— Assez de disputes !

Le ton sévère de Reiver les calma aussitôt.

— Si votre mère se plaint de votre conduite pendant mon absence...

La menace resta en suspens.

— Combien de temps serez-vous parti ? demanda Hannah.

Elle pensait à Samuel. Soudain, une image de Patience Broome enroulant autour de son doigt une longue mèche de cheveux dorés et aguichant Samuel troubla son rêve éveillé.

— Deux semaines, peut-être trois. Après Washington, je m'arrêterai sans doute à New York quelques jours.

Patience, avec ses yeux verts pleins d'impétuosité, et Samuel...

— J'ai envisagé d'y ouvrir une antenne commerciale, continua Reiver. Eh bien, la diligence ne devrait pas tarder, je ferais mieux d'y aller.

Il fit rapidement ses adieux, et donna même une petite tape sur la tête d'Abigail. Benjamin souleva les bagages de son père, un dans chaque main, si bien que David dut lutter pour essayer d'en porter un.

— Qu'est-ce que je viens de vous dire à propos de disputes ?

Les garçons cessèrent aussitôt de se bagarrer.

— Benjamin, tu portes un sac, et tu laisses l'autre à David.

Satisfaits, les deux enfants emportèrent chacun leur trophée vers la route, mais c'est Benjamin qui marchait devant. Reiver les regarda en hochant la tête.

— Ils me rappellent mes frères et moi au même âge. Toujours en train de se chamailler.

— Mais vous avez dépassé ce stade, remarqua Hannah, et je suis sûre que Benjamin et Davy en feront autant.

— Certaines rivalités ne s'effacent jamais.

Parlait-il de Samuel et de lui ? Hannah retint son souffle.

Il lui adressa un signe d'adieu et suivit ses fils sur la route.

Longtemps après son départ, dans le salon tranquille de la ferme, Samuel avoua en s'approchant d'Hannah :

— J'ai cru qu'il ne s'en irait jamais.

Elle l'évita. Samuel laissa retomber ses bras.

— Qu'y a-t-il ?

Elle enfouit ses mains tremblantes dans les poches de son tablier.

— Je ne peux pas rester. Je suis venue te dire que... nous ne pouvons pas continuer. C'est beaucoup trop dangereux.

— Ne te sauve pas. Qu'ai-je fait qui te rende si furieuse ?

— Je ne suis pas furieuse.

— Ennuyée, alors.

— Je ne suis...

— Ne le nie pas. Quelque chose t'a blessée, sinon tu ne resterais pas si loin de moi, pleine de peurs sans fondement. Tu serais déjà dans mes bras.

Elle fixa le bouton de col de sa chemise pour éviter ses yeux.

– J'ai appris que Patience Broome cherche un mari.

– Qu'est-ce que cela a à voir avec nous ? Ne me dis pas que tu crois... Hannah, regarde-moi. Je n'ai pas la moindre intention d'épouser Patience Broome.

– Elle est très jolie.

– Toi aussi.

Il ajouta d'un ton exaspéré :

– Qui t'a raconté que je courtisais Mlle Broome ?

– Reiver. Il t'a trouvé des plus empressés auprès d'elle le soir du bal.

– Que le diable l'emporte ! J'ai parlé à toutes les femmes ce soir-là, cela ne signifie pas que je veux les épouser.

Il l'attira contre lui.

– Tu es la seule que je désire.

La déclaration passionnée de Samuel balaya les doutes et les jalousies d'Hannah, mais une pensée plus inquiétante encore ralluma son angoisse. Elle le repoussa.

– Je suis certaine que Reiver sait.

– Qu'est-ce qui te fait croire cela ?

– Après le bal, il a agi d'une drôle de façon et dit d'étranges choses.

– Quoi par exemple ?

– D'abord que tu courtisais Patience Broome, et en même temps il guettait toutes mes réactions. Puis il a ajouté que tu étais un homme à femmes, et ainsi de suite.

Elle s'interrompit, comme si quelque chose lui apparaissait soudain très clairement.

– Reiver est malin... En réalité il ne cherchait qu'à m'aiguillonner, me rendre jalouse et me faire douter de toi.

– Et il a réussi ?

– J'aurais voulu arracher les cheveux de Patience Broome jusqu'au dernier !

Le rire de Samuel mourut dans sa gorge tant elle était véhémente.

– Je suis très flatté que tu aies eu envie de te battre pour moi, mais c'est tout à fait inutile.

Hannah se croisa les bras.

– Et... il y a autre chose. Une fois au lit, il a voulu... que je...

Elle haussa les épaules, confuse, et ajouta d'une traite :

– Je suis sûre qu'il cherchait à me faire refuser ses exigences, et si je l'avais fait, une chose terrible serait arrivée.

Le chagrin et la fureur assombrirent les yeux de Samuel.

— Je le tuerais pour ça.

— Ne dis pas cela. Je suis sa femme. Il ne faisait qu'exercer son droit conjugal.

Samuel lui caressa la joue.

— Tu dois supporter trop de choses à cause de moi.

— Je le fais avec joie. Mais j'ai si peur !

Elle regarda vers la porte comme si la catastrophe était tapie derrière, et frissonna. Il prit ses mains froides entre les siennes.

— Alors viens, que je chasse tes peurs.

Mais cette fois il n'y parvint pas. De là-haut, dans son atelier, tout en se donnant avec passion à Samuel, Hannah ne pouvait s'empêcher de guetter le craquement révélateur de la porte, ou des pas furtifs dans l'escalier. Ensuite, elle ne s'attarda pas, mais se rhabilla et s'enfuit loin de son amant stupéfait, comme une voleuse dans la nuit.

De la salle des machines de James, Hannah regardait Samuel emmener Abigail en promenade sur le dos de Titan. Quand le cheval baissa sa tête massive vers elle, Abigail ne cria pas de terreur comme la première fois, mais lui tapota les naseaux en souriant.

James rejoignit Hannah à la fenêtre.

— Quand Reiver doit-il rentrer ?

— Cette semaine, je pense.

Samuel venait de soulever Abigail pour l'installer sur la selle.

— Je me demande s'il aura réussi à Washington.

— Nous le saurons dès son retour.

Hannah n'avait reçu qu'un mot de son mari depuis son départ, une semaine et demie auparavant. Samuel sauta en selle derrière Abigail. Les rênes dans la main gauche, son bras droit passé à la taille de l'enfant, il fit aller Titan au pas. Hannah distinguait le large sourire de sa fille. Elle secoua la tête.

— Comme j'aimerais que Reiver ait la même patience envers elle !

James rougit.

— Je voudrais prendre sa défense, Hannah, mais je ne vois pas comment. Je comprends mieux mes machines que mon frère.

— Elle lui répugne. Cela se voit sur sa figure chaque fois qu'il la regarde.

Elle observait le cheval, d'habitude fringant, qui avançait à une allure de tortue comme s'il portait un vase de cristal.

— Si elle était parfaite, reprit-elle, il l'aimerait autant que les gar-çons, mais ce n'est qu'une mince consolation.

L'irruption de Mary Geer évita à James de répondre.

— Monsieur James ! Mon métier vient de casser. C'est la troi-sième fois cette semaine.

Il prit sa boîte à outils.

— Je viens tout de suite.

Hannah sortit dans le pré pour guetter le retour de Samuel et d'Abigail. Elle vit arriver Titan peu après, ses deux cavaliers sou-riant aux anges.

— Maman ! s'écria l'enfant. Abby a couru.

— Vraiment ? dit Hannah en tendant les bras vers elle. Maman est très fière de toi.

Samuel sauta à terre, ses cheveux bruns tout emmêlés et les joues rougies par la course.

— Vous pouvez l'être. J'ai fait faire un petit galop à Titan et elle n'a pas eu peur du tout, pas vrai Abigail ?

Il secoua la tête et elle l'imita.

— Vous voyez, Hannah ? Abigail a dit non. Elle n'a pas eu peur !

Hannah s'agenouilla et étreignit sa fille, les larmes au bord des yeux. Si seulement son mari pouvait se réjouir des menus triomphes de sa fille de la même façon que son amant...

On cria «Maman !» et elle se tourna vers ses fils qui couraient vers elle, Benjamin en tête. Ils vinrent caresser Titan, David sur la pointe des pieds pour être au même niveau que Benjamin.

— Et l'école, ça s'est bien passé aujourd'hui ? demanda Samuel.

— Pour moi oui, répondit Benjamin, mais Davy est allé au coin.

— David ! s'exclama Hannah. Pourquoi M. Ellis a-t-il dû te punir ?

— Ce n'était pas ma faute, marmonna David. Henry Lake n'a pas arrêté de me pincer le bras et quand je l'ai frappé en retour, M. Ellis m'a mis au coin. Ce n'était pas juste, maman. C'est Henry qui avait commencé.

Pauvre Davy, toujours pris en faute, se dit Hannah, toujours la victime.

— Que cela ne se reproduise pas, ou tu en répondras devant ton père.

— Pouvons-nous emmener Abigail jouer ? s'enquit Benjamin.

— Oui, mais ne la perdez pas de vue.

— Promis.

Il prit Abigail par la main et entraîna sa docile petite sœur. Comme David ne suivait pas, il ajouta :

— Tu viens ?

Davy se demanda s'il fallait pardonner à son frère aîné, puis capitula et courut après lui.

Hannah caressait le cou de Titan sans y penser, tout en regardant ses enfants s'éloigner, Abigail entre ses deux protecteurs. Elle secoua la tête :

— Benjamin aime tant l'emporter sur David chaque fois qu'il le peut.

— Comme son père sur James et moi.

— Et une fois qu'il a gagné, il cherche à être de nouveau ami avec lui.

— Il aime bien taquiner David, mais il est gentil et patient avec Abigail.

— C'est pourquoi je leur fais confiance. Je sais qu'ils ne laisseront rien de mal arriver à ma petite fille chérie.

Une heure plus tard, elle épluchait des pommes de terre à la cuisine avec Mme Hardy, quand la porte s'ouvrit à la volée sur Benjamin, l'air terrifié et haletant.

— Maman, maman..., dit-il en sanglotant. On a... on a perdu Abigail. On ne la trouve nulle part.

Hannah essuya ses mains à son tablier et saisit son fils par les épaules.

— Calme-toi. Respire une bonne fois et raconte-moi ce qui s'est passé.

— Nous avons trouvé un terrier, aussi Davy et moi avons essayé de faire sortir le lapin, et quand j'ai relevé la tête, Abigail n'était plus là !

— La pauvre petite doit errer quelque part, assura Mme Hardy, ou bien elle a trouvé refuge dans la grange. Elle aime bien les endroits sombres et tranquilles.

Le petit garçon tourna vers elle sa figure ravagée de larmes.

— Mais c'est là que nous avons cherché en premier, madame Hardy, et elle n'y est pas.

Hannah luttait contre la panique.

— Allons, Benjamin, cesse de pleurer. Je vais avertir oncle Samuel et oncle James et nous allons tous chercher Abigail. Je suis sûre que nous allons la retrouver saine et sauve, tu verras.

Elle se força à sourire. Si seulement c'était vrai...

Une demi-heure plus tard, son optimisme s'évanouit.

— Abigail ? criait-elle dans le salon de la ferme. Où es-tu ? Abigail ? Ne te cache pas !

Seul répondait le silence.

Avec une appréhension grandissante, elle parcourut la maison pièce par pièce, cherchant derrière les chaises, sous les lits, dans les armoires – partout où un petit enfant pourrait se glisser. Rien.

– Abigail, où es-tu ? murmura-t-elle après avoir arpenté la maison de haut en bas.

Elle s'était engagée sur le sentier lorsqu'elle vit les autres venir dans sa direction.

Ils l'ont trouvée, pensa-t-elle, ivre de soulagement. Ils reviennent parce qu'ils l'ont trouvée.

Elle rassembla ses jupes et courut vers eux. Abigail, ne recommence jamais une chose pareille, se disait-elle. En voyant les visages figés et désolés, elle s'immobilisa. James et les jeunes filles de la filature qui marchaient en tête s'écartèrent pour laisser place à Samuel. Il tenait Abigail dans ses bras ; la tête de l'enfant roulait de part et d'autre, ses yeux étaient clos comme si elle dormait. Hannah se précipita sur elle et toucha sa joue. Pourquoi était-elle si mouillée et si froide ? Pourquoi Samuel pleurait-il ?

– Réveille-toi, mon cœur. Tout va bien maintenant, maman est là.

– Elle est tombée dans le cours d'eau de Racebrook, dit Samuel. Il était trop tard pour la sauver.

Sa voix se brisa.

Hannah secoua Abigail par les épaules.

– Ouvre tes yeux, mon trésor, souris à maman.

– Je suis tellement navré, dit Samuel.

Hannah se mit à crier, à crier jusqu'à ce qu'une bienheureuse inconscience la fît taire.

– Au nom de Dieu, où peut bien être Reiver ?

Hannah, habillée de noir de la tête aux pieds, se tenait près du petit cercueil dans le salon et tamponnait ses yeux rougis d'un mouchoir tout froissé. Samuel, lui aussi en grand deuil, répondit :

– Nous n'arrivons pas à le trouver. J'ai télégraphié à son hôtel de Washington ce matin : il l'avait quitté depuis plusieurs jours.

– Alors il doit se trouver quelque part à New York, rétorqua-t-elle en regardant le visage serein d'Abigail. Il avait dit qu'il irait après Washington.

– Et il n'a pas précisé où il descendrait ?

– Non. Maudit soit-il, Samuel ! Sa fille... sa fille est morte et personne ne sait où il est.

Samuel posa une main apaisante sur son bras. Il devinait que la colère d'Hannah à l'encontre de Reiver l'aidait à surmonter son chagrin.

— Nous avons attendu aussi longtemps que nous le pouvions. Il faudra faire sans lui. D'ailleurs il ne le regrettera pas. Reiver n'a jamais aimé Abigail.

Samuel ne pouvait pas la contredire ; c'était vrai.

— Comment vont les garçons ? demanda-t-il. Je sais que Ben se tourmente beaucoup. Il s'accuse de n'avoir pas assez surveillé sa petite sœur.

Le visage ravagé d'Hannah s'adoucit.

— Je lui ai assuré que ce n'était pas sa faute, que je ne lui en voulais pas, ni à Davy. D'abord, c'est ce que j'ai ressenti, c'est vrai, quand la douleur m'a rendue à demi folle. Mais c'est fini.

— Tu as toujours très bien agi.

Elle frotta son front douloureux et soupira.

— Essaie de trouver Reiver encore une fois, veux-tu ? Tu pourrais envoyer des télégrammes à différents hôtels de New York, il sera peut-être dans l'un d'eux ?

— Je ferai de mon mieux.

Quand il revint trois jours plus tard, Reiver vit les couronnes mortuaires à la porte et son cœur se serra. Qui était mort ? Benjamin ? L'un de ses frères ? Hannah ?

Il laissa tomber ses sacs de voyage sur le chemin et se mit à courir, enjamba d'un bond les marches du perron et se rua à l'intérieur. Du crêpe noir pendait au miroir du vestibule, un parfum écœurant de fleurs fanées flottait dans l'air et il régnait un calme surnaturel.

— Hannah ? cria-t-il, trop effrayé pour respecter le silence. Madame Hardy ? Quelqu'un, par pitié !

Il y eut un mouvement en haut de l'escalier et il leva les yeux sur sa femme. Le visage blême, ravagé de chagrin, elle paraissait calme et maîtresse d'elle-même mais ses yeux bleus étincelaient d'émotion contenue.

Reiver traversa le vestibule jusqu'au pied de l'escalier.

— Pourquoi ces couronnes à la porte ?

Elle retint ses longues jupes noires d'une main et descendit avec raideur, le frôla en passant.

— De toute évidence, quelqu'un est mort.

— Je vous en prie, Hannah !

– Abigail, répondit-elle d'une voix mesurée. Ni Benjamin ni Davy. Seulement Abigail.

Reiver baissa la tête, honteusement soulagé que ce ne fût pas l'un de ses fils. Hannah serrait ses mains devant elle.

– Elle s'est noyée dans Racebrook. Les funérailles ont eu lieu hier. Nous avons tenté de vous joindre, à Washington et à New York, sans succès. Étant donné la façon dont vous considériez votre fille, c'est sans doute aussi bien.

– Vous êtes injuste. Jamais je n'ai souhaité sa mort. Elle était ma fille, malgré tout.

Après un silence pesant, Hannah demanda :

– Où étiez-vous ?

– À New York. J'ai fait des démarches afin d'ouvrir un bureau de vente pour les Soieries Shaw.

– Et à Washington, avez-vous réussi ?

– Non, mais le moment est mal choisi pour parler de cela.

Elle hocha la tête.

– Alors excusez-moi, je vais me reposer un peu.

Il la retint d'un geste.

– Je suis désolé pour Abigail, et aussi de n'avoir pas été présent.

– Ce n'était pas la peine. Samuel, James et Mme Hardy m'ont été d'un grand réconfort.

Il laissa retomber sa main. Hannah remonta l'escalier comme une vieille femme fatiguée.

Reiver se rendit à son bureau, s'enferma et se versa une large rasade de brandy. Il la savoura lentement, essayant d'éprouver un chagrin qu'il ne ressentait pas. À la fenêtre, il regarda le ciel bleu, limpide. L'alcool l'aida à se souvenir de ce qui s'était passé à New York l'avant-veille.

Il n'avait pas eu de mal à trouver la maison à laquelle il pensait, dans le quartier à la mode de Washington Square, un bâtiment de brique rouge avec un escalier à se rompre le cou et une porte encadrée de blanc. Il n'avait hésité qu'une seconde avant de sonner. Le maître d'hôtel avait ouvert, Reiver lui avait tendu la note écrite une heure auparavant, puis avait regagné son coupé de louage et demandé au chauffeur d'attendre au bout de la rue.

Ils attendirent. Longtemps.

Au moment où Reiver était sur le point d'admettre sa défaite et d'ordonner au chauffeur de partir, la porte de la voiture s'ouvrit en grand. Il se pencha et tendit le bras.

– J'avais peur que tu ne viennes pas.

Cécilia lui donna la main, aussi tremblante que la sienne.

— Je n'aurais certes pas dû.

— Alors pourquoi être venue ?

Il ne l'avait pas vue depuis si longtemps ! Quand il pensait à tout ce temps perdu, il avait l'impression d'exploser. Elle prit place en face de lui en disposant avec grâce son ample jupe dans un froissement de crinoline.

— Quand j'ai compris que tu étais juste là dehors... Tu seras toujours mon point faible, Reiver.

Elle haussa les épaules, désarmée. Il ferma la porte et demanda au chauffeur de rouler, n'importe où.

— Tu es plus belle que jamais.

Il la dévorait des yeux, ses cheveux châtain brillant, son doux regard brun, sa silhouette menue à la taille si fine.

— Et toi aussi impertinent et diabolique que dans mon souvenir. Les Soieries Shaw sont-elles devenues les plus importantes d'Amérique ?

Elle lissa sa robe d'un geste nerveux. Reiver répondit :

— Je ne suis pas venu pour parler de soieries.

— Tiens, cela ne ressemble pas au Reiver Shaw que je connaissais.

— Toi aussi tu as changé. Je ne t'ai jamais vue si triste.

— Tu te trompes. Amos est toujours le plus généreux, le plus attentionné des époux et le Seigneur m'a accordé un autre enfant – une fille.

Il pensa à Abigail.

— Elle aurait pu être la mienne.

Cécilia fit mine de se lever.

— C'est de la folie. Je m'étais juré de te résister. Je n'aurais jamais dû venir.

Il posa la main sur son bras.

— Tu es venue parce que tu es malheureuse.

— Pourquoi dis-tu encore cela ? Je suis la plus heureuse des femmes.

— Qui essaies-tu de convaincre, toi ou moi ?

Elle serra les poings.

— Je m'estime satisfaite.

— Cécilia, si vraiment tu l'étais, tu ne serais pas assise ici, avec des yeux m'implorant de t'aimer.

Il n'aurait su dire qui fit le premier mouvement ; peut-être tous deux en même temps. Soudain, Cécilia fut dans ses bras et il la caressait, l'embrassait, et sa bouche avait le goût grisant du brandy.

Celui qu'il savourait à présent rendait ce souvenir plus vif encore. Le jour où sa fille était morte, Cécilia était de nouveau sa maîtresse et il envisageait des séjours plus fréquents à New York. Il ne pouvait s'en empêcher. Il l'aimait. Il faudrait plus que deux centaines de miles et un blanc-bec de mari pour les séparer.

Il passa le doigt sur la cicatrice laissée par la balle d'Amos et prit une autre gorgée d'alcool. Cette fois, personne ne les découvrirait.

10

– Mary, pourquoi pleurez-vous ?

Hannah, qui se rendait à la petite bibliothèque de la filature, s'arrêta en voyant le visage dodu de Mary Geer baigné de larmes.

– C'est à cause de mon frère Jake, madame Shaw, répondit-elle sans lever les yeux des bobines de son métier à tisser.

– Que lui arrive-t-il ? Il est malade ?

– Non, m'dame, il part en Californie. Pour trouver de l'or.

Elle renifla.

Depuis qu'on avait découvert de l'or à Sutter Mill l'année précédente, le flot de ceux qui se rendaient en Californie en rêvant de faire fortune était devenu un fleuve. Autour d'Hannah, tout le monde connaissait quelqu'un qui rejoignait les rangs des «forty niners», les chercheurs d'or – le fils du forgeron, le professeur de Benjamin, le meunier de l'autre côté de la ville. Même Zeb, le frère de Nat, avait déserté les champs de tabac dans l'espoir de devenir riche – et brisé le cœur de tante Naomi.

Mary ajouta :

– On se fait tant de souci pour mon frère ! Il prend un bateau pour faire le tour par l'Amérique du Sud. J'ai entendu dire que les tempêtes là-bas sont pires que des ouragans. Et même s'il atteint San Francisco, et qu'il trouve de l'or, il risque d'être attaqué et tué !

– Ne vous inquiétez pas, Mary. Je suis sûre que tout ira bien pour Jake. Il est jeune et débrouillard.

Elle déposa ses livres à la bibliothèque et quitta la filature, heureuse que ses fils fussent trop jeunes pour céder à la fièvre de l'or. Elle resserra son châle noir autour de ses épaules car le matin d'octobre était froid et marcha d'un pas vif, ne s'interrompant que pour cueillir des douces-amères d'un orange lumineux qui croissaient à profusion le long de la clôture. Au cimetière, elle les déposa sur la tombe d'Abigail.

— Tu me manques, murmura-t-elle en laissant rouler les larmes sur ses joues. Tu n'étais pas parfaite, mais tu faisais partie de ma chair et de mon sang et je t'aimais.

Elle pensa à Reiver ; jamais elle ne pourrait lui pardonner d'avoir rejeté Abigail. Il n'avait pas versé une seule larme pour son enfant ; s'il l'avait fait, Hannah se serait sentie moins seule et moins affligée.

Pourtant je ne suis pas seule, se dit-elle. J'ai Samuel, mais cela, Reiver n'en sait rien.

Pour la première fois, sa trahison envers Reiver l'emplit de joie au lieu de honte, et elle éprouva un désir irrésistible de se venger, de le blesser tout autant qu'il l'avait blessée en rejetant sa fille.

Avec un sourire, elle effleura la tombe en signe d'adieu et s'en alla.

C'était les premières chutes de neige de la saison. L'âpre vent de novembre faisait tourbillonner les flocons comme des toisons de moutons. Dans le vestibule, Reiver mit son manteau et enroula plusieurs fois son écharpe de tricot bleue autour de son cou.

Hannah le regarda enfiler ses gants de cuir.

— Êtes-vous sûr de vouloir aller à Hartford aujourd'hui ? La tempête peut empirer.

— James a besoin de ces pièces. Si personne ne va les chercher, nous aurons trois métiers en panne. Nous ne pouvons pas nous le permettre.

Il enfonça son chapeau sur sa tête.

— Si je reste coincé et que la diligence ne reparte pas, je passerai la nuit à Hartford. Ne vous inquiétez pas pour moi.

Hannah le suivit dans le vestibule.

— Je ne m'inquiète pas.

Il posa un baiser rapide sur la joue d'Hannah, remonta son écharpe jusqu'à ce qu'on ne vît plus que ses yeux, et ouvrit la porte. Un courant d'air glacial souleva la jupe d'Hannah et la fit frissonner. Elle adressa un signe d'adieu à Reiver et revint à la tiédeur du salon, d'où elle le regarda s'éloigner en trébuchant dans la neige vers la route d'Hartford ; bientôt les tourbillons effacèrent sa silhouette. Hannah attendit le passage de la diligence.

Elle demeura à la fenêtre sans bouger. Quelques instants plus tard, une forme sombre émergea de la tempête, tête baissée et épaules ramassées contre le vent ; Hannah sourit et se précipita vers la porte. Cette fois, elle ne sentit pas le froid, mais une chaude vague de bonheur.

— Vite, dit-elle à Samuel.

Il tapa des pieds pour faire tomber la neige de ses bottes, puis entra. Ils furent aussitôt dans les bras l'un de l'autre. Hannah pressa ses lèvres contre les siennes, toutes froides, pour les réchauffer. Il l'étreignit plus fort et elle perçut son désir à travers ses épais vêtements. Quand ils se séparèrent enfin, elle prit son visage glacé entre ses mains.

— Il est parti. Il ne sera pas de retour avant la fin de l'après-midi, à moins qu'il ne décide de rester à Hartford pour la nuit.

— Et Mme Hardy est toujours chez son amie malade ?

— Oui. Les garçons à l'école, et James à la filature.

Samuel eut un grand sourire.

— Nous avons donc la maison pour nous seuls ! C'est parfait.

Elle mit ses bras autour de son cou et l'embrassa de nouveau.

— Parfait, oui.

Quand Hannah entra dans la chambre qu'elle partageait avec Reiver, Samuel resta sur le seuil, soudain assombri.

— Pourquoi ici ?

— Parce que je veux faire l'amour avec toi dans le lit de mon mari. Il faut que je lui fasse payer d'avoir négligé Abigail, et de m'avoir trompée avec Cécilia Tuttle.

Samuel ôta son chapeau et ses gants.

— Mais il ne saura jamais que nous nous serons servis de son lit.

— Moi je saurai.

Il leva les sourcils.

— Chaque fois que je crois bien te connaître, tu me surprends.

— Pourquoi ? Parce que je suis capable de vengeance ?

— Je n'avais jamais vu ce côté... calculateur que tu as.

— Je ne suis pas une sainte, Samuel, dit-elle d'un ton plein de défi, en ôtant ses épingles à cheveux pour dérouler son chignon.

Il regarda ses lourdes tresses brunes tomber sur ses épaules comme des cascades de soie brillante.

— Ça je le sais, surtout quand tu es dans mon lit.

Elle le regarda intensément, comme pour prendre la mesure de son ardeur.

— Feras-tu cela pour moi, Samuel ?

Il passa le seuil de la chambre.

159

Plus tard, alors qu'ils reposaient nus sous les couvertures, Samuel se réchauffait contre le corps doux et souple d'Hannah et l'embrassait dans le cou. Le plaisir faisait battre son sang plus vite, bien que l'idée de coucher avec la femme de son frère dans leur lit l'emplît d'un étrange malaise.

Il décida de ne pas en tenir compte. Hannah avait besoin qu'il fasse cela pour elle. Il n'oubliait pas l'expression implorante de son regard quand elle l'avait fait entrer dans la chambre. Il fallait qu'elle se venge de Reiver pour apaiser ses démons intérieurs, même si celui-ci ne l'apprenait jamais. Samuel aurait fait n'importe quoi pour que ses démons la laissent en paix.

Reiver ne le saurait pas.

Reiver claquait des dents en trébuchant dans la neige. Une heure plus tôt, la diligence avait dérapé dans le bas-côté et cassé une roue, jetant la panique parmi les passagers. Il ne pourrait pas aller à Hartford aujourd'hui.

Il distinguait à présent les contours de sa maison contre le ciel gris, les bardeaux blancs presque effacés par l'épais rideau de neige. Il sourit en imaginant des chaussettes sèches, un bon feu dans le salon, et une tasse de brandy chaud.

Hannah serait bien étonnée de le voir arriver...

Mais lorsqu'il entra, personne ne vint l'accueillir. Il écouta. Ni pas légers, ni bruissements de robe annonçant son arrivée. Elle doit être dans la cuisine, pensa-t-il, et il accrocha rapidement son chapeau, son écharpe et son manteau aux patères près de la porte avant d'ôter ses bottes trempées.

— Hannah ?

À l'étage, Hannah frémit et se figea sous la caresse de Samuel.

— Qu'est-ce que c'était ? J'ai cru que l'on m'appelait.

Samuel fronça les sourcils.

— Ce n'est que le vent. Reiver doit être à mi-chemin de Hartford à présent.

Ne trouvant pas Hannah à la cuisine, Reiver monta au premier ; ses chaussettes ne faisaient aucun bruit sur le tapis. Sur le point d'appeler de nouveau, il entendit chuchoter.

Il se dirigea à pas de loup vers sa chambre. Les murmures continuaient, profonds ; on aurait dit une voix d'homme qui gémissait. Reiver jeta un coup d'œil par la porte entrouverte et le regretta aussitôt.

Hannah était couchée avec un homme dont la tête brune se profilait sur ses seins blancs.

160

Il n'en croyait pas ses yeux.

Sa femme et son frère étaient amants, comme il l'avait soupçonné ! Soudain, une rage aveugle le submergea. Il poussa la porte si fort qu'elle ricocha contre le mur. Hannah sursauta et regarda, incrédule. Non, c'était impossible...

— Reiver !

Elle ne l'avait jamais vu ainsi, blême de fureur et le meurtre dans les yeux.

— Salauds !

Il fut sur eux en trois pas, fit valser la couverture et tomber Samuel du lit.

— Je vais vous tuer, tous les deux !

Samuel reprit son équilibre et se dressa devant lui en oubliant qu'il était nu et vulnérable.

— Touche-la et *je* te tue !

Sans prévenir, Reiver balança un coup de poing dans la mâchoire de Samuel qui craqua avec un bruit alarmant. Sa tête fut projetée en arrière et il s'effondra sur le sol, livide, sans connaissance.

— Mon dieu, Samuel ! cria Hannah en bondissant hors du lit.

Elle l'avait presque rejoint lorsqu'une prise puissante la saisit par l'épaule et la rejeta sans pitié dans les draps.

Elle resta allongée en tremblant, s'attendant à sentir les mains de Reiver autour de son cou, mais il se contentait de l'observer avec mépris, comme si elle n'était qu'une prostituée.

— Habillez-vous, et faites revenir mon frère à lui. Si vous n'êtes pas dans mon bureau dans cinq minutes, je vous jette dehors tels que vous êtes.

Puis il sortit.

Hannah s'agenouilla près de Samuel et souleva sa tête, répétant son nom tout bas dans l'espoir qu'il s'éveillerait. Enfin, il gémit et parvint à s'asseoir, ses yeux clairs voilés de douleur et le coin de la bouche maculé de sang.

— Comment te sens-tu ? murmura Hannah. Tu souffres beaucoup ?

Il secoua la tête.

— Non. Et toi ?

Il avait de la peine à parler, comme si cela lui demandait un effort douloureux.

— Je suis terrifiée.

Elle tremblait de peur et de honte.

161

– Que va-t-il nous arriver ? Je ne l'ai jamais vu si furieux. Je n'aurais pas dû te demander de venir ici. J'ai tout gâché. Je ne me le pardonnerai jamais. Je...

– Chut. Tu n'as rien à te reprocher. Tout est ma faute.

– Que va-t-il nous arriver ?

– Franchement je l'ignore. Il peut nous jeter dehors et alors nous partirons ensemble en Europe. Il peut aussi pardonner et oublier, tout comme il te l'a demandé pour Cécilia. Mais je ne le laisserai pas te faire du mal, Hannah, tu le sais.

– Mon dieu, c'est comme si la fin du monde était proche et je ne peux rien y faire.

Il posa légèrement ses lèvres tuméfiées contre les siennes et dit :

– Non, Hannah, ce n'est pas la fin du monde. Tu verras.

Reiver se tenait à la fenêtre de son bureau, les mains crispées dans le dos. Hannah et Samuel entrèrent, la première ayant pris un air raisonnablement coupable et soumis, les yeux baissés, mais Samuel prêt à soutenir le regard de son frère avec défi et colère.

Reiver se tourna vers eux.

– Comment avez-vous pu ? Ma femme et mon frère...

Hannah releva la tête et sa soumission conjugale disparut.

– Et vous, Reiver Shaw, comment osez-vous nous traiter avec tant de rigueur ? Dois-je vous rappeler Cécilia Tuttle ?

– Est-ce la raison de votre trahison avec mon propre frère, vous venger de Cécilia ? Une telle bassesse est indigne de vous, Hannah. Du moins je le croyais.

Elle prit la main de Samuel.

– Je me suis tournée vers Samuel parce que je me sentais seule et mal-aimée.

– Et c'est toi qui en es responsable, intervint Samuel.

– Je suis à blâmer pour ce que vous avez fait tous les deux, alors ?

– Personne n'est à blâmer, dit Hannah.

– Cela diminue-t-il votre sentiment de culpabilité ?

Elle rougit et détourna le regard.

– Non.

Puis elle leva les yeux sur Samuel et cela lui redonna de la force.

– J'aurais préféré que cela n'arrivât pas, Reiver, mais c'est fait et personne ne peut rien y changer.

Il haussa les sourcils.

– Oh, mais si.

– Que voulez-vous dire ?

– Croyez-vous vraiment que je vais regarder ailleurs, et faire comme si de rien n'était ?

Elle se raidit.

– C'est exactement ce que vous m'avez demandé lors de votre liaison avec Cécilia Tuttle.

– Ce n'est pas la même chose, Hannah. On tolère qu'un homme marié assouvisse ses désirs, mais une mère doit être au-dessus de tout reproche.

– Quel satané hypocrite tu fais, Reiver ! s'écria Samuel.

Hannah serra ses mains l'une contre l'autre.

– Notre mariage n'est qu'une comédie, Reiver, et cela depuis le jour où j'ai été obligée de vous épouser. Samuel et moi avons l'intention de partir ensemble, et nous emmenons les enfants.

– Oh que non, Hannah. Vous partirez seuls. Jamais je ne vous laisserai mes fils.

– Je suis leur mère ! Vous ne pouvez pas me les enlever.

– Ils sont mes fils autant que les vôtres, et les héritiers des Soieries Shaw.

Samuel essuya le sang qui coulait de sa bouche d'un revers de main.

– Tu ne penses qu'à ça, tes précieuses soieries.

– Hannah peut rester. Mais pas toi, rétorqua Reiver.

– Que veux-tu dire ?

– Tu n'es plus le bienvenu ici. Tu vas t'en aller pour ne plus revenir. Je me moque de savoir où tu iras, du moment que je ne te revoie jamais.

Samuel eut l'air d'avoir été ébloui par un éclair.

– Tu n'es pas sérieux ? Je suis ici chez moi.

– Plus maintenant. Tu oublies que père m'a laissé la terre et la ferme puisque je suis l'aîné. Toi et James avez vécu ici grâce à ma générosité. Mais tu m'as trahi, et je ne récompenserai pas la trahison.

Samuel devint très pâle.

– Et que fais-tu de l'argent que je t'ai si souvent prêté pour garder tes chères filatures en vie ?

Reiver haussa les épaules.

– Tu auras toujours ma profonde gratitude.

– Mais pour qui te prends-tu donc, à me bannir ainsi comme si tu étais quelque monarque courroucé ? Je vais rester ici, à Coldwater, que ça te plaise ou non.

163

– Alors tu peux emmener Hannah avec toi, et expliquer à nos bons concitoyens que tu vis dans le péché avec ta belle-sœur.

Hannah le regarda, atterrée.

– Vous ne feriez pas cela ?

– Certainement, si Samuel n'agit pas comme je le lui demande.

– Je vous en prie, Reiver, et Hannah s'approcha de lui. Ne faites pas cela. Je ferai tout ce que vous voudrez. Je...

– Ne perds pas ton temps à le supplier, Hannah, dit Samuel. Mon frère obtient toujours ce qu'il veut, et ne change jamais d'avis.

– Tu me connais bien. Tu as une semaine. Je pense que c'est suffisant pour faire tes bagages et disparaître. Et estime-toi heureux que je te laisse aller sans plus de mal.

Hannah n'entendit pas la réponse de Samuel. Elle fixait son attention sur la neige qui tombait derrière les vitres, douce, silencieuse, et recouvrait tout d'un édredon moelleux. Elle aurait voulu se perdre dans cette pureté immaculée, s'y enfoncer, s'y ensevelir.

Les voix s'éteignirent. La pièce s'éloigna. La neige adoucit la douleur.

Elle ouvrit les yeux sur Reiver, penché sur elle avec une expression d'inquiétude inattendue.

Elle reprit ses sens peu à peu et s'aperçut qu'elle était allongée sur le sofa du salon, avec une pile de coussins sous la tête et un linge mouillé sur le front.

– Vous vous êtes évanouie, dit Reiver.

Il s'agenouilla, lui souleva la tête et approcha un verre de ses lèvres, comme un médecin, de façon impersonnelle.

– Buvez ceci, vous vous sentirez mieux.

Elle avala plusieurs gorgées de brandy de pomme, qui lui brûlèrent la gorge et la firent tousser.

Reiver se redressa.

– Inutile de chercher Samuel. Il est rentré chez lui.

Elle ferma les yeux, dans l'espoir de retrouver le bienheureux oubli de la neige, mais Reiver l'en empêcha.

– Vous sentez-vous en état de parler ? Nous avons beaucoup de choses à mettre au point.

Il paraissait calmé. Elle s'assit. La pièce tourna autour d'elle, puis se stabilisa et elle fit face à son mari, en souhaitant désespérément avoir Samuel à ses côtés. Il lui aurait donné du courage, elle ne se serait pas sentie si seule et désemparée.

Reiver prit place sur une chaise et se pencha vers elle, les coudes sur les genoux.

– Cela dure depuis quand ?

– Après qu'Amos Tuttle a tiré sur vous. J'ai souffert, j'ai été humiliée ; tout le monde à Coldwater était au courant de l'aventure de mon mari avec une femme mariée.

Sa voix s'affermit à mesure qu'elle reprenait des forces.

– Ensuite il m'a fallu lutter contre votre refus d'aimer votre petite fille malgré tous mes efforts pour vous rapprocher d'elle. Samuel était si gentil, si compréhensif, et... avant que nous ne nous en soyons rendu compte...

Elle haussa les épaules, désarmée.

– Depuis plus de deux ans mon frère et vous avez été amants dans ma maison ?

– Non, à la ferme. C'était parfait pour... nos rendez-vous car personne ne va là-bas. Personne n'a rien soupçonné.

Reiver crispa les mâchoires.

– Plus de «rendez-vous» chez lui ni nulle part ailleurs avant le départ de Samuel, c'est compris ?

– Ne vous inquiétez pas.

Reiver passa ses doigts dans ses cheveux en baissant les yeux.

– Je sais que j'ai ma part de responsabilité dans ce qui est arrivé.

Surprise qu'il le reconnût, Hannah se leva et s'approcha de la cheminée pour réchauffer ses mains glacées.

– Nous sommes tous responsables. Pourquoi ne me laissez-vous pas partir avec les enfants ? Vous et moi ne nous sommes jamais aimés. Vous m'avez épousée pour la terre de mon oncle, pas par amour pour moi. Pourquoi rester ensemble dans ces conditions ?

– Je ne vous oblige pas à rester, Hannah. Vous êtes libre de partir avec Samuel si vous le désirez. Mais mes fils ne s'en iront pas.

– Vous savez que je ne peux pas les abandonner.

– C'est donc que vous choisissez de rester.

– Et Samuel ? Il est chez lui aussi.

– Non, Hannah. Mon frère a trahi des liens sacrés. Et si je l'autorise à rester, qui me dit que vous ne recommencerez pas ?

– Jamais ! Je vous en donne ma parole.

Il secoua la tête tristement.

– Je ne peux pas courir ce risque.

— Les gens vont se demander pourquoi Samuel quitte Coldwater. Allez-vous provoquer un nouveau scandale ?

— Il n'y aura pas de scandale. Nous dirons que Samuel a eu envie de courir le monde.

— Et James ? Avez-vous l'intention de le mettre au courant ?

— Bien sûr que non. J'ai ma fierté.

Elle se tourna de nouveau vers la neige ; son âme était aussi désolée et vide que le paysage blanc.

— Vous avez pensé à tout, n'est-ce pas ?

— Oui, comme d'habitude. C'est ce qui fait ma réussite.

De retour dans son bureau, Reiver posa les pieds sur sa table de travail et se renversa contre le dossier de sa chaise en équilibre précaire. Hannah l'avait étonné. Il n'aurait jamais cru que la mère de ses enfants pût se montrer si lascive. Bien qu'il se refusât à l'admettre, l'infidélité d'Hannah heurtait son orgueil avec autant de force que la balle d'Amos Tuttle avait blessé sa chair.

Il se leva et regarda tomber la neige. Il se mit à masser son cou raide, essayant de chasser de ses pensées le sentiment déconcertant qu'après neuf ans de mariage il ne connaissait pas du tout sa femme.

— Où iras-tu ?

Au seuil de la chambre de Samuel, Hannah le regardait empaqueter des piles de chemises dans une grande malle cerclée de cuivre.

— J'ai décidé de partir en Californie, avec le reste des rêveurs et des fous.

— Oh Samuel, non !

Elle entra dans la chambre, oubliant sa promesse à Reiver.

— Va plutôt en Europe. Au moins il y a des musées, et d'autres artistes. Tu seras en sécurité. La Californie est si... si barbare.

Il grimaça, car parler lui faisait toujours mal, et serra les mains d'Hannah dans les siennes.

— Comprends-le, je ne peux pas aller en Europe parce que c'est là que nous devions partir tous les deux. Sachant cela, tu me manquerais encore plus.

Les yeux d'Hannah s'emplirent de larmes.

— Alors pourquoi ne pas t'installer à Boston ou à New York ?

— Ce serait trop près de toi. J'espère que l'autre côté du pays sera assez éloigné, mais je n'en suis pas sûr.

Elle caressa du bout des doigts les vêtements soigneusement pliés sur le lit.

– Est-ce que tu vas chercher de l'or ?

– Je n'en sais rien encore. J'ai l'intention de faire beaucoup de croquis, de décrire les conditions de vie là-bas. Qui sait ? Peut-être pourrai-je vendre des gravures aux journaux de la côte Ouest.

– Reiver changera d'avis, tu verras. Un jour il voudra que tu reviennes.

Le sourire de Samuel s'effaça.

– Ne te fais pas d'illusions. Mon frère est aussi entêté que rancunier. En disant qu'il ne voulait pas me revoir, c'était définitif.

– Mais vous êtes frères !

– Je l'ai trahi.

Elle soupira.

– Je suis étonnée qu'il ne me jette pas dehors avec toi.

– Pour salir le beau nom de Shaw de nouveau ? Non, en dépit de ses dires, Reiver attache beaucoup d'importance à sa réputation. Notre père était un objet de risée parce qu'il buvait. Crois-tu que Reiver ait envie d'être connu comme le cocu de la ville ? Pas après ce qui est arrivé quand Tuttle lui a tiré dessus. Je crois aussi qu'il est assez nerveux au sujet de Cécilia.

Il plaça ses brosses à cheveux dans la malle.

– Que veux-tu dire ?

– Eh bien, il t'a été infidèle, aussi il peut difficilement te chasser pour infidélité, non ?

– Je ne suis pas devenue ta maîtresse pour me venger de Reiver.

– Je le sais bien, acquiesça doucement Samuel, mais Reiver le croit.

– James a-t-il deviné pourquoi tu pars ?

– Non. Je lui ai dit que j'avais une grande envie de voir le monde, et il l'a cru. Mon innocent petit frère a tendance à croire ce qu'on lui dit.

– Pour rien au monde je ne voudrais qu'il pense du mal de moi.

Samuel cessa ses rangements et la regarda.

– Personne te connaissant ne peut penser du mal de toi.

Elle réprima ses larmes.

– Tu vas tellement me manquer.

En trois pas il fut sur elle et l'enlaça, l'écrasa contre lui. Tant pis si quelqu'un entrait à ce moment ! Elle noua ses bras autour du cou de Samuel pour que son corps s'imprègne de chacun de ses muscles, de ses os, et ne l'oublie jamais. Lorsqu'il l'embrassa elle céda avec toute la force de sa passion, même en sachant qu'ils ne pouvaient aller plus loin.

— Je t'aime, Samuel, murmura-t-elle à travers ses larmes.

Elle prit son visage entre ses mains et plongea dans son regard, où le bonheur avait laissé place à une tristesse qui lui brisait le cœur.

— Je t'aime, Hannah.

— Alors emmène-moi.

— Je le voudrais tant, mais tu ne me suivras pas.

— C'est vrai. Jamais je ne pourrai abandonner mes enfants. Mais comment vivre sans toi ?

Elle s'écarta de lui, couvrit sa bouche tremblante de sa main.

— Au jour le jour, comme moi. Ta force te soutiendra.

— M'écriras-tu, au moins ? Me feras-tu savoir où tu seras ?

— Non, je ne crois pas. J'écrirai plutôt à Benjamin. Mon frère ne pourra y mettre d'objection.

— Tu as raison.

Avec un effort surhumain, elle reprit contenance.

— Je dois m'en aller. Si Reiver me trouve ici, j'aime mieux ne pas imaginer ce qu'il fera.

— Attends. J'ai quelque chose à te donner.

Il ouvrit un tiroir de la commode et en sortit une feuille de papier qu'il lui tendit. C'était un portrait d'Abigail.

— Je l'ai fait juste avant qu'elle ne...

— C'est très beau. Elle rit, exactement comme je me souviens d'elle.

Elle s'enfuit sans un regard de plus.

Trois jours plus tard, Hannah vit Samuel pour la dernière fois parmi la famille et les domestiques réunis pour les adieux et les souhaits de bonne chance en Californie. Elle s'efforçait de faire preuve de cette force qu'il lui attribuait, mais au fond d'elle-même, tout n'était que désolation. Quand ce fut à son tour de lui dire au revoir, elle pressa sa joue contre la sienne puis quitta le salon en hâte.

— Papa, demanda Davy, pourquoi est-ce que maman pleure ?

— Elle est triste parce que oncle Samuel nous quitte, répondit Reiver.

Ne jamais le revoir...

Par un matin glacial de décembre, trois semaines après le départ de Samuel, elle eut l'impression qu'il se tenait auprès d'elle, tangible, chaleureux, mais en s'éveillant, seule et transie, elle comprit qu'elle avait seulement rêvé la présence de son amant couché contre elle. Elle referma les yeux et tenta de chasser son amère déception avant de repousser les couvertures pour se lever.

Sans avertissement, une crampe lui tordit le ventre et elle se précipita sur la cuvette pour vomir. Quand ce fut terminé elle se mit à rire pour la première fois depuis des semaines.

Elle était enceinte.

De Samuel. Ou de Reiver.

Non, elle s'était toujours servie de l'éponge et du vinaigre avec Reiver. C'était donc l'enfant de Samuel. Elle sourit. Il lui avait laissé quelque chose de lui, après tout.

Elle se coiffa, s'habilla ; elle se sentait moins abattue. Elle descendit à la cuisine, odorante et tiède, où Mme Hardy et Millicent bavardaient comme des pies en préparant le petit déjeuner ; sa bonne humeur s'étendit même à Reiver qui terminait ses crêpes. Il la regarda avec circonspection, car elle s'était montrée des plus froides avec lui depuis qu'il avait banni Samuel.

— Bonjour, dit-elle d'un ton léger. Madame Hardy, reste-t-il assez d'eau chaude pour le thé ?

La gouvernante hocha la tête.

— J'en ai fait un autre pot, mais quand il sera fini, ce sera chacun pour soi.

Hannah se versa une tasse et s'assit en face de son mari, à présent tout à fait confondu.

— Vous avez l'air content ce matin, Hannah.

— En effet.

Elle but une gorgée et regarda par la fenêtre couverte de givre le soleil qui se levait en illuminant la couche de neige ombrée de bleu.

— Puis-je demander pourquoi ?

— Comme ça, sans raison, répondit-elle avec un haussement d'épaules.

Mme Hardy, tout en étalant de la pâte qui grésilla et fuma sur la crêpière, répandant un délicieux arôme dans la cuisine, dit :

— Samuel me manque. Mais il faut bien s'y habituer, et regarder l'avenir en face.

Les yeux bleus de Reiver ne lâchaient pas ceux d'Hannah.

— Est-ce ce que vous faites, Hannah ? Regarder l'avenir en face ?

— Oui.

Et je suis en train de créer une nouvelle vie qui sera un peu moi, et un peu Samuel.

— Voilà qui est pour le mieux, dit Reiver.

C'est ça, pensa Hannah, faites comme si Samuel n'existait pas. Moi, je ne l'oublierai jamais.

Il vida sa tasse, se leva et s'approcha d'elle pour poser un baiser sur sa joue, mais elle détourna le visage au dernier moment et il n'effleura que ses cheveux. Elle n'était pas encore prête à lui pardonner.

La colère lui monta à la gorge, puis disparut.

— Je vais à la filature, annonça-t-il.

Lorsque les tâches ménagères furent accomplies, Hannah s'emmitoufla et se rendit à la ferme. James y vivait seul maintenant, mais elle espérait y trouver une trace de Samuel, et monta à l'atelier.

À la porte, elle s'immobilisa, incrédule. La pièce avait été aussi bien nettoyée qu'une carcasse de dinde. Sa table de travail, qui avait été couverte de croquis et d'outils de graveur, n'était plus là. Les toiles vierges n'étaient plus alignées le long du mur. Le vieux canapé avait disparu, sans doute vendu pour une bouchée de pain à quelque ouvrière de la filature ravie de l'aubaine.

Toute trace de la présence de Samuel avait été éradiquée comme s'il n'avait jamais existé.

Les larmes d'Hannah jaillirent.

— Comme je te hais, Reiver Shaw !

Puis elle fronça le nez. Une faible odeur de térébenthine subsistait, un souvenir de Samuel que rien ni personne, pas même Reiver, ne pourrait effacer. Les images de leur bonheur affluèrent, aussi nettes que l'une de ses gravures et elle rit.

Mais sa joie fut de courte durée.

Sur le chemin du retour, déblayé de la neige, une douleur soudaine, intense, lui broya le ventre et la glaça.

Son enfant !

Elle se remit en marche mais un autre élancement lui coupa le souffle et un flot de sang s'écoula de son corps, le sang de son bébé. Elle cria Non ! et tenta de faire quelques pas de plus, laissant une trace de roses rouges dans la neige, puis s'évanouit.

Elle s'éveilla à la lugubre mélopée de son propre cœur. Quelques heures. Elle n'aurait eu que quelques heures pour l'aimer.

— Le médecin a dit que tout irait bien.

Reiver était assis près de son lit, le visage grave.

— Bien ?

Son rire lui parut à demi fou. Reiver baissa les yeux sur ses poings crispés.

– L'enfant était-il de moi ou de Samuel ?

– J'espérais qu'il serait de Samuel.

– Mais vous n'en étiez pas certaine.

– Non, dit-elle entre ses dents serrées.

Satisfait, il se leva.

– Vous devez vous reposer.

À la porte, il se retourna.

– Quoi qu'il en soit, Hannah, je suis désolé.

– Alors ramenez-moi Samuel.

– Reposez-vous. Nous parlerons plus tard, quand vous aurez repris des forces.

Il attendit deux semaines avant de lui dire qu'elle avait perdu bien plus que l'enfant de Samuel.

11

Il ne pouvait pas différer l'aveu plus longtemps.

Reiver trouva Hannah dans la cuisine ; elle était occupée à étaler au rouleau la pâte d'une tourte aux pommes. Ses cheveux lisses étaient cachés sous une petite coiffe blanche. Il hésita un instant.

– Vous devriez vous reposer au lieu de travailler autant.

Elle effleura son front du dos de sa main, y laissant une trace de farine, puis reprit son rouleau après un bref coup d'œil à son mari.

– Je ne peux pas rester au lit toute la journée. J'ai du travail.

Seules ses tâches l'aidaient à supporter l'absence de Samuel, soulageaient son chagrin et l'empêchaient de devenir folle.

– Laissez cela à quelqu'un d'autre.

Il marcha jusqu'à la table pour qu'elle cesse de l'ignorer.

– Hannah, vous êtes en train de vous tuer. Vous êtes aussi blanche que de la craie.

– Je viens de perdre un enfant. Quelle mine devrais-je avoir, à votre avis ?

– Venez dans mon bureau un instant, j'ai quelque chose à vous apprendre.

Quelque chose qu'il redoutait fort d'avouer.

Elle répondit d'un ton exaspéré :

– Vous ne voyez donc pas que je suis en train de finir un gâteau ?

Reiver se contraignit à la patience.

– Il peut attendre, répliqua-t-il gentiment. Ce que j'ai à vous dire est important.

Elle retira son tablier d'un geste sec, essuya ses mains et le précéda dans son bureau, le regard brillant d'agacement.

– Alors, qu'aviez-vous à me dire ?

– Asseyez-vous d'abord.

– Reiver, je ne...

– Hannah, s'il vous plaît !

Elle se laissa tomber sur une chaise. Reiver s'appuya à son bureau dont il saisit le bord à pleines mains.

– Je ne vois pas d'autre façon de vous parler, sinon le plus directement possible. Voilà. Le médecin a assuré que vous ne pourrez plus avoir d'enfant.

Le peu de couleur qui subsistait sur ses joues s'effaça et elle devint toute blanche, les yeux écarquillés. Ses lèvres bougèrent mais elle n'émit aucun son. Reiver tomba à genoux près d'elle et prit ses mains froides.

– Je suis désolé, Hannah.

Elle le regardait comme s'il parlait une langue étrangère.

– Je ne comprends pas.

Il toucha sa joue.

– Vous ne pouvez plus avoir d'enfant.

– Non !

Elle bondit de sa chaise.

– Ce n'est pas vrai ! C'est impossible !

Hébétée, elle fit quelques pas vers la porte. Après avoir perdu l'enfant de Samuel, c'était plus qu'elle ne pouvait en supporter. Dieu ne pouvait pas se montrer aussi cruel. Elle pivota vers Reiver.

– Le médecin a menti.

– Je le souhaiterais, dit-il en se redressant.

Elle hurla de désespoir, se griffant les joues comme une démente et Reiver la serra contre lui, immobilisa ses bras pour l'en empêcher. Elle se débattit en criant.

– Doucement, doucement, chuchotait-il sans lâcher prise, même lorsqu'elle lui lança un coup de tête qui lui fit venir les larmes aux yeux.

Il tint bon, toujours murmurant des mots d'apaisement, jusqu'à ce qu'elle faiblît entre ses bras, à bout de forces. Il la souleva et l'emmena à l'étage.

Il la coucha et prépara une potion calmante que le médecin avait laissée. Hannah s'était recroquevillée, les genoux contre la poitrine, tremblante, ruisselante de larmes, les cheveux épars. Elle avait les yeux grands ouverts mais vides ; ses lèvres formaient des mots qu'elle seule entendait.

— Buvez, dit Reiver en portant le verre à sa bouche. Cela vous aidera à dormir.

Elle but, et à l'aide d'un linge mouillé, Reiver essuya doucement les écorchures sanglantes qui striaient ses joues comme des peintures de guerre indiennes.

— Elles ne laisseront pas de cicatrices, ne vous inquiétez pas, lui disait-il. Mme Hardy a un baume qui les fera disparaître.

Soudain le regard d'Hannah reprit sa vivacité et elle le fixa avec une telle hargne qu'il recula.

— C'est vous qui m'avez fait ça !

— Non, Hannah, vous vous êtes griffée vous-même, rappelez-vous !

Elle luttait contre le puissant somnifère.

— Vous ne vouliez pas que j'aie un autre enfant de Samuel, alors le médecin et vous m'avez fait quelque chose !

Reiver sursauta :

— Vous pensez vraiment que...

Ses paupières battirent et se fermèrent.

Reiver se leva, haletant, comme si elle venait de l'accuser de meurtre. Comment pouvait-elle le croire capable de faire une chose pareille ?

La réponse lui vint, brutale : elle avait perdu l'esprit. Il quitta la chambre en vacillant.

Hannah entendait des voix lointaines.

— ... Samuel est parti, elle a perdu notre enfant. Et maintenant j'ai peur que le choc qu'elle a subi en apprenant qu'elle ne pourrait plus en avoir ne l'ait rendue folle.

Folle ? Ce lieu tout gris dans son esprit, là où tombait doucement la neige, était-ce la folie ? Elle s'y replia, laissant les flocons l'envelopper, mais une seconde voix la dérangea.

— Votre femme ne peut pas s'offrir ce luxe. Elle a un mari et deux enfants qui ont besoin d'elle. Non, Mme Shaw a subi un terrible choc mais elle s'en remettra. Laissez-lui le temps.

Était-ce vrai ? Samuel était parti. Elle avait perdu son enfant. Et jamais plus un autre bébé ne viendrait combler sa solitude. Dieu la punissait sans tarder, et à coup sûr.

Autour d'elle la neige monta de plus en plus haut, jusqu'à ce que les voix faiblissent, puis meurent.

Assis à son bureau, Reiver regardait tomber la neige. Il essayait de se concentrer sur ses comptes, mais ses pensées revenaient sans cesse à sa femme.

La vie avait tellement changé depuis deux semaines ! Hannah s'était réfugiée dans un monde où personne ne pouvait l'atteindre. Mme Hardy ne cessait d'ennuyer Reiver avec des problèmes domestiques mesquins qui étaient jusque-là du domaine d'Hannah. Les garçons se disputaient constamment, comme si leurs pleurnicheries pouvaient faire sortir leur mère de son long sommeil éveillé. Et lui, qui l'avait toujours considérée comme faisant partie de son décor, s'apercevait à sa propre surprise qu'elle lui manquait.

Il se frotta les yeux et soupira ; il détestait se sentir aussi impuissant. On frappa à la porte, et Mme Hardy parut, une expression solennelle dans son regard gris.

– Pas de changement ? demanda Reiver.

– Non. Elle est assise devant le feu et n'entend rien de ce que je lui dis. Je la lave et je l'habille comme une poupée de son. Au moins ses griffures ont cicatrisé, elle ne sera pas défigurée. Est-ce que ça va durer le restant de ses jours ?

– Prions qu'il n'en soit rien.

– Elle a besoin de Samuel.

Reiver scruta son visage ridé. Avait-elle deviné quelque chose au sujet d'Hannah et de Samuel ? Elle avait l'air innocent. Elle ajouta :

– Samuel la faisait rire. Il pourrait peut-être l'aider à revenir parmi nous.

– Mon frère doit avoir atteint l'Amérique du Sud à l'heure qu'il est. Je ne vois pas comment le joindre avant qu'il n'arrive en Californie. J'espère qu'Hannah sera rétablie d'ici là.

Il parvenait à peine à se convaincre lui-même. Mme Hardy plongea la main dans la poche de son tablier.

– Nous ne pouvons peut-être pas lui écrire, mais lui le peut. C'est arrivé ce matin.

Elle lui tendit une lettre, adressée non à Hannah ou à lui, mais à Benjamin.

C'était intelligent de sa part, songea Reiver.

Il l'ouvrit et la lut. Satisfait du contenu anodin, il déclara :

– Que Benjamin la lise à sa mère quand il rentrera de l'école. Peut-être cela l'aidera-t-il à se rétablir.

C'est ce qu'il dit à l'enfant en lui donnant la lettre. Ils montèrent tous deux à la chambre et se placèrent à côté de son rocking-chair.

– Maman ? dit Benjamin. Oncle Samuel m'a écrit. Voulez-vous que je vous lise sa lettre ?

Pas de réponse.

Reiver prit ses mains inertes entre les siennes et observa ses yeux vides.

– C'est une lettre de Samuel, Hannah, de Samuel. Vous vous souvenez de lui, n'est-ce pas ?

Un éclair de conscience s'alluma au fond de ses yeux, mais si bref que Reiver n'osa pas espérer.

– Lis, Benjamin.

L'enfant s'assit jambes croisées aux pieds de sa mère et commença sa lecture d'une voix assurée.

Mon cher Ben,
J'espère que cette lettre te trouvera, ainsi que la famille, en bonne santé. J'ai eu un peu le mal de mer au début du voyage sur l'Orion, *mais à présent je vais parfaitement bien.*

Il leva les yeux pour voir si les mots faisaient réagir ce spectre silencieux qui avait été sa mère autrefois, mais il n'en était rien ; il poursuivit sa lecture, au sujet d'une tempête et des facéties du singe apprivoisé du cuisinier.

Quand Benjamin en fut à la conclusion, Reiver observa soigneusement Hannah.

Transmets mes amitiés à tous, surtout à ton père et ta mère.

Benjamin posa la lettre sur les genoux d'Hannah.

– Regardez, maman. Oncle Samuel a dessiné le singe du cuisinier. N'est-il pas amusant ?

Son visage brillait d'espoir.

Cligne les yeux, regarde ton fils, fais quelque chose ! suppliait intérieurement Reiver.

Benjamin tapota la main de sa mère.

– N'est-ce pas, maman ?

Reiver la regarda, attendit, puis prit son fils par les épaules.

– Viens, Ben. Nous avons fait tout ce que nous avons pu.

L'enfant se leva ; sa lèvre inférieure tremblait dans son effort pour ne pas pleurer devant son père. Ils quittèrent la chambre sans voir le visage d'Hannah s'illuminer soudain comme le soleil qui perce à travers de sombres nuages. Mais les nuées ensevelirent le soleil, et la renvoyèrent à l'oubli et à la neige virevoltante.

La neige fondait.

Hannah essayait de la rassembler autour d'elle, mais rien n'y faisait. Des images brillantes passaient devant ses yeux : des gens, des scènes, d'abord lentement, puis de plus en plus vite. Un homme aux cheveux bruns et bouclés... un autre, au regard triste... un petit garçon assis à ses pieds, prononçant des mots qu'elle n'entendait pas.

Puis une phrase claire : «Oncle Samuel a dessiné le singe du cuisinier. N'est-il pas amusant ?»

L'homme qui avait dessiné le drôle de singe... Oncle Samuel... Son Samuel. Ses traits lui revinrent en mémoire, nets et précis, ses boucles brunes, ses yeux bleus si pâles luisant d'amour et de plaisir. Il l'avait aimée autrefois. Il l'aimait toujours. Maintenant, elle se souvenait.

Puis il y eut un cri.

Quelque chose claqua. La neige disparut. Hannah s'éveilla dans son lit, frissonnante, une petite lampe à huile éclairant doucement sa chambre, tandis qu'un autre cri déchirait le silence de la nuit.

– Benjamin !

Elle se leva, prit la lampe et courut pieds nus vers la chambre de l'enfant, sans remarquer la porte qui s'ouvrait derrière elle ni entendre une voix d'homme couverte par un troisième appel. Elle atteignit la chambre à l'autre bout du couloir.

– Benjamin, que se passe-t-il ? As-tu fait un cauchemar ?

Ses deux fils s'assirent dans leur lit, les yeux ronds de surprise et d'incrédulité, comme si elle était une étrangère. Elle posa la lampe et se dirigea vers l'aîné, qu'elle prit dans ses bras.

– Tout va bien, dit-elle doucement en le serrant contre elle.

Mais il se dégagea et l'observa, son cauchemar oublié.

– Maman ?

Davy se jeta dans ses bras et elle l'étreignit, hochant la tête à travers ses larmes.

– Oui, je suis votre maman.

– Hannah ?

Reiver se tenait sur le seuil, en chemise de nuit, incrédule. Elle poussa un profond soupir, serra une fois encore ses fils contre elle puis se dégagea doucement pour se tourner vers leur père.

– Que m'est-il arrivé ? J'ai l'impression d'avoir dormi très long-temps.

Elle frissonna.

– Vous avez été malade.

Gentiment, il écarta une mèche de cheveux de son visage.

– Je me sens si fatiguée.

– Venez vous recoucher, nous parlerons demain matin. Vous, les garçons, retournez au lit.

Tout à fait réveillés, les enfants avaient mille questions à poser.

– Mais papa...

– Au lit, j'ai dit. Je dois m'occuper de votre maman, alors quelles que soient vos questions, elles attendront demain.

Hannah les embrassa et leur souhaita de beaux rêves. Ils se recouchèrent et tirèrent leur couverture sous le menton, les yeux toujours rivés sur elle tandis qu'elle quittait la chambre avec Reiver.

Il l'aida à se recoucher, lui fit un sourire et s'apprêta à partir.

– Je vous en prie, Reiver, restez.

Il hésita, se rappelant trop bien ses accusations virulentes avant de perdre connaissance, mais vit qu'elle ne s'en souvenait pas.

– Je resterai aussi longtemps que vous le voudrez.

Il souffla la lampe, s'installa près d'elle et la prit dans ses bras, cherchant à se réconforter tout autant qu'elle. Elle s'endormit, la tête sur son épaule.

Dans la lueur grise de l'aube, Reiver s'éveilla au bruit de san-glots étouffés. Hannah n'était plus contre lui, et le lit tressautait.

– Hannah, que se passe-t-il ?

– Je me rappelle à présent... ce que le médecin vous a dit.

– Je suis désolé.

– Oui, je le sais. Je me suis montrée si égoïste ! Je n'ai pensé qu'à moi et à mon chagrin, mais je comprends maintenant à quel point j'ai dû vous blesser.

Il aurait voulu lui dire qu'il regrettait pour l'enfant qu'elle avait perdu, mais il en était incapable.

Elle se tourna vers lui et il vit malgré la faible luminosité que ses larmes avaient cessé.

– Même si je ne peux plus avoir d'enfant, nous avons Benjamin et Davy.

Reiver serra fortement les paupières, rendant grâces à Dieu en silence.

— Oui Hannah, nous avons nos garçons.

— Je leur ai fait peur, n'est-ce pas ?

— Nous avons tous eu très peur.

— Mais je vais mieux.

Il pria pour que ce fût durable.

Le lendemain matin, Hannah s'éveilla avec l'impression d'émerger d'un long et pesant sommeil. Elle fut heureuse de se retrouver seule. Elle avait besoin de solitude pour comprendre ce qui lui était arrivé.

Elle s'assit dans son lit, les bras croisés sur ses genoux repliés, et regarda autour d'elle, savourant la rassurante familiarité de la commode au pied du lit, la toilette avec le broc et la cuvette blancs, tout simples, et le rocking-chair en sentinelle près de la fenêtre couverte de givre.

Elle prit une profonde inspiration et dit tout haut, en humble remerciement pour avoir retrouvé sa lucidité :

— Loué soit le Seigneur pour cette journée.

Mme Hardy passa la tête par la porte.

— Vous êtes réveillée.

— Oui, et de plus d'une façon.

La gouvernante entra avec un plateau de petit déjeuner qu'elle posa sur le secrétaire avant de se pencher pour étreindre Hannah.

— Reiver nous a dit ce qui est arrivé la nuit dernière. Il était temps.

Toutes les deux refoulaient leurs larmes.

— Merci de prendre si bien soin de moi, madame Hardy.

— Vous étiez bien mal en point, vous savez.

Elle alla ouvrir les rideaux pour laisser entrer la lumière puis posa le plateau sur le lit :

— Maintenant, mangez donc pendant que j'allume le feu. Je parie qu'il fait plus chaud dehors que dedans.

— Quelle heure est-il ?

Elle se versa une tasse de chocolat bien chaud, elle était transie.

— Presque onze heures, répondit Mme Hardy penchée sur le foyer et faisant mine d'ignorer le sursaut d'Hannah. Les garçons voulaient vous voir avant de partir à l'école, mais Reiver leur a dit de ne pas vous déranger, que vous aviez besoin de repos.

Elle regretta qu'ils ne soient pas venus ; elle éprouvait une envie dévorante de les serrer dans ses bras, de leur laisser voir par eux-mêmes qu'elle allait bien.

Une fois le feu allumé, Mme Hardy revint près du lit. Elle prit une feuille dans sa poche de tablier.

— Benjamin m'a demandé de vous donner ceci, disant que vous n'aviez sans doute pas entendu quand il vous l'avait lu.

La lettre de Samuel.

Son toast eut soudain un goût de sciure et elle prit la lettre d'une main tremblante, la glissa sous sa soucoupe.

— Je la lirai quand j'aurai fini.

— J'enverrai Millicent avec de l'eau chaude pour que vous puissiez faire votre toilette.

Dès qu'elle fut partie, Hannah écarta son porridge qui refroidissait et ouvrit l'enveloppe d'une main peu sûre. Elle commença à lire à travers ses larmes et s'arrêta. Celui qui avait fait ces descriptions impersonnelles de la vie à bord et d'une tempête n'était pas le Samuel qu'elle connaissait. La lettre ne reflétait rien de sa passion, de son humour. C'était celle d'un étranger.

Elle avait du mal à avaler; une boule s'était formée dans sa gorge. Mais qu'avait-elle donc imaginé? Samuel ne pouvait pas écrire qu'il l'aimait, qu'elle lui manquait, dans une missive qui serait lue et étudiée par chaque membre de la famille, surtout Reiver. Et pourtant elle aurait voulu déchiffrer une allusion disant qu'elle n'espérait pas en vain, qu'il reviendrait un jour.

Elle pensa à l'enfant qu'elle avait perdu – celui de Samuel, elle en était sûre – et se sentit glacée jusqu'aux os. Samuel était parti pour la Californie sans même le savoir. Elle se souvenait de sa sollicitude quand elle avait souffert de ses deux autres fausses couches, et elle savait que personne au monde ne l'aurait empêché de revenir auprès d'elle, si seulement il avait su ce qu'elle avait enduré.

Elle avait tant perdu, elle ne s'était jamais sentie aussi vide.

Elle but le restant de son chocolat tiède, puis se leva et s'habilla rapidement. Elle avait beaucoup à faire pour tenir à distance les neiges de la démence.

Quand elle pénétra dans la filature, tout le monde se figea pour la regarder.

— Bonjour, dit-elle avec un beau sourire. Ou devrais-je dire «Bon après-midi»?

La surprise se peignit sur les visages des ouvriers, suivie du soulagement et du plaisir de voir que l'épouse de leur patron avait recouvré la santé. Elle échangea quelques propos avec Constance et Mary, puis se dirigea vers la salle des machines où

181

devaient se trouver James et Reiver. Ce dernier leva la tête en la voyant entrer, étonné :

– Ne devriez-vous pas vous reposer ?

– Je me sens beaucoup mieux aujourd'hui, répondit-elle. Je voulais que les ouvriers sachent que j'étais rétablie.

– Il ne s'est pas passé un jour sans qu'ils demandent de vos nouvelles.

James, penché au-dessus d'un étalage de pièces mystérieuses, se redressa et commença une phrase, mais il ne trouvait pas ses mots ; finalement il vint poser un baiser sur sa joue en disant :

– C'est bon de vous revoir ici.

Touchée, Hannah lui sourit, puis s'adressa à Reiver :

– Puis-je vous parler en privé ?

Il cilla, comme s'il craignait un accès de folie.

– Mon bureau vous conviendrait-il ?

Elle acquiesça et le suivit.

– Vous n'avez pas l'air très bien, Hannah. Vous feriez mieux de vous reposer à la maison.

– Je vais tout à fait bien, et j'en ai plus qu'assez de me reposer.

Elle rassembla son courage et ajouta :

– Reiver, je voudrais vous aider à diriger la filature.

– Mais vous avez déjà fait beaucoup.

– Oui, je me suis occupée de la bibliothèque et je visite les malades, mais ce n'est pas suffisant.

Ébahi, Reiver recula d'un pas pour mieux la regarder, comme si elle était devenue folle pour de bon.

– Vous avez ma maison à tenir et mes enfants à élever. C'est certainement bien assez.

Elle secoua la tête.

– Non.

Il passa son doigt le long de sa forte mâchoire, consterné.

– Vous êtes une femme. Les femmes ne dirigent pas de filature !

– Je veux seulement vous aider. Il y a sûrement quelque chose que je puisse faire.

– C'est déjà beaucoup de vous consacrer au bien-être des ouvriers.

– Mais cela ne suffit pas.

Elle ne lisait qu'exaspération et ennui sur le visage de Reiver, pas la moindre compréhension. Elle ajouta doucement :

– J'ai tellement perdu.

Les yeux de Reiver s'assombrirent d'un chagrin partagé.

– Qu'aimeriez-vous faire ?

– Peut-être tenir les comptes. Je le faisais déjà pour mon père – je parle de ses patients, pas de ses dettes de jeu. Je peux aussi me charger de la correspondance. Cela vous laisserait plus de temps pour d'autres tâches plus techniques. Je pourrais même parfois vous accompagner à New York.

Quelque chose s'alluma au fond des yeux de Reiver quand elle mentionna New York, mais ce fut si bref qu'elle crut l'avoir imaginé.

– Il est vrai que les comptes et le courrier me prennent beaucoup de temps, et je n'aime guère m'en occuper.

– Alors laissez-les-moi.

– C'est d'accord. Je vous confie la comptabilité et la correspondance. Mais si ce travail supplémentaire vous pèse trop...

– J'abandonnerai.

Il sourit.

– Nous sommes d'accord.

Elle était sur le point de passer la porte quand il la retint, l'air sombre.

– Avez-vous l'intention de mettre Samuel au courant, pour l'enfant ?

Une vague de chagrin la parcourut tout entière.

– Ceux qui savent ce qui m'est arrivé pensent qu'il était de vous. Je ne vois pas de raison de dire quoi que ce soit à Samuel.

– C'est très bien.

Pour qui, se demanda-t-elle en le quittant, vous ou lui ?

12

– Nous devrions attendre Reiver, suggéra Hannah en frissonnant dans la salle des machines, glaciale. Il ne voudrait pas manquer cet instant capital.

James glissa une canette de soie sur le fuseau de la nouvelle machine à coudre Singer et guida le fil à travers un circuit de boucles et de trous qui se terminait au bout d'une aiguille prête à piquer. Après des années d'essais et d'erreurs, il avait fini par perfectionner une machine capable de doubler et torsader le fil Shaw pour le rendre assez solide et résister aux traitements de cette couturière mécanique. Aujourd'hui, il était prêt à expérimenter le nouveau fil.

James repoussa ses cheveux de son front en disant :

– Je pensais qu'il serait revenu de New York à l'heure qu'il est.

Hannah jeta un coup d'œil vers l'entrée comme si Reiver devait s'y matérialiser d'un instant à l'autre.

– Il devrait être là depuis ce matin, mais avec cette neige fondue qui ne cesse de tomber, le train a dû prendre du retard.

Elle se demandait même pourquoi Reiver avait tenu à aller à New York en ce mois de février 1855, quand le temps imprévisible rendait les déplacements périlleux. Elle revint à la machine qui, selon Reiver, ferait la fortune des Soieries Shaw.

– Je me sens navrée pour ce pauvre M. Howe. Se faire voler son invention de cette façon par M. Singer !

Bien qu'Elias Howe eût inventé la machine à coudre quelques années plus tôt, l'indifférence publique l'avait conduit à chercher à Londres des soutiens financiers. En rentrant chez lui, floué et sans le sou, il avait découvert que d'autres avaient commercialisé leurs propres machines, y compris un certain Isaac Merrit Singer.

James en rougit d'indignation.

— Au moins la cour a tranché en sa faveur, et il pourra retirer quelques gains de son invention.

— Il faut bien admettre que Singer a apporté des améliorations importantes. Ce pied tient le tissu en place et la pédale placée sous la machine le fait avancer à chaque point. Sans ces innovations, on n'aurait jamais pu coudre droit. Les couturières auraient eu beaucoup de mal à maintenir le tissu.

Hannah soupira :

— Reiver dirait : «Que nous importe si cela doit bénéficier aux Soieries Shaw ?» Tout le monde va vouloir acheter notre fil pour l'utiliser dans les nouvelles machines à coudre.

— Oui, c'est exactement ce qu'il dirait.

La porte émit un craquement en tournant sur ses gonds et Hannah s'attendit à voir entrer Reiver, mais Benjamin et Davy apparurent à sa place, les joues rosies par le vent et des miettes de gâteau sur le menton. Comme d'habitude, Benjamin était en tête et son frère suivait, plein de ressentiment. Ils avaient encore leur béret et leur écharpe de laine.

— Le fil est-il assez solide, cette fois ? demanda Benjamin, le regard brillant d'avidité en vrai Shaw qu'il était. Est-ce que ça fonctionne ?

— Nous ne savons pas encore, nous attendons votre père pour essayer.

— Bien sûr que ça marchera, dit Davy avec un regard de dédain pour son frère. Oncle James est très fort en mécanique.

Hannah soupira de nouveau, se demandant quand ses fils surmonteraient leur exaspérante rivalité, Benjamin voulant toujours être le premier et David détestant être à la traîne. Peut-être jamais. Peut-être se battraient-ils toute leur vie comme deux chiens pour un seul os.

— Maman, quand papa doit-il arriver ? s'enquit Benjamin.

— Il devrait être de...

La porte grinça de nouveau et ils se tournèrent tous les quatre vers Reiver qui entra dans un tourbillon de vent, son long manteau de laine orné de diamants de neige gelée et son grand nez tout rouge de froid.

— As-tu déjà essayé, James ? dit-il en se dirigeant droit sur la machine.

Il se mit à taper des pieds pour se réchauffer. Hannah dit en essayant de cacher son agacement :

— Bonjour, Reiver. Votre voyage a-t-il été profitable malgré le temps ?

– Oui, oui, marmonna-t-il en examinant la machine à coudre.

Enfin il recula, vit sa femme et ses fils et posa un baiser sur la joue d'Hannah avant de retirer les casquettes de la tête des garçons.

– J'espère que vous vous êtes bien conduits pendant mon absence ?

– Oui, papa, répondirent-ils à l'unisson.

Ces formalités accomplies, il se débarrassa de son manteau et de son chapeau et s'adressa à James :

– Alors, tu as essayé ? Le fil est assez solide ?

– Nous t'attendions. Nous pensions que tu ne voulais pas manquer cet instant.

– Je t'aurais étripé si tu ne l'avais pas fait. Alors, voyons ce que donne notre fil.

Hannah fit venir ses fils près d'elle pour qu'ils puissent observer. James s'assit, positionna un lé de gros tissu ordinaire, mit son pied sur la pédale et commença à pomper.

La machine à coudre bourdonna, vrombit, puis se mit à cliqueter de plus en plus vite. On ne savait plus où regarder, la canette de soie qui tourbillonnait ou l'aiguille qui mordait le tissu glissant sous le pied métallique. Aussi Hannah dirigea-t-elle son regard sur son mari. Des gouttes de sueur s'accrochaient à ses sourcils froncés. Ses yeux bleus furetaient partout comme s'il craignait que le fil ne cassât, et avec lui tous ses espoirs et ses rêves.

– Ça tient ! s'écria-t-il. Tu as gagné !

James fit un grand sourire et appuya plus vite sur la pédale, euphorique. Une ligne de points sombres apparaissait comme par magie sur le tissu. Hannah porta sa main à sa bouche, éberluée :

– Il m'aurait fallu des heures pour en coudre autant !

– Et le fil n'a pas cassé comme les autres, dit Benjamin.

– Oncle James est un génie ! pépia Davy.

– C'est bien vrai, approuva Reiver.

Ses yeux étincelaient à la pensée d'une canette de soie Shaw sur chaque machine à coudre vendue en Amérique.

– C'est bien vrai.

Bien après les rasades de brandy chaud, lorsque l'écho des rires de triomphe se fut évanoui, laissant la maison silencieuse et ses habitants rassasiés de victoire, Reiver, allongé seul dans son lit, se permit enfin de penser à Cécilia. Une fois passés les soucis concernant la filature et les libations, elle revenait emplir ses pensées comme de l'eau coulant d'un pichet, et son image était si vivante qu'il pouvait humer son parfum d'héliotrope et percevoir la douceur de ses lèvres contre les siennes.

Il se leva et traversa le parquet glacé jusqu'à la fenêtre ; le regard perdu dans l'obscurité hivernale, il se souvint des révélations troublantes de leur dernier rendez-vous.

C'est à une fenêtre bien différente qu'il se tenait la veille, donnant sur les rues détrempées et bourdonnantes d'activité de New York ; il comptait les minutes interminables qui le séparaient de sa maîtresse, qu'il n'avait pas vue depuis trois mois. Il avait l'impression de devenir enragé quand un coupé de louage s'arrêta au bas de l'hôtel Union Square ; une silhouette voilée pénétra furtivement sous le porche.

On tapa à la hâte contre sa porte. Le cœur battant, il la fit entrer et laissa dehors le reste du monde. Elle rejeta son voile en arrière ; en voyant son visage pâle, tiré, il aurait dû deviner que quelque chose n'allait pas, lui qui se targuait de si bien la connaître. Mais après tout ce temps il n'avait qu'une envie, l'aimer. Encore et encore.

Ils reposaient tous deux, comblés et épuisés. Cécilia se souleva sur un coude et plongea son regard brun, inquiet, dans ses yeux.

— Qu'as-tu ? demanda-t-il, alarmé malgré sa voluptueuse lassitude.

La lèvre inférieure de Cécilia se mit à trembler.

— J'attends un enfant.

Il détourna le regard.

— Tuttle doit être content.

— Ce n'est pas le sien.

Reiver sursauta.

— Ce ne peut être que ton enfant, Reiver.

Son enfant... et celui de Cécilia. Sur le moment, il fut abasourdi, puis submergé par une allégresse presque douloureuse. Il prit sa main et la baisa en hommage silencieux.

— Il ne peut y avoir de doute, ajouta-t-elle doucement. Je n'ai pas dormi avec Tuttle depuis plus de quatre mois, et...

— Et nous étions ensemble il y a trois mois. Il n'y a donc aucun doute ?

— Pas d'après mes calculs, ni ceux de mon médecin. Je suis enceinte de trois mois.

Reiver pensa à sa poitrine plus lourde, son ventre arrondi. Maintenant il savait pourquoi. Il se pencha sur elle et déposa un baiser sur son sein à l'aréole brune. Elle ferma les yeux et frissonna.

– Je n'ai pas souhaité cela, mais maintenant que c'est en route, qu'allons-nous faire ?

Reiver la prit dans ses bras, la tête contre son épaule.

– Que désires-tu ? Si tu ne veux pas le garder, il y a des médecins qui...

– Reiver, comment peux-tu croire que je voudrais supprimer notre enfant ?

– Mais comment vas-tu expliquer ton état à ton mari ? Même s'il croit que l'enfant est de lui, nous courons le risque qu'un jour ou l'autre il s'aperçoive qu'il ressemble à un Shaw plus qu'à un Tuttle. Nous autres Shaw engendrons des enfants qui nous ressemblent, tu sais. Alors que feras-tu ?

Elle haussa les épaules avec désinvolture.

– Je verrai le moment venu. Tout ce que je sais, c'est que je veux cet enfant. Et toi ?

– Il est une part de toi. Bien sûr que je le veux.

Elle sourit.

– Je savais que tu réagirais ainsi.

– Mais on ne peut pas se cacher la tête dans le sable, Cécilia. Tuttle t'a pardonné une fois. Je doute fort qu'il te pardonne de faire passer l'enfant d'un autre homme pour le sien.

Elle baissa la tête.

– Je me suis arrangée pour le séduire dès que j'ai appris mon état. Il naîtra prématurément, mais Amos le croira de lui. Du moins dans l'immédiat.

À l'idée de Cécilia partageant l'intimité de son mari, une vague de jalousie parcourut Reiver.

– Tu peux toujours quitter Tuttle. Je t'installerais dans une maison non loin de Coldwater. Nous pourrions nous voir plus souvent et tu ne manquerais de rien.

– Si je quitte Amos, quitteras-tu Hannah ?

– Tu sais que je ne peux pas.

Elle eut un sourire triste.

– Pas plus que je ne peux quitter Amos. Malgré ses défauts, c'est un homme honnête, et il mérite ma loyauté, sinon ma fidélité. De plus, jamais je n'abandonnerai mes enfants. Non, mon amour, ma vie n'est pas parfaite, mais supportable.

– Comme tu voudras.

– On ne peut pas faire autrement, Reiver. Nous avons toujours su que nous ne pourrions pas vivre ensemble, que nous serions obligés de grappiller le bonheur comme il vient.

Et c'est ce qu'ils faisaient.

Reiver baisa le sommet de sa tête et remarqua des mèches argentées parmi les boucles brunes ; une terreur inattendue le saisit. Cécilia avait trente-sept ans, c'était trop tard pour supporter les rigueurs d'une nouvelle grossesse et d'un accouchement. Elle perçut son trouble.

— Qu'as-tu ?

— Je me demande si tu dois courir ce risque.

— Reiver, que dis-tu ? Tu voudrais que je... que je tue notre bébé ?

— C'est de toi que je m'inquiète. Accoucher devient plus dangereux à mesure que la femme vieillit, et à l'idée de te perdre...

L'expression désespérée de Cécilia s'estompa :

— Je veux porter ton enfant, quel que soit le risque.

— Mais je suis un égoïste, je ne suis pas sûr de le vouloir aussi.

— Je t'en prie, n'en parlons plus. Je te vois si rarement ! Si j'ai un enfant de toi, tu seras toujours un petit peu à mes côtés. Et si un jour tu te lasses de moi...

Il la prit par les poignets :

— Ai-je jamais eu l'air lassé de toi ? Cela ne peut pas arriver, aussi ne le répète pas, même pour plaisanter.

En guise de punition, il la caressa jusqu'à ce qu'elle se lovât contre lui en gémissant.

Plus tard, il l'aida à s'habiller, à agrafer son corset et boutonner sa robe avec l'efficacité due à une longue pratique.

— Quand te reverrai-je ? chuchota-t-il en effleurant son cou de ses lèvres, ce qui la fit tressaillir.

Elle lissa ses jupes.

— Je ne pourrai plus avoir de vie mondaine une fois que mon état sera visible. Tuttle se montre d'une sollicitude fort ennuyeuse en pareils cas. Il ne sera pas possible de nous voir avant la naissance du bébé.

Elle arrangea son petit col de dentelle. Reiver fronça les sourcils.

— Six mois ? Mais c'est toute une vie !

Elle se tapota le ventre en souriant.

— Tu seras là, avec moi.

— Ce n'est pas la même chose, tu le sais bien.

Elle eut un sourire moqueur.

— Mon impatient amour... nous sommes bien obligés de faire des sacrifices.

Il la prit par la taille et l'étreignit dans un ultime baiser passionné. Cécilia sembla fondre entre ses bras et il s'imagina percevoir l'enfant niché en son sein. Puis elle s'écarta, rayonnante de bonheur.

– Au revoir, mon amour. À la prochaine fois.

Il porta ses mains à ses lèvres.

– Prends soin de toi.

– Oui.

Elle mit son chapeau, noua les larges rubans de satin sous son menton et rabattit le voile noir sur son visage. Puis elle partit.

De la fenêtre de la chambre, il la regarda monter en voiture et s'éloigner.

À présent, de retour chez lui, il contemplait la nuit sans lune, d'un noir profond ; une étoile filante traversa les cieux puis mourut, ne laissant qu'un souvenir de son éclat. Angoissé, pressentant le pire, Reiver regagna son lit avec l'impression qu'il avait vu Cécilia pour la dernière fois.

Août. Installée dans le bureau, Hannah laissait les larmes rouler sur ses joues. En reniflant, elle se tamponna les yeux et se moucha, les épaules secouées de chagrin. Ses sanglots redoublèrent.

L'entrée de Reiver la fit sursauter, car elle n'attendait pas son retour de New York avant deux jours.

– Pourquoi pleurez-vous ? s'écria-t-il en pâlissant. Quelque chose est arrivé à l'un des garçons ?

Hannah secoua la tête et sécha ses larmes en agitant son livre.

– Non, c'est à cause de *La Case de l'oncle Tom*. J'en suis au moment où Simon Legree a battu le pauvre oncle Tom à mort.

Les larmes se remirent à couler sur ses joues et elle se leva.

– Je ne parviens pas à comprendre comment des gens de notre propre pays peuvent se montrer aussi cruels envers d'autres êtres humains.

– Eh bien, cela arrive, répondit Reiver en desserrant sa cravate. J'entends de plus en plus souvent dire qu'il faut faire quelque chose pour libérer les esclaves. Et cela signifie : la guerre.

Hannah le regarda, sidérée.

– La guerre ? Contre nos compatriotes ? Frère contre frère ?

Pour une fois, Hannah fut heureuse de savoir Samuel très, très loin.

Reiver hocha la tête d'un air absent. Hannah remarqua alors les cernes sombres sous ses yeux rougis et les rides profondes qui entouraient sa bouche. Elle posa son livre, et la mort tragique du pauvre oncle Tom passa au second plan.

– Reiver ?

– Cécilia Tuttle est morte.

– Pardon ?

– J'ai dit elle est *morte,* nom de dieu !

Sa véhémence la prit de court. La belle Cécilia, sa rivale, morte... un flot d'images submergea Hannah : Cécilia lors du dîner, vive et charmante. Reiver étendu dans le vestibule après le coup de feu d'Amos Tuttle. Benjamin revenant en larmes de l'école où il subissait les contrecoups des frasques de son père.

Sept ans s'étaient écoulés depuis que Reiver avait rompu avec elle, et maintenant elle était morte.

– Que s'est-il passé ? demanda Hannah en se tournant vers lui. Elle était malade ?

– Non. Elle est morte en couches.

– Comme c'est affreux.

Bien que cette femme lui ait fait tant de mal, Hannah ne ressentait que pitié et tristesse à cette nouvelle. Comme elle-même aurait souffert si Samuel était mort !

– Asseyez-vous, Reiver, je vais vous servir un verre de cidre frais.

Il acquiesça. De retour avec une chope, Hannah le trouva, la tête dans les mains, secoué de sanglots secs. Il se redressa et la regarda. Il n'avait jamais été beau, mais la douleur qui déformait son visage le rendait franchement laid. Il prit la chope de cidre d'une main tremblante et but d'un trait.

– Je l'aimais.

Ces mots prononcés brutalement firent à Hannah l'effet d'une lame rouvrant une vieille plaie.

– Reiver, je suis désolée que Mme Tuttle soit morte, mais ce n'est pas une raison pour me dire de pareilles choses ! C'est du passé, laissons-le en paix, voulez-vous ?

– C'est impossible.

Une colère et un ressentiment longtemps étouffés montèrent à la gorge d'Hannah.

– Si vous n'aviez ne serait-ce qu'un peu de considération pour mes sentiments, c'est ce que vous feriez.

– Vous ne comprenez pas. Je dois... je dois vous faire un aveu.

– Je ne veux pas l'entendre.

La tête haute, elle fit demi-tour et se dirigea vers la porte. Le cri angoissé de Reiver l'arrêta net.

– Je vous en prie, Hannah ! Vous devez m'écouter. Par pitié.

Elle le regarda, stupéfaite. Jamais Reiver ne l'avait implorée : il commandait et comptait être obéi. Elle hésita. Quel mal y aurait-il à écouter son époux se lamenter sur la perte d'une ancienne maîtresse ? Elle pouvait certainement mettre sa fierté de côté si cela devait soulager son chagrin. Elle vint s'asseoir face à lui.

Il eut un sourire triste, et, les coudes sur les genoux, dit :

– Cécilia est morte en mettant au monde *mon* enfant.

Malgré la chaleur oppressante, un frisson glacé la parcourut tout entière. Elle se leva avec calme et se tint derrière sa chaise comme pour placer une barrière entre elle et son mari. Elle s'agrippait si fort au dossier qu'elle eut l'impression que ses jointures allaient percer sa peau.

– *Votre* enfant ?

Les yeux baissés sur le tapis, il acquiesça.

– Comment le savez-vous ? Pour que cela soit, il aurait fallu que Cécilia et vous soyez...

– Amants.

Hannah comprit tout.

– Je vois. Ces séjours fréquents à New York... Ce n'était pas pour vous occuper de l'agence. Vous rencontriez Cécilia.

– Je m'occupais de l'agence. Et je la voyais.

– Et son mari ? Après tout ce temps, le pauvre M. Tuttle n'a rien soupçonné ?

– Jamais. Nous étions très prudents.

Avec dégoût, Hannah s'écria :

– Quel salaud, quel hypocrite vous êtes ! Vous avez condamné mon amour pour Samuel alors même que vous continuiez de voir votre maîtresse !

Elle vit, pour une fois, le rouge de la honte sur son visage. Les genoux flageolants, elle se rendit à la fenêtre et inspira un peu d'air tiède, espérant ne pas s'évanouir. Reiver se leva.

– Comprenez-moi ! Je ne pouvais pas m'en empêcher ! Je l'ai toujours aimée, et elle m'aimait. Je ne pouvais pas renoncer à elle. Il fallait que nous soyons ensemble.

Hannah virevolta vers lui, l'imita avec violence :

– Comprenez-moi ! Je ne pouvais pas m'en empêcher ! J'aimais Samuel et il m'aimait. Je ne pouvais pas renoncer à lui, moi non plus. Il fallait que nous soyons ensemble, mais vous l'avez renvoyé !

– D'accord, je mérite cela.

– J'en ai assez entendu.

Elle s'apprêta à partir pour de bon mais Reiver l'arrêta de nouveau.

– Vous avez dit que vous m'écouteriez.

– Qu'y a-t-il donc encore ? Vous venez de me dire que vous avez un enfant illégitime de votre maîtresse. Je suis certaine que je pourrai supporter ce scandale, comme j'ai supporté le précédent.

– Écoutez-moi, s'il vous plaît. La situation est plus compliquée que cela.

Hannah hésita.

– Tandis qu'elle agonisait, dans son délire Cécilia a dit à Tuttle que l'enfant était de moi. Vous souvenez-vous du télégramme que j'ai reçu il y a quelques jours ? C'était Tuttle, qui voulait me voir. C'est pourquoi je suis allé à New York. Je n'en avais pas envie. Il m'a déjà tiré dessus une fois, je n'étais pas chaud pour répéter l'expérience.

– Je peux difficilement l'en blâmer, et vous ? dit Hannah d'un ton âpre.

Une brève colère luisit dans le regard de Reiver, puis s'effaça.

– Non, en effet. Mais je n'ai trouvé qu'un homme brisé, pleurant sa femme. Il a demandé à l'infirmière de me mener près de ma fille.

Le sang d'Hannah se figea dans ses veines. Cécilia avait donné une fille à Reiver.

L'expression de celui-ci s'éclaira soudain de tendresse et de chaleur.

– Elle est si belle, Hannah, parfaite ! Elle a les plus jolis yeux bleus du monde, et bien qu'elle n'ait pas un cheveu pour le moment...

Hannah prit son élan et le gifla de toutes ses forces. Elle le regarda, satisfaite, vaciller sous le coup puis retrouver son aplomb.

– Voilà pour Abigail.

Sous l'effet de la colère les yeux de Reiver devinrent bleu foncé et il porta la main à sa joue, mais ne fit pas mine de riposter. Hannah empoigna sa jupe pour ne pas être tentée de recommencer.

– Je ne veux plus entendre un seul mot au sujet de votre petite bâtarde, c'est compris ? *Plus un mot !* Après la façon méprisable dont vous avez traité votre fille, sans jamais lui accorder la moindre miette d'affection... J'aurais préféré qu'Amos Tuttle vous tue !

Reiver l'empêcha de partir.

– Tuttle ne veut pas s'occuper d'elle. Elle est ma chair et mon sang, Hannah, et je veux qu'elle soit élevée ici, dans ma maison.

Elle avait retrouvé son calme, et sa force d'âme.

— Si vous pensez que je vais me charger de votre bâtarde comme si elle était ma propre fille, eh bien non, n'y comptez pas !

— Hannah, murmura-t-il d'une voix câline, elle est si petite, si fragile... Une fois que vous l'aurez vue, vous l'aimerez. Vous ne pouvez pas faire porter à un enfant les fautes de ses parents.

— J'avais une fille et elle est morte. Votre bâtarde ne prendra pas sa place.

— Si je ne la prends pas avec nous, Tuttle menace de la mettre à l'orphelinat.

— Alors engagez une nourrice quelque part et laissez-la s'en occuper.

— Je ne veux pas que ma fille soit élevée par des étrangers. Je veux qu'elle connaisse son père et ses demi-frères, et qu'elle ne souffre jamais de mépris parce qu'elle est illégitime.

— Vous auriez dû y penser avant de renouer avec votre maîtresse. Quant à moi, je me moque de ce qui peut arriver à sa fille.

Les yeux de Reiver se rétrécirent et brillèrent comme du verre.

— Je suis ici chez moi et je dicte la loi. Vous ne m'empêcherez pas de faire ce que je veux, Hannah. Je peux vous rendre la vie passablement difficile si vous refusez.

Il la parcourut d'un regard lubrique de haut en bas. Elle leva le menton avec un air de défi indomptable.

— Je jure devant Dieu que je rejoindrai alors Samuel en vous laissant vous débrouiller avec trois enfants à élever.

Pris un instant au dépourvu, il balaya cette menace d'un geste.

— Vous bluffez. Si vous n'avez pu abandonner vos fils pour fuir avec Samuel, ce n'est pas maintenant que vous le ferez.

— Ils étaient plus jeunes alors. Ils sont assez grands pour comprendre à présent.

Elle montra les dents en une parodie de sourire :

— Je me demande si vos fils continueront à vous considérer comme un dieu quand ils sauront que vous avez poussé leur mère à les quitter.

Reiver devint très pâle et la marque des doigts d'Hannah sur sa joue ressortit plus vivement.

— Vous ne feriez pas cela à vos enfants. Vous n'en auriez pas le cœur.

— Ne me défiez pas, Reiver.

Elle sortit sans un mot de plus.

Cette fois, il avait mieux à faire qu'à tenter de la retenir.

Il fallait qu'elle s'éloigne.

Elle sortit de la maison et marcha de plus en plus vite. Elle en voulait au temps d'être si doux, si beau, avec à peine une brise pour faire frémir les feuilles. C'est un orage terrible qu'elle aurait aimé pour aller de pair avec sa rage, des nuages noirs qui ensevelissent le soleil et un vent de tempête qui secoue les arbres.

Elle ne s'arrêta pas avant d'avoir atteint le champ de Nat. Sans se soucier du soleil qui tapait fort sur sa tête nue, elle s'assit sur le muret et regarda les plants de tabac. Elle pleura tout son soûl, puis s'essuya les joues d'un revers de main.

Elle se souvenait du jour, il y avait une éternité de cela, où Amos Tuttle avait tenté de tuer Reiver et où elle avait appris son infidélité. Humiliée, furieuse, bouleversée, elle était venue dans ce même champ pour décider de son avenir. Et c'est là que Samuel l'avait trouvée.

En fermant les yeux, elle pouvait sentir son bras enserrer sa taille, la hisser sur la selle, son corps ferme derrière elle. Elle l'avait embrassé par défi, et il lui avait rendu son baiser malgré lui. Elle passa la langue sur ses lèvres comme pour goûter de nouveau les siennes, mais ce n'était plus qu'un souvenir.

Elle soupira. C'était bien beau de rêver, or elle devait se contenter du présent.

— Mais que vais-je faire ?

Elle ne pourrait pas empêcher Reiver d'agir. Il voulait que sa fille soit élevée comme un membre de la famille Shaw et qu'Hannah accomplisse son devoir en épouse soumise. Pourtant elle en était incapable, pas après la façon dont il avait rejeté Abigail. Et qu'arriverait-il à Benjamin et à David si cette enfant prenait leur place dans l'affection de leur père ?

Elle se frotta les bras, soudain glacée malgré la chaleur. Il y avait sûrement quelque chose à faire pour contrecarrer Reiver. Le menton dans la main, elle laissa son regard errer sur l'horizon comme si la réponse y était inscrite.

Un sourire de triomphe lui monta aux lèvres et elle glissa à bas du muret. Cette fois, Samuel n'arriverait pas sur son cheval, tel un chevalier blanc, pour la réconforter. Elle était seule, et devait prier pour trouver le courage d'affronter son mari.

À l'ouest, de noirs nuages se rassemblaient comme un vol de corbeaux. Après tout, elle l'aurait peut-être, son orage.

Elle trouva Reiver toujours assis à son bureau, les mains pressées sur ses yeux fatigués. Elle se tint droite face à lui.

— J'accepte d'élever votre fille...

— Hannah, je ne sais que vous dire.

Il se leva vivement, plein de soulagement et de gratitude, et s'avança vers elle les mains tendues. Elle recula avec un geste de refus.

— Je n'ai pas fini.

Il s'immobilisa, aussitôt soupçonneux.

— Comme je le disais, j'accepte d'élever votre fille. À deux conditions.

— Hannah...

— Deux conditions, Reiver.

— Lesquelles ?

— Je veux le contrôle légal des Soieries Shaw.

Reiver éclata de rire.

— Ne soyez pas absurde.

— Oh, mais je suis parfaitement sérieuse. Si je dois souffrir l'humiliation d'élever l'enfant de votre maîtresse, j'entends que vous en payiez le prix. Aussi ai-je décidé de prendre ce qui vous tient le plus à cœur – les Soieries Shaw.

Elle se mit à déambuler dans la pièce.

— Je veux soixante pour cent de vos actions, et vous pourrez en conserver dix. Ce qui fait qu'avec celles de James et des garçons, vous n'aurez jamais la majorité contre moi.

Les traits de Reiver se déformèrent sous l'effet de la colère.

— Je me suis éreinté à créer cette entreprise à partir de rien, que je sois damné si je laisse quiconque m'en déposséder !

— C'est vous qui continuerez de la diriger, évidemment. Mais il faudra me consulter pour les décisions importantes et c'est moi qui aurai le dernier mot.

— Soyez raisonnable. Vous ne connaissez rien à la direction d'une filature.

— Détrompez-vous. Qui a eu l'idée de donner au fil un nom italien ? Qui a suggéré que Giuseppe Torelli ne soit pas le seul à connaître les formules de teinture ? Et j'ai tenu les comptes. On apprend beaucoup par ce biais.

— Les femmes ne dirigent pas les filatures, nom de dieu ! Elles sont censées élever leurs enfants et s'occuper de la maison pour l'agrément de leur époux.

— Eh bien, je ferai exception.

197

Et l'une de ses premières tâches serait de veiller à ce qu'on n'engage plus d'enfants aux Soieries Shaw.

Reiver passa la main dans ses cheveux, excédé.

— Hannah, c'est de la folie. Je ne peux pas accepter.

Elle haussa les épaules.

— Très bien. Alors je vous suggère de trouver un orphelinat convenable pour votre petite bâtarde.

— Ne l'appelez pas ainsi, bon Dieu ! Elle est *ma* fille.

— Quant à ma seconde condition, c'est que personne ne devra savoir qu'elle est votre fille. Nous dirons que c'est ma nièce, l'enfant de l'une de mes cousines de New York morte en couches, à qui j'aurais offert un foyer par bonté d'âme. Vous lui direz la vérité quand elle sera en âge de comprendre.

— Vous avez pensé à tout, n'est-ce pas ?

— Oui, je crois.

Il eut une grimace de mépris.

— Garce stupide, sans cœur ! Vous voudriez détruire tout ce que j'ai créé, juste pour satisfaire votre appétit de vengeance mesquine !

Hannah se redressa telle une chatte prête à cracher et à griffer.

— Il ne s'agit pas de vengeance, mais vous êtes trop borné pour vous en rendre compte ! Je veux protéger les droits légitimes de mes fils. Si c'est moi qui prends le contrôle de la société, vous ne pourrez pas la léguer à votre petite... à votre fille.

— C'est donc cela que vous craignez ?

Il parut sincèrement choqué.

— Benjamin et David sont mes fils aussi. Jamais je ne les déshériterais.

— Je n'ai plus aucune confiance en vous, aussi je dois veiller sur mes biens et ceux de mes enfants. Vous n'êtes qu'arrogance et égoïsme, Reiver Shaw. Vous m'avez épousée contre ma volonté, vous n'avez jamais montré la moindre affection envers ma fille, vous avez banni votre propre frère de chez lui pour sauvegarder votre fierté alors même que vous continuiez à rencontrer votre maîtresse.

Deux taches rouges apparurent sur les joues de Reiver mais il ne dit rien.

— Et à présent, faisant preuve de suprême arrogance et d'un manque total d'égards, vous exigez de moi que je ravale mon orgueil pour élever l'enfant née de votre liaison.

Elle banda toute sa volonté pour continuer.

— Peut-être, si je pensais que cela vous amène à m'aimer, n'hésiterais-je pas à vous obéir. Mais j'ai fini par comprendre que vous ne m'aimerez jamais, quoi que je fasse. C'est Cécilia qui a toujours eu la première place dans votre cœur.

Elle fit une pause, lui donnant l'occasion de protester, mais il n'en fit rien.

— Aussi je veux être payée pour ce que je vais faire. J'ai dit mon prix.

— Et si je refuse?

— Vous n'en ferez rien. Vous avez beau être orgueilleux et égoïste, vous aimez réellement vos fils et vous ferez en sorte qu'ils ne vous méprisent pas comme vous avez méprisé votre père. Vous pourriez me chasser, mais vous ne séparerez pas vos fils de leur mère, même pour donner un foyer à votre fille. Vous pourriez aussi avouer aux garçons ma liaison avec Samuel, mais dans ce cas j'irais le rejoindre et vous resteriez seul pour élever trois enfants.

La haine se reflétait dans les yeux de Reiver.

— Soit. J'accepte vos conditions. Cependant sachez ceci, Hannah. Vous aurez peut-être le pouvoir sur la filature, mais sur moi, jamais.

Il sortit en claquant la porte.

Tremblante, elle se laissa tomber sur le sofa en se tordant les mains.

Son époux était devenu son pire ennemi.

13

Reiver se maudissait d'avoir accepté les exigences exorbitantes d'Hannah.

Assis à côté d'elle dans le train qui revenait de New York, il l'observait qui s'efforçait de résister au bébé niché dans les bras de la nourrice, et n'y parvenait pas.

– Ne pensez-vous pas qu'elle a trop chaud ? demanda-t-elle à Georgia Varner.

C'était une placide jeune fille de la campagne, engagée pour s'occuper du bébé, car l'âge avancé de Mme Hardy, sa nature revêche et impatiente, la rendaient inapte à s'occuper d'un nourrisson exigeant. Georgia, qui avait les cheveux roux et paraissait trop délicate pour porter de lourds seaux de lait ou bêcher dans des champs pleins de cailloux, passa son doigt sur le front du bébé.

– Elle n'en a pas l'air, madame Shaw.

Elisabeth – du nom de la mère de Cécilia – eut un petit miaulement et son minuscule visage grimaça. Hannah la regarda avec une inquiétude de louve envers ses petits.

– Elle a peut-être faim.

– Je l'ai nourrie avant de partir, dit Georgia. Aimeriez-vous la prendre un peu ?

Hannah se raidit.

– Non, cela risque de la déranger. Elle a l'air bien là où elle est.

Reiver se tourna vers le paysage luxuriant de la campagne du Connecticut qui défilait derrière les vitres et se maudit de nouveau. Il savait que l'instinct maternel de sa femme prendrait le dessus, il aurait dû insister pour qu'elle voie d'abord le bébé ; elle aurait alors accepté n'importe quoi.

Hannah l'avait eu. Elle n'avait consenti à voir l'enfant de Cécilia qu'une fois l'encre séchée sur les papiers qui lui donnaient le contrôle légal des Soieries Shaw.

Au grand dam de Reiver, sa froideur avait fondu dès qu'elle avait tenu Elisabeth dans ses bras en arrivant chez Amos Tuttle, bien qu'elle feignît encore une certaine réserve. Il savait bien que ce petit bout d'être humain l'avait touchée et avait conquis son cœur. Au fond, il préférait cela.

– Croyez-vous que vous vous plairez dans le Connecticut, Georgia ? demanda Hannah.

– Oui, madame.

Son regard noisette, vif et chaleureux, ne quittait pas l'enfant.

– J'avais très envie de partir de la ferme, vous savez, surtout après...

Elle rougit, pensant à son propre enfant mort-né, conçu hors des liens du mariage, et à la honte qui s'était ensuivie.

– J'ai la chance de prendre un nouveau départ dans la vie, poursuivit-elle. J'ai amené le déshonneur sur ma famille et personne n'était prêt à me pardonner, surtout mon père.

– Tout le monde peut commettre des erreurs, dit gentiment Hannah. Votre père vous pardonnera sûrement les vôtres.

– Non, pas lui. Je lui ai fait honte et il m'aurait sévèrement punie. C'est pourquoi je suis allée à la ville, travailler loin de chez moi.

– Eh bien, nous avons de la chance de vous avoir, dit Reiver. Je sais que vous vous occuperez bien de ma... d'Elisabeth.

La douce Georgia caressa la joue de l'enfant endormie.

– Ne vous faites aucun souci, monsieur Shaw. Je prendrai soin d'elle comme de ma propre fille.

Hannah sourit.

– Nous y comptons.

L'expression de Georgia s'assombrit.

– J'ai de la peine pour vos cousins, madame Shaw. Mourir ainsi dans un incendie en laissant ce petit ange seul au monde ! C'est très charitable à vous et à M. Shaw de la prendre chez vous.

– C'est le moins que l'on puisse faire, dit Hannah. Sinon elle serait allée dans un orphelinat.

– Oh non ! s'exclama Georgia, les yeux arrondis d'indignation.

Reiver s'adressa à Hannah pour la première fois depuis qu'ils étaient montés dans le train.

– Ma femme a le cœur trop tendre pour accepter cela, n'est-ce pas ma chère ?

Elle soutint son regard.

– Bien sûr. Je suis certaine que cette petite Elisabeth nous rendra notre bienfait au centuple.

Il se détourna de nouveau vers le paysage.

– Nous devrions arriver bientôt à Hartford.

David se pencha sur le berceau, les yeux écarquillés.

– Elle est rouge et ridée comme un porcelet nouveau-né.

– Tous les bébés ont cette allure, idiot, rétorqua son frère. Mais ils changent en grandissant. Sauf toi.

Percevant la tension, Elisabeth grimaça et poussa un cri perçant. Hannah les regarda d'un air sévère.

– Voilà que vous la faites pleurer.

Elle la prit contre son épaule et les pleurs cessèrent.

– Je ne vois vraiment pas pourquoi elle doit vivre avec nous, grommela Davy. Elle crie tout le temps et nous réveille la nuit. Et quand elle sera grande, elle voudra nous suivre partout.

Benjamin pâlit.

– Je n'avais pas pensé à ça.

– Lorsque Elisabeth sera assez grande pour marcher, vous serez tous deux presque adultes. Ne soyez donc pas si égoïstes. Ses parents sont morts et elle n'a nulle part où aller. Sa présence chez nous ne signifie nullement que votre père ou moi vous aimons moins !

Ils échangèrent des regards penauds. Hannah sourit.

– Vous êtes costauds tous les deux, vous devrez protéger votre petite cousine au lieu de la jalouser.

Benjamin eut l'air indigné.

– Maman, j'ai quatorze ans, je ne suis pas jaloux d'un bébé.

– Allez donc voir à la cuisine si Mme Hardy n'a pas préparé quelque chose pour vous – à moins bien sûr que vous ne soyez trop vieux pour manger des gâteaux.

Les deux garçons quittèrent la nursery avec une contenance aussi adulte que possible, laissant Hannah seule avec la fille de Cécilia.

La joue contre ses cheveux duveteux, humant son doux parfum de bébé, elle luttait contre les larmes en songeant à Abigail et à l'enfant de Samuel qu'elle n'aurait jamais. Malgré ses efforts, elle était incapable de s'endurcir contre un nourrisson innocent, même s'il était la preuve vivante de la trahison de Reiver à son égard. Reiver la connaissait mieux qu'elle-même. Dès qu'elle avait vu et tenu la petite fille dans ses bras, elle l'avait aimée avec passion comme l'un de ses propres enfants.

Mais elle ne laisserait jamais Reiver le deviner.

Soudain il fut là, sur le seuil, la considérant avec la répugnance à peine déguisée dont il faisait preuve depuis qu'elle avait pris le contrôle de la filature.

– Vous me surprenez, Hannah. Tant d'instinct maternel déployé envers l'enfant de ma maîtresse !

Elle reposa le bébé dans son berceau et lui fit face.

– Je ne pense pas qu'on doive punir un innocent des fautes commises par ses parents. Je vous ai promis d'élever votre fille comme la mienne, et je tiendrai parole. Mais ne croyez pas qu'elle surpassera jamais mes fils dans mon affection. Ce serait une grave erreur.

– Oh, mais je n'ai pas l'intention de vous sous-estimer de nouveau, ma chère.

– Vous avez intérêt, en effet.

Elle baissa les yeux sur Elisabeth endormie.

– Vous aviez raison. Les Shaw font des enfants qui leur ressemblent. Elle n'a rien de sa mère. Elle a vos cheveux, vos yeux, et le menton de Samuel. Je m'étonne que James et Mme Hardy ne l'aient pas remarqué.

– Ils s'en rendront compte un jour.

Il s'approcha du berceau.

– Mais vous avez tort. Elle a peut-être ma couleur de cheveux et mes yeux, mais elle ressemble énormément à Cécilia. En grandissant, elle deviendra son portrait.

Pas si je peux l'en empêcher, pensa Hannah.

Il se redressa.

– Et maintenant ?

Hannah s'éloigna de lui de quelques pas.

– Nous poursuivons chacun de notre côté. Vous dirigez les Soieries Shaw sans intervention de ma part – à moins que je n'en décide autrement – et je m'occupe des enfants.

Il vint tout près d'elle et elle fit un effort considérable pour ne pas s'écarter de nouveau. Elle sentait son souffre menaçant soulever les fins cheveux de sa nuque.

– Je suis encore jeune et viril, Hannah. Je n'ai pas l'intention de vivre comme un moine.

Par la fenêtre, Hannah regardait les garçons qui riaient avec Georgia.

– Peut-être notre petite nourrice acceptera-t-elle d'être votre maîtresse, une fois qu'Elisabeth sera sevrée. Elle est plutôt jolie et d'un caractère doux. Tout ce que je vous demande, c'est de la discrétion. Mais pour cela, vous savez y faire.

Les yeux de Reiver brillèrent de colère.

– Voilà qui est bien bas de votre part.

– Je n'éprouve rien pour vous, Reiver, et après quinze années de mariage, je ne peux plus faire semblant. J'élèverai votre fille, mais je ne partagerai plus votre lit.

D'un geste vif il lui prit le poignet.

– Je peux coucher avec vous où et quand je veux.

Hannah s'efforça de garder son calme, bien que son cœur battît la chamade.

– Oui, c'est vrai. Mais la filature risquerait d'en pâtir.

Il laissa tomber son bras comme s'il avait été chauffé à blanc et recula d'un pas. Son regard la parcourut tout entière.

– Vous étiez attirante autrefois. Vous étiez douce, généreuse, indulgente, tout ce qu'une femme doit être. Vous voilà devenue si retorse, si amère, je doute que même Samuel vous aime encore s'il vous voyait.

– Je me moque de ce que vous pouvez dire. Samuel m'a toujours aimée, et m'aimera toujours.

Elle leva la tête avec orgueil.

– Samuel m'a appris à ne jamais me laisser dénigrer, par qui que ce soit.

– C'était avant que vous ne changiez. Pas une seule fois depuis la mort de Cécilia vous n'avez pensé à ma propre souffrance. La femme que j'aimais est morte, Hannah, et je ne peux même pas porter son deuil. Avez-vous la moindre idée de ce que je peux ressentir ?

– Je n'ai pas la plus petite once de sympathie à vous offrir, Reiver. Cette femme et vous ne m'avez causé qu'humiliation et chagrin.

– Comment ai-je pu croire que vous comprendriez ? Vous n'êtes qu'une garce sans cœur.

– C'est vous qui m'avez faite ainsi.

Il la regarda encore un instant, puis tourna les talons et partit en claquant la porte.

Lorsque l'écho de ses pas se fut évanoui, Hannah laissa échapper un long soupir et, chancelante, s'assit sur une chaise proche.

Il fallait qu'elle ait été folle pour avoir privé Reiver de sa filature. Elle n'était pas de taille à lutter contre lui, il était trop intelligent, trop cruel, trop fort pour elle. Il parviendrait sans doute à reprendre les rênes et à lui faire regretter le jour où elle était née.

Debout derrière la nouvelle employée, Reiver l'observait qui triait la dernière livraison de cocons d'une main nerveuse. Il fit le tour de la table.

— Comment vous appelez-vous ?

— G... Grace Alcorn, monsieur.

Elle paraissait très jeune, quinze ans tout au plus. Il aurait dû connaître son nom, puisqu'il l'avait engagée la veille afin de remplacer Constance Ferry ; mais depuis les deux mois qu'il avait laissé à Hannah le contrôle de la filature, il ne parvenait pas à se concentrer sur son travail.

— Eh bien, Grace Alcorn, si vous voulez travailler pour les Soieries Shaw il va falloir vous remuer un peu.

Les larmes jaillirent de ses yeux pleins d'effroi.

— Je... je vous en prie, monsieur Shaw, j'ai besoin de ce travail, sinon ma famille va mourir de faim.

Il prit un cocon cassé et l'agita sous le nez de la jeune fille.

— Alors rappelez-vous que le but de cette opération est de séparer les cocons parfaits de ceux qui sont brisés, tel celui-ci. Ne les mettez pas dans le même panier, c'est compris ?

Sa lèvre inférieure tremblait lorsqu'elle répondit :

— Oui, monsieur.

— Prenez-y garde, je ne supporte pas l'incompétence !

Il fit demi-tour et, s'apercevant que les autres ouvriers l'observaient, choqués, il jeta avec un regard furieux :

— Au travail ! C'est pour ça que je vous paie, pas pour bayer aux corneilles !

Ils baissèrent les yeux et se remirent à leurs tâches.

Reiver quitta l'atelier avant de les avoir tous mis à la porte et se dirigea vers les écuries qui avaient remplacé l'ancienne grange. Il sella son cheval et partit au petit galop. Il fallait qu'il s'éloigne ou il allait exploser.

Il ne ralentit pas avant d'avoir atteint Coldwater et sa large rue principale bordée d'arbres. Roger Jones, le forgeron qui avait un jour jeté le père de Reiver, ivre et agressif, hors de la taverne, lui sourit et le salua tandis qu'il façonnait un fer à cheval sur son enclume. Bart Putnam, qui tenait une écurie de louage et avait autrefois refusé du travail au fils aîné de Rhummy Shaw parce qu'il se donnait de grands airs, agita la main dans sa direction avec un mot de bienvenue. La vieille Granny Fricker, qui balayait les feuilles d'automne devant sa porte, le regarda passer avec un large sourire au lieu de le poursuivre en maudissant le garçon affamé qui avait tenté de voler la tourte aux pêches refroidissant sur le rebord de sa fenêtre.

Il avait durement gagné le respect de ses concitoyens, mais cela ne compensait pas la perte de sa société. Hannah l'avait émasculé aussi sûrement que si elle s'était servie d'un couteau.

Certes, elle n'avait pas proclamé haut et fort que c'était elle qui donnait les ordres à la filature désormais. Elle avait tenu parole, restait à la maison et s'occupait des enfants comme avant. Elle n'avait fait aucune tentative pour contrer les décisions de Reiver ou usurper son autorité. Seuls les hommes de loi étaient au courant de ce qu'elle avait manigancé.

Mais la façon dont elle l'avait eu lui restait sur le cœur. C'était comme un furoncle mal placé. Personne ne le voyait, mais lui savait qu'il était là et le sentait à chaque mouvement.

Il parvint à l'extrémité de la Grand'Rue et tourna au nord. Qu'il n'ait pas eu de relations avec une femme depuis plus de deux mois ne faisait qu'empirer les choses. Il s'était demandé s'il allait obliger Hannah à l'accepter dans son lit, mais à la réflexion il y avait renoncé. Elle avait juré que la filature en pâtirait et il n'était pas certain qu'elle ne bluffait pas. Il lui faudrait chercher son plaisir ailleurs.

Il avait bien pensé à Georgia, avec ses cheveux roux et ses seins palpitants. Ç'aurait été bien fait pour Hannah s'il s'était offert la nourrice sous son propre toit ; elle prétendait s'en moquer, mais c'était faux. Cependant, Georgia n'était pas à son goût : trop gentillette. Il avait renoncé à l'idée de la séduire.

Il y avait certainement un moyen de récupérer la filature. Un moyen...

– Il y a quelque chose qui cloche chez Reiver.

James observa Hannah lorsqu'elle leva les yeux du livre de comptes, mais ni ses traits ni son regard ne révélèrent ses pensées. Elle avait changé durant toutes ces années ; de spontanée et avide de plaire, elle était devenue songeuse et réservée. Il ne le lui reprochait pas. Avoir perdu un enfant et été trompée par son époux auraient mis n'importe quelle femme sur la défensive. Et pourtant, elle était toujours fort jolie.

Hannah s'adossa à sa chaise en souriant.

– Il a fallu qu'il change vraiment beaucoup pour que vous vous en aperceviez.

James rougit, posa sa boîte à outils et casa son long corps anguleux dans un siège face à elle.

– Je veille sur les métiers à tisser et je m'occupe de ce qui me regarde. Cela ne m'empêche pas de me rendre compte que quelque chose ne va pas chez mon frère. Vous qui êtes sa femme, vous n'avez rien remarqué ?

Hannah se fit plus circonspecte.

– Reiver et moi n'avons jamais été un couple très uni, et il est vrai que ces derniers temps il m'a semblé encore plus difficile de juger de son humeur.

– Je suis désolé, Hannah. Ça ne me regarde pas.

Elle fit un geste négligent et haussa les épaules.

– Qu'est-ce qui motive votre inquiétude ?

James chercha ses mots. Il pouvait décrire sans hésitation le processus compliqué d'une machine, mais les gens le déconcertaient.

– Ce matin par exemple, il s'est mis en colère contre la nouvelle fille qui trie les cocons. Il l'a engagée hier, elle ne peut pas tout savoir dès ce matin ! Quand elle a mis un cocon brisé avec les bons, il est devenu fou de rage. Je l'entendais crier depuis la salle des machines.

Hannah fronça les sourcils.

– Qu'est-il arrivé à Constance Ferry ? Elle ne travaille plus pour nous ?

– Elle est maintenant à la nouvelle filature qui vient d'ouvrir à Rockville.

– A-t-elle dit pourquoi elle a quitté les Soieries Shaw ?

– Elle est mieux payée là-bas.

– C'est une bonne raison. Et Reiver n'a pas essayé de la retenir ?

– Je ne sais pas. Je m'occupe seulement des métiers.

Il ajouta en hésitant :

– J'ai entendu dire que Reiver a baissé les salaires des ouvriers.

– Si c'est vrai, d'autres employés iront travailler pour la filature de Rockville.

– Peut-être. Quelque chose cloche chez mon frère. Baisser les salaires et houspiller les ouvrières... cela ne lui ressemble pas.

– Vous avez raison, James. Je vais essayer de savoir ce qui ne va pas.

James reprit sa boîte à outils et, avant de sortir, se retourna vers elle :

– Mlle Varner est dans la nursery ?

– Je pense que oui, pourquoi ?

James devint tout rouge.

– Elle a dit que le berceau d'Elisabeth grince. J'ai pensé que je pourrais monter le réparer.

L'expression d'Hannah s'adoucit.

– Vous pouvez rencontrer Georgia quand il vous fait plaisir, James. Vous n'avez pas besoin de ma permission.

Il rougit de nouveau et s'en alla.

Ainsi donc, James s'était amouraché de Georgia. Hannah sourit. Elle ne l'avait jamais vu, lui si timide, s'intéresser à une femme. Il avait toujours préféré ses machines, qui une fois réparées, ne causaient plus d'ennuis.

Quant à Reiver, il était de toute évidence enragé de s'être fait flouer. Elle en était ravie. Et furieuse qu'il ait diminué le salaire des ouvriers. Il fallait qu'elle fourbisse ses armes contre lui. Elle ferma son livre de comptes et prit son manteau.

À l'étage, James fit une pause devant la nursery. Il repoussa ses cheveux en arrière, humecta ses lèvres, frotta ses mains bien lavées contre son pantalon, et hésita encore. Qu'allait-il lui dire ? « Mademoiselle Varner, je suis venu réparer le berceau qui grince. » Oui, c'était bien. Il se le répéta plusieurs fois avant de toquer à la porte.

– Entrez.

Au son de sa voix, douce, suave, qui lui faisait penser au roucoulement des colombes, le cœur de James battit plus fort. Il ouvrit, mais resta sur le seuil.

Georgia était assise dans le rocking-chair, le même qui accueillait James et ses frères lorsqu'ils étaient enfants, et allaitait Elisabeth. La profonde sérénité qui émanait de cette scène toucha James droit au cœur. La lumière d'automne, dorée comme du miel, auréolait de feu ses cheveux roux et sculptait son sein nu dans un pur ivoire. Serait-il chaud et lourd dans la main de James ? Quelque chose en lui se contracta à cette pensée. Georgia leva les yeux et rosit.

– Monsieur Shaw...

Elle se couvrit avec modestie en ramenant son châle sur sa poitrine.

– Je croyais que c'était Mme Shaw ou Mme Hardy.

– J'avais un peu de temps libre et je pensais réparer le berceau.

– Le berceau ? Pourquoi ?

– Vous avez dit qu'il craquait.

Le sourire de Georgia fut comme un rayon de soleil par une journée pluvieuse.

– Comme c'est gentil à vous de vous en souvenir ! Entrez, je vous en prie.

James s'approcha du berceau, posa sa boîte à outils et dit à Georgia :

– Puis-je enlever ce qu'il y a dedans ?

– La literie ? Oui, bien sûr.

Elle tendit son doigt à Elisabeth et, quand le bébé l'agrippa, elle eut l'air ravi.

James retourna le berceau et s'activa. Son attention était tout entière fixée sur sa tâche, mais cela ne l'empêchait pas d'être très conscient de la présence de Georgia Varner à quelques pas de lui. Il écoutait le balancement du rocking-chair sur le parquet, accompagné du frottement de ses longues jupes. Du coin de l'œil, il remarquait ses regards furtifs dirigés vers lui.

Comme il aurait aimé dire quelque chose de charmant, d'intelligent, à la manière de Samuel ! Mais son esprit restait vide.

– Mme Shaw m'a dit que vous pouviez réparer n'importe quoi, déclara soudain Georgia, ce qui le fit sursauter.

– Tout le monde a un petit talent, et le mien c'est de réparer les objets.

– Je crois qu'il faut être très doué pour trouver ce qui ne va pas et savoir l'arranger.

À ces louanges, il sentit la chaleur lui monter aux joues.

– Vous aimez vivre ici ?

– Oui, beaucoup. M. et Mme Shaw ont été la gentillesse même à mon égard. Mais cette Mme Hardy... « Ne faites pas ceci avec le bébé, ne faites pas cela. »

Elle leva les yeux au ciel. James sourit.

– Elle a toujours eu la tête dure, et ça ne s'arrange pas avec l'âge. Ça doit être pénible pour elle de ne plus voir aussi bien qu'avant, de ne plus pouvoir faire tout ce qu'elle faisait quand elle était jeune.

– Vous êtes très compatissant, monsieur Shaw.

– Cela vous plaît de vous occuper du bébé ?

– Je ne l'aimerais pas plus si elle était ma propre fille.

Le tremblement soudain de sa voix attira l'attention de James et il s'aperçut, troublé, qu'elle avait les yeux pleins de larmes. Elle s'essuya avec son châle.

– Excusez-moi, je vous en prie. Mais, chaque fois que je pense à mon pauvre petit enfant mort-né – c'était une fille, vous savez – je ne peux m'empêcher de pleurer.

Sentant la détresse de sa nourrice, Elisabeth cessa de téter et poussa un cri perçant.

– Voilà que j'ai chagriné ce petit ange, dit Georgia en se levant. Voudriez-vous la tenir un instant ? C'est-à-dire, si cela ne vous dérange pas.

– Moi ? J'adore les bébés.

James traversa la pièce et saisit le bébé en pleurs. Le châle de Georgia glissa mais avant qu'il ait pu voir son sein nu, elle s'était détournée et, quand elle lui reprit Elisabeth, son corsage était reboutonné. Elle la posa contre son épaule et lui caressa le dos en murmurant « Là, là » jusqu'à ce que ses pleurs cessent.

James savait qu'il aurait dû dire ou faire quelque chose, mais quoi ? Il se rappela de nouveau Samuel, et la toucha légèrement au bras.

– Je ne prétends pas savoir ce que représente la perte d'un enfant, mais vous avez toute ma sympathie, mademoiselle Warner.

– C'est très gentil à vous, monsieur Shaw. J'ai su que vous étiez bon dès que je vous ai vu.

James se perdait dans son regard noisette.

– Je crois... que je ferais mieux de réparer ce berceau.

Il travailla en silence, tandis que Georgia chantonnait une berceuse de sa voix douce. Quand il eut fini, il remit le petit lit sur ses patins et le fit basculer plusieurs fois pour s'assurer qu'il ne grinçait plus, puis replaça la literie.

– Vous avez réussi ! Voyons comment Elisabeth va apprécier.

Elle reposa l'enfant endormie dans les draps. James recula mais Georgia était encore trop proche de lui pour qu'il l'ignorât. Il huma son parfum de propre, de lait, avec une touche épicée qui n'appartenait qu'à elle. Il avait envie d'effleurer ses tresses rousses pour savoir si elles étaient aussi douces et soyeuses qu'elles le paraissaient.

Elle se redressa et regarda James droit dans les yeux. Il s'aperçut alors que ses pupilles étaient piquetées de points dorés, comme des petits cailloux à la surface d'une mare. Et que ses lèvres étaient curieusement désassorties, la supérieure beaucoup plus mince que l'inférieure, pleine et charnue. Il se demanda quel effet cela ferait de les embrasser. Il déglutit et s'écarta d'un pas. Georgia lui sourit.

— Vous êtes un don du ciel, monsieur Shaw. Maintenant le grincement n'empêchera plus Elisabeth de s'endormir.

— Si vous avez besoin de quoi que ce soit, mademoiselle Warner, n'hésitez pas à m'appeler.

— Oh, je n'y manquerai pas, monsieur Shaw.

Dans la soirée, bien après que James fut rentré chez lui et les garçons mis au lit, Hannah rassembla son courage pour affronter Reiver.

Il était dans son bureau sombre et tranquille, installé dans son siège favori près de la cheminée, les jambes étendues sur un repose-pieds et un verre de brandy à moitié bu dans la main. Son visage était tiré de fatigue et sa bouche avait un pli mauvais. Mais Hannah refusa de s'apitoyer sur lui.

— Que voulez-vous ? aboya-t-il.

— Vous parler, mais pas dans l'obscurité.

Elle alluma la lampe à huile posée sur sa table. Une lumière douce se répandit dans la pièce.

— Et de quoi voulez-vous discuter, ma chère épouse ?

Hannah tendit les mains vers le feu, car un courant d'air glacé s'installait sans conteste entre eux deux.

— James se fait du souci à votre sujet.

Comme Reiver ne répondait pas, elle ajouta :

— Il a dit que vous vous êtes mis en colère après la trieuse de cocons aujourd'hui.

— Cette fille est incompétente, grommela-t-il. Elle a de la chance d'avoir gardé sa place.

— Crier après vos employés ne vous ressemble pas.

— Et pourquoi est-ce que je m'énerve après eux, à votre avis ?

— Je n'en sais rien.

— Oh, mais si.

Il se leva et lui fit face. Sa colère irradiait en vagues presque perceptibles.

— Je n'aime pas travailler les mains liées, Hannah. Cela me rend irritable et je perds patience.

Elle leva les sourcils, l'innocence personnifiée.

— Ai-je tenté d'interférer dans vos affaires depuis les deux mois que vous m'avez cédé vos parts ? Pas du tout. Si vous vous sentez contraint, c'est votre faute.

– Vous ne comprenez pas. C'est *ma* filature. Je veux en être le patron.

– Mais vous l'êtes.

Exaspéré, il porta les mains à ses cheveux.

– Cela ne suffit pas, Hannah. Je veux que les droits m'en reviennent. Il n'est pas... convenable qu'une femme possède un tel pouvoir sur un homme.

– Très bien. Reprenez votre filature, et envoyez Elisabeth à l'orphelinat.

Il la regarda comme s'il lui avait poussé deux têtes.

– Votre froideur me sidère.

Elle se croisa les bras pour s'empêcher de trembler.

– Nous avons fait un marché, Reiver, et j'ai l'intention de m'y tenir.

– Hannah...

– Je ne suis d'ailleurs pas venue pour en parler. Je veux savoir pourquoi Constance Ferry est partie.

– Elle travaille à la filature de Rockville.

– Elle a dû avoir une bonne raison de nous quitter, après plus de quinze années passées aux Soieries Shaw.

Il se versa une autre rasade de brandy.

– Elle m'a dit qu'elle serait mieux payée qu'ici.

– Et vous ne lui avez pas fait d'offre équivalente ?

– Pourquoi donc ? Les ouvriers, ça pousse sur les arbres. Pour un qui s'en va, deux sont prêts à prendre sa place.

Il avala son brandy d'un seul coup. Hannah serra ses mains l'une contre l'autre.

– Est-ce pour cette raison que vous avez diminué le salaire de tous les autres ?

Il devint très calme.

– Qui vous l'a dit ? James ?

– Constance elle-même. Je suis allée la voir hier, et elle m'a tout raconté. De toute façon je l'aurais su, tôt ou tard.

– Oui, j'ai diminué le salaire des ouvriers. Et alors ?

– Et que se passera-t-il si tous vos employés vont travailler chez les concurrents ?

– J'en formerai d'autres qui prendront leur place.

Hannah se rendit à la fenêtre obscure, écoutant le vent qui sifflait.

– La plupart de ces gens travaillent pour nous depuis plus de dix ans. Je les connais chacun par leur nom, je connais leurs enfants. Je leur ai fourni de la nourriture et des vêtements quand ils avaient des problèmes, et je leur ai envoyé le médecin quand ils étaient malades. Ils forment comme une famille pour nous.

— Et quelle est la morale de ce touchant petit conte ?

Elle se tourna vers lui, le cœur battant à la pensée de ranimer sa fureur ; le défier était encore très nouveau pour elle.

— Je ne pense pas que vous devriez baisser les salaires des ouvriers. Il serait bien plus judicieux de les encourager à rester.

— Comment !

Reiver jura et sauta sur ses pieds.

— De toutes les têtes de linottes que... croyez-vous donc que l'argent tombe du ciel, espèce d'idiote ?

— Non, évidemment, répliqua-t-elle avec froideur.

— Faites un effort pour comprendre ce concept simple, Hannah : je ne travaille pas pour enrichir mes employés. Je travaille pour nous enrichir, *nous,* les Shaw.

— Ne me parlez pas comme si j'étais un enfant retardé. Je ne propose pas d'enrichir vos ouvriers à nos dépens, mais de les faire vivre décemment et de leur inspirer de la loyauté à notre égard. Ce ne sont pas des esclaves.

— J'essaie vraiment de ne pas me mettre en colère, Hannah, mais vous me compliquez singulièrement les choses. Vous ne connaissez rien aux affaires. Vous croyez que, parce que vous avez pris le contrôle légal de la filature, vous savez la diriger. C'est faux, aussi n'essayez pas de faire semblant.

— Si vous arrêtiez de m'insulter pour entendre raison...

— La raison ne construira pas de nouveaux métiers à tisser les rubans ! Voilà pourquoi j'ai baissé les salaires. Cette explication vous satisfait-elle ?

— Vous voulez fabriquer des rubans en plus du fil ?

— Oui.

Il jeta un coup d'œil sur ceux qui ornaient sa robe bleue.

— Comme vous le savez, les dames exigent des kilomètres de rubans pour agrémenter leurs robes et leurs chapeaux. Nous ne pourrons peut-être pas lutter contre le tissu de soie venu de France ou d'Italie, mais nous pouvons sans aucun doute jouer sur le marché du ruban.

Hannah demeura silencieuse un instant, puis répliqua :

— Si vous avez besoin de ces métiers, il y a certainement un moyen de trouver le financement nécessaire sans réduire le salaire des ouvriers.

Il hocha la tête d'un air de patience exagérée.

214

– Oui, en effet. Nous pourrions renvoyer Mme Hardy de façon à ne plus avoir à la nourrir. Ou peut-être vendre votre nouveau coupé avec les chevaux. Ou préféreriez-vous que les garçons aillent pieds nus ?

Il marcha droit sur elle et approcha son visage du sien à le toucher.

– Ce qui veut dire, ma chère femme, que faire prospérer nos ouvriers reviendrait à envoyer votre famille mendier.

– Je n'en crois pas un mot. Je veux que les salaires des ouvriers soient réévalués.

Reiver devint cramoisi, une veine se mit à battre sur son front. Il se pencha au-dessus d'Hannah, la menaçant de sa seule présence.

– Avez-vous écouté ce que je vous ai dit ?

Elle ne broncha pas.

– Je ferai des économies partout où ce sera possible et vous pourrez acheter vos métiers à rubans.

– Cela ne suffira pas.

Hannah leva le menton et le regarda droit dans les yeux.

– En tant qu'actionnaire majoritaire des Soieries Shaw, j'exige que vous rétablissiez les salaires. Dans le cas contraire, j'irai voir mon avocat dès demain matin.

Pendant un bref instant plein d'angoisse, elle crut qu'il allait l'étrangler. Mais il se contenta de secouer la tête, écœuré, avant de se diriger vers la porte en la maudissant à mi-voix. Avant de sortir il se tourna vers elle ; son visage était livide.

– Vous avez peut-être le dernier mot aujourd'hui, Hannah, mais je vous préviens : vous rôtirez en enfer avant d'avoir réussi à détruire ma famille.

Il claqua la porte derrière lui et Hannah demeura seule, avec le feu mourant et le vent qui soupirait.

Elle attendit que passent colère et tension ; quand les choses reprirent leur aspect amical dans la pièce, elle s'assit devant la cheminée, posa ses pieds sur l'ottomane et se massa le front. Elle avait horreur de ces scènes.

Elle se consola en rêvant à Samuel. Elle se voyait arriver à cheval dans son campement, quelque part en Californie, alors qu'il dessinait un superbe paysage de montagne. Elle l'appelait, il tournait la tête et l'apercevait ; d'abord incrédule, il courait vers elle et la soulevait de cheval, l'emportait dans ses bras en baisant ses paupières, ses joues, ses lèvres...

Il lui manquait tellement.

Les larmes lui piquèrent les yeux et elle chercha un mouchoir. «Il ne reviendra pas. Pourquoi me torturer moi-même?»

Sans doute parce que rêver de Samuel valait mieux que rien du tout.

14

Dans une semaine ce serait Noël, puis on fêterait la nouvelle année, 1855.

Par la fenêtre ornée de cristaux de givre, Hannah regardait les enfants du voisinage hisser leurs luges de bois sur la pente puis glisser tout le long de Mulberry Hill, en criant et en riant.

La neige la rendait toujours mélancolique. Les épais flocons blancs qui tombaient du ciel gris et tapissaient la terre lui faisaient penser à Samuel et à l'enfant qu'elle avait perdu. Mais à présent, cinq années après son bannissement, elle pouvait penser à lui et au bébé sans pleurer.

Il était toujours en Californie, selon la dernière lettre envoyée aux garçons – mais cela remontait à huit mois. Il n'avait pas fait fortune en compagnie des chercheurs d'or, mais décrivait avec enthousiasme ses randonnées le long de la côte Ouest. Il ne parlait jamais de femmes. Cela attristait Hannah, qui détestait le savoir aussi solitaire qu'elle-même.

Elle alluma une lampe à huile, car le salon était obscur et peu accueillant par un après-midi aussi gris, et cela malgré les branches vertes et odorantes qui décoraient le manteau de la cheminée et le grand sapin dressé dans un angle, une nouvelle coutume venue de l'Angleterre victorienne. Mais la lumière eut beau réchauffer la pièce, elle ne réchauffa pas le cœur d'Hannah.

Elle s'assit devant le feu et ferma les yeux, imaginant Samuel avec autant de véracité que s'il venait juste d'entrer, son sourire complice, ses yeux clairs qui disaient son besoin d'elle. Elle se souvenait de la façon douce, excitante, dont il posait les mains sur elle, de son regard attentif à deviner sa réponse. Elle secoua la tête ; elle ne devrait pas se tourmenter ainsi.

Samuel était parti. Il ne reviendrait pas. Elle était seule.

Ses yeux s'emplirent de larmes.

– Monsieur Shaw !

Les bras pleins de bûches, James leva les yeux sur la ravissante silhouette féminine qui approchait, et sa poitrine se contracta péniblement. Avec sa chevelure rousse et son manteau couleur de rouille, Georgia lui faisait penser à une feuille d'automne, luisante et obstinée sur la neige blanche. Il l'attendit devant la ferme.

– Oui, mademoiselle Varner ?

– Je ne voudrais pas vous déranger, mais Mme Shaw m'a dit que vous pourriez peut-être atteler le traîneau pour m'accompagner en ville. J'ai des courses à faire au grand magasin.

Seul avec Georgia... cela ne s'était plus produit depuis le jour où il avait réparé le berceau.

– J'en serais très heureux.

– Vous êtes trop bon, monsieur Shaw.

Quelques instants plus tard, il l'aidait à monter et s'asseyait à son côté dans le traîneau. Il déplia la lourde couverture sur leurs genoux.

– Cela devrait nous tenir chaud, dit-elle en s'installant si près de lui que leurs jambes se touchèrent.

James en eut le vertige. Il prit les rênes, encouragea Racer et ils sortirent de la cour de l'écurie. En passant devant Mulberry Hill, ils firent signe aux enfants. Tous répondirent sauf Benjamin, qui demeura là à les regarder s'éloigner.

– J'adorais faire de la luge quand j'étais petite, confia Georgia d'un ton rêveur. Il y avait plein de collines assez raides près de la ferme de mon père, mais il fallait faire attention aux arbres.

James resta silencieux, il aurait dû répondre quelque chose mais sa langue était collée à son palais et il craignait de dire une sottise. Il ne voulait surtout pas que Georgia Varner le prît pour un sot.

– Aimiez-vous faire de la luge quand vous étiez petit, monsieur Shaw ?

– Nous étions très pauvres alors. Mes parents ne pouvaient pas nous offrir de patins à glace, ni même de luge pour aller nous amuser sur la Coldwater quand elle gelait. Il fallait toujours que nous en empruntions à quelqu'un.

– Cela ne devait pas être drôle.

– Comment le savez-vous ?

Elle haussa les épaules.

– C'est ce que j'aurais ressenti. Je suis fière et je n'aime pas que les gens me prennent en pitié.

— Pourquoi vous prendrait-on en pitié ? Vous êtes si jolie.

Les mots étaient sortis avant qu'il ait le temps d'y réfléchir.

Elle n'ajouta pas à son embarras en le remerciant du compliment.

— Tout le monde m'a plaint d'avoir eu un bébé sans être mariée.

James garda les yeux fixés sur la route.

— Personne n'est parfait, mademoiselle Varner, ni à l'abri de la tentation.

— Bien des gens ne sont pas aussi charitables que vous, monsieur Shaw. J'étais jeune et inconsciente, j'ai fait une terrible erreur. Je ne recommencerai jamais. J'ai eu confiance dans un homme qui ne le méritait pas, et qui m'a trahie.

— C'est qu'il n'était pas digne de vous.

— Vous le pensez vraiment ? Cela me réconforte beaucoup, monsieur Shaw.

Le silence tomba entre eux, et bientôt le traîneau s'arrêta devant le magasin. James aida Georgia à descendre et l'attendit tandis qu'elle faisait ses achats, en promettant de ne pas être longue.

Elle tint parole et revint dix minutes plus tard. James allait faire demi-tour lorsqu'elle le retint.

— Devons-nous rentrer tout de suite ?

Il considéra le ciel bas et la neige qui tombait toujours.

— Où irions-nous par ce temps ?

— N'importe où ! J'aimerais faire une balade autour de la ville. J'ai été si occupée par le bébé que je n'en ai presque rien vu encore.

— Mais il neige.

Ses yeux noisette brillèrent, malicieux.

— Soyons audacieux, voulez-vous ?

James, qui menait sa vie de façon aussi bien réglée que ses mécaniques, eut soudain envie d'inattendu, au moins autant que d'embrasser la jeune femme pleine de vivacité assise à son côté.

— Comme vous voudrez, dit-il en reprenant les rênes pour faire tourner Racer dans la direction opposée.

Ils s'éloignèrent de Coldwater. Les maisons s'espacèrent, la voûte des arbres enneigés se rejoignit au-dessus de leur tête. Bientôt on n'entendit plus que le claquement assourdi des sabots du cheval, le cliquetis du harnais et la neige qui tombait doucement des branches surchargées. James et Georgia étaient seuls.

À la stupéfaction de James, Georgia tirait la langue.

– Que faites-vous ?

Elle se mit à rire.

– J'attrape les flocons. Vous n'avez jamais essayé ?

– Pas depuis que j'étais enfant !

– Essayez maintenant.

Il baissa la tête.

– J'ai trente-sept ans, vous savez.

Georgia leva les sourcils.

– Vous paraissez bien plus jeune, plutôt de mon âge.

Il est vrai que ces temps-ci, il se sentait très jeune.

– Je suis adulte. De quoi aurais-je l'air ?

– Et alors ? Personne ne nous voit. Il n'y a que vous et moi sur cette route de campagne. S'il vous plaît, monsieur Shaw. Ne jouez pas les vieux grognons.

Elle avait posé la main sur son bras. James la regarda d'un air moqueur.

– Un vieux grognon, vraiment ?

Il fit exactement ce qu'elle lui demandait. Chaque fois qu'un flocon tombait sur sa langue, Georgia riait comme une enfant. Et il se surprit à rire tout autant.

Par-dessus tout, il mourait d'envie de l'embrasser. Mais que dirait-elle d'être embrassée par un homme qui avait presque vingt ans de plus qu'elle ? Le trouverait-elle trop hardi ? Après la lâcheté dont avait fait preuve son séducteur, elle avait de bonnes raisons de se méfier des hommes, quel que soit leur âge. Et pourtant, si James n'exprimait pas clairement ses intentions, un autre pourrait bien lui ravir Georgia.

Qu'aurait fait Samuel à ma place ? se demandait-il.

James connaissait la réponse sans avoir à y réfléchir à deux fois. Il tira sur les rênes et Racer s'immobilisa au milieu de la route. Le rire de Georgia s'éteignit.

– Qu'est-ce qui ne va pas ?

– Rien, répondit-il doucement, les yeux fixés sur ces délicieuses lèvres dépareillées. J'ai seulement envie de vous embrasser.

Son regard se voila, et elle baissa les yeux sur ses mains gantées.

– Oh, monsieur Shaw, vous me gênez beaucoup.

– Comment cela ?

– Si je vous laisse faire, je crains que vous ne me preniez pour... pour une femme perdue. Ce que je ne suis pas. J'ai peut-être commis une faute un jour, mais cela ne signifie pas que je sois...

De nouveau, l'esprit de Samuel vint en aide à James.

– Jamais je n'agirai comme celui qui vous a fait du mal. Je ne suis pas comme cela.

Elle lui sourit avec une sorte de nostalgie.

– Alors, embrassez-moi.

James était peut-être timide, mais résolu. Il enroula les rênes autour du frein et, les joues brûlantes, passa un bras autour de la taille fine de Georgia pour l'attirer contre lui. Puis il ferma les yeux et l'embrassa.

À bout de souffle, Georgia fut la première à se dégager.

– Oh, monsieur Shaw...

– James.

– James, jamais on ne m'a embrassée de cette manière.

Il eut une pensée pour ses professeurs, les dames de la maison close de Hartford où Reiver l'avait autrefois emmené • pour faire de lui un homme » et il répondit :

– Mais moi non plus.

Georgia se rapprocha de lui, frissonnante ; il demanda :

– Vous avez froid ?

– Non. Mais me trouverez-vous effrontée si je vous demande de m'embrasser encore ?

Lorsqu'ils revinrent à la maison, ni l'un ni l'autre n'avaient plus froid. Mulberry Hill était désert, seules les traces entrecroisées des traîneaux prouvaient l'activité qui avait régné là.

– Maman, je voudrais vous parler.

Hannah leva les yeux de ses livres de comptes sur Benjamin dans une tenue nette et propre, et fut frappée de voir comme il avait grandi. Élancé et dégingandé comme son oncle James, avec les cheveux châtain clair et les yeux bleus de Reiver, Hannah avait pourtant l'impression que c'était de son propre père qu'il tenait ses traits fins et agréables.

Quand mon bébé est-il devenu un jeune homme ? se demanda-t-elle, émue. Elle posa son livre de comptes.

– Bien sûr, Benjamin. Ferme la porte et viens t'asseoir.

Cette conversation prenant les apparences d'un entretien entre adultes, elle lui indiqua la chaise face à elle.

– Eh bien, de quoi voulais-tu me parler ?

– Des femmes.

Elle toussa pour dissimuler son embarras.

– Que veux-tu savoir ?

Il était préférable de le laisser parler avant de décider si Reiver devait s'en occuper.

— Comment faire pour qu'elles m'aiment ?

Elle sentit une boule dans sa gorge. Hier encore, les filles n'étaient qu'un sujet d'ennui pour Benjamin, tout juste bonnes à tirer sur leurs nattes.

— D'abord, sois honnête.

— Honnête ? De quelle manière ?

— N'essaie pas de te montrer autre que tu n'es dans l'espoir d'impressionner les jeunes filles. Par exemple, si tu rencontres une dame qui aime les pianistes, vas-tu prétendre que tu sais jouer simplement pour te faire bien voir ?

Le visage de Benjamin s'éclaira :

— Non, bien sûr. Puisque je ne sais pas, je risquerais de passer pour un idiot.

— Exactement. Tu dois aussi être conscient que ce n'est pas parce que tu aimes une jeune fille qu'elle t'aimera forcément en retour, quoi que tu fasses.

Il se rembrunit.

— Il se peut qu'elle ait choisi un autre garçon, et on ne peut rien y faire. C'est dur, mais c'est la vie.

— Vous vous êtes plu tout de suite, père et vous ?

Elle décida de rester la plus franche possible.

— Nous ne nous connaissions pas assez pour nous en rendre compte.

Et maintenant, le mensonge par amour.

— Mais après notre mariage, nous avons découvert que nous nous appréciions beaucoup.

Il hocha la tête.

— Est-ce qu'une femme m'aimera si je lui fais des cadeaux ?

— Benjamin, l'amour ne s'achète pas. Celle qui t'aimerait parce que tu lui offres des cadeaux n'est pas le genre de femme que tu voudrais.

— Je comprends.

Mais tant de choses t'échappent, se dit Hannah. Elle ajouta gentiment :

— Y a-t-il quelqu'un que tu affectionnes plus particulièrement, Benjamin ?

— Non, maman, personne. J'étais simplement curieux.

— Si jamais tu as d'autres questions, parles-en à ton père.

— Oui, maman.

Il la remercia et s'en alla.

Restée seule, elle se leva et marcha de long en large dans le bureau. Se pouvait-il que Georgia soit la raison de ces questions ? Hannah le surprenait sans cesse en train de parler à Georgia, de suivre Georgia, de s'asseoir à ses pieds pour jouer avec Elisabeth. Mais la jeune femme, elle, n'avait d'yeux que pour James.

Elle soupira. Benjamin ne tarderait pas à connaître les cruelles désillusions de l'amour. Comme elle aurait voulu qu'elles lui soient évitées !

Le somptueux dîner de Noël était fini.

Reiver se tapota le ventre et dit à Benjamin, faisant référence aux dindes sauvages que ce dernier avait chassées pour le festin :

– Ces volailles étaient excellentes, fils.

– Merci, père.

À quatorze ans, Benjamin s'estimait trop vieux pour appeler Reiver « Papa ». Davy dit à son frère :

– Tu ne les aurais pas eues si je ne te les avais pas indiquées.

– Tu n'es qu'un jaloux, répliqua Benjamin qui ne voulait pas voir son exploit de chasseur diminué aux yeux de Georgia. Tu ne serais pas capable de viser la grange !

– Les garçons, s'il vous plaît, dit Hannah en se levant. Faites donc un peu la paix pour Noël.

– Oui, maman.

– Mes navets étaient froids, se plaignit Mme Hardy, et les oignons n'avaient pas de goût. Hannah, je vous ai dit que la cuisinière aurait dû ajouter un peu de sucre.

– Elle s'en souviendra la prochaine fois, madame Hardy, assura Hannah, patiente. Et maintenant, si nous allions au salon ouvrir nos cadeaux ?

Georgia, qui avait dîné avec la famille, souleva le bébé de son couffin tout proche. Mme Hardy dit d'un ton brusque :

– Ne la prenez donc pas tout le temps dans vos bras. Vous allez en faire une enfant gâtée.

– Ce petit ange ? Jamais de la vie !

Mme Hardy foudroya du regard la jeune femme en grommelant que personne ne l'écoutait plus.

En quittant la salle à manger, Hannah remarqua deux choses : James s'attardait pour rester avec Georgia, et Benjamin essayait vaillamment de dissimuler sa jalousie.

Puis, à sa grande surprise, Reiver la rejoignit et lui donna le bras. Elle le regarda avec curiosité ; il répondit par un sourire énigmatique et chuchota : « C'est Noël. »

Il avait donc déclaré la trêve pour les vacances.

Au salon, le feu crépitait et la fumée piquait les yeux. Tout le monde s'assit et Reiver distribua les paquets que chacun ouvrit avec des oh! et des ah! Hannah ne pensait pas aux cadeaux, mais à ce que l'avenir réservait à ceux qu'elle chérissait. Elle ne s'inquiétait pas pour Benjamin : il était sûr de lui, charmant, aimé de tous, comme l'avait été le père d'Hannah. Elle était persuadée que son amourette sans espoir pour Georgia passerait d'elle-même. Davy lui causait plus de souci. À onze ans passés, rien ne montrait qu'il avait surmonté son amère jalousie envers son frère aîné. Benjamin était plus beau... Benjamin était le préféré de leur père... Benjamin était le préféré de tout le monde.

Mme Hardy avait beaucoup vieilli cette année, elle devenait fragile, voûtée, et Hannah craignait que son amie ne demeure plus très longtemps avec eux. Mais, de même que pour Reiver, moins on en disait mieux c'était.

Elle observa James assis près de Georgia, la contemplant avec tant de tendresse qu'Hannah se sentit réconfortée. C'était cependant la petite Elisabeth qui lui apportait le plus de joie.

Reiver tendit à Georgia un petit paquet.

– Je crois que c'est de la part de Benjamin.

Georgia le remercia, les yeux brillants.

– Qu'est-ce que c'est ?

Elle trouva un peigne en écaille de tortue que Benjamin avait acheté à Septimus Shiveley, le colporteur. Elle remercia de nouveau Benjamin et Hannah se demanda si elle était la seule à remarquer les joues roses de plaisir et le regard énamouré de son fils.

Après avoir distribué d'autres présents, Reiver revint à Georgia.

– Je crois que celui-ci est très spécial, de la part de James.

Hannah retint son souffle, espérant que la jeune femme apprécierait cette distinction. Rougissante, Georgia déchira le papier et s'exclama :

– Des rubans ! Des rubans assortis à mes cheveux. Oh, merci, James. C'est le plus beau cadeau qu'on m'ait jamais fait.

Benjamin cilla comme s'il avait reçu un coup. Comment pouvait-on préférer de vieux rubans ordinaires à mon peigne ? disait son expression désolée.

– Ils sont réellement particuliers, précisa James en repoussant ses mèches. L'homme qui prépare les teintures pour nos soieries a créé un bain spécial pour que la couleur soit assortie à vos cheveux.

– Et ils ne seront jamais vendus dans le commerce, ajouta Reiver.

– Ma propre couleur ? Pour moi toute seule ? Je... je ne sais que dire.

Ses yeux étincelaient. À en juger par l'expression de James, l'enthousiasme de Georgia le récompensait fort bien, et lorsqu'il ouvrit le cadeau qu'elle lui offrait, une écharpe tricotée par elle-même, on aurait dit qu'il s'agissait d'un coffre plein d'or.

Enfin, après que tous les cadeaux eurent été distribués, ouverts et examinés, Reiver se leva et prit dans sa poche de veste un long paquet plat qu'il tendit à Hannah :

– Joyeux Noël.

Elle le remercia, les joues brûlantes, consciente de tous les regards fixés sur elle.

– Qu'est-ce que cela peut bien être ? C'est trop petit pour un châle ou des gants.

– Ouvrez-le et vous verrez, conseilla Benjamin.

– C'est très spécial, ajouta Davy.

Un cadeau spécial ? De la part de Reiver ?

Hannah ouvrit la boîte. À l'intérieur reposait le plus exquis des colliers, composé de perles vertes parfaitement assorties encadrant un dragon sculpté.

– C'est... c'est superbe.

Elle le tendit pour que tous puissent admirer.

– C'est du pur jade, expliqua Reiver radieux, en provenance de Chine et datant de plusieurs centaines d'années. Je l'ai acheté à un marchand chinois qui rentrait chez lui.

Mme Hardy grommela :

– On dirait bien que ça vient du diable, oui.

Personne ne fit attention à elle.

– Voyons ce qu'il donne sur vous, dit Reiver.

Hannah se leva et se tourna pour qu'il attachât le collier à son cou. Le jade lui parut étrangement chaud sur sa gorge dénudée par la robe au décolleté profond. Dans le miroir qui surmontait la cheminée, elle admira son élégant reflet. Était-ce son imagination ? Elle avait cru voir le dragon se tordre en lui lançant un regard étincelant.

– Selon le marchand qui me l'a vendu il aurait appartenu à une impératrice, ajouta Reiver par-dessus son épaule.

Leurs yeux se rencontrèrent dans la glace.

— J'ai trouvé très approprié de vous l'offrir.

Quelle nouvelle machination est-ce là, Reiver Shaw ? se demandait-elle. Jamais vous ne m'avez offert quelque chose d'aussi beau.

— C'est superbe, dit-elle en se retournant pour l'embrasser sur la joue. Je le garderai précieusement.

Quand la pendule sonna minuit, tout ce qui restait de Noël était un tas de papiers froissés sous le sapin et le feu mourant dans l'âtre. Étouffant ses bâillements, chacun avait emporté ses trésors dans sa chambre et s'était couché. Seuls Hannah et Reiver étaient demeurés témoins des restes de la fête. Hannah se tourna vers son mari qui, assis dans son siège préféré, regardait s'éteindre les braises. Ses doigts se portèrent à son collier.

— Pourquoi m'avez-vous offert cela ?

Il leva les yeux d'un air surpris.

— Je voulais vous faire un présent particulier, vous remercier.

— Me remercier ? Pardonnez mon incrédulité, mais depuis que j'ai pris le contrôle de votre société, nous n'avons guère été en bons termes. Je ne m'attendais pas à un quelconque cadeau de votre part pour ce Noël.

Reiver se mit debout.

— Malgré toute ma réticence, je dois avouer que vous aviez raison au sujet des salaires. Depuis que je les ai rétablis et que j'ai réengagé Constance Ferry, la production a augmenté. Personne ne rechigne au travail, personne n'a démissionné. Nous avons même plus de candidats qu'auparavant.

Il s'inclina galamment.

— Vous aviez raison, et moi tort. Ce collier est ma façon de me faire pardonner.

Hannah lui lança un regard soupçonneux.

— Si vous croyez qu'un collier suffira à me faire signer certains papiers en votre faveur, vous...

— Dieu, que vous êtes méfiante ! s'exclama-t-il en riant. Mon cadeau n'est pas un pot-de-vin. C'est un gage de ma considération, rien de plus.

— Pardonnez-moi alors de paraître si méfiante quant à vos motivations, mais vous devrez admettre que vous ne m'avez guère donné l'occasion de vous faire confiance.

Il leva les mains en un geste de reddition.

— C'est Noël... ou ce qu'il en reste. Je ne veux pas me disputer avec vous.

Hannah s'approcha du sapin.

— James est très amoureux de Georgia. Je me demande s'il va la demander en mariage.

Reiver mit ses mains dans ses poches.

— C'est la première fois que je le vois attiré par quelqu'un. D'habitude, il se sent plus à l'aise en compagnie de ses mécaniques.

— Il a trente-sept ans. Peut-être a-t-il envie de s'établir avant qu'il ne soit trop tard. Après toute une vie au milieu des machines, c'est une aspiration légitime. Que diriez-vous d'accueillir Georgia au sein de notre famille ?

Il haussa les épaules.

— Peu importe ce que je dirais. Si James l'aime et veut l'épouser, c'est son affaire.

— Pas d'objections au sujet de son passé ?

Penché au-dessus du foyer il prit le tisonnier et attisa les cendres presque froides.

— Je suis mal placé pour juger de la moralité des autres, ne croyez-vous pas ?

— Ravie que vous l'admettiez, murmura-t-elle.

Il lui sembla que la main de Reiver se crispait sur le manche, mais il ne fit pas d'autre geste menaçant ; peut-être avait-elle mal vu. Elle ajouta :

— Vous savez que Benjamin aussi s'est entiché de Georgia ?

— Notre Benjamin ?

— Oui, notre Benjamin.

— Eh bien, que je sois...

— Ne me dites pas que vous n'avez pas remarqué son air énamouré chaque fois qu'elle passe près de lui ?

— J'ai bien peur d'avoir des soucis plus graves en tête.

— Je ne veux pas qu'il souffre. Il a peut-être quatorze ans, mais par bien des côtés c'est encore un bébé.

— Cessez de le couver, Hannah. Il est assez vieux pour avoir un enfant lui-même.

— Alors vous feriez bien de lui parler des responsabilités d'un gentleman. Un enfant illégitime dans cette maison est bien suffisant !

La colère passa en un éclair dans le regard de Reiver.

– Tout doux, Hannah. Un rien vous énerve ces temps-ci. Je ne pense pas que Benjamin soit sur le point de séduire Georgia comme s'il était un nobliau anglais et elle quelque servante. Tout le monde se rend compte que Georgia est folle de mon frère. Elle ne fera rien pour encourager Benjamin et cette amourette passera toute seule.

Hannah soupira.

– Vous avez raison. Il est ridicule de croire que Benjamin irait séduire Georgia.

– De toute façon, je lui parlerai.

– Oui, je pense que ce serait bien. Cette fois, je vais me coucher.

Elle étouffa un bâillement et lui souhaita bonne nuit.

Dans sa chambre, elle alluma la lampe et ôta son couvre-lit, stupéfaite d'avoir eu avec Reiver une conversation parfaitement normale. Elle eut un sourire cynique en dégrafant son collier de jade avant de le ranger dans un tiroir de son secrétaire. Il avait appartenu à une impératrice, vraiment. Comme si Reiver allait offrir un présent symbolisant pouvoir et force à une femme dont il méprisait la volonté de fer ! Non, en réalité, il cherchait à récupérer sa filature, et elle se demandait quelle serait sa prochaine manœuvre.

Elle enfila sa chemise de nuit, s'enfonça sous ses couvertures. Dans l'obscurité qui dissimulait sa honte, elle se caressa de la façon dont Samuel l'aurait fait, l'imaginant allongé près d'elle, et non à des milliers de kilomètres de là. Son corps acceptait ce subterfuge, tout comme elle acceptait sa solitude.

En bas, Reiver buvait son brandy en regardant les cendres froides, et se traitait d'idiot. Il se souvenait des paroles d'Hannah quand elle avait imposé ses conditions pour élever l'enfant de Cécilia : « Peut-être, si je pensais que cela vous amène à m'aimer, n'hésiterais-je pas à vous obéir. Mais j'ai fini par comprendre que vous ne m'aimerez jamais, quoi que je fasse. » Il se souvenait de la façon dont elle s'était interrompue, pleine d'espoir, pour lui donner le temps de nier, mais lui, stupide, n'en avait pas profité.

Il comprenait maintenant qu'elle lui avait tendu la clé de sa dévotion sur un plateau d'argent, et il ne l'avait pas prise. Peut-être n'était-il pas trop tard ; s'il parvenait à la convaincre qu'il l'aimait, elle ferait n'importe quoi pour lui.

Il reposa son verre et fit courir ses doigts sur le bord. Il devrait procéder avec lenteur et précaution.

Cela établi, il alla se coucher, seul.

Quelques jours plus tard, Reiver emmena Benjamin à la chasse dans les bois au sud de Coldwater, mais il avait autre chose en tête que tirer sur un cerf ou des faisans. Progressant en silence dans la forêt, le fusil calé dans le creux du bras, il examinait la neige fraîche à la recherche de traces tout en se préparant à aborder le sujet des femmes. Son fils le devança :

— Père, pourquoi M. Tuttle avait-il voulu vous tuer ?

Un silence surnaturel s'abattit sur les arbres, comme si chaque écureuil, chaque oiseau s'était immobilisé dans l'attente de sa réponse. Il prit une profonde inspiration et répondit :

— Parce que sa femme et moi étions amants. Sais-tu ce que cela signifie ?

Benjamin lui lança un regard dédaigneux, étrangement adulte.

— Bien sûr, père, je ne suis plus un enfant. On apprend... certaines choses de ses camarades.

Reiver acquiesça, se demandant comment continuer.

— Es-tu en colère contre moi à cause de cela ?

— Non, mais je ne comprends pas. Vous avez épousé maman. Pourquoi alors... forniquer avec une autre femme ?

Il était devenu tout rouge.

— Parce que j'aimais Cécilia, je veux dire Mme Tuttle, bien avant d'avoir rencontré ta mère.

Avec une grimace, Benjamin ôta sa casquette de laine pour se gratter la tête.

— Je comprends encore moins. Si vous aimiez une autre femme, pourquoi avoir épousé maman ?

Ils suivaient un sentier qui menait au plus profond de la forêt. Reiver expliqua combien il avait besoin de la terre de Racebrook pour la filature, et comment il s'était trouvé amené à épouser Hannah Whitby pour l'obtenir.

Il s'arrêta et posa sa main sur l'épaule de Benjamin.

— Vois-tu, mon fils, souvent l'amour n'a rien à voir avec le mariage. J'espère que tu ne m'en voudras pas d'avoir aimé une autre femme que ta mère.

Le visage de Benjamin refléta la contradiction de ses sentiments et il dit, comme si cela absolvait Reiver de toute mauvaise conduite :

— Vous êtes mon père.

Il ajouta :

— Maman a dû être très malheureuse quand elle a découvert ce qui se passait entre vous et Mme Tuttle.

— Elle a surtout été furieuse.

Au point de devenir la maîtresse de ton oncle Samuel, pensa Reiver. Mais il n'en dirait jamais rien à Benjamin.

— Elle n'aurait rien appris si Tuttle ne m'avait pas tiré dessus. J'ai toujours été discret, comme un gentleman doit l'être dans ces cas-là. Mais elle l'a su, et s'est sentie trahie.

— Mme Tuttle est morte, n'est-ce pas ?

— Oui. Mais je l'aimais et elle me manquera toujours.

Il avait la gorge serrée. Benjamin donna un coup de pied dans la neige et se tut, bien que Reiver fût certain qu'il avait d'autres choses à dire.

— Ta mère ne m'a jamais très bien compris. Elle n'a pensé qu'à son propre chagrin. Elle n'a pas vu à quel point j'aimais Cécilia, elle ne m'a pas pardonné. Mais, tu sais, les femmes sont d'étranges créatures, bien différentes des hommes.

Cela piqua l'intérêt de Benjamin.

— Dans quel sens ?

— Ce sont des êtres délicats, émotifs. Elles sont menées par leurs sentiments plutôt que par leur raison, qui est bien moindre que la nôtre. Ce qui fait qu'il est difficile de raisonner avec elles. Les hommes comprennent pourquoi j'ai continué de voir Mme Tuttle, mais les femmes sont beaucoup moins tolérantes.

— Si M. Tuttle était si compréhensif, pourquoi a-t-il tenté de vous tuer ?

— C'est autre chose. Pour lui c'était comme si je l'avais volé. Un homme ne se laisse jamais dépouiller de son bien par un autre, fils, qu'il s'agisse de sa femme ou de sa terre. Être un homme, c'est aussi cela. Souviens-t'en. Et malgré ma blessure, j'ai éprouvé du respect pour lui. J'aurais fait de même à sa place.

Ils poursuivirent leur promenade. La neige craquait sous leurs pas et les basses branches s'accrochaient à leurs vêtements. À peu de distance, un animal invisible traversa bruyamment le sous-bois.

Benjamin, profitant de cette camaraderie nouvelle avec son père, demanda :

— Avez-vous forniqué avec beaucoup de femmes avant de tomber amoureux de Mme Tuttle ?

Reiver fronça les sourcils dans un simulacre de sévérité.

— Où as-tu appris un tel langage ? J'ai bien envie de te laver la bouche au savon.

Benjamin rougit.

— Par mes camarades.

– Ce que j'ai pu faire avec d'autres femmes ne regarde que moi. Un gentleman ne fait jamais état de ses conquêtes, surtout devant ses «camarades». Il doit protéger la réputation d'une femme, fût-elle bien née ou servante, et ne jamais profiter de ceux qui sont démunis et faibles. Comprends-tu ?

– Oui, père.

Il respira un bon coup et se lança :

– Que pensez-vous de Georgia ?

– Je la trouve très jolie et très douce. Mais tu dois la laisser tranquille.

– Pourquoi ?

– D'abord, parce que ton oncle James a des vues sur elle.

– Mais il est si... si vieux !

Reiver réprima un sourire.

– Peut-être Georgia voit-elle en lui l'homme mûr en qui l'on peut avoir confiance. Et, même si ton oncle n'avait pas jeté son dévolu sur elle, souviens-toi de ce que je viens de te dire : on ne profite pas de quelqu'un qui est démuni. Georgia est une employée chez nous. Je ne veux pas que mon fils séduise mes domestiques.

– Oui, père.

Reiver reprit son fils par l'épaule.

– Ne sois pas déçu. Je sais qu'elle te plaît, mais bien d'autres femmes te plairont, crois-moi. Tu es un beau garçon, intelligent, et l'héritier des Soieries Shaw. Les femmes sont attirées par les beaux garçons intelligents et riches.

– Elle me prend pour un enfant qui ne mérite pas qu'on s'y attarde.

– Quand tu seras un peu plus âgé, je te présenterai à une amie très spéciale que j'ai, qui t'apprendra tout ce que tu dois savoir pour devenir un homme, comme elle l'a fait pour moi et tes oncles.

Le visage de Benjamin s'éclaira :

– J'ai entendu parler de ces femmes par des camarades. Ils disent qu'elles sont... peu recommandables.

Ses yeux bleus brillaient dans l'attente de la réponse de son père. Ce dernier, amusé, pensait à la Comtesse et à ses charmantes pensionnaires.

– Certainement, Benjamin, mais elles savent très bien enseigner aux jeunes gens l'art de pratiquer les femmes et le monde.

– Quand m'emmènerez-vous voir votre amie, alors ?

231

— Pas avant tes seize ans.

Benjamin se rembrunit.

— C'est dans deux ans !

— Ne sois pas impatient. Et promets-moi de ne pas en parler à ta mère. Elle ne comprendrait pas. Ni à Davy, il serait jaloux.

— Ce sera notre secret, père.

Ils reprirent leur marche, et ne rentrèrent à la maison que lorsque Benjamin eut tué une biche.

15

Durant l'été 1856, on ne parlait à Coldwater que du fléau de l'esclavage, surtout après l'exécution de cinq colons esclavagistes du Texas organisée par les abolitionnistes sous la conduite d'un natif du Connecticut, John Brown. James Shaw, lui, ne pensait qu'à Georgia.

Son obsession ne serait guérie que d'une seule façon.

Il attendit donc le jour propice, un matin ensoleillé de la fin mai. Il mit sa plus belle tenue, sella Racer et se dirigea vers la maison des Shaw, où il trouva Georgia dans la nursery. Agenouillée à quelques mètres d'Hannah qui tenait Elisabeth par la taille, elle tendait les bras à l'enfant.

— Viens, Lizzie, viens voir Georgia.

— Va, dit Hannah en la lâchant.

Elisabeth demeura sur place un instant, vacillante, se demandant si elle allait se laisser tomber sur le sol ou avancer. Puis elle prit un air décidé et tangua vers Georgia comme un marin ivre.

— Bravo ! s'écria la jeune femme en la soulevant dans ses bras. Tu as gagné !

Hannah avait l'air aussi heureux que si Elisabeth était réellement sa fille. Puis elle remarqua James à la porte et se leva en lissant sa jupe.

— Vous avez assisté aux premiers pas de Lizzie, dit-elle. Nous sommes très fières d'elle.

— Il y a de quoi, répondit James en regardant Georgia.

Celle-ci ne manqua pas d'apprécier la chemise blanche à haut col, le gilet en brocart d'or et les mains impeccables.

— Pourquoi vous êtes-vous fait si beau ?

Il écarta les cheveux de son front.

— J'ai quelque chose de très important à faire aujourd'hui, et j'aimerais que vous veniez avec moi. Si cela vous est possible, ajouta-t-il avec un coup d'œil vers Hannah.

— Je peux m'occuper de Lizzie le restant de la matinée, répliqua Hannah en prenant l'enfant dans ses bras.

James tendit la main à Georgia pour l'aider à se relever.

— Je vais chercher mon chapeau et je suis à vous, déclara-t-elle.

Après son départ, James dit à Hannah :

— Je trouve que Ben me bat froid depuis quelque temps, et je ne comprends pas pourquoi. Le sauriez-vous ?

— Il aime beaucoup Georgia aussi et vous considère comme un rival.

— Ben amoureux de ma Georgia ? Le peigne qu'il lui a offert à Noël... j'aurais dû comprendre... mais je suis si obtus quand il s'agit des autres...

— Non, James, c'est l'amour qui rend aveugle. Reiver lui a parlé, et bien qu'il ait le cœur brisé, il a compris que Georgia était déjà retenue.

James comptait bien qu'à partir de ce jour elle serait mieux que cela.

Elle apparut sur le seuil, si radieuse avec son nouveau chapeau orné de ruchés couleur cuivre et d'un gros nœud de satin noué sous le menton, qu'il en eut le souffle coupé.

— Nous y allons ?

Il lui offrit son bras.

Une fois dehors, Georgia demanda :

— Quelle est donc cette chose importante que vous avez à faire ?

— Vous verrez.

Ils montèrent dans la carriole et James conduisit en silence pendant dix minutes. Puis il s'arrêta et aida Georgia à descendre, près d'un petit étang tranquille entouré d'érables et de bouleaux magnifiques.

— Quel endroit charmant !

— Enfant, je venais ici quand j'avais besoin de solitude. C'est si calme.

Il prit la main de Georgia pour la conduire près de gros rochers au bord de l'eau. L'un d'eux était creusé en forme de fauteuil.

— J'imaginais que j'étais roi et ceci était mon trône. Vous qui êtes belle comme une reine, voudriez-vous y prendre place ?

Georgia s'assit avec un petit rire.

— La reine Georgia de Coldwater... cela sonne un peu majestueux pour une fille de la campagne, ne trouvez-vous pas ?

— Vous êtes ma reine, dit James avec gravité.

234

Il posa un genou en terre et saisit sa main.

– Et j'aimerais que vous soyez ma femme, si vous le voulez bien.

Elle le considéra avec de grands yeux brillants.

– Oh James... je ne sais que dire !

Elle va refuser, pensa James affolé. Elle me trouve trop vieux.

– Je... je sais que nous ne nous connaissons pas depuis très longtemps..., commença-t-il, la bouche sèche, mais je vous aime, Georgia, et je sais que je pourrais faire votre bonheur, si...

– Oui.

– Oui ?

– Oui, je veux vous épouser, James.

– Vraiment ?

Il sauta sur ses pieds, le cœur battant la chamade, puis attrapa Georgia par la taille et la souleva de son « trône » en la faisant tournoyer avant de la reposer. Ivre de bonheur, il l'étreignit.

– Vous faites de moi le plus heureux des hommes de Coldwater !

– Et de moi la femme la plus heureuse du monde.

Elle mit ses bras autour de son cou, se dressa sur la pointe des pieds et l'embrassa. James eut fort envie d'ouvrir ces délicieuses lèvres pressées contre les siennes, comme le lui avaient appris les filles de la Comtesse, mais il n'osa pas. Il aurait assez de temps devant lui pour cela, et plus encore quand ils seraient mariés. Il se dégagea. Georgia le regarda avec peine.

– Vous n'aimez pas mes baisers, James ?

– Oh si, répondit-il en rougissant. Beaucoup trop.

– Vous êtes mon promis à présent. Vous pouvez m'embrasser autant que vous en avez envie.

James baissa les yeux.

– J'aurais peur de me laisser aller comme celui qui a été la cause de votre honte.

– Oh James, même si vous essayiez, vous ne deviendriez pas comme lui. Jamais vous ne me ferez honte.

– Je veux quand même attendre que nous soyons mariés.

Elle lui sourit.

– Marions-nous vite alors !

Il la serra contre lui et elle posa la tête sur sa poitrine.

– J'aimerais que mon frère Samuel assiste à la cérémonie.

– Mme Shaw m'a parlé de lui. C'est le peintre qui a fait ce beau portrait d'elle et qui est parti en Californie.

– Il est en Australie à présent, d'après ce qu'il a écrit à Benjamin le mois dernier.

235

– Avant d'inviter votre frère à notre mariage, il faut en avertir les autres. Nous pourrions peut-être l'annoncer ce soir au dîner ?

James pensa à Benjamin et secoua la tête.

– Je préférerais leur dire individuellement, si vous n'y voyez pas d'inconvénient.

– Comme vous voudrez. Du moment que vous leur dites !

James se pencha pour l'embrasser de nouveau.

Benjamin reçut mieux la nouvelle qu'Hannah ne l'avait craint. Quand Reiver lui en fit part avant le dîner, le vaillant garçon pâlit et ses yeux étincelèrent, mais il se reprit vite et dit qu'il souhaitait tout le bonheur possible à James et Georgia.

Il réitéra ses vœux au cours du repas, et Hannah se sentit fière de la maturité nouvelle de son fils.

– Quand envisagez-vous de vous marier ? demanda-t-elle aux fiancés. L'automne est une belle saison pour une cérémonie.

– Nous voudrions inviter Samuel, aussi nous attendrons son retour, répondit James.

Hannah se figea et regarda vers Reiver assis au bout de la table, devenu d'un calme de pierre.

– À votre place, je n'y compterais pas, dit-il.

– Je crois qu'oncle Samuel ne reviendra jamais, ajouta Davy.

– Pourquoi le ferait-il ? grommela Mme Hardy. Il est sûrement plus heureux là où il est.

Hannah prit une autre cuillerée de potage, l'esprit en ébullition. Samuel de retour à Coldwater...

– Il doit bien y avoir un moyen de le prévenir, dit Georgia, qui ajouta après un regard à son fiancé : James tient beaucoup à sa présence.

– Je pourrais lui écrire, suggéra Benjamin.

– Non, je le ferai, dit Hannah en évitant le regard de son mari. Mais ne vous faites pas trop d'illusions, tous les deux. C'est un très long voyage depuis l'Australie, rien que pour assister à un mariage.

– Peut-être oncle Samuel reviendra-t-il pour de bon, dit Davy.

Mais Hannah savait que jamais Reiver ne l'y autoriserait.

Dans la soirée, alors qu'elle s'apprêtait à monter, Reiver la retint dans le vestibule.

– Venez marcher un peu avec moi. Le clair de lune est magnifique.

Elle considéra avec circonspection sa main tendue, puis le laissa prendre la sienne pour la poser sur son bras replié.

Une énorme pleine lune brillait dans le ciel étoilé avec presque autant d'intensité que le soleil, mais sa lumière était froide et argentée. Hannah et Reiver n'avaient pas besoin de lampe pour diriger leurs pas autour de Mulberry Hill à présent couverte d'herbe verte.

Elle attendit d'être hors de portée de la maison pour dire :

– Allez-vous laisser Samuel revenir pour le mariage de James ?

– Pourquoi pas ? Il est parti depuis presque sept ans. Je suppose que vous n'éprouvez plus les mêmes sentiments à son égard.

Dans la pénombre son expression était indiscernable.

– Non, en effet.

– Je suis ravi de l'entendre, Hannah. Sinon, sa présence serait fort gênante.

Ils marchèrent en silence.

Soudain, Reiver s'arrêta et lui fit face. Ses yeux paraissaient noirs dans le clair de lune.

– Écrivez donc à Samuel et invitez-le. Dites-lui que je veux oublier le passé et qu'il est le bienvenu à Coldwater.

Elle s'efforça de garder un ton calme afin de ne pas l'alerter.

– Pourquoi ne pas laisser les choses en l'état ?

Comme il levait les sourcils, elle ajouta :

– Je ne ressens plus rien pour Samuel, mais il n'en est peut-être pas de même pour lui.

– Tant que vous n'y répondrez pas, ce ne sera pas un problème. Il se fait tard, rentrons.

Une fois seule dans sa chambre, elle s'assit sur son lit, les genoux repliés contre elle. Pourquoi Reiver souhaitait-il brusquement le retour de son frère ? Elle avait du mal à croire que son orgueilleux époux soit prêt à oublier et à pardonner.

De vifs souvenirs, refoulés depuis des années, lui revinrent en force : l'amitié de Samuel durant la première année de son mariage, si solitaire et déconcertante, ses nombreuses gentillesses envers Abigail, et cet après-midi de folie dans son atelier, quand il avait balayé son sentiment d'inutilité dans un flamboiement de passion...

Samuel de retour à Coldwater... comment supporter cela ?

Elle lui écrivit le lendemain matin.

Quelques semaines plus tard, alors qu'elle remplaçait une ouvrière absente à l'emballage, Reiver surgit, tout rouge d'excitation :

— Hannah, laissez cela à quelqu'un d'autre, j'ai à vous parler.

— Il n'y a personne. Bridget est malade et cette cargaison doit partir aujourd'hui.

— Laissez cela.

Il se balança d'un pied sur l'autre, impatient, jusqu'à ce qu'elle se lève et le suive. Dehors, c'était une chaude matinée de juin ; il marchait à grandes enjambées et elle accorda son pas sur le sien.

— Qu'aviez-vous donc à me dire ?

— Nat Fisher vend la ferme Bickford.

Elle s'immobilisa. Reiver, qui avait continué, s'en aperçut et revint sur ses pas.

— Qui vous l'a dit ? Et pourquoi vend-il ? Le grand-père d'oncle Ezra a créé cette ferme. Elle est dans la famille depuis plus d'un siècle.

— Roger Jones me l'a appris quand j'ai fait ferrer Racer chez lui ce matin. Il le tenait de Nat lui-même hier. Il semble que Nat estime n'avoir pas d'avenir à Coldwater, aussi il vend et emmène toute sa famille dans l'Ouest.

— Je vois que cette nouvelle vous intéresse fort. Puis-je savoir pourquoi ?

— Je veux acheter cette ferme.

Elle écarquilla les yeux.

— L'acheter ? Oui, bien sûr. Pour agrandir les Soieries Shaw un jour prochain.

— Vous comprenez vite.

— Cela a l'air de vous étonner. Je me doute que votre but n'est pas de faire de Benjamin et Davy des fermiers.

— Certainement pas.

Il se tourna vers la filature, plein de fierté, et ajouta :

— Tout cela sera à eux un jour. Donc, ai-je votre permission d'acquérir la ferme ?

— Vous me demandez la permission ?

— C'est vous qui détenez le pouvoir de décision.

Hannah rassembla ses jupes et fit demi-tour vers la maison.

— Vous me surprenez, Reiver. Je m'attendais plus à une exigence qu'à une requête de votre part.

Il haussa les épaules.

— Pourquoi exiger ? Nous recommencerions à nous disputer et j'en ai assez de me battre avec vous.

— Je pensais que vous y preniez plaisir.

Il la considéra avec gravité.

— Détrompez-vous.

Quelle sorte de jeu est-ce là ? se demandait Hannah tandis qu'ils rentraient en silence. Présenter une requête ressemblait si peu à Reiver. D'habitude il dirigeait la filature comme bon lui semblait, y passait le plus clair de son temps puis imposait ses décisions quand elle élevait la moindre objection. On aurait dit qu'il avait finalement accepté sa mainmise sur l'entreprise, et cela ne la rendait que plus méfiante vis-à-vis de ses intentions réelles.

Dans son bureau, elle fit quelques comptes rapides tandis que Reiver attendait.

– Si vous voulez acheter la ferme, il faudra faire un emprunt, dit-elle enfin.

– Vous acceptez ?

Elle acquiesça.

– Bien. Je vais aller trouver quelques banquiers de Hartford et voir ce que l'on peut obtenir. Sauf Tuttle Senior, évidemment.

– Ce serait plus prudent, en effet, répondit-elle en se levant. Je retourne à mes emballages.

Comme elle passait près de lui, il la retint.

– Merci de ne pas m'empêcher de faire cette affaire, Hannah.

– Moi aussi je cherche le meilleur pour les Soieries Shaw. Si vous pensez que la ferme Bickford nous apportera un plus dans l'avenir, faites ce qu'il faut.

– Je n'y manquerai pas.

Il posa un baiser léger sur sa joue et la quitta.

De retour à l'atelier, dans la rumeur et le cliquetis des métiers à tisser, le plancher vibrant sous ses pieds, Hannah réfléchit au changement subtil intervenu chez Reiver au cours de ces derniers mois. D'abord il semblait d'accord pour que Samuel revienne à la maison ; maintenant il lui demandait son avis avant de prendre une décision concernant la filature.

Le baiser sur la joue était la plus grande des surprises, leurs relations physiques ayant cessé depuis bien longtemps.

– Nous verrons, Reiver Shaw, conclut-elle tout haut en entassant des bobines de fil dans leurs boîtes. Nous verrons.

Reiver lança son haut-de-forme en soie à travers la cuisine, le visage congestionné, les membres raidis de colère.

– Pas une des banques ne m'accordera de prêt.

Hannah mit une miche de pain frais à côté du jambon fumé dans le panier qu'elle destinait à la famille de la pauvre Bridget, malade.

– Voilà qui est surprenant. Combien en avez-vous vu ?

– Toutes celles de Hartford. Et toutes ont refusé ; on craint une insurrection dans le Sud. Si j'étais fabricant d'armements, comme Colt ou Smith et Wesson, on me prêterait autant d'argent que j'en aurais besoin.

Hannah ajouta un pot de myrtilles en conserve dans le panier.

– Alors, nous devrons renoncer à la ferme de Nat.

Reiver parcourait la cuisine comme un lion en cage.

– Quelque chose n'est pas logique. Les Soieries Shaw sont une entreprise solvable dont l'avenir est assuré. Il n'y a aucune raison que tous les banquiers me refusent un prêt. À moins que...

– Quoi ? dit Hannah en levant les yeux.

– Que quelqu'un ne leur ait dit de le faire.

Un souffle de vent entra par la fenêtre ouverte, amenant l'écho du rire de Georgia qui jouait avec Elisabeth sur la pelouse. Hannah regarda Reiver.

– Vous pensez que les banquiers refusent délibérément de traiter avec vous ? Pourquoi ?

Un muscle se tendit dans la mâchoire de Reiver.

– Réfléchissez, Hannah. Qui a une raison de me haïr à ce point ?

– Amos Tuttle. Mais il ne peut certainement pas...

– User de son influence pour empêcher ma société de prospérer ? Je n'en jurerais pas. Souvenez-vous que Tuttle Senior a annulé ma première dette envers lui pour que je ne porte pas plainte contre son fils, mais il n'a pas promis de m'accorder un second prêt. Qui sait ? Il a peut-être demandé à ses collègues de refuser toute demande de ma part.

– J'ai du mal à croire que les banquiers fassent passer leurs sentiments personnels avant les affaires.

– La plupart, non, mais Tuttle, c'est possible.

Elle ajouta encore des biscuits aux provisions, puis couvrit le panier d'un linge propre.

– C'est bien dommage que Samuel ne soit pas ici. Je suis sûre qu'il vous aurait prêté l'argent de ses lithographies, comme avant.

Reiver lui jeta un regard singulier.

– Mais il n'est pas là, et il me faut trouver un autre moyen.

Elle mit le lourd panier au creux de son bras.

– Je vais porter cela chez Bridget. Je serai de retour très vite.

Sur le chemin, elle réfléchit à l'éventualité qu'Amos Tuttle soit à l'origine des déboires de Reiver avec la banque. En revenant de

240

chez Bridget, il lui vint une idée susceptible de le faire changer d'avis.

Une semaine plus tard Hannah se tenait devant l'imposante façade de la National City Bank, luttant contre le trac.

Reiver avait tempêté quand elle lui avait annoncé son intention de se rendre à New York pour rencontrer Amos Tuttle. Qu'espérait-elle donc obtenir ? Que penserait Tuttle si Reiver Shaw lui envoyait sa femme pour gagner les batailles à sa place ?

Hannah restant sereine, Reiver avait fini par la laisser faire, à condition de l'accompagner.

Elle entra donc dans la banque tandis que Reiver l'attendait dans la voiture au coin de la rue. Un clerc l'escorta jusqu'au bureau d'Amos Tuttle. Elle s'efforçait de conserver une allure compassée tout en se répétant ce qu'elle avait à dire.

– Madame Shaw ?

Amos Tuttle se tenait sur le seuil. Disparu, le jeune homme exubérant au visage poupin que Reiver se plaisait à dénigrer. Tuttle était devenu un homme au regard sarcastique, paraissant vingt ans de plus que son âge, aux cheveux rares soigneusement plaqués et au visage las, sculpté par le chagrin et les désillusions. Il avait l'apparence d'un veuf dont seuls des domestiques prennent soin.

Hannah hésita. La considérerait-il comme la femme de son ennemi et la renverrait-il comme telle ? À son soulagement, une lueur qui ressemblait à de la sympathie s'alluma au fond de ses yeux.

Se sentir trahi par ceux en qui on avait confiance crée des liens.

– Merci de me recevoir, monsieur Tuttle.

– Entrez.

Il s'effaça pour la laisser passer et elle pénétra dans un bureau spacieux et élégant. Il lui offrit un confortable siège de cuir.

– Je dois avouer que votre présence me surprend fort, madame Shaw, et je suis curieux de savoir pourquoi vous désirez me voir, étant donné les circonstances.

Il prit place derrière une large table d'acajou et se renversa contre le dossier de sa chaise.

– Je suis venue demander une faveur pour mon époux.

Le visage dur de Tuttle devint si rouge qu'Hannah le crut sur le point de succomber à une attaque d'apoplexie. Il bondit sur ses pieds et la considéra d'un air outragé.

– N'avez-vous donc aucune fierté, madame ? Après la façon dont votre mari vous a trompée, dont il a fait de vous la risée de Coldwater, vous vous abaissez à me demander une faveur pour lui ?

Malgré ses joues enflammées sous l'insulte, Hannah garda son calme.

– Oui, c'est le cas, et vous comprendrez pourquoi quand je vous l'aurai expliqué.

– Ce doit être intéressant, dit-il en se rasseyant. Je vous écoute.

Elle lui raconta donc ce qui s'était passé quand Reiver avait voulu faire un emprunt auprès des banques de Hartford. Elle conclut en le regardant bien en face :

– Nous pensons que vous êtes à l'origine de cet ostracisme, et que vous avez demandé aux banquiers de Hartford de ne plus traiter avec les Shaw.

Il éclata de rire – un son fluet, sifflant.

– Je n'ai jamais rien entendu de plus ridicule.

Pourtant, Hannah perçut une note de fausseté flagrante dans ce rire.

– De plus, ajouta-t-il, même si c'était vrai, vous auriez un mal de chien à le prouver.

Elle se leva.

– Je l'admets. Mais je sais que c'est vous car j'aurais fait exactement la même chose à votre place.

– Vraiment ?

– Sans hésitation.

Elle se rendit à une grande fenêtre surplombant Wall Street.

– Savez-vous par quoi mon mari a dû passer avant que j'accepte d'élever la fille de Cécilia ?

– Non, madame Shaw, je l'ignore.

– Mon prix a été : le contrôle des Soieries Shaw.

Les yeux de Tuttle semblèrent jaillir de ses orbites.

– Il vous l'a donné ? Sans discussion ?

– Oui, mais pas sans discussion. Malgré toutes les erreurs de conduite de Reiver Shaw, il aimait Cécilia et il aime sa fille. C'est elle qu'il a choisie contre sa filature. J'ai la haute main sur soixante pour cent des actions de la compagnie.

– Je ne vous crois pas. Jamais Shaw...

– Si vous voulez des preuves, voici le nom de mon avocat qui vous confirmera mes dires. Reiver continue de diriger la filature, bien sûr, et afin d'épargner son considérable orgueil, tout le monde croit qu'il en a le contrôle. Mais c'est moi.

— Vous m'étonnez fort, madame. Quand j'ai fait votre connaissance, je vous ai trouvée agréable et charmante, avide de plaire à votre mari, mais pas spécialement volontaire. Jamais je n'aurais soupçonné que vous puissiez être si... si...

— Retorse, monsieur Tuttle ?

Il leva les mains en un geste d'excuse.

— Intelligente est le mot que j'aurais employé.

Hannah leva haut le menton.

— Vous n'avez pas été la seule victime de l'égoïsme de Reiver. J'ai dû supporter les commérages et mes fils ont été la cible de leurs camarades d'école. Aussi longtemps que je vivrai, jamais je ne pardonnerai à mon époux d'avoir fait subir cela à ses enfants.

Elle sourit.

— Mais je m'égare. Si vous acceptez de parler aux banquiers de Hartford afin de mettre fin à cet ostracisme envers les Soieries Shaw, vous et moi en bénéficierons.

— Je ne vois pas ce que cela m'apporterait.

— Si la compagnie s'effondre, il est vrai que les rêves de Reiver s'évanouiront. Mais si les Soieries Shaw prospèrent, je continuerai d'y être majoritaire. N'est-ce pas une punition suffisante pour un homme dévoré d'orgueil de voir s'épanouir sa filature en sachant qu'il n'en sera jamais le maître ?

Leurs regards se rencontrèrent pendant une éternité, sembla-t-il. Hannah retenait son souffle.

— Comment savoir si vous ne rendrez pas ses parts à votre mari ?

— En ce cas je serais de nouveau livrée à son bon vouloir. Il pourrait divorcer, prendre une autre maîtresse. Que deviendrais-je alors ?

— Je vous tire mon chapeau, madame Shaw. Lucrèce Borgia n'aurait rien à vous envier.

Dieu merci, il ne pouvait savoir à quel point les genoux d'Hannah s'entrechoquaient sous ses jupons.

— C'est une vengeance adéquate, ne pensez-vous pas ?

— En effet. Pourquoi tuer un homme rapidement quand on peut le faire souffrir longtemps ?

— Exactement. Donc, parlerez-vous à vos amis de Hartford ?

— Je verrai ce que je peux faire.

Elle le remercia et s'apprêta à partir.

— Madame Shaw ?

— Oui, monsieur Tuttle ?

Il avait le visage tiré de chagrin.

— Comment va la fille de Cécilia ?

— C'est une enfant adorable et heureuse, aussi belle que sa mère. Je l'aime et je prends soin d'elle comme si elle était ma propre fille.

Ayant dit à Tuttle ce qu'il mourait d'envie de savoir, elle quitta son bureau sans s'attarder.

— Alors, qu'a-t-il dit ?

Hannah s'installa à côté de Reiver dans la voiture et arrangea ses jupes autour d'elle.

— La ferme de Nat nous appartient, ou tout comme.

Reiver laissa échapper un tel cri de triomphe que les passants se retournèrent.

— Ce saligaud était donc bien derrière tout ça.

— Il ne veut pas le reconnaître, mais je pense que oui.

Avec un large sourire, Reiver secouait la tête comme s'il ne parvenait pas à croire en sa chance.

— Que lui avez-vous donc dit pour le faire changer d'avis ? Je suis déjà surpris qu'il ait accepté de vous recevoir !

— Je me suis mise à sa merci, voilà tout. Je lui ai confié que, si nous n'obtenions pas ce prêt, nous risquions la faillite. Si c'était le cas, mes enfants, y compris la fille de Cécilia, seraient jetés à la rue.

— Voulez-vous dire qu'il a accepté de parler aux banquiers de Hartford uniquement parce qu'il vous a prise en pitié ? Voilà qui est dur à avaler.

— Pourquoi ? Tuttle est un homme plein de compassion. Il ne supporte pas l'idée de faire du mal à une femme et à des enfants sans défense.

Bien qu'il soit aussi endurci et amer, grâce à vous, ajouta-t-elle en son for intérieur.

— Merci, Hannah. Je me souviendrai aussi longtemps que je vivrai de ce que vous avez fait aujourd'hui.

Il porta sa main à ses lèvres et la baisa. Elle eut un mouvement de recul et se mit à arranger son col.

— Ne devrions-nous pas nous rendre à la gare ?

Il acquiesça et reprit sa place après avoir fait signe au cocher.

Ses yeux ne quittaient pas le visage de sa femme.

16

Pour Hannah, l'acquisition de la ferme Bickford par la famille Shaw était un juste retour des choses, après ce qu'elle avait supporté lorsqu'elle était aux mains de ses oncle et tante.

Elle se tenait près du muret de pierres sèches qui bordait le champ où elle avait travaillé si dur, courbée au point de croire qu'elle ne pourrait jamais se redresser. Plus aucun plant de tabac n'ondulait dans la brise tiède de l'été ; tout s'était desséché, négligé par Nat, et avait été coupé ras en vilains tas de chaume. Un jour prochain, à leur place s'élèveraient les maisons des ouvriers de la filature.

– Hannah ?

Elle déplaça son ombrelle pour se protéger du soleil et ne répondit pas, perdue dans ses pensées. Reiver approcha.

– Est-ce ma dernière acquisition que vous observez ?

– Non, je rêvais.

Il posa le pied sur le muret et se pencha en avant.

– C'est ici que nous nous sommes rencontrés. Vous en souvenez-vous ?

– Bien sûr. Je m'étais presque évanouie à cause de la chaleur et vous avez insisté pour me ramener à la ferme.

– N'est-ce pas incroyable comme le moindre incident peut modifier le destin d'une personne ?

D'un geste absent, Hannah chassa un taon.

– Oui. Si la voiture de mes parents n'avait pas dérapé sur une route verglacée un soir d'hiver, je serais sans doute à Boston en ce moment même, mariée à un médecin, comme ma mère.

Il s'assit face à elle.

– Pensez-vous que vous auriez eu une vie meilleure si vous n'étiez pas venue à Coldwater ?

Elle n'avait pas envie de l'épargner.

— Par bien des côtés, oui.

Il tiqua.

— Franche, comme toujours. J'en conviens, notre vie commune n'a pas été parfaite, mais pas pénible à ce point, non ?

— Non, en effet. Vous m'avez donné Benjamin et Davy.

Et Samuel, se dit-elle. Mais vous ne m'avez pas aimée.

Reiver sourit.

— Tous deux deviennent de beaux jeunes gens, dont on peut être fier.

— C'est juste, mais j'aimerais que Davy cesse d'être aussi jaloux de son frère.

— Un peu de compétition entre frères est tout à fait normal, je ne m'attendais pas à autre chose de leur part.

— Vous voilà bien sentimental, aujourd'hui.

Il haussa les épaules.

— Moi aussi j'ai réfléchi à ma vie passée. J'ai quarante-trois ans. Mes meilleures années sont derrière moi. Quand on est jeune, on se croit éternel. Où donc s'enfuit le temps ?

Elle l'observa avec plus d'acuité. Pour la première fois, elle remarqua des signes subtils de vieillissement. Reiver demeurait aussi fort et souple qu'à vingt ans, mais des rides nouvelles sillonnaient son visage et des mèches blanches apparaissaient dans sa chevelure châtain clair.

Hannah savait qu'elle aurait dû lui dire quelque rassurante platitude, mais elle en était incapable.

— Il fait trop chaud ici, je rentre.

— Attendez.

Il sauta à bas du mur et la rejoignit, son regard bleu fixé sur elle.

— Il est temps d'oublier le passé, Hannah. Prenons un nouveau départ. Nous pourrions faire comme si c'était de nouveau l'été 1840 : je viens juste de vous sauver d'une insolation.

— Vous me demandez l'impossible.

— Je vous ai pardonné, pour Samuel. Pourquoi ne pas me pardonner Cécilia ?

— Parce que ma liaison avec Samuel ne vous a pas autant atteint que votre liaison avec Cécilia m'a blessée.

Il baissa les yeux.

— Je suis désolé de ne pas vous avoir aimée comme vous l'auriez voulu. J'aimais Cécilia bien avant de vous avoir rencontrée. Je ne ferai pas insulte à votre perspicacité en prétendant le contraire. Maintenant elle est morte, et peu importe à quel point je le voudrais, elle ne reviendra pas.

Elle tressaillit ; la façon dont Reiver exprimait son amour pour Cécilia lui faisait encore mal et elle en fut surprise. Pour le consoler elle ne trouva à dire que :

— Vous avez Elisabeth. Un peu de Cécilia survit dans votre fille.

— Cela me réconforte en effet, mais ce n'est pas assez.

Il prit sa main libre et plongea son regard dans le sien.

— Je veux faire la paix avec vous, Hannah. Je ne veux plus que nous vivions côte à côte, comme des étrangers dans la même maison.

— Cette « paix » signifie-t-elle la revendication de vos droits conjugaux ?

Il sourit largement et la parcourut des yeux.

— Vous êtes toujours belle, Hannah. Bien sûr que j'aimerais partager votre lit.

Puisque Cécilia n'était plus là.

— Nous ne nous aimons pas, et je doute que nous nous aimions jamais. Je ne coucherai pas avec un homme que je n'aime pas.

La lumière s'éteignit dans le regard de Reiver.

— Nous pouvons apprendre à nous aimer.

— Je n'en ai pas besoin.

Il savait pourquoi.

Elle ajusta son ombrelle sur son épaule et reprit son chemin. Elle s'attendait à ce que Reiver éclate de colère et se répande en injures contre elle, mais à sa grande surprise c'est un homme soumis qui se mit à la suivre, les mains derrière le dos.

— Quel idiot j'ai été. J'avais un trésor sous les yeux et je ne le voyais pas.

Elle s'arrêta et fit volte-face.

— Quelle sottise est-ce là ?

— Je comprends votre méfiance à mon égard, mais cette fois je suis sincère. Vous êtes restée à mes côtés, Hannah. Vous avez élevé mes fils et en avez fait de beaux jeunes gens. Vous avez même adopté ma fille illégitime. Je ne peux rien vous reprocher non plus quant à la filature.

— Voilà un beau compliment, venant de vous.

— Tout ce que je désire, c'est une seconde chance.

Elle repartit.

— Je dois y réfléchir.

Il dit d'une voix basse et enjôleuse :

– Vous êtes le genre de femme qui a besoin d'un homme.

Elle tressaillit comme s'il l'avait touchée.

– J'ai mes enfants, la filature. Pourquoi aurais-je besoin d'un homme ?

– Vous souvenez-vous de ce que vous ressentiez quand je baisais votre cou, vos seins ?

Les joues en feu, elle s'immobilisa et le foudroya du regard.

– En voilà assez !

Il se contenta de sourire.

– Vous souvenez-vous quand vous guidiez ma main pour que je vous caresse là où vous en aviez envie, et...

Elle leva le bras, mais avant qu'elle n'ait pu le gifler, il s'empara de son poignet et le pressa contre ses lèvres. Hannah retira sa main d'un geste brusque.

– Ne me touchez pas !

Il eut un regard moqueur.

– Mais j'aime vous toucher. Vous avez la peau aussi douce que la soie Shaw.

– Pourquoi donc n'allez-vous pas dans une maison close et me laissez tranquille ? Je suis sûre qu'on vous accueillerait à bras ouverts.

Il se mit à rire car c'était précisément ce qu'il avait fait.

– J'avais oublié quelle petite puritaine vous êtes. Désolé d'avoir offensé votre vertu avec mon badinage. Je ne le ferai plus sans votre permission.

Il leva les mains en signe de reddition.

– Cela ne risque pas d'arriver, dit Hannah.

Reiver accéléra le pas.

– N'en soyez pas si sûre, lança-t-il avant de la dépasser et de disparaître au tournant du chemin.

À son arrivée chez elle, Hannah avait la tête lourde et se sentait étourdie ; elle monta se reposer.

– Toutes ces parlotes pour faire la paix, murmura-t-elle en déboutonnant sa robe. Il ne cherche qu'à reprendre le contrôle de la filature.

Les mots de Reiver résonnaient encore : *Quel idiot j'ai été. J'avais un trésor sous les yeux et je ne le voyais pas.* Elle secoua la tête. La croyait-il vraiment si... si naïve pour avaler ce charabia sentimental ?

En chemise et en pantalon, sur le point de se coucher, elle aperçut son reflet dans le miroir et alla s'y observer. Samuel la trouverait-il encore désirable ? Bien qu'elle fût une femme mûre de trente-quatre ans, son corps était demeuré souple et mince, sa poitrine s'était épanouie – ce qui n'était pas une imperfection aux yeux de bien des hommes. Les ridules qui s'étoilaient au coin de ses paupières lui donnaient plus de caractère et de maturité, de son propre avis. Pas un seul cheveu blanc ne gâchait sa chevelure.

Vous êtes toujours belle, Hannah, avait dit Reiver. *Bien sûr que j'aimerais partager votre lit.*

Elle s'assit au bord de ce lit qu'il désirait partager, et prit sa tête douloureuse entre ses mains, dévorée d'indécision. Se pouvait-il que son mari ait réellement changé ? Qu'il la désire enfin en tant que femme ? Devait-elle lui accorder une seconde chance ?

– Ne te fais pas d'illusions, Hannah, se dit-elle tout haut. Ce beau parleur ferait n'importe quoi pour récupérer sa filature, y compris prétendre qu'il t'aime.

En s'endormant elle rêva qu'un homme lui faisait l'amour, mais c'était les mains douces de Samuel qui la caressaient, et non celles de Reiver.

– Quand allez-vous céder ?

Hannah regardait la salle à manger, dévastée après le passage des employés de la filature et de leurs familles invités à fêter le nouvel an 1857.

– En quoi devrais-je céder ?

Reiver s'appuya contre le manteau de la cheminée avec un sourire lent.

– Vous le savez bien. Vous m'avez résisté jusqu'à présent, mais à la fin, je gagnerai.

Il leva son verre de claret en guise de salut.

Elle feignit d'examiner les verres à punch mais elle se sentait nouée de crainte, comme un animal traqué qui entend se rapprocher les pas des chasseurs. Reiver la serrait de près ; il n'y avait pas d'autre mot pour décrire ses manœuvres. Elle se dirigea vers le vestibule. Il la suivit, en bon chasseur qu'il était.

– Cette nuance de vert vous va très bien, dit-il. Quel dommage que ce soit de la soie française et non la nôtre.

– J'ai trouvé la couleur bien accordée à mon pendentif de jade, dit-elle en manipulant le dragon d'un geste absent.

Ce Noël-ci, Reiver lui avait offert les boucles d'oreilles assorties, en forme de larmes, un autre présent extravagant. Elle se mit à scruter le jardin, illuminé par des lampes, d'un air interrogateur.

— Où est Mary ? Elle devait s'occuper du nettoyage.

Il se tenait trop près d'elle.

— C'est la nuit du réveillon. Laissez-lui un peu de temps. Pourquoi êtes-vous si ombrageuse ce soir, Hannah ? Est-ce moi qui vous rends nerveuse ?

Elle fit volte-face, perdant patience.

— Votre harcèlement me fatigue !

Il leva les sourcils d'un air d'innocence outragée.

— Harcèlement ? Moi qui pensais courtiser ma propre épouse !

— Je ne veux pas être courtisée ! Je veux qu'on me laisse tranquille.

— Je n'en crois rien, dit-il d'une voix basse, douce. Toutes les femmes aiment être flattées de regards inspirés et de doux compliments.

— Il est trop tard pour les regards inspirés et les compliments, dit-elle sans parvenir à prendre un ton amer. Il fallait me faire la cour quand nous étions jeunes mariés. Je l'aurais fort appréciée alors.

— Ne soyez pas si grincheuse, Hannah. C'est la nouvelle année, l'occasion de regarder devant nous, non derrière.

Je ne dois pas me laisser miner, se répétait Hannah. Je dois résister. Résister.

Mais, bien qu'elle détestât le reconnaître, lorsque Reiver s'en donnait la peine il pouvait être diablement irrésistible. Cette nuit-là, avec sa redingote noire qui mettait en valeur son teint clair et la lueur sensuelle, taquine, de son regard, il était d'une séduction dangereuse.

En vrai prédateur, il sentit que les pensées d'Hannah prenaient une autre direction, que sa résolution faiblissait.

— Qu'est-ce que 1857 va nous apporter, Hannah ? Une année de plus emplie d'amertume et de reproches, ou allons-nous écrire un nouveau chapitre de notre existence ?

Elle s'éloigna de la porte et se frotta les bras comme pour se réchauffer.

— Vous avez froid ? demanda-t-il.

Avant qu'elle ait pu répondre, il posa son verre de vin, prit ses mains et les réchauffa entre les siennes tout en la fixant de son regard bleu, envoûtant.

Hypnotisée, Hannah songeait à l'année qui s'annonçait, à toutes ces nuits qu'elle passerait seule dans un lit froid, à toutes ces émotions qu'elle enfermerait derrière une muraille de refus, et elle chancela. Qu'y avait-il de mal à accepter l'offre de Reiver ?

Folle ! cria une petite voix dans sa tête. C'est la filature qu'il veut.

La bouche de Reiver se rapprochait dangereusement de la sienne. Elle ne put que fermer les yeux et se rendre.

Se rendre : ce fut comme si on lui avait jeté de l'eau froide à la figure. Elle retira brusquement ses mains.

— J'ai entendu Mary. Si vous voulez bien m'excuser...

Elle le laissa embrasser le vide.

Attendez un peu, Hannah, se dit-il, furieux, en la regardant s'éloigner. Je vous aurai avant que les buissons ne commencent à fleurir.

Mais au printemps, Reiver n'avait toujours pas gagné.

Dans le salon d'essayage privé de Mlle Zenobie Zola, à Hartford, Hannah et Georgia buvaient du thé et admiraient les métrages de soie italienne et française multicolores déployés à leur intention. Bien qu'Hannah se fût sentie mal toute la matinée, elle avait promis à Georgia de l'accompagner chez la couturière et n'avait pas voulu se décommander à la dernière minute. James tenait à ce que sa fiancée eût une garde-robe importante, selon son nouveau statut social.

Hannah passa le doigt sur un coupon de soie bleue avec envie.

— J'attends avec impatience le jour où je porterai une robe des Soieries Shaw.

— Pourquoi ne peut-on faire de tissu maintenant ? demanda Georgia en drapant devant elle une longueur de jacquard d'un beau vert bouteille pour s'admirer dans la glace.

— La soie importée est vendue à trop bas prix, expliqua Hannah. Si le Congrès acceptait de l'augmenter, nous serions en mesure de la concurrencer.

Georgia soupira.

— C'est trop compliqué pour moi. Tout ce que je sais, c'est que j'aime porter de la soie.

Hannah sourit malgré ce mal de gorge persistant qui gâchait son après-midi.

— Qu'en pensez-vous ? dit Georgia en prenant un autre coupon, marron foncé.

— Les deux vont bien avec votre teint, mais le marron est terne. Je crois que James préférerait quelque chose de plus coloré, comme le vert.

Le visage de Georgia s'éclaira d'un plaisir enfantin.

– Moi aussi.

Puis elle fronça les sourcils en regardant Hannah :

– Pourquoi votre voix est-elle si bizarre ?

Hannah nia son mal de gorge avec un geste insouciant.

– Ce n'est rien.

Georgia prit un air coupable.

– Pourquoi avoir accepté de venir si vous étiez malade ? Je pouvais attendre.

– Je ne suis pas malade. J'ai juste un peu mal à la gorge. Et vous avez besoin d'un peu de temps libre, sans Elisabeth. Elle est adorable, mais épuisante.

– Cela n'a pas d'importance.

Mlle Zola fit son entrée avec un appareillage qui attira aussitôt l'attention de ses clientes.

– Est-ce l'un de ces nouveaux cerceaux que portent les dames ?

– Oui, mademoiselle [1], répondit la couturière. En portant cela sous vos jupes, non seulement vous leur donnez une forme gracieuse qu'admirent les messieurs, mais de plus vous évitez plusieurs épaisseurs de lourde crinoline.

Elle souleva sa propre jupe pour démontrer les avantages de ce nouveau cerceau flexible qui ressemblait à une cage à oiseau. Tandis que Georgia s'émerveillait de cette ingénieuse invention, Hannah se sentait de plus en plus brûlante. Elle s'éventa avec son mouchoir. Le temps était beaucoup trop chaud pour une fin avril. Georgia la regarda.

– Devrions-nous en prendre un ?

– Bien sûr. Nous avons beau vivre dans une petite ville, ce n'est pas une raison pour ne pas suivre la mode.

Elle épongea la sueur qui coulait sur ses sourcils.

– Vous devez faire très attention en vous asseyant, dit Mlle Zola, ou le cerceau risque de rebondir jusqu'à votre figure et dévoiler ce qu'on ne doit pas montrer. Très embarrassant, n'est-ce pas ?

Elle porta les mains à ses joues comme si elle avait honte. Georgia pouffa de rire.

– Et prenez garde en passant les portes. Si votre jupe est trop large, vous risquez de rester coincée et les messieurs devront vous pousser. Très embarrassant, n'est-ce pas ?

---

1. En français dans le texte (N.d.T.).

Georgia se tourna vers Hannah.

– Êtes-vous sûre que ça va ? Vous êtes très rouge.

– Je vais bien. Commandons quelques robes, je vous en prie, et rentrons.

En sortant de chez Mlle Zola et pendant tout le trajet de retour, Hannah fut parcourue de frissons de plus en plus violents. Quand la voiture s'arrêta devant le perron, elle était si étourdie qu'elle put à peine se lever et dut s'appuyer sur Georgia pour avancer. Dans le vestibule, la jeune fille s'écria :

– À l'aide, quelqu'un ! S'il vous plaît !

Mme Hardy, qui somnolait dans le salon, lui jeta un regard mauvais.

– Doucement, voulez-vous ? Vous en faites un bruit !

– Vieille égoïste ! Ne voyez-vous donc pas qu'Hannah est malade ?

Mme Hardy se leva de sa chaise, son visage tout ridé déformé de colère.

– Égoïste, moi ? Dites donc, espèce de petite parvenue...

Elle se tut en voyant Hannah chanceler.

– Montons vite.

Georgia soutenant Hannah d'un côté et Mme Hardy de l'autre, elles parvinrent à lui faire monter l'escalier jusqu'à sa chambre, et elle s'écroula sur son lit.

– Je me sens... si faible, murmura-t-elle.

– Allez chercher Reiver, ordonna Mme Hardy à Georgia. Je la déshabille et la mets au lit.

– Ne vous inquiétez pas, Hannah, dit Georgia en se hâtant dans un envol de rubans. Tout ira bien.

Toute la famille était réunie au salon en attendant le verdict du vieux docteur Bradley.

Reiver se tenait près de la fenêtre, les mains dans le dos, le regard vague. James était assis à côté de Georgia sur la banquette, et les garçons couchés par terre. Mme Hardy occupait le fauteuil près du feu, les doigts croisés dans son giron. Personne ne parlait, le silence était tendu comme un fil de métal.

Benjamin dit enfin :

– Père, est-ce que maman va mourir ?

– Bien sûr que non, imbécile ! s'écria Davy en le frappant à l'épaule.

Georgia éclata en sanglots et James la prit dans ses bras en murmurant des mots de réconfort. Mme Hardy regardait le feu, ses yeux chassieux tout embués.

Benjamin riposta et Reiver se retourna brusquement.

— Arrêtez, les garçons, ou c'est moi qui vous tire les oreilles. Bon sang, votre mère est malade, ce n'est pas le moment de vous battre !

Ils grommelèrent des excuses et s'assirent.

Tous sursautèrent au bruit des pas du docteur Bradley dans le vestibule. Il entra dans le salon, le visage grave.

Reiver s'approcha aussitôt.

— Comment va-t-elle ?

— Pas très bien, je le crains. Elle a beaucoup de fièvre et une inflammation aux poumons. Elle se remettra peut-être, avec des soins diligents, mais en toute honnêteté, je n'ai guère d'espoir. J'ai vu à Coldwater plusieurs cas de malades atteints de cette fièvre et un seul a survécu. Je suis navré.

Georgia bondit sur ses pieds, clignant furieusement les yeux.

— Hannah ne mourra pas si je peux y faire quoi que ce soit. Je veux la soigner.

— Une seule personne doit veiller sur Mme Shaw. Et je dois vous avertir du risque de contagion, dit Bradley.

James saisit sa main, la suppliant en silence de ne pas faire un tel sacrifice.

— Je le dois, dit-elle. Hannah m'a sauvée quand je n'avais nulle part où aller. C'est le moins que je puisse faire.

— J'irai, moi, dit Mme Hardy depuis les profondeurs de son fauteuil. Vous avez beau être une petite parvenue, vous êtes trop jeune pour mourir. Je suis vieille et l'on portera mon deuil bien assez tôt. Cela ne fait aucune différence pour moi.

— Aucune de vous n'ira, dit Reiver en roulant ses manches sur ses avant-bras. Hannah est ma femme, je m'occuperai d'elle.

Benjamin bondit.

— Non, père ! Et si vous attrapiez la fièvre, vous aussi ?

— Le garçon n'a pas tort, dit Bradley. Pensez à votre famille. Vous ne voudriez pas qu'elle vous perde tous les deux ?

Reiver prit Benjamin par l'épaule.

— Je le dois, mon fils. Ne t'inquiète pas, tout ira bien.

Il se tourna vers le médecin.

— Et maintenant, que faut-il faire ?

— D'abord lui couper les cheveux pour qu'ils ne sapent pas ses forces...

Reiver baigna d'eau froide la figure enflammée et le cou d'Hannah dans l'espoir de faire tomber la fièvre qui la dévorait. Avec ses cheveux courts, elle avait l'air très jeune, aussi fragile qu'un bébé.

Agitée, elle donnait des coups de tête, tentait de soulever les couvertures empilées sur elle. Patiemment, il repoussait ses mains, la couvrait de nouveau. Le docteur Bradley avait dit qu'on pourrait peut-être chasser la fièvre en la gardant suffisamment au chaud.

C'était combattre le feu par le feu, pensa Reiver en essorant la compresse dans une bassine d'eau froide.

La respiration sifflante d'Hannah lui donnait le frisson. Elle devait lutter pour respirer, et chaque effort finissait en un râle. C'était le second jour de veille pour Reiver et il se sentait lui-même épuisé. Quand elle se calmait, il somnolait sur un lit de fortune placé près du sien, mais la plupart du temps il s'efforçait de la soulager tout en s'attendant à ce qu'elle meure à chaque instant.

Hannah morte... Il frotta ses joues envahies de barbe. Elle faisait partie de sa vie depuis dix-sept ans, elle avait partagé son lit, porté et élevé ses enfants. Si elle disparaissait, ce serait comme s'il perdait un bras ou une jambe. Elle lui manquerait et il la pleurerait.

Pourtant, si elle mourait, il retrouverait la pleine propriété des Soieries Shaw.

Et certes, il le souhaitait, mais était-ce au prix de sa mort ? Il secoua la tête, se traita de salaud sans scrupule. Mais il savait qu'il était ainsi, depuis toujours.

Il posa sa main sur le front d'Hannah. On avait l'impression que sa peau était en feu. Le médecin avait dit que, si la fièvre ne cessait pas et continuait de monter, les convulsions et la mort ne tarderaient pas. Ce ne devrait plus être très long.

Elle gémit, murmura quelque chose. Il approcha son oreille de ses lèvres gercées.

– Samuel... viens me voir. J'ai besoin de toi. Où es-tu ? Si seule... si seule...

Sa voix s'éteignit et elle se mit à tousser violemment. Un sourire amer tordit la bouche de Reiver. Sur son lit de mort c'est à son amant qu'elle pensait.

On frappa doucement à la porte. C'était Georgia, comme il s'y attendait, le visage baigné de larmes et l'air épuisé d'inquiétude.

– Comment va-t-elle ?

255

– Mal. La fièvre continue de grimper. À l'instant elle délirait, se parlait à elle-même.

Il jeta un coup d'œil au lit où elle s'agitait.

– Pauvre Hannah.

Georgia se moucha.

– Comment se comportent les garçons ?

– Ils essaient d'être courageux, mais ils pleurent beaucoup, surtout Davy.

Reiver hocha la tête, puis ajouta :

– Quelle heure est-il ?

– Environ deux heures du matin.

L'heure préférée de la Faucheuse.

– Je retourne près d'elle, dit Reiver, et Georgia s'en alla.

Presque aussitôt Hannah recommença à s'agiter, à se débattre avec une force extraordinaire comme si elle luttait contre la mort. Son souffle devint de plus en plus précipité.

Reiver la regardait, attendant la fin. Soudain, elle s'assit toute droite. Ses yeux s'ouvrirent en grand et elle fixa quelque chose à l'angle de la chambre, qu'elle seule pouvait voir.

– Maman ? cria-t-elle avant de retomber inerte dans les oreillers.

Elle n'était plus. La filature était à lui.

Reiver mit sa tête dans ses mains et ferma les yeux. Qui s'ouvrirent tout grands quand il entendit soupirer celle qu'il croyait morte.

Il posa la main contre sa joue, qui lui parut fraîche, et non d'une froideur cadavérique. La fièvre avait atteint son apogée, puis s'était retirée, et Hannah dormait.

Il se leva, inondé de soulagement autant que de culpabilité, et chancela jusqu'à la porte avant de crier dans le couloir :

– Venez tous ! Vite ! La fièvre est tombée !

Finalement, Hannah vivrait.

Elle s'assit dans son lit et se regarda dans le miroir à main. Elle passa les doigts dans ses boucles courtes et fit une grimace.

– J'ai l'air d'un petit garçon.

– Mais un très joli petit garçon, répondit Georgia en emportant le plateau de son déjeuner.

Hannah reposa le miroir.

– Je suis heureuse d'être en vie. Je ne devrais pas me soucier de quoi j'ai l'air.

– Toutes les femmes se soucient de cela. Mais vous nous avez fait si peur, Hannah.

– Surtout à Benjamin et Davy, je crois. Ils viennent me voir tous les jours et se tiennent très sages, comme de parfaits petits gentlemen. Ils ne se disputent même pas. Qui aurait cru cela !

– La pensée de perdre leur maman leur a mis la crainte du Seigneur au cœur, dit Georgia. Mais assez bavardé. Je vous laisse vous reposer. Il y a seulement deux semaines que votre fièvre a cessé.

Hannah soupira.

– Cela me paraît une éternité.

Elle se laissa aller contre les oreillers. Elle savait qu'elle avait été à deux doigts de mourir. Dans son délire, elle avait vu sa vie révélée comme si elle la contemplait de loin, un dernier regard avant l'adieu, en somme. Elle avait imaginé que sa mère se tenait dans la chambre avec elle, chaleureuse et aimante, telle qu'elle se la rappelait, baignée d'une belle lumière d'or. Reiver lui avait dit qu'elle avait appelé sa mère juste avant que la fièvre ne tombe.

Le plus surprenant dans tout cela était que Reiver ait risqué sa vie pour la soigner. Peut-être, après tout, ressentait-il quelque chose pour elle.

Elle s'assoupit, et à son réveil, le vit sur le seuil.

– J'espère que je ne vous ai pas réveillée.

– Non, je somnolais. J'en ai vraiment assez de rester au lit toute la journée. Je veux me lever et agir.

– Eh bien, aujourd'hui est votre jour de chance.

Il lui tendit sa robe de chambre :

– Enfilez cela et venez avec moi.

Curieuse, elle s'habilla et s'appuya au bras de Reiver qui l'escorta au rez-de-chaussée. Quand elle vit qu'il la conduisait à la porte d'entrée, elle s'écria :

– Je ne peux pas sortir dans cette tenue !

– J'ai une surprise pour vous.

Il ouvrit en grand. Sur le perron, Hannah eut le souffle coupé : tous les employés des Soieries Shaw étaient réunis et l'applaudissaient.

Maria Torelli, la fille cadette du maître coloriste, habillée de ses plus beaux atours, monta les marches et tendit à Hannah un joli bouquet de fleurs des champs, avec un sourire timide et une courbette.

– Je... je ne sais que dire, murmura Hannah, des larmes plein les yeux. Merci à tous, merci beaucoup.

Constance Ferry, qui avait réintégré la société après qu'Hannah eut persuadé Reiver de rétablir les salaires, avança à son tour.

– Je me fais l'interprète de tout le monde pour vous dire que nous avons tous prié pour vous, madame Shaw. Dieu merci, nos prières ont été exaucées.

Hannah les remercia de nouveau et ils regagnèrent la filature.

De retour à l'intérieur, elle sourit à Reiver.

– Comme c'était gentil à eux.

– Ils vous portent aux nues, vous savez. James m'a raconté que lorsque vous étiez malade, dès qu'il arrivait à la filature le matin, tout le monde se précipitait sur lui pour avoir de vos nouvelles. Et quand ils ont su que vous alliez vous rétablir, il y a eu des embrassades et des pleurs. Même de la part des hommes.

– C'est parce que nous ne les exploitons pas. Si l'on traite bien les gens, on est sûr de leur loyauté.

– C'est ce que vous m'avez toujours dit.

Hannah se recoucha. Le visage de Reiver s'assombrit.

– M'offrirez-vous une nouvelle chance, Hannah ?

– Reiver...

– Quand vous étiez mourante, l'idée m'a effleuré que, si vous disparaissiez, la filature me reviendrait. Je vois que vous êtes choquée. Moi-même je l'ai été d'y avoir pensé. Je sais que je n'ai pas été un bon époux pour vous, Hannah, mais je ne voulais pas que vous mouriez. Je me suis rendu compte à quel point ma vie serait vide sans vous, et cela m'a terrifié.

– J'ai fait tout ce que j'ai pu pour avoir votre confiance, mais...

Elle se tut, impuissante.

Petit à petit, autour d'elle les murailles s'effondraient. Elle n'avait pas d'illusions sur Reiver ; elle n'obtiendrait jamais sa complète reddition, mais peut-être pourrait-elle apprendre à s'en accommoder et à donner un sens au restant de leur vie.

Elle se leva et se dirigea vers lui, posté au pied du lit.

– Si vous désirez essayer de nouveau, je le veux bien aussi.

Un grand sourire éclaira son visage.

– Hannah, je...

– Mais il faut aller doucement.

Il savait ce que cela supposait.

– Tout ce que je demande, c'est une seconde chance.

– Vous l'avez.

Elle espérait seulement qu'elle n'aurait pas à le regretter.

– Nous ne pouvons plus attendre, dit James aux membres de la famille réunis dans la salle à manger.

– Attendre quoi ? demanda Hannah.

Il jeta un coup d'œil à Georgia.

– Que Samuel rentre à la maison avant de nous marier.

– L'été est presque fini, insista Georgia. Avant que l'on s'en rende compte, l'hiver sera là. Nous ne voulons pas nous marier en hiver.

James demanda si quelqu'un avait eu des nouvelles de Samuel. Hannah secoua la tête.

– Cela fait un an que j'ai écrit pour l'inviter à votre mariage.

Reiver contempla d'un regard grave les convives attablés.

– Je crains que nous ne devions envisager le pire.

Le sang se retira brusquement du visage d'Hannah et son appétit s'évanouit. Non, il ne pouvait pas être mort. Pas Samuel.

– S'il était en vie, continuait Reiver, je suis sûr qu'il aurait répondu à l'invitation.

James serra la main de Georgia.

– Nous y avons pensé aussi.

Davy dit tristement :

– J'ai toujours aimé oncle Samuel. Il me faisait des dessins.

– Je voudrais qu'il ne soit jamais parti, ajouta Benjamin.

– Je lui avais conseillé de ne pas s'en aller, grommela Mme Hardy, mais non, il ne m'a pas écoutée.

Hannah regarda les fiancés.

– Pourquoi ne mettez-vous pas votre projet en route ? Fixez une date, faites les préparatifs nécessaires. Et si Samuel revient, eh bien, il fera connaissance avec sa nouvelle belle-sœur.

– À propos de mariage, intervint Reiver, j'ai quelque chose à vous proposer. James, Georgia, Hannah et moi avons décidé de vous offrir la maison des Bickford en cadeau de noces. Pas toutes les terres, bien sûr, je ne suis pas fou. Mais si vous voulez la maison, elle est à vous.

Georgia s'épanouit :

– Oh James, un foyer rien qu'à nous, pour élever plein de bébés !

James devint rose de plaisir.

– Nous n'aurons pas à rester dans la vieille ferme. Nous acceptons avec joie.

Il se leva et embrassa Hannah sur la joue.

Dans la soirée, Hannah sortit en douce et laissa la pleine lune d'une chaude nuit d'août la guider vers Mulberry Hill. Devant la ferme, elle s'arrêta mais n'entra pas. Les bras croisés, elle leva la tête vers les fenêtres du premier, là où se trouvait l'atelier de Samuel.

Elle sentit plutôt qu'elle n'entendit quelqu'un approcher mais ne bougea pas.

— Georgia vous cherche, dit Reiver. C'est l'heure de coucher Elisabeth, qui réclame sa tante Hannah.

— Je n'arrive pas à croire qu'il soit mort, dit-elle. Je voudrais le pleurer, et je n'y parviens pas.

— Je comprends. Si au moins nous savions ce qui lui est arrivé...

— Y a-t-il un moyen de le découvrir ?

Le visage de Reiver se durcit.

— Nous ferions mieux de laisser cela, pour notre salut à tous deux, ne pensez-vous pas ?

Elle recula d'un pas, choquée.

— Vous n'avez pas envie de savoir ce qui est arrivé à votre frère, Reiver ?

Il haussa les épaules.

— L'Australie est à l'autre bout du monde. Cela nous prendrait beaucoup de temps et d'argent qu'il est préférable de consacrer à la filature. Et même alors, il se pourrait que nous n'apprenions rien. Je suis sûr que vous comprenez.

Elle baissa la tête.

— Oui, en effet.

Il prit sa main et la posa au creux de son bras.

— Venez. Elisabeth vous attend.

Mais Hannah ne pouvait s'empêcher de penser à Samuel.

Elle déposa son petit bouquet de roses jaunes, les dernières de la saison, sur la tombe d'Abigail et s'absorba dans une prière silencieuse, qu'elle terminait toujours par la promesse de ne jamais l'oublier. Un voile de larmes lui brouillait la vue, aussi distingua-t-elle mal l'homme qui l'observait depuis l'entrée du cimetière.

Elle cligna les yeux, et il disparut.

Elle frissonna, plus intriguée qu'effrayée. L'homme, à demi caché sous les branches traînantes d'un saule pleureur, s'était tenu trop loin pour qu'elle pût le reconnaître. Il avait pourtant quelque chose de familier.

— Ce n'est qu'un passant, voilà tout, se dit-elle en avançant dans la lumière mouchetée par les arbres.

Mais elle ne pouvait s'empêcher de le guetter, avec l'impression qu'il avait cherché à être suivi. Elle accéléra le pas.

La ferme se profila devant elle, silencieuse et déserte. Vraiment ? Elle en fit le tour, vit la porte ouverte.

– Georgia ? James ?

Personne, sinon un faible écho de pas.

Le cœur battant, Hannah monta l'escalier qui menait jadis à l'atelier de Samuel. La porte grinça lorsqu'elle entra. Elle n'était pas seule.

Il était là, au milieu de la pièce, lui tournant le dos, et elle savait qui il était. Elle retint son souffle, n'osant bouger de peur de briser le rêve.

Puis il pivota et elle vit qu'il était réel. De saisissement, elle porta la main à sa bouche.

– Bonjour, Hannah, dit Samuel.

17

Du moins, elle eut l'impression que c'était Samuel.

Ni sa taille ni son apparence n'avaient changé, bien qu'il fût plus mince. Ses cheveux, toujours aussi bruns et bouclés, tombaient à présent sur son col et deux mèches grises striaient ses tempes. Une barbe poivre et sel dissimulait à demi son beau visage. Les yeux bleus si pâles qui brillaient autrefois de joie et de complicité semblaient étrangement dépourvus de leur ancienne flamme.

D'un ton incertain, Hannah dit :

– Samuel ?

Il ne bougea pas.

– Hannah... Cela fait bien longtemps.

Cette voix qui lui avait murmuré tant de mots doux, qui l'avait tant réconfortée, paraissait lasse, sans timbre.

– Huit ans, dit-elle.

– Qu'est-il arrivé à mon atelier ?

– Reiver l'a transformé en réserve.

Elle se sentait gênée, indécise. Que devait-elle faire à présent ? Elle avait envie de se jeter dans ses bras, de sentir la fermeté accueillante de son corps contre le sien, de se perdre à nouveau dans son amour, mais de sa part, rien ne montrait qu'il était prêt à répondre à son étreinte ; il n'allait pas vers elle, ne lui ouvrait pas les bras.

Puis elle vit pourquoi.

Elle avait remarqué qu'il gardait son bras droit contre lui, comme un oiseau blessé protège son aile. Surprise, elle fixa son regard de ce côté, et s'aperçut que la manche de son manteau, coupée au-dessus du poignet, était cousue.

Samuel n'avait plus de main droite.

Le sang se retira de son visage. Cette main au toucher si délicat qui évoquait tant de plaisir, cette main capable de créer tant de beauté quand il peignait ou gravait...

Sachant qu'il refuserait sa pitié par-dessus tout, elle s'efforça de garder son calme et sa maîtrise, mais elle était secouée. L'atelier se mit à osciller autour d'elle et elle dut s'appuyer contre la porte pour ne pas s'évanouir.

Samuel traversa lentement la pièce. Ses pas firent danser la poussière en spirales dans l'air confiné et chaud. Il s'approcha d'elle mais ne tenta pas de la toucher, se contentant de la fixer de son regard vide.

— Je ne veux pas de pitié, encore moins de la vôtre, dit-il en détachant chaque mot.

Mais il avait besoin de sa force. Elle prit une profonde inspiration pour chasser le vertige et se redressa.

— Je ne vous prendrai pas en pitié, Samuel.

Elle se haussa sur la pointe des pieds et posa un baiser sur sa joue.

— Bienvenue à la maison.

Il lui jeta un regard provocateur.

— Vous ne me demandez pas ce qui m'est arrivé ?

— Pas avant que vous n'ayez envie de me le dire.

Il fit son récit du ton neutre de celui qui a trop souvent répété la même histoire.

— J'ai perdu ma main dans un accident de mine en Australie. Il y a eu un effondrement et une tonne de rochers m'a écrasé la main. Le médecin a été obligé de l'amputer.

Hannah pleurait à l'idée de ce qu'il avait enduré, de l'horreur qui avait dû le saisir en comprenant qu'il ne peindrait plus jamais, mais c'était des larmes intérieures qu'elle ne montra pas.

— Je ne sais que dire, Samuel. Être désolée paraît bien insuffisant... Que cela vous soit arrivé à vous, entre tous ! C'est de la compassion que j'éprouve, pas de la pitié, ajouta-t-elle en le voyant se raidir.

— Vous avez toujours eu les mots qui réconfortent.

— Je suis surtout heureuse que vous soyez revenu.

Il eut un sourire amer.

— Je ne pense pas que Reiver sera ravi de me voir.

— Il a changé. Il avait accepté de vous inviter au mariage de James et de Georgia.

– Mon petit frère va se marier ?

– Vous ne le savez pas ? Nous vous avons écrit en Australie.

Il secoua la tête.

– Je n'ai rien reçu. Mais j'ai beaucoup voyagé, ce n'est pas étonnant. James marié, après toutes ces années... Je n'arrive pas à croire qu'il ait eu assez de cran pour faire la cour à une jeune fille.

– Mais pourquoi êtes-vous revenu, si ce n'est pour la cérémonie ?

Oserait-elle penser que c'est son amour pour elle qui l'avait ramené à la maison ?

– N'est-ce pas évident ? dit-il en levant son bras droit. Je ne peux plus gagner ma vie. Que me reste-t-il, sinon rentrer chez moi comme un chien battu, la tête basse et demandant la charité ?

Hannah sursauta, pleine de colère.

– Pour quelqu'un qui refuse la pitié, vous vous apitoyez beaucoup sur vous-même, Samuel. Nous sommes votre famille. Votre place est parmi nous, peu importe les circonstances de votre retour.

Elle ajouta avec plus de douceur :

– Personne ne vous prendra pour un chien battu ou un parent pauvre.

– Pardonnez-moi. Se lamenter, se montrer amer, ce n'est guère attrayant pour les autres, et j'essaie de ne pas tomber dans ces travers trop souvent.

– On ne peut vous blâmer si cela arrive. En dépit du passé, Reiver est votre frère et il vous aime. Il ne vous renverra pas.

D'ailleurs j'y veillerai, songea-t-elle.

– Voudriez-vous lui annoncer ma présence et préparer les autres à... à mon changement ? C'est la raison pour laquelle je suis venu ici en premier.

– Je le leur dirai. Mais, vous savez, nous avons tous changé. Attendez-vous à quelques surprises.

Les pensées d'Hannah tourbillonnaient à une vitesse étourdissante tandis qu'elle se hâtait vers la filature. Elle avait l'impression que son monde intérieur était sens dessus dessous. L'homme qu'elle avait aimé était devenu un étranger, froid, renfermé sur lui-même.

Elle cligna les yeux, refoulant ses larmes. Elle devait comprendre qu'il avait de bonnes raisons pour cela. Comment un artiste comme Samuel pouvait-il supporter l'idée de ne plus jamais peindre ou graver ? Comment ne pas devenir amer ?

Elle accéléra le pas. Il était de retour. Sa famille lui donnerait asile, l'aiderait à reprendre le dessus, et Hannah ferait tout son possible pour qu'il retrouve son ancienne personnalité.

Reiver, James et Benjamin étaient réunis dans la salle des machines. Benjamin l'examina avec étonnement :

— Mère, qu'y a-t-il ? On dirait que vous venez de voir un fantôme.

— En effet. Samuel est de retour.

— Oncle Samuel ?

Le visage de Benjamin s'éclaira et il regarda derrière Hannah.

— Mais où diable est-il ? demanda James en reposant la pièce cassée qu'il était en train de réparer.

Hannah leva les mains pour les faire taire.

— À la ferme, mais avant de vous précipiter, laissez-moi vous mettre au courant.

Elle croisa ses doigts tandis qu'ils l'observaient, attentifs.

— Samuel a eu un accident en Australie. Il a perdu sa main droite.

Sa voix se brisa. Les trois hommes semblaient frappés de stupeur. Reiver fit un pas vers elle, l'air incrédule.

— Voulez-vous dire...?

— Êtes-vous sourd ? s'écria-t-elle, perdant son sang-froid. Les médecins l'ont amputé de la main droite.

— Pauvre oncle Samuel, s'exclama Benjamin.

— Non, il ne faut pas dire cela. La dernière chose dont il a besoin, c'est de pitié. C'est pourquoi je suis venue. Préparez-vous à un choc.

Reiver hocha la tête.

— James, va donc prévenir les autres. Je vais voir Sam.

Reiver sortit en hâte de la filature, accompagné par Hannah.

— Allez-vous l'autoriser à rester ?

— Bien sûr. C'est mon frère. Il peut rester aussi longtemps qu'il le souhaite. Pensiez-vous que j'allais le jeter dehors ? Je vous ai répété que j'étais décidé à oublier le passé.

Elle ne fit pas de commentaires. Elle s'était demandé quelle allait être sa réaction.

— Il a énormément changé, n'ayez pas l'air trop surpris.

Mais, malgré les avertissements d'Hannah, Reiver n'en crut pas ses yeux quand il se trouva face à face avec son frère. Disparu, le Samuel plein de charme et de vivacité, avec son regard vif et son appétit de vivre qui séduisaient tant les gens autour de lui ; à sa place se tenait un homme vidé de substance, tout en ombres et en silences.

Reiver vint à lui sans hésitation et l'étreignit.

– Bienvenue, Samuel.

Quand ils se séparèrent, tous deux avaient les larmes aux yeux.

– Je sais que nous nous sommes quittés dans de mauvaises conditions..., commença Samuel.

– C'est du passé. Oublions cela, veux-tu ?

À sa propre surprise, Reiver s'aperçut qu'il le désirait vraiment.

– Je n'avais nulle part où aller. Je ne sais pas comment je vais gagner ma vie à présent, mais...

– Ne dis pas de bêtises. Tu nous as dépannés un si grand nombre de fois que nous sommes toujours tes débiteurs.

Dans ses rêveries, Reiver avait imaginé qu'un jour son frère reviendrait le trouver humblement – mais jamais à ce point.

– James va déménager une fois qu'il aura épousé Georgia, aussi vous aurez cette maison pour vous seul, intervint Hannah.

Samuel remercia et ajouta :

– J'aimerais beaucoup voir le reste de la famille. Mme Hardy est-elle toujours...

– En vie ? Mais oui, et plus acerbe que jamais. Benjamin et Davy sont devenus de beaux jeunes gens que vous ne reconnaîtrez pas, et il y a quelques nouveaux venus...

– Vous avez eu d'autres enfants ?

Reiver jeta un coup d'œil à Hannah. Son expression se voila de chagrin un court instant mais elle se reprit aussitôt et sourit.

– Pas exactement, mais vous verrez.

En marchant, Reiver observa sa femme et son frère, à la recherche du moindre signe prouvant leur ancienne passion, mais il ne vit rien, sinon la politesse exagérée de ceux qui se retrouvent après une longue séparation.

Hannah bavardait ; elle disait à Samuel que plus tard, il faudrait qu'il leur raconte ses voyages en Californie et en Australie. Lui était abasourdi par la façon dont Coldwater avait prospéré en son absence. Tout comme la filature, ajouta-t-il en faisant une halte pour la contempler. Reiver expliqua qu'ils avaient acquis la ferme Bickford pour construire de nouveaux bâtiments un jour prochain.

En vue de la maison, Samuel se raidit comme pour se préparer à la confrontation, puis ils entrèrent.

Tout le monde s'était groupé dans le salon pour l'accueillir.

À leur expression, Hannah vit que les autres membres de la famille n'avaient pas eu assez de temps pour se préparer au choc.

Que personne ne fasse de remarque blessante, je vous en prie, pensait-elle.

James le premier étreignit son frère, de la même façon que Reiver. Puis il lui présenta fièrement Georgia, qui parvint à garder les yeux fixés sur le visage de Samuel. Celui-ci répondit par un salut dénué de sourire et un bref « Bonjour ». Georgia parut désappointée, s'attendant à une autre réaction d'un homme réputé pour sa courtoisie.

— C'est un plaisir de vous voir enfin, Samuel, dit-elle gracieusement. Nous espérions votre retour pour notre mariage.

— J'attends ce moment avec impatience, assura Samuel.

Puis il remarqua ses neveux.

— Benjamin ? Davy ?

Ils firent un pas vers lui, intimidés. Samuel secoua la tête.

— Comme vous avez grandi !

— J'ai presque seize ans, oncle Samuel, dit Benjamin en tendant la main.

Il se rendit compte de son erreur, devint tout rouge et tendit l'autre en murmurant :

— Désolé.

Davy en fit autant, mais avec réticence et en grommelant des paroles inintelligibles. Hannah se proposa de lui parler un peu plus tard.

— Et voici la petite dernière, dit-elle en essayant de sauver la situation.

Elle se dirigea vers l'endroit où Elisabeth, assise par terre, jouait tranquillement avec sa poupée de chiffons tout en observant ce qui se passait. Hannah la prit dans ses bras et la présenta à Samuel.

— Voici Elisabeth, la fille de l'une de mes cousines, décédée. Reiver et moi l'avons adoptée.

Une expression singulière passa sur le visage de Samuel. Il a compris, se dit Hannah.

Il se reprit, chatouilla la fillette sous le menton.

— Bonjour, petite Elisabeth. Que tu es mignonne !

L'enfant lui fit un sourire aguichant puis se cacha contre l'épaule d'Hannah.

— Elle est déjà coquette, constata Hannah.

— C'est ça, dit une voix revêche venant du fauteuil à oreillettes près de la cheminée, on ignore la vieille Mme Hardy parce qu'elle est à demi aveugle et faible d'esprit.

Samuel vint droit sur elle et posa un baiser sur sa joue ridée. Il eut un sourire taquin – un bref aperçu de ce qu'il était auparavant.

– Vous, faible d'esprit ? Pas avant que les poules n'aient des dents !

Les yeux gris se fixèrent sur la manche cousue.

– Ainsi tu as perdu ta main ? Tu aurais pu faire attention ! Mais tu es toujours ce démon séduisant que je connaissais, Samuel Shaw, et tant que ta queue fonctionnera...

La vieille dame lui fit un clin d'œil salace. Gênés, tous se figèrent. Quelqu'un avala de travers. Samuel se pencha et chuchota à l'oreille de Mme Hardy, qui éclata de rire en se tapant sur la cuisse.

Le danger écarté, Hannah se détendit.

– Samuel, vous devez être fatigué après ce long voyage. Voulez-vous vous installer dans l'ancienne maison ? Nous aurons tout le temps de bavarder plus tard.

– Comme vous voudrez.

Samuel considéra le plateau de son dîner qu'Hannah lui avait fait monter pour lui éviter l'épreuve d'un repas en famille. Il eut la gorge serrée en découvrant qu'elle avait coupé sa viande en petits morceaux.

On pouvait faire confiance à Hannah pour ce genre de détails.

En la voyant au cimetière mettre des roses sur la tombe d'Abigail, il avait eu envie de poser la tête contre son giron et de pleurer comme un enfant ; mais il avait refoulé ce désir, car s'apitoyer sur soi-même est bon pour les couards. Seul dans sa chambre, il déplia sa serviette d'une main experte, l'étendit sur ses genoux et goûta le rôti tendre. Il s'était habitué aux regards et aux murmures de pitié, et supportait même les questions brutales et pénibles sans se laisser aller à l'amertume. Mais quelquefois...

Par la fenêtre, il regarda la maison principale, baignée de la lumière de fin d'été. Il se sentait enfin en sécurité, comme un ours qui retrouve ses habitudes et le confort de son antre.

Durant son interminable voyage de retour il s'était demandé quelle allait être la réaction de Reiver. Il s'était préparé à ravaler son orgueil pour demander son pardon. Il avait oublié que, malgré leurs divergences, ils se retrouvaient toujours unis dans l'adversité.

Il revint à son dîner mais son plat avait perdu sa saveur. Revoir Hannah avait libéré un torrent d'émotions qu'il croyait mortes depuis longtemps dans les mines d'or de Californie et les vastes territoires sauvages de l'Australie.

Ce qui s'était passé entre eux ne devait jamais se reproduire.

Tard cette nuit-là, après que chacun eut épuisé le sujet du retour de Samuel et fut allé se coucher, Hannah demeura assise dans la quiétude du salon en sirotant son second verre de sherry.

— Faites attention, lui lança Reiver depuis le seuil, ou vous finirez comme mon père.

— Je n'arrive toujours pas à y croire.

Il s'assit à côté d'elle sur la banquette.

— Au retour de Samuel ?

— C'est tellement triste. Je suis de tout cœur avec lui.

— J'ai du mal à admettre qu'il ait changé à ce point. Avez-vous remarqué comme il a hésité avant d'entrer dans le salon ?

— Il n'était pas sûr de notre réaction, il avait peur.

— Il ne devrait pas. Nous sommes sa famille.

Elle eut les larmes aux yeux. Elle avait bien vu, quand James lui avait présenté Georgia, comme il s'était renfermé au lieu de sourire et la charmer selon son habitude. Craignait-il que les femmes ne le trouvent plus séduisant parce qu'il lui manquait une main ? Auparavant, leur compagnie était pourtant aussi vitale pour lui que le dessin.

Reiver, fatigué, se frotta les yeux.

— De toutes les catastrophes qui pouvaient lui arriver, celle-là était la pire.

Hannah regarda le portrait d'elle qu'il avait fait la première année de son mariage.

— Jamais plus il ne pourra dessiner ou peindre. Ce n'était pas seulement un talent qu'il avait, c'était lui tout entier.

Reiver ne répondit pas. Elle but son sherry.

— Que ressentiriez-vous si quelqu'un venait vous prendre les Soieries Shaw ?

— Quelqu'un l'a fait.

Cette réplique fit mouche et elle rougit.

— Ce n'est pas du tout la même chose. Je possède les parts de la société, mais je ne vous ai pas spolié du travail de toute une vie, n'est-ce pas ?

— Non, je l'admets. Vous avez été raisonnable sur ce plan-là.

270

– Je vous remercie de nouveau de laisser Samuel rester ici. Je sais qu'il est votre frère et que vous vous sentez obligé d'accepter son retour, mais c'est néanmoins très généreux de votre part.

– Ma générosité a des limites.

Très calme soudain, Hannah attendit. Reiver dit d'un ton crispé :

– Vous ne devrez pas... renouer avec mon frère, sous aucun prétexte. Vous m'avez pris pour un idiot une fois, je ne le tolérerai pas une seconde. Me fais-je bien comprendre, Hannah ?

Elle saisit dans sa voix une nuance de peine, qui l'étonna. Elle posa son verre et mit sa main sur la sienne.

– C'est du passé. La... la passion que Samuel et moi avons partagée est terminée. Nous ne nous enfuirons pas ensemble.

Elle se demanda qui elle tentait de convaincre, Reiver ou elle-même.

Elle se souvint du jour où Samuel lui avait proposé de partir avec lui en Europe, et de la remarque de Reiver, plus tard : le plus petit incident était capable de changer le cours de toute une vie. Elle ne pouvait s'empêcher de penser, avec un sentiment de culpabilité, que si elle avait accepté de suivre Samuel, il ne serait pas allé en Australie, n'aurait pas eu la main amputée.

– Plus rien ne vous retient, maintenant, dit Reiver. Les garçons sont assez grands pour comprendre et je n'ai aucun pouvoir sur vous.

– Vous oubliez Elisabeth. Jamais je ne l'abandonnerai. Elle est ma fille, autant qu'Abigail l'a été.

De nouveau, son amour pour un enfant innocent la ligotait.

– Et jamais non plus je ne renoncerai à mes parts sur les Soieries Shaw.

Il leva les sourcils.

– Même pas par amour ?

– Même pas.

À sa propre surprise, elle disait la vérité. Les années l'avaient sans doute rendue cynique.

Reiver se croisa les mains derrière la nuque et s'étira.

– Moi non plus.

Elle savait qu'il faisait référence à Cécilia.

– L'avez-vous déjà regretté ?

Il la regarda entre ses paupières à demi fermées.

– Non, je ne peux pas dire cela. Dieu sait si j'ai aimé Cécilia, mais les Soieries ont été ma passion première et je n'ai aucune honte à l'avouer.

Pourtant, le chagrin dans son intonation démentait ses paroles.

– D'abord, je l'ai désirée parce qu'elle était le symbole de toutes mes aspirations. Elle venait d'une famille riche et privilégiée, et elle était si belle ! Personne ne se moquait de son père parce qu'il était le poivrot de la ville. Personne ne lui jetait de la boue parce qu'elle était l'enfant du poivrot. J'avais l'impression qu'en la conquérant ce serait un but de plus atteint sur la liste de ceux que je m'étais fixés.

– Vous parlez de Cécilia d'une façon bien froide et calculatrice, comme si elle n'avait été qu'un prix à gagner.

– C'était le cas, jusqu'à ce que je tombe amoureux d'elle. Je l'aurais épousée une fois la filature bien établie. Mais le destin en a décidé autrement.

Et nous voici, pensa Hannah, nous efforçant de faire du mieux que nous pouvons avec ce que la vie nous a donné.

Elle ignorait pourquoi mais ce soir, à évoquer ainsi avec Reiver leurs rêves envolés, elle sentait faiblir les vieilles rancunes et les antagonismes. Puisque leurs amours à tous deux étaient perdues à jamais, pourquoi ne pas tenter de s'offrir un peu de réconfort mutuel, au moins cette nuit ?

– Reiver ?

Il tourna la tête et elle posa un baiser sur sa bouche, qui resta tout d'abord serrée et insensible. Puis, comme elle n'insistait pas, il se fit plus doux et bientôt elle sentit un bras puissant enserrer sa taille et l'attirer vers lui.

– Allons-nous nous coucher ?

– Oui.

– Êtes-vous sûre ?

Pour toute réponse, elle se leva et lui tendit la main.

Samuel se leva tard et s'habilla seul sans trop de difficulté, bien que nouer un foulard ou une cravate autour de son cou lui fût devenu impossible. Au rez-de-chaussée, une odeur de café bien tentante l'accueillit et il comprit qu'Hannah avait gardé son petit déjeuner au chaud dans la salle à manger. La table était mise pour deux.

– Bonjour, dit Hannah avec un grand sourire. Avez-vous passé une bonne nuit ?

Il réprima un bâillement.

– Après avoir dormi là où il m'est arrivé de dormir, ce bon vieux lit m'a semblé doux comme un nuage.

Quelle que que fût la mode, elle portait toujours ses cheveux séparés par une raie médiane et réunis en un lourd chignon dans la nuque. Cette nuque qu'il baisait avant de dérouler ses tresses pour les laisser cascader dans son dos nu...

– Le petit déjeuner est prêt, voulez-vous vous asseoir ? Il y a des œufs au bacon, et des muffins.

Elle revint de la cuisine avec deux assiettes.

– Vous n'auriez pas dû vous donner tout ce mal.

– Ce n'est rien du tout.

Elle posa une assiette pleine devant lui et versa le café. Samuel mangea avec lenteur. Il cherchait un moyen de lui dire que sa présence était trop difficile à supporter, qu'il aurait préféré qu'elle s'en aille.

– Où est James ?

– À la filature comme d'habitude, ou avec Georgia. Que pensez-vous de votre future belle-sœur ?

Samuel trouvait Georgia fort jolie et des plus charmantes, mais dépourvue de la complexité et de la profondeur qu'il aimait chez une femme.

– Elle est très jeune, n'est-ce pas ?

– Elle a le même âge que moi quand je me suis mariée. Elle est parfaite pour James. Elle lui apporte un peu de légèreté et l'empêche de tourner en rond comme une bobine.

Cela arracha un léger sourire à Samuel, puis un silence gêné retomba. Hannah attendait une certaine réciprocité, mais il ne parvenait toujours pas à formuler ce qu'il attendait d'elle. Enfin, elle reposa sa tasse de café et croisa ses bras sur la table.

– Est-ce moi qui vous rends si nerveux ? Vous agissez comme si nous étions deux étrangers qui viennent d'être présentés.

– C'est ce que nous sommes. Nous ne nous sommes pas vus depuis huit ans, Hannah. Vous l'avez dit vous-même, nous avons tous changé.

– Nous nous sommes aimés. Ne pourrions-nous au moins nous parler librement, sans cette... tension entre nous ?

Samuel repoussa son assiette et se leva, son bras droit serré contre lui.

– Je suis désolé. Mais Reiver m'a pardonné, m'a permis de revenir au sein de la famille. Je ne peux pas trahir sa confiance.

– Et vous pensez que ma présence vous y entraînerait ?

Il la regarda en face.

– Oh oui.

Compréhensive, Hannah se leva à son tour.

— Je suis flattée que vous me croyiez encore capable d'inspirer de tels sentiments, mais vous n'avez rien à craindre. Je n'ai pas l'intention de vous séduire. Si vous devez vivre parmi nous, il nous sera impossible de nous éviter, et je ne le souhaite pas. Avant de m'avoir aimée, vous avez été mon ami le plus cher, et puisque nous ne pouvons plus nous aimer, au moins restons amis.

Après avoir été ton amant, se dit-il, comment devenir simplement ton ami ? Il le faudrait pourtant, puisqu'il n'avait aucun autre endroit où aller.

— Je le souhaite aussi.

— Bien. J'ai des choses à vous dire.

Hannah fit atteler Racer par le garçon d'écurie et emmena Samuel faire le tour de Coldwater. Elle lui désignait les changements survenus dans la Grand'Rue tout en saluant ses connaissances, sans toutefois s'arrêter, même lorsque les gens restaient bouche bée devant cet étranger barbu assis bien droit à son côté. Elle n'avait pas l'intention de satisfaire leur curiosité à ses dépens. On saurait bien assez tôt que Samuel Shaw était revenu chez lui, infirme.

Ils atteignirent une colline qui dominait la ville. Elle rangea la carriole sur le bas-côté. Samuel parcourut du regard les bâtiments qui avaient poussé entre les chênes verts et les érables.

— La ville s'est beaucoup développée.

Hannah enroula les rênes autour du frein et se tourna face à lui.

— Hier, quand vous avez vu Elisabeth... vous avez su tout de suite qu'il s'agissait de la fille de Reiver.

— Elle lui ressemble tellement ! Pourquoi dites-vous qu'elle est l'enfant de cousins décédés ?

— Parce que sa mère était Cécilia Tuttle.

Ses yeux clairs s'écarquillèrent.

— Reiver et Cécilia ?

Hannah lui raconta toute l'histoire ; les séjours de Reiver à New York sous couvert de rendez-vous d'affaires, la mort de Cécilia.

— Juste avant de mourir, elle a dit à son mari que le bébé était de Reiver. Tuttle a menacé de le mettre à l'orphelinat si Reiver ne s'en occupait pas.

Samuel avait l'air outré.

– Il vous a amené l'enfant de sa maîtresse pour que vous l'éleviez vous-même ? Et vous avez accepté ? C'est vraiment noble et généreux !

– N'en croyez rien. J'ai demandé un certain prix en compensation. La majorité des parts des Soieries Shaw.

Il en fut ébahi.

– C'est vous qui dirigez la société ?

– Non, Reiver la dirige, mais j'ai le dernier mot. Je ne suis pas une figurante.

Il s'appuya contre le dossier en s'aidant de sa main valide.

– Bien joué, Hannah.

– Personne n'est au courant de la filiation réelle d'Elisabeth. Si l'un ou l'autre a deviné, il l'a prudemment gardé pour lui.

– Votre secret est en sûreté avec moi.

– Je le sais.

– Et la filature ?

– Pour tout le monde, c'est Reiver le maître. Je sais que j'ai été mesquine et vindicative, mais il le fallait, pour Benjamin et David. J'avais peur que Reiver ne décide de tout laisser à sa fille illégitime. Après la façon dont il a traité Abigail, je ne l'aurais pas toléré.

Elle eut les larmes aux yeux.

– Vos enfants ont toujours été la force directrice de votre vie, Hannah.

Elle se souvint des paroles de Reiver, la nuit précédente ; lui pensait que rien ne la retiendrait si elle voulait s'enfuir avec Samuel.

– C'est vrai.

– Vous avez changé. Vous êtes plus forte qu'avant.

– Amos Tuttle m'a traitée de Lucrèce Borgia.

– Vous ? La plus honnête femme du monde ?

Hannah lui raconta alors comment elle avait aidé Reiver à acquérir la ferme Bickford.

– Les Soieries Shaw sont devenues votre passion, à vous aussi.

– Vous avez l'air déçu.

– Non, envieux. Tout le monde a un but dans la vie, excepté moi. Et voilà, je recommence à me lamenter sur mon sort.

– Il ne faut pas. Les Soieries Shaw deviendront une partie de votre vie aussi.

Elle y veillerait.

18

Le lundi 21 septembre 1857 fut un jour parfait pour le mariage de James et de Georgia.

Hannah, témoin de l'heureuse épousée, écoutait le Révérend Crane, à demi sourd, hurler son sermon comme si toute l'assistance partageait son infirmité.

Quelle différence avec mon mariage, il y a si longtemps! songeait-elle. Cette fois, une centaine d'amis, de parents et d'ouvriers de la filature emplissait la petite église; la plupart avaient pris place sur les bancs, les autres étaient massés dans le fond. Contrairement à Hannah et Reiver, le fiancé et sa promise rayonnaient de bonheur.

Georgia prononça son «oui» avec un tel enthousiasme qu'il résonna comme un tintement de clochette. Elle sourit quand James balaya les mèches de son front avant de lui passer l'anneau nuptial au doigt.

Puissiez-vous être toujours aussi heureux, pensa Hannah, émue. Les jeunes mariés s'embrassèrent puis descendirent la nef; sur le parvis, le soleil déclinant sembla les bénir lui aussi.

Sur la pelouse qui s'étendait autour de la maison, Hannah, en robe bleue ornée de ruchés et de volants en satin, circulait parmi les invités et échangeait des compliments avec les dames sur leur élégance.

En réalité, elle quittait rarement Samuel des yeux.

De l'autre côté de la pelouse, il sirotait un verre de punch et semblait en grande conversation avec le contremaître de la nouvelle manufacture de rubans de Hartford. Il évitait les fréquentations féminines, malgré les regards aguichants qu'on lui lançait.

Hannah se dirigea vers le groupe d'hommes réunis autour de Reiver.

– ... êtes-vous satisfait de cette soie chinoise ? demandait l'un d'eux.

Reiver secoua la tête.

– Pas du tout. La soie brute que j'ai reçue est si médiocre que j'en viens à souhaiter élever moi-même des chenilles.

Burrows, le propriétaire de la papeterie, s'esclaffa :

– Nous savons ce qui s'est passé quand vous avez essayé !

Tout le monde rit avec lui. Reiver poursuivit :

– J'ai entendu dire que l'année prochaine nous allions signer un traité avec le Japon, qui ouvre son port de Yokohama au commerce étranger.

– Pourquoi Yokohama ?

– C'est le point le plus proche, géographiquement parlant, du continent américain, et d'accès facile à leurs régions de production. D'ores et déjà, l'élevage et l'exportation des vers à soie sont des plus profitables pour les Japonais. Je pense que, s'ils se mettent à produire de la soie brute, cela nous fera une nouvelle source d'approvisionnement, et de meilleure qualité que la chinoise. En fait, j'envisage de me rendre au Japon moi-même.

Hannah sursauta. Reiver au Japon ?

Burrows remarqua son expression stupéfaite.

– Vous feriez peut-être bien de parler à votre femme de vos projets, Shaw.

Il eut un sourire désarmant.

– Je ne vous ai rien dit car vous auriez essayé de m'en dissuader.

Il jeta un regard à la ronde sur ses amis.

– Hannah ne supporte pas que je m'en aille.

– C'est une épouse dévouée.

– Elle vaut son poids d'or.

– Si seulement la mienne éprouvait les mêmes sentiments !

Hannah ferma d'un coup sec son éventail d'ivoire.

– Si l'absence de mon époux profite aux Soieries Shaw, il peut rester au Japon le temps qu'il voudra.

Sur quoi elle partit, dans un bruissement de soie irrité.

Ainsi, Reiver envisageait d'aller au Japon. Elle se demandait s'il avait eu l'intention de lui en parler une fois tout arrangé et le billet pris. Mais ce n'était pas le moment d'y penser ; la réception battait son plein et le bien-être de ses invités passait avant tout. En approchant du buffet, ses pires craintes se réalisèrent. Une femme disait :

– Quelle pitié que Samuel ait perdu une main.

– J'ai eu un tel choc en le voyant ! s'exclama sa voisine.

Ce n'était autre que Patience Broome, la femme que, selon Reiver, Samuel avait courtisée. Devenue une mère de famille bien en chair, Patience empilait des canapés sur son assiette aussi étourdiment qu'elle bavardait.

– Je le trouvais si beau ! ajouta-t-elle à haute voix, mais à quoi sert d'être beau si l'on est infirme ?

De l'autre côté de la table se tenait Samuel. Hannah vit à son expression crispée qu'il avait tout entendu. Le bras serré contre lui, il leur tourna le dos et s'éloigna.

Bouillant de rage, Hannah aurait voulu arracher jusqu'à la dernière des bouclettes blondes de Patience. Au lieu de cela, elle attendit que l'écervelée eût une coupe de punch en main et en virevoltant la heurta du coude.

– Oh que je suis maladroite ! s'écria-t-elle tandis que le punch s'étalait en une large tache brune sur le corsage de Patience.

– Ma robe ! gémit celle-ci en posant son assiette. Elle est perdue !

Elle avait vu le geste délibéré d'Hannah, mais n'osait pas accuser son hôtesse de l'avoir fait exprès.

– Je suis vraiment navrée, dit Hannah en cachant sa jubilation. Je vous dédommagerai, bien entendu. Faites-moi envoyer la facture par votre couturière.

Sa satisfaction était à ce prix.

Ensuite, elle compta les minutes jusqu'à la fin de la réception afin de pouvoir rejoindre Samuel.

Il était retourné à la ferme, en compagnie des ombres et du silence. Hannah entra en faisant manœuvrer sa robe volumineuse et dit :

– Comme il fait sombre ici. Puis-je allumer ?

– Si vous voulez.

– Je vous ai apporté un morceau du gâteau de mariage, puisque vous n'étiez pas là quand il a été distribué.

Elle alluma la lampe, dont la lumière révéla Samuel assis sur une chaise, les bras croisés, ses longues jambes étendues devant lui.

À le voir ainsi, tête basse et épaules tombantes, elle ressentit un besoin irrésistible de le protéger. Elle aurait voulu construire un mur autour de lui et laisser le reste du monde à la porte, mais se rappela qu'il était au moins aussi habile qu'elle à cela.

– Ce n'était pas la peine de venir me consoler.

Elle rassembla ses jupes et s'assit en face de lui.

– Toutes les femmes ne sont pas aussi cruelles et malavisées que Patience Broome, vous savez.

– Je croyais connaître les femmes. Mais, après mon accident, je me suis aperçu qu'il n'en était rien.

– Que voulez-vous dire ?

– Tant que j'étais prévenant, valide et que je gagnais de l'argent, j'avais droit à toutes leurs attentions. Mais après l'amputation de ma main, elles m'ont évité comme si j'avais été lépreux.

– Samuel Shaw, il me semble détecter un certain apitoiement sur vous-même dans votre voix.

Il rougit et elle ajouta :

– Vous m'avez dit que vous ne le feriez plus.

– J'étais simplement en train de brosser un tableau réaliste de votre charmant sexe.

Elle leva les sourcils.

– Suis-je comprise dans ce tableau ?

– Vous êtes l'exception. Je vous ai toujours tenue dans la plus haute estime.

Son regard se perdit dans l'âtre vide et froid.

– Je l'espère. Nous nous sommes aimés, autrefois.

Comme toujours, à cette évocation il se retira en lui-même, se fit inaccessible. Elle se demandait pourquoi.

– Vous avez sûrement rencontré des femmes admirables au cours de vos voyages.

Son visage s'anima de nouveau.

– Oui, c'est vrai. L'une d'elles était la jeune veuve d'un chercheur d'or. Elle portait les pantalons et les chemises de son défunt mari. L'autre était une entraîneuse qui offrait ses faveurs à autant d'hommes qu'elle le pouvait afin d'économiser assez d'argent pour revenir dans l'Est. Elles m'ont réconforté aux moments où j'en avais le plus besoin. Et en Australie, j'ai failli épouser la propriétaire d'un ranch, dont les ancêtres étaient des bagnards anglais.

Hannah écarquilla les yeux, de surprise autant que d'une jalousie inattendue.

– Quand j'ai perdu ma main, elle a annulé le mariage. Elle a dit qu'elle était désolée, mais étant infirme je ne pouvais plus l'aider à diriger le ranch. Elle m'a donné de quoi rentrer en Amérique et je suis parti.

– De toutes les cruelles, insensibles...

– Ne soyez pas aussi indignée. C'était une femme pratique et je ne la blâme pas de m'avoir tiré sa révérence.

– Je crains fort de ne pas partager votre indulgence.

Un sourire doux-amer naquit sur les lèvres de Samuel.

– Vous vous ressemblez, pourtant. Vous avez, comme elle, fait passer votre devoir avant vos désirs.

Frappée par ce reproche proféré doucement, elle réfléchit et s'avoua que Samuel avait raison. Toujours, elle avait suivi la voie du devoir et des obligations familiales, mais elle en avait été récompensée. Benjamin et Davy étaient de beaux jeunes gens et elle avait même la satisfaction inespérée de contrôler les Soieries Shaw.

Soudain, la compagnie de Samuel lui parut pesante et mélancolique. Elle se leva.

– Je dois aller surveiller le rangement de la maison.

– Ne vous inquiétez pas pour moi, Hannah. Il faut plus qu'une malveillance pour me bouleverser.

Tu es pourtant bien fragile, pensa-t-elle, quoi que tu en dises.

Elle lui souhaita le bonsoir.

Hannah suivait le chemin de Mulberry Hill pour rentrer chez elle quand elle vit la silhouette trapue de Davy se hâter vers elle. Sa figure ronde était rouge d'indignation.

Elle gémit d'avance, connaissant trop bien cet air déterminé : le sens de la justice de Davy avait été bafoué une fois de plus, en faveur de Benjamin, et il avait l'intention de le rétablir en se vengeant.

– Qu'est-ce que tu as ?

Aussi offusqué qu'essoufflé, Davy s'arrêta pour reprendre haleine.

– Maman, père a emmené Ben à Hartford et ils n'ont pas voulu de moi.

– Hartford ? À cette heure ? Il fait presque nuit.

Le soleil s'était couché depuis longtemps, laissant derrière lui le long crépuscule de septembre.

– Ont-ils dit où ils allaient, et pourquoi ?

– Non, maman, ils ne m'ont rien dit, et Ben faisait son important. Père ne vous a parlé de rien ?

– Non. Je pensais que le mariage de ton oncle et la réception seraient assez de réjouissances pour aujourd'hui.

Davy fit la moue.

– Pourquoi père me laisse-t-il toujours à la traîne ?

– Ne boude pas. C'est très désagréable chez un jeune homme.

– C'est parce qu'il ne m'aime pas autant que Ben, n'est-ce pas ?

– En voilà assez, David.

– Pourquoi ? Je suis son fils, moi aussi.

– Votre père vous aime tous deux de la même façon et je ne veux plus rien entendre à ce sujet.

Elle posa la main sur l'épaule de Davy.

– J'ignore où ils sont allés, je le leur demanderai quand ils rentreront.

Elle se rendit au salon et attendit. Longtemps. La maison s'obscurcit au fil des heures mais elle ne prit pas la peine d'allumer. Elle dormit par à-coups, assise toute droite sur sa chaise. La porte d'entrée en s'ouvrant doucement l'éveilla.

Il y eut des pas étouffés, prudents, des voix s'élevèrent, suivies d'un « Chut ! » vigoureux. Elle alluma une lampe et se rendit dans le vestibule.

Reiver et Benjamin se figèrent en la voyant.

– Où étiez-vous ?

Ils échangèrent un regard coupable.

– À Hartford.

– Et vous ne pouviez pas emmener Davy ?

– Non, pas cette fois.

Reiver jeta un coup d'œil à Benjamin et eut un grand sourire. À la lueur de la lampe, Hannah remarqua la façon négligée dont ils étaient habillés, comme s'ils avaient remis en hâte pantalons et cravate. Reiver sentait l'alcool et Benjamin un écœurant parfum de femme.

Elle regarda son fils avec colère et ressentiment. Comme il détournait les yeux, elle s'en prit à Reiver.

– Vous avez amené mon fils dans une maison close !

Son fils de seize ans avait couché avec une prostituée... Sa main se mit à trembler si fort qu'elle dut poser la lampe.

– Benjamin, va dans ta chambre. Je dois m'entretenir en privé avec ton père.

Rendu audacieux après avoir passé son épreuve initiatique, le garçon rétorqua :

– Je reste. Cela me concerne autant que vous.

– Obéis-moi !

Il baissa la tête avec un regard de défi, tout comme le faisait Reiver.

— Je ne suis plus un enfant. Vous ne pouvez pas m'envoyer dans ma chambre comme si j'avais cinq ans.

— Fais ce que te dit ta mère, ordonna Reiver d'un ton calme.

— Mais, père...

— Laisse-nous. Il est tard et tout se passera bien si tu vas te coucher.

Soudain Hannah se sentit désemparée. Ils s'étaient alliés contre elle, deux hommes raisonnables contre une femme hystérique incapable de comprendre leur monde masculin.

Benjamin la regarda comme si elle venait de le dépouiller de sa virilité fraîchement acquise, mais céda à son père et s'en alla. Elle reprit la lampe et se dirigea vers le bureau. Que Dieu lui vienne en aide ! Reiver allait lui payer cher ce qu'il avait fait.

Elle posa si fort la lampe sur la table que la flamme vacilla, puis elle pivota vers Reiver.

— Espèce de salaud, dépravé, vous avez emmené un enfant au bordel !

Il leva les mains.

— Calmez-vous.

Elle s'adossa au bureau, les doigts agrippés au rebord comme si c'était la gorge de son mari.

— Me calmer ? J'ai envie de vous tuer !

— Ce n'est pas la première fois. Écoutez-moi plutôt. Benjamin n'est plus un enfant. Il a seize ans, l'âge que j'avais quand j'ai eu ma première... expérience.

— En quoi était-ce vraiment nécessaire ?

— C'est une des manières de devenir un homme.

— Une manière de se débaucher, vous voulez dire.

Il s'empourpra.

— Vous ne le comprendrez peut-être pas, mais cela fait partie de l'éducation d'un garçon. Il doit savoir se comporter dans un lit aussi bien qu'en affaires.

— Vous avez fait sa perte.

— Au contraire. J'ai fait de lui un homme. Je sais que vous voulez le protéger, le traiter encore et toujours en enfant mais que vous l'admettiez ou non, Hannah, c'est un jeune homme à présent et il est temps que vous le considériez ainsi.

Elle fit un pas vers lui en serrant les poings.

— Je ne le prends pas pour un enfant, mais je ne pense pas non plus qu'il soit prêt à aller forniquer dans tous les lits du Connecticut !

— Vous avez bien peu confiance en lui.

Tremblante, elle se dirigea vers la porte.

— Quand une pauvre fille se présentera au perron avec le bâtard de Benjamin dans les bras, ne croyez pas que j'élèverai celui-là aussi.

Reiver la prit par le bras comme elle passait près de lui.

— Que j'aie eu tort ou raison, ce qui est fait est fait, Hannah. Acceptez-le, ou vous risquez d'éloigner Benjamin de vous.

Elle se dégagea d'un geste sec.

— Je ne vous pardonnerai jamais.

Elle sortit en claquant la porte.

Sa fureur demeura après elle comme une présence tangible qui fit soupirer Reiver. Les femmes... Elles ne comprendraient jamais les besoins des hommes. Il se versa un verre de brandy et se détendit dans son fauteuil préféré.

Si elle ne les avait pas attendus, elle n'aurait rien su de leur escapade. Sans doute Davy avait-il encore rapporté. Il y avait des moments où son fils cadet lui déplaisait franchement, avec ses exigences d'impartialité absolue et d'attentions strictement égales. Or, Reiver l'avait découvert depuis longtemps, les parents n'aiment pas leurs enfants de la même façon, et lui ne pouvait s'empêcher de préférer l'aîné. Davy ressemblait trop à Hannah.

Benjamin, lui, était exactement comme Reiver. Cette nuit, quand il lui avait présenté la Comtesse et son essaim de jolies femmes, Benjamin les avait approchées avec la révérence et la curiosité d'un novice avide d'être initié, de participer à une cérémonie secrète. Plus tard, après que Reiver eut pris son propre plaisir, la Comtesse tout sourire lui avait annoncé que son fils s'était montré aussi bon élève que lui-même.

Il termina son brandy, se leva et éteignit. Il aurait aimé dire quelque chose d'apaisant à Hannah, mais elle était trop furieuse pour l'écouter. Demain, peut-être, entendrait-elle raison.

Hannah dormit mal et s'éveilla avant l'aube. Un épais brouillard gris se pressait à la fenêtre, en accord avec le désespoir qui l'étouffait. Elle s'habilla rapidement. Personne n'était encore levé, pas même la servante chargée d'allumer le poêle de la cuisine. Elle se demanda comment Reiver et Benjamin pouvaient dormir aussi bien après leur nuit de débauche.

Elle serra son châle sur ses épaules et sortit. Elle se hâta vers Mulberry Hill sans tenir compte de l'herbe humide qui détrempait ses pantoufles. La vieille ferme apparut brusquement dans une trouée de brouillard, tel un fantôme sur une lande anglaise. Une lumière brillait à l'étage mais elle continua son chemin et ne ralentit que lorsqu'elle eut atteint les bois.

Elle n'avait pas fait trente mètres qu'un bruit de pas se fit entendre.

— Hannah, attendez !

Elle se retourna et vit Samuel sur le sentier. Ses cheveux emmêlés, son absence de veste et son air inquiet montraient qu'il était sorti en hâte pour la suivre.

— Que faites-vous ici à cette heure ?

Elle éclata en sanglots.

Samuel lui tendit les bras puis, se souvenant de Reiver, s'interrompit net.

— Pourquoi pleurez-vous ?

Elle respira par à-coups pour retrouver une contenance et dit :

— Reiver a emmené Benjamin dans une maison close.

Elle lui raconta comment ils s'étaient rendus à Hartford après le mariage de James pour n'en revenir qu'à une heure du matin.

— C'était dégoûtant, dit-elle en se tamponnant les yeux avec son mouchoir. Mon petit était là, puant le parfum de quelque prostituée et Reiver se comportait comme s'il y avait de quoi en être fier. Si j'avais eu un fusil, Samuel, je l'aurais tué.

Il posa une main timide sur son bras.

— Reiver ne comptait sans doute pas vous le dire.

— Et comment aurais-je pu l'ignorer ? Benjamin était tellement différent en rentrant ! Il aurait fallu que je sois aveugle pour ne pas m'apercevoir qu'une catastrophe était arrivée.

Elle s'appuya contre un arbre dont l'écorce rude et humide lui griffa le dos.

— Il était trop jeune pour perdre son innocence. Trop jeune !

Samuel cassa une brindille et la tordit entre ses doigts.

— Lorsque j'ai eu seize ans, Reiver a fait la même chose pour moi, et plus tard, pour James. C'est une sorte de tradition chez les hommes de la famille Shaw.

— Le défendriez-vous, Samuel ?

— Benjamin n'est plus un petit garçon, et il n'y a rien de plus détestable pour un jeune homme que d'être traité en bébé par ses parents.

— Il s'éloigne de moi. J'ai vu dans ses yeux, la nuit dernière, cet air suffisant, supérieur, qui me considérait comme une femme excitée qu'il faut calmer puis dédaigner.

– Hannah, souvenez-vous de votre réaction quand vous avez découvert le portrait que j'ai fait de vous.

Elle réfléchit.

– Oui.

– Eh bien, vous voyez en Benjamin ce que j'avais vu en vous : l'éveil à la sensualité. Ce n'est pas dégoûtant. Cela fait partie de l'être humain, homme et femme.

La tête contre l'arbre, les yeux fixés sur Samuel, elle écoutait le bruit apaisant des gouttes d'eau sur les branches. Il relâcha sa vigilance un bref instant et elle vit le désir lutter avec la volonté sur son beau visage. Elle fit un pas vers lui.

– Mon dieu, Samuel, comme tu m'as manqué !

Il recula.

– Non, Hannah, je vous en prie.

Désemparée par les événements de la nuit précédente, elle ne l'écoutait pas.

– J'ai besoin de toi.

Il la prit par le poignet mais il n'était pas de taille à combattre sa détermination. Elle l'attira contre elle en soupirant. Il demeura raide et réticent.

– Hannah, ne vous conduisez pas ainsi. Ce n'est pas bien.

– Prends-moi contre toi, Samuel. Seulement cela. Il n'y a rien de mal.

Elle posa la tête contre sa poitrine et perçut le battement de son cœur.

– D'ailleurs peu m'importe que ce soit bien ou mal. Quand j'ai perdu ton enfant, j'ai cru que...

Elle se tut, épouvantée.

Le brouillard s'était épaissi au point que les arbres disparaissaient autour d'eux. Elle ne distinguait que la figure pâle et anxieuse de Samuel au-dessus d'elle. Il bougea les lèvres mais aucun son n'en sortit.

– Pardonne-moi, supplia-t-elle en reculant. J'avais juré de ne rien te dire.

– Un enfant ? Tu allais avoir un enfant de moi ?

Elle resserra le châle sur ses épaules.

– Il se peut qu'il ait été de Reiver, mais je voulais que ce soit le tien. C'est arrivé peu après ton départ. Le jour même où j'ai su que j'étais enceinte, j'ai perdu le bébé.

Les larmes lui vinrent aux yeux tandis qu'elle se souvenait du sang sur la neige, la seule preuve de son existence.

– C'était si cruel, si injuste... Je n'ai même pas eu le temps de l'aimer. Puis j'ai appris que je ne pourrais plus jamais en avoir... Tu vois, tu n'es pas le seul à être infirme.

Samuel posa la main sur sa joue et elle tressaillit.

– Hannah, je suis tellement triste pour toi. Mais mon dieu, pourquoi ne pas me l'avoir écrit ? Je serais revenu tout de suite.

– Et qu'est-ce que cela aurait changé ?

– Tu n'aurais pas été seule à supporter ta peine.

Elle eut le goût des larmes sur ses lèvres.

– Cela, j'y suis habituée.

Cette phrase le bouleversa. Il la prit par la taille et la serra contre lui le plus fort qu'il put. Il la dévorait des yeux tandis qu'elle nouait les bras autour de son cou pour passer les doigts dans ses cheveux soyeux.

– Tu es si belle, murmura-t-il juste avant de se perdre dans son baiser.

Ce baiser inonda son âme desséchée comme une pluie de printemps, tandis que le corps d'Hannah pressé contre le sien réveillait le feu qui couvait en lui. Cela faisait trop longtemps qu'ils étaient séparés. Il voulait se fondre en elle et l'aimer, l'aimer, l'aimer...

Hannah prit son visage entre ses mains et couvrit de baisers ses joues, ses paupières, son front.

– Je t'aime, Samuel, je t'ai toujours aimé. J'ai cru mourir quand Reiver t'a renvoyé.

Il la fit taire en l'embrassant de nouveau, mais les doigts d'Hannah couraient sur sa poitrine, son ventre, cherchant sa boucle de ceinture.

La silhouette de Reiver se dessina brutalement dans l'esprit de Samuel et il s'arracha à l'étreinte d'Hannah juste à temps.

– Non, c'est impossible.

Haletant, il dut s'appuyer contre un arbre car ses genoux ne le portaient plus. Elle le regardait d'un air attendrissant, les bras serrés sur la poitrine.

– Je... je croyais que tu me désirais.

– Oui, mais je ne peux pas trahir mon frère, surtout maintenant que je vis de sa charité.

La colère brilla dans les yeux d'Hannah.

– Que tu restes ici ne dépend pas du bon vouloir de Reiver. C'est moi qui le veux, et en ce qui me concerne, tu peux vivre là aussi longtemps que tu le voudras. Tu n'as pas à craindre que Reiver te chasse de nouveau si tu lui déplais.

– Je t'en suis reconnaissant.

– Je ne veux ni reconnaissance ni humilité. Je veux te voir de nouveau fier et intact.

Il baissa les yeux sur son bras droit.

– Cela pose un problème.

– Je veux dire intact dans ta tête.

Comme il ne répondait pas, elle s'éloigna et regarda autour d'elle.

– C'est presque l'aube et le brouillard se dissipe. Je ferais mieux de rentrer.

– Que vas-tu faire à propos de Ben ?

– Le prier de m'excuser de l'avoir mal jugé.

Elle trouva Benjamin attablé, seul, devant son petit déjeuner. Elle se versa une tasse de café et s'assit face à lui.

Il l'écouta, de mauvaise grâce, expliquer pourquoi elle avait été si bouleversée la nuit précédente, et lorsqu'elle admit avoir eu tort de le traiter en enfant, son amertume s'évanouit et il redevint celui qu'elle connaissait, allant jusqu'à se lever pour l'embrasser.

Avant de partir pour la filature, il posa de nouveau un baiser sur sa joue et elle sut que son fils était réellement devenu un homme.

Dans le salon de la maison Bickford dont elle avait tant balayé le plancher, essuyé et astiqué les meubles du temps de tante Naomi, Hannah sourit de satisfaction.

– J'ai du mal à reconnaître cet endroit, Georgia.

Grâce à la décoration mise en place par Georgia, la maison révélait un aspect chaleureux dont elle avait cruellement manqué lorsque Hannah y vivait : papier peint à petites roses, gravures des saisons en Nouvelle-Angleterre joliment encadrées, et tapis tressés multicolores partout.

Georgia posa son plateau.

– C'était une vraie porcherie ! Des traces de doigts sur tous les murs, plein de graisse brûlée dans le poêle, le plancher tout encrassé... Ma mère serait morte de honte de vivre dans un tel intérieur.

Hannah prit la tasse de thé qu'elle lui présentait avec une élégance étudiée.

– Connaissant Nat, je ne suis pas étonnée que sa femme ait été aussi souillon.

Georgia regarda son salon, pleine de fierté.

– Eh bien, dorénavant c'est moi, Georgia Shaw, la maîtresse de maison et je vais veiller à ce qu'elle reste aussi accueillante pour mon époux et mes enfants.

– Et où est-il, cet époux ? J'ai regardé à la filature mais il n'y était pas. Je voudrais qu'il m'aide à concrétiser une idée que j'ai eue.

Georgia rosit d'une façon charmante.

– Depuis que nous sommes mariés, James ne va plus travailler aussi tôt.

– Et pourquoi pas, maintenant qu'il a des choses plus intéressantes à faire chez lui ?

Georgia eut un petit rire.

– Il est neuf heures, il devrait être habillé. Voulez-vous que j'aille le chercher ?

– Inutile, mon amour, fit James en entrant.

Il salua Hannah, chassa la mèche de cheveux de son front et traversa la pièce pour embrasser son épouse rougissante.

– Avant que vous ne partiez pour la filature, dit Hannah, j'aimerais vous entretenir d'un projet.

James se versa une tasse de thé.

– Quel genre ?

– Je voudrais que vous fassiez quelque chose de très spécial pour moi, et sans doute très difficile à réaliser.

– James peut fabriquer n'importe quoi, intervint Georgia.

Il s'assit et se tourna vers Hannah.

– Dites-moi à quoi vous pensez, et je verrai si c'est possible.

Elle se pencha vers lui et décrivit l'objet qu'elle voulait. Puis elle attendit leur réaction.

– Oh Hannah, s'exclama Georgia, ce serait merveilleux.

James restait silencieux.

– Est-ce faisable, James ?

Il fronçait les sourcils, l'air concentré, et Hannah avait l'impression d'entendre les rouages dans sa tête tandis qu'il envisageait toutes les éventualités. Enfin il déclara :

– Je pense que oui. Du moins, je ferai tout mon possible.

– Je n'en demande pas plus, dit Hannah en se levant. N'en parlez à personne, surtout pas à Reiver. Je veux que cela reste un secret, au cas où ça ne marcherait pas.

– Nous n'en dirons rien, promit Georgia.

James se leva.

— Je trouverai un moyen d'y travailler sans que personne le sache.

Hannah regardait par-dessus l'épaule de James.
— Ça marchera ?
— La seule façon de le savoir est d'essayer.

Elle eut un frisson d'appréhension. À présent que son projet avait pris forme, elle doutait de son bien-fondé. Et si c'était une erreur ? Si cela causait des dommages irrémédiables ?

Elle croisa les doigts et contempla l'objet fait de bois et de courroies sur l'établi de James.
— Je ne suis plus certaine que ce soit une bonne idée. Nous ferions peut-être mieux de jeter tout cela et de ne plus y penser.
— Ne vous inquiétez pas. Même si ça ne va pas, il sera très touché de votre intention. De plus, ce sera mon chef-d'œuvre ! J'ai sué sang et eau pour y parvenir, pas question de le détruire maintenant.

Hannah prit une bonne bouffée d'air froid.
— Vous avez raison. Je suis idiote. Bien, voici l'instant critique. Nous y allons ?

Ils quittèrent la grange Bickford, là où ils avaient conspiré ensemble depuis presque deux mois. Le ciel couvert, lourd de neige, reflétait l'anxiété d'Hannah. En arrivant à la ferme, James murmura :
— Hannah, on dirait que vous vous rendez à un enterrement.
— Oui... le mien ! il va me haïr pour cela.

Elle tremblait sans pouvoir s'arrêter.
— Non, il sera touché de voir que vous pensez à lui.

Ils entrèrent sans frapper.
— Samuel ?

Il apparut aussitôt, un livre sous le bras, et baissa les yeux sur le paquet que portait James.
— Qu'est-ce que c'est ? Un cadeau de Noël précoce ?
— En quelque sorte, dit Hannah.

Il sourit.
— Donnez, ne me laissez pas dans l'expectative.

James tendit le paquet à son frère mais Hannah le retint.
— Avant de l'ouvrir, Samuel, laissez-moi vous expliquer... J'espère très sincèrement que vous ne vous sentirez pas offensé en voyant de quoi il s'agit.
— Je suis encore plus intrigué. Donne-moi ça, frangin.

Quand il vit le contenu, il devint d'un gris de cendre et Hannah crut qu'il allait défaillir.

– C'est une main artificielle, dit-elle, hésitante. James l'a fabriquée avec du bois et du cuir pour que vous puissiez la fixer à votre bras et mettre un gant. Ce n'est pas... pas aussi bien qu'une vraie, évidemment, mais j'ai pensé que...

Elle le regardait, désemparée.

Il examinait la main de bois aux doigts pliés en position de repos naturel, avec une base incurvée pour s'adapter à son moignon. Il prit son temps pour observer les lanières. Son visage ne révélait rien de ses pensées, un masque aurait été plus expressif.

Il déteste, pensa Hannah, et il va me détester encore bien plus pour avoir pensé qu'il l'accepterait.

Le regard de Samuel alla d'Hannah à James puis de nouveau à Hannah.

– Je ne sais pas quoi dire.

– Veux-tu que je te montre comment la fixer ? demanda James.

Samuel commença à retirer sa chemise et James leva les sourcils.

– Tu vas te déshabiller devant Hannah ?

Elle détourna les yeux. Comment James aurait-il su qu'elle avait vu Samuel bien plus dénudé que cela ?

– Bien sûr que non. Allons à côté.

Hannah attendit, longtemps lui sembla-t-il.

Quand ils revinrent, elle guetta tout de suite l'expression de Samuel.

– Qu'en pensez-vous ?

Il tenait son bras serré contre lui comme d'habitude, mais au lieu que sa manche fût cousue, elle recouvrait son poignet d'une façon naturelle. La main de bois était gantée de cuir, personne ne pouvait deviner qu'il était manchot.

Hannah tenta un sourire.

– On ne se rend plus compte que vous êtes...

– Infirme.

Un silence gêné s'établit. Puis James donna une bourrade à son frère.

– Il faut que je retourne à la filature, sinon Reiver va croire que je le laisse tomber.

Samuel le remercia et il s'en alla.

Hannah croisa les bras pour cacher sa nervosité.

– Je... je sais que c'est un subterfuge, mais je... oh Samuel, je ne voulais pas vous embarrasser, ni vous faire insulte... Dites quelque chose, par pitié !

— Je suis sans voix.

Il dégageait à présent une telle chaleur qu'elle avait l'impression de se tenir à côté d'un feu rougeoyant par une journée glacée.

— Je croyais avoir connu l'apogée de la bonté humaine, et voici que vous m'offrez cela.

Il prit sa main et pressa ses lèvres chaudes dans sa paume, ce qui la fit tressaillir. Il se redressa, les yeux étincelants de gratitude.

— Je n'ai pas assez de mots pour vous remercier.

— Je voulais seulement que vous soyez vous-même, de nouveau.

Il la regarda s'éloigner vers Mulberry Hill, ses jupes gonflées par le vent de novembre. Son geste l'avait touché bien plus qu'il ne pouvait l'exprimer. Hannah avait imaginé cela, demandé l'aide de James, tous les deux avaient travaillé en secret depuis des semaines...

Il aurait voulu avoir le courage d'Hannah, son optimisme sans limite. Il aurait voulu redevenir lui-même, pour elle, comme avant, mais c'était impossible. Il n'était même pas sûr d'avoir l'énergie nécessaire.

19

À la fin du mois de mars 1858, la décision de Reiver était prise ; il ne restait plus qu'à l'annoncer à Hannah.

Il la trouva en train de répondre à une pile de lettres commerciales. Elle posa sa plume et croisa les mains devant elle.

– Vous voulez me parler ?

– Oui. Je pars à Yokohama. Et j'emmène Benjamin.

Après dix-huit ans de mariage, il lisait en elle comme dans un livre. Il vit son déplaisir à la façon dont ses yeux se rétrécirent, dont ses lèvres se crispèrent. Elle allait faire des objections, mais il était prêt.

Pourtant, elle n'était pas prise au dépourvu. Elle avait surpris la conversation avec ses collègues au mariage de James l'année précédente. Mais, comme il n'en avait pas parlé depuis, elle pensait qu'il avait abandonné l'idée.

– Pensez-vous réellement qu'un tel voyage serait profitable aux Soieries Shaw ?

– Indubitablement. Vous n'ignorez pas que je me bats avec les importations chinoises de mauvaise qualité depuis des années. La soie japonaise a toutes les chances d'être excellente, et maintenant que les Japonais semblent prêts à traiter avec les États-Unis, l'heure est venue d'établir des relations commerciales avec eux.

– Pourquoi est-ce vous qui devriez y aller ?

– Tiens, je pensais que vous seriez heureuse d'être débarrassée de moi pour quelque temps.

Elle parut chagrinée.

– Je me disais seulement que ce voyage était bien long et hasardeux pour un homme de quarante-six ans et conviendrait mieux à quelqu'un de plus jeune.

Reiver tapota son ventre plat.

– Sachez que je suis encore tout à fait capable de travailler comme un homme moitié plus jeune. De plus, qui d'autre envoyer ? James va bientôt être père et Samuel n'est pas assez au courant des affaires. Mon nouvel adjoint est encore trop inexpérimenté. Non Hannah, les deux seules personnes susceptibles de partir sont vous et moi.

– Je n'ai aucune intention d'aller au Japon. Elisabeth a besoin de moi.

– De toute façon, je ne pense pas que les Japonais traiteraient avec une femme. Vous êtes donc éliminée.

– Et s'il y a la guerre ? Que se passera-t-il si vous ne pouvez plus rentrer aux États-Unis ?

– Je compte revenir avant.

Elle se leva dans un bruissement de taffetas.

– Pourquoi Benjamin devrait-il vous accompagner ? Il est...

– Trop jeune ? Hannah, nous avons déjà parlé de cela. Les Soieries Shaw appartiendront à Ben et à Davy un jour ou l'autre. Davy, lui, est trop jeune, pas Ben. Au Japon, il rencontrera les gens avec lesquels il sera amené à travailler dans l'avenir. Ce sera pour lui un avantage inestimable.

Hannah alla à la fenêtre et écarta les rideaux.

– D'un point de vue réaliste, je sais que vous avez raison, mais au fond de moi, je ne veux pas qu'il parte.

Reiver la rejoignit et posa la main sur son épaule.

– Je sais, Hannah. Mais vous vous inquiétez inutilement. Je vous promets de veiller sur lui.

– Je ne vais pas le voir pendant si longtemps...

– Vous aurez Davy et Elisabeth. Et le bébé de Georgia. Et vous pourrez diriger la filature sans que j'intervienne.

Elle eut un bref sourire.

– Voilà certainement le meilleur argument. Êtes-vous sûr de pouvoir me confier votre précieuse filature ?

– Oui. Vous ne m'avez jamais failli.

C'était le plus beau compliment qu'il pût lui faire. Elle détourna les yeux.

– Et me ferez-vous confiance pour Samuel ?

– J'ai confiance en vous deux, répondit-il sans hésiter.

Il ne considérait pas son frère comme une menace. Revenu à Coldwater en petits morceaux, et malgré le cadeau intelligent d'Hannah, cette main artificielle qui lui évitait d'être regardé comme une bête curieuse, Samuel n'était plus le même. Il prétendait qu'il voulait gagner sa vie, mais se terrait dans la vieille ferme, à l'abri du monde. Il ne trahirait pas Reiver une seconde fois.

Et puis, que Samuel et Hannah redeviennent amants était un risque à courir. Il avait bien plus envie d'aller au Japon que de surveiller son frère et sa femme.

— Combien de temps serez-vous partis ?

— Un ou deux ans. Peut-être plus.

— Comme c'est long ! Tant de choses peuvent arriver pendant ce temps. Mme Hardy n'est pas en bonne santé.

— Cette vieille pie nous enterrera tous.

— Et si quelque chose vous arrive, à vous ou à Benjamin ? Une tempête en mer, un naufrage, des autochtones agressifs qui pourraient vous faire du mal...

Reiver sourit gentiment.

— La vie est un risque permanent, Hannah, vous le savez.

— Et David ? Il va voir dans ce voyage une autre preuve de votre préférence pour Benjamin.

— Mon dieu, Hannah ! Je ne peux pas cesser toute activité avec Benjamin parce que David est jaloux. Ben est l'aîné, son âge lui donne certains privilèges. Il faut que David le comprenne.

— Je me demande s'il y parviendra jamais. Que pense Benjamin de ce voyage ?

— Il est aussi impatient que moi.

Le père et son fils préféré à la conquête du monde, se dit-elle.

Ayant épuisé toutes ses objections, elle soupira.

— Si vous avez le sentiment que ce voyage est nécessaire pour l'avenir des Soieries Shaw, Ben et vous avez ma bénédiction pour partir.

Les yeux de Reiver étincelèrent d'un enthousiasme qu'elle ne lui avait pas connu depuis ses tentatives d'élevage.

— Nous allons vers une ère nouvelle, Hannah, et les Soieries Shaw seront en première ligne.

Elle pensait surtout qu'elle ne verrait pas son fils pendant deux longues années, ou plus.

Un mois plus tard, toute la famille Shaw se tenait sur le quai de la gare de Hartford pour assister au départ de Reiver et de Benjamin ; Mme Hardy était là, voûtée et revêche, de même que Georgia, épanouie, qui tentait de dissimuler son état sous une robe ample.

Les employés de la filature avaient salué les voyageurs puis chacun leur avait fait ses adieux et il ne restait plus qu'à se serrer

la main, agiter les mouchoirs et crier «Au revoir ! Bonne chance !»
d'une voix émue tandis que le train s'ébranlait.

À travers ses larmes, Hannah le regarda s'éloigner en priant
que Reiver et Benjamin lui reviennent sains et saufs. Et tandis
qu'elle montait dans un autre train, celui qui la ramènerait avec
les autres à Coldwater, un plan se formait dans son esprit.

C'était comme si on lui avait donné les clefs d'un royaume
dont elle avait bien l'intention d'ouvrir toutes grandes les portes.

Elle commença par David.

De retour à la maison, elle lui laissa quelques heures pour
ruminer la bonne fortune de son frère et s'apitoyer sur son sort,
puis monta à sa chambre. Il était en train de se gaver de gâteaux.
Elle lui jeta un regard glacé.

— David, je voudrais te voir dans le bureau, d'ici cinq minutes.
Essuie ces miettes et présente-toi correctement.

Ignorant son air abasourdi, elle fit demi-tour.

Cinq minutes plus tard il apparut à la porte du bureau, débar-
bouillé et les cheveux plaqués.

— Maman, pourquoi agissez-vous comme papa ?

Elle désigna le siège de l'autre côté du secrétaire.

— Parce qu'en l'absence de ton père c'est moi le chef de
famille. Je pense qu'il est temps que tu grandisses et assumes la
place qui te revient de droit comme futur héritier des Soieries
Shaw.

David eut l'air confondu. Il était tout à fait d'accord pour être
traité à l'égal de son frère, quant aux obligations...

— Pour commencer, tu vas servir d'assistant à M. Torelli à la
teinturerie.

Il fronça le nez.

— C'est humide là-bas et ça sent mauvais.

— David, il n'y a pas que le plaisir dans la vie, il est temps que
tu l'apprennes. Si tu veux aider ton frère à diriger la filature un
jour, tu devras tout connaître de la société. Et la seule façon
d'apprendre, c'est d'y travailler.

— Maman...

— Tu commences demain à six heures.

— Mais maman, c'est trop tôt.

— La filature ouvre à six heures et tu te présenteras à ce
moment comme tout le monde.

Elle baissa la tête vers les papiers répartis sur le bureau, lui
signifiant son congé.

Puis elle fit venir Samuel.

Nous sommes seuls désormais, pensa-t-elle quand il entra. Reiver est en route pour le Japon et il ne reviendra pas avant très, très longtemps.

Elle n'avait qu'à plonger dans les yeux pâles de Samuel pour savoir qu'elle l'aimait et le désirait toujours. Elle avait envie de passer les doigts dans les mèches argentées de ses tempes et sentir sa bouche sur la sienne. Elle avait envie qu'il touche ses seins, qu'il les dénude...

— Vous vouliez me voir ?

Sa rêverie érotique s'évanouit. Samuel se dirigea vers une table de l'autre côté de la pièce, comme pour mettre le plus de distance entre elle et lui. Il tenait son bras droit contre son flanc, signe certain de sa nervosité.

— Est-ce moi qui vous mets mal à l'aise ? demanda Hannah.

— Pas vous. La tentation de vous voir jour après jour en sachant que vous ne serez plus à moi, oui.

Il ressentait donc la même chose qu'elle.

— Si Reiver s'était soucié de nous savoir amants de nouveau, il ne serait pas parti pour le Japon, dit-elle. Franchement, je crois qu'il s'en moque.

— Il nous fait confiance, Hannah.

Elle eut un soupir las.

— Je ne vous ai pas fait venir pour parler de lui. J'ai besoin de votre aide pour une affaire de première importance concernant la société.

— De moi ?

Elle plaça sa main sur une pile de documents.

— Depuis des années, Reiver et les autres fabricants de soie de ce pays essaient de convaincre le Congrès d'augmenter les tarifs d'importation pour soutenir notre industrie. Sans succès.

— Que pourrais-je faire ?

— J'aimerais que vous étudiiez ces documents avant d'aller à Washington faire une nouvelle demande d'augmentation des taxes d'importation.

Samuel écarquilla les yeux.

— Je ne connais rien à ces tarifs.

— Vous pouvez apprendre.

Il paraissait si réticent qu'elle ajouta gentiment :

— Depuis votre retour, vous répétez que vous voulez faire quelque chose de productif. En voici l'occasion. Après tout, vous avez perdu une main mais pas vos facultés mentales, et j'ai terriblement besoin que quelqu'un s'occupe de cette affaire.

— Et James ?

— James est un inventeur, pas un négociateur. Et imaginez un instant que moi, une femme, j'aille tempêter dans le hall du Congrès en essayant de persuader de vieux sénateurs rassis d'établir de nouveaux barèmes ? On les entendrait rire jusqu'au Capitole !

Une rare lueur d'amusement passa dans les yeux de Samuel.

— Oui, je vois ça d'ici.

— Mais ils écouteront Samuel Shaw.

— Vous croyez donc en moi à ce point ?

— Bien sûr, sinon je ne vous l'aurais pas demandé.

Il se leva et prit les papiers.

— Je vais étudier cela et voir ce que je peux faire.

Elle dit, maudissant leur politesse de façade à tous deux :

— Prévenez-moi quand vous serez prêt à partir pour Washington.

Restée seule, elle se laissa aller contre son dossier. Deux ans... comment éviter la tentation pendant si longtemps ? Samuel l'avait ressenti tout comme elle, car le courant passait entre eux aussi fort que jamais. Il s'efforçait de le cacher derrière un vernis de politesse, mais elle devinait sa ruse.

La seule solution était de rester occupé.

Un homme a besoin de responsabilité pour s'accomplir, avait décidé Hannah. Elle était satisfaite de l'effet que cela avait eu sur Davy durant ce difficile été 1858, sans qu'une seule lettre leur parvînt de Reiver ou de Benjamin, et alors que Georgia avait failli mourir en donnant naissance à des jumeaux.

Pendant cette époque morne et frustrante, seule l'avait consolée la transformation de son plus jeune fils, irascible et trop bien nourri, en jeune homme efficace et travailleur. En cette tranquille soirée de fin septembre, elle allait savoir si ses nouvelles responsabilités avaient également transformé Samuel.

Du salon, elle écoutait la brise soupirer dans les érables. Elle jeta un coup d'œil inquiet à Mme Hardy, installée dans son fauteuil près du feu, une chaufferette sous les pieds. La vieille gouvernante s'était affaiblie durant l'été, sa peau s'était parcheminée et ses épaules étroites plus voûtées encore. Sa langue, cependant, n'avait rien perdu de son fiel.

— Quand arrive-t-il ? grommela-t-elle du fond de son fauteuil. Je ne vais pas attendre toute la nuit.

Hannah regarda la pendule.

— Il est neuf heures. Il devrait être bientôt là. Le train de Washington a peut-être pris du retard.

Samuel était parti rencontrer les membres du Congrès deux semaines plus tôt. Il devait rentrer cette nuit et apprendre de vive voix à Hannah son échec ou sa réussite.

— Alors il aurait dû prendre le train d'avant, dit Mme Hardy.

Hannah lui demanda si elle voulait une tasse de thé, une autre brique chaude.

— Le thé m'empêche de dormir. Mais je ne refuserais pas un peu du sherry de Reiver.

Ses yeux brillèrent d'une malice juvénile.

— Moi non plus, dit Hannah, qui emplit deux verres.

La vieille dame prit une gorgée avide.

— Je n'ai jamais compris comment Reiver avait pu boire ce truc après avoir vu ce que ce diable de rhum avait fait à son père.

— Peut-être n'en a-t-il bu de temps à autre que pour se prouver qu'il le pouvait sans devenir un ivrogne.

Mme Hardy hocha sa tête grise.

— Oui, ça lui ressemblerait assez. Vous devez vous sentir bien seule sans lui, Hannah.

En réalité, il ne lui manquait pas du tout.

— Je n'ai pas l'occasion de m'ennuyer. Diriger la filature me prend beaucoup de temps, même avec de l'aide. Et j'ai ma famille pour me tenir compagnie.

— Surtout Samuel, dit Mme Hardy en prenant une autre rasade de sherry. Impossible de lui résister, pas vrai ?

Un frisson parcourut le dos d'Hannah.

— Vous savez que nous nous sommes aimés, n'est-ce pas ?

— Je suis peut-être à demi aveugle, mais pas idiote. Bien sûr que je l'ai su. Mais je n'en ai jamais parlé, et n'en parlerai jamais, même sur mon lit de mort, ce qui ne saurait tarder.

Cela attrista Hannah.

— Avant de partir, Reiver a assuré que vous nous enterreriez tous, alors ne parlez pas de mort, madame Hardy.

Les yeux gris brillèrent.

— Je vous manquerai quand je ne serai plus là.

La lueur joyeuse s'éteignit et elle ajouta :

— Si vous continuez de travailler aussi dur que ces derniers mois, c'est vous qui ne tiendrez pas le coup.

Hannah avala son sherry.

— J'admets que diriger la filature est plus fatigant que je ne le croyais.

— C'est du travail d'homme. Bon. Je ne peux pas garder les yeux ouverts une seconde de plus. Dites à Samuel que, puisqu'il n'est pas revenu à l'heure, il m'aura manquée.

— Promis.

Elle aida la frêle vieille dame à se coucher, puis retourna au salon monter la garde.

Au bout d'un moment elle ouvrit la porte d'entrée et scruta le crépuscule. Elle ne distingua que les érables contre le ciel bleu-noir, puis un mouvement retint son attention. Une silhouette émergeait du couvert et se dirigeait vers elle.

Samuel.

Elle sortit sous le porche.

— Heureuse de vous revoir, Samuel.

Dans la lumière du jour qui s'éteignait rapidement elle ne le voyait pas assez bien pour deviner s'il avait réussi ou non. Quand il entra dans le brillant halo qui émanait du vestibule, elle sut.

— Pas d'augmentation des tarifs cette année, dit-il en posant son bagage.

Elle l'étudia avec soin. Ses yeux étaient cernés mais clairs, il se tenait droit et ferme, tel un guerrier dans l'attente de la prochaine escarmouche.

— Racontez-moi.

Il prit place dans le fauteuil laissé libre par Mme Hardy et se frotta les yeux.

— Les politiciens sont trop préoccupés par la menace de sécession des États esclavagistes pour se soucier de nos filatures.

Elle lui versa un verre de sherry et remplit le sien.

— Vous êtes-vous bien battu ?

— Oui, fort bien.

Son sourire franc révéla ses dents très blanches. Elle s'assit près de lui et l'écouta parler de Washington. Il relata l'état de tension et de division qui régnait dans la capitale entre les représentants du Nord industrialisé et ceux du Sud agricole, les longs jours d'attente et ses rencontres en soirée avec des sénateurs des deux factions afin de les convaincre qu'augmenter les taxes à l'importation rendrait service à tous.

— Je crois que la loi ne passera que si le Sud fait sécession et qu'il y a une guerre.

Hannah frissonna.

— Je n'aimerais pas que cela arrive, même si la filature Shaw doit fabriquer du fil et des rubans à tout jamais.

— Heureusement que Reiver ne vous entend pas.

— Peu lui importerait la guerre si les Soieries devaient en bénéficier. Tant que Benjamin et Davy ne sont pas obligés d'aller se battre, évidemment.

Samuel hocha la tête.

— C'est fou ce que Davy a changé depuis qu'il travaille. Et moi de même, depuis que vous m'avez chargé de ce problème de tarifs.

Il la regarda avec chaleur.

— C'est grâce à vous.

Elle se sentit soulagée. Ce n'était plus le Samuel blessé et renfermé, qui la tenait à distance et cherchait à ne pas irriter son frère ; celui qui lui parlait en ce moment était infiniment plus dangereux.

Elle écarquilla les yeux d'un air innocent.

— Qu'ai-je donc fait ?

— Vous m'avez rendu le respect de moi-même. Quand on m'a amputé, j'ai voulu mourir. J'ai pensé à me suicider, mais en pensant que je ne vous reverrai jamais plus, je n'ai pu m'y résoudre. Je me sentais pire qu'inutile, surtout quand je suis revenu à Coldwater.

— Vous aviez tort. Vous êtes ici chez vous.

Il baissa la tête.

— Par-dessus tout, je regrettais d'avoir laissé Reiver me chasser. J'aurais dû rester ici avec vous, Hannah.

Elle vint vers lui, s'arrêta juste avant de tomber dans ses bras.

— Une fois que Reiver nous avait découverts, nous étions impuissants, Samuel. Je ne pouvais pas abandonner mes enfants et, si nous avions tenté de nous voir en secret, il vous aurait fait du mal.

— Je regrette quand même.

— Il ne faut pas. Le destin était contre nous.

Il se raidit.

— Et maintenant ?

Le cœur d'Hannah se mit à battre plus fort. Les mots de Samuel restaient suspendus entre eux, aussi tangibles et tentateurs que la pomme d'Ève au jardin d'Éden. Elle tendit la main vers lui, incapable de résister. Samuel la prit dans ses bras et l'embrassa avec une férocité si tendre qu'elle ne pensa plus à rien. Mais, étrangement, quand il effleura ses seins, la conscience lui revint et elle le repoussa, haletante.

– Qu'as-tu ? Je croyais que tu voulais...

– Nous ne devons pas !

– Reiver est au Japon. Nous n'avons rien à craindre.

– Mais j'ai peur. J'ai peur car si je recommence à t'aimer, je ne pourrai plus m'arrêter.

– Et alors ?

– Ce serait le paradis... jusqu'à son retour. Alors... devrons-nous cesser de nous aimer ? Prétendre que nous n'avons pas été amants ? Je ne le supporterai pas.

Elle secoua la tête, véhémente.

– Nous devrions donc renoncer ?

– Oui, puisque nous ne pourrons pas continuer. Ce serait trop douloureux.

Il demeura silencieux un moment.

– Te souviens-tu de ce que j'ai dit un jour, qu'il fallait vivre l'instant présent ?

– Tu as dit qu'il le fallait parce qu'il ne revenait jamais.

– C'est pourquoi je préfère t'aimer deux ans que pas du tout.

– Et moi je vivrai dans la terreur du jour où je devrai renoncer à toi une fois encore.

Il fit un pas vers elle, désespéré.

– Hannah, je t'aime. Je vais devenir fou à te côtoyer jour après jour sans que tu sois à moi.

– Et moi je t'aime, mais je ne peux pas reprendre notre liaison en sachant qu'elle aura une fin. Nous n'avons pas d'avenir ensemble, Samuel. Il faut l'accepter.

– J'en suis incapable, maintenant que je t'ai retrouvée.

Furieux, il partit à grands pas, attrapa son manteau et la porte claqua derrière lui. Hannah allait se jeter à sa poursuite quand un cri de terreur résonna depuis le premier étage.

– Je viens, Lizzie.

Elle fit demi-tour et monta consoler l'enfant qui faisait un cauchemar.

En avril 1859, presque un an après le départ de Reiver et Benjamin, Martha Hardy mourut dans son sommeil.

Hannah pleurait sous ses voiles noirs, tenant Elisabeth par la main, tandis que les assistants jetaient des poignées de terre sur le cercueil de pin avant de s'éloigner.

– Reiver avait dit qu'elle nous enterrerait tous, dit-elle à James debout à son côté.

– Elle avait soixante-dix-sept ans. Elle a eu une longue et bonne vie.

Elisabeth, âgée de trois ans, regardait Hannah avec de grands yeux sombres qui lui rappelaient son père.

– Mme Hardy est-elle au ciel, tante Hannah ?

– Oui, Lizzie.

Hannah sourit en pensant à Mme Hardy affrontant saint Pierre. « Vous devez faire erreur, vieux fou, lui dirait-elle. Je dois sûrement aller en bas. » Mais il la laisserait entrer quand même.

Davy s'essuyait les yeux d'un revers de main quand il croyait que personne ne le regardait. Hannah se demanda s'il pensait à toutes les occasions où Mme Hardy lui avait donné des gâteaux en cachette.

En revenant du cimetière à la maison, où un repas de funérailles attendait les invités, Georgia demanda à Hannah :

– Comment allez-vous prévenir Reiver ?

– Je ne peux rien faire. J'ignore où il est, et les lettres mettent si longtemps à arriver qu'on n'est jamais sûr de l'atteindre.

La dernière missive qu'elle avait reçue à Noël venait de Californie ; il devait donc être du côté d'Hawaii ou même à Hong Kong à présent.

– Il apprendra à son retour que Mme Hardy n'est plus de ce monde.

Au nom de Reiver, Samuel, qui marchait devant Hannah, se raidit. Elle savait quel air fier et ombrageux devait être le sien ; depuis qu'elle l'avait repoussé à son retour de Washington, il bouillait de frustration et se montrait parfois aussi caustique que Mme Hardy.

La maison était drapée de tentures noires et un silence sépulcral y régnait quand le cortège arriva. Samuel ne prit qu'un verre de sherry puis s'excusa : il devait se rendre à New York pour affaires. Il demanda à James de dire au revoir à Hannah pour lui.

Cependant, il n'était jamais absent de ses pensées.

Elle passa une nuit blanche ; elle allait et venait du lit à la fenêtre qui donnait sur la ferme, se recouchait sans trouver le sommeil. Le lendemain elle annonça qu'elle s'absentait quelques jours et scandalisa son fils en prenant seule le train pour New York.

303

Elle supporta les coups d'œil curieux et désapprobateurs dans le hall somptueux de l'hôtel Union Square pendant trois heures avant de voir enfin arriver Samuel, l'air fatigué. À sa vue il s'immobilisa, stupéfait.

– Que faites-vous ici ?

– Je suis venue pour vous.

– J'ai rendu visite aux agences, elles sont...

– Peu m'importe les agences. Je suis ici pour toi.

Il parut soupçonneux.

– Je croyais que nous nous étions tout dit.

Hannah jeta un regard circulaire au hall bondé et baissa la voix.

– Où pouvons-nous aller pour être tranquilles ?

– Il n'y a que ma chambre.

– Ce sera parfait, pour de multiples raisons.

– Ne joue pas avec moi, Hannah.

– Je n'oserais pas. Ferons-nous comme si nous étions mari et femme afin que la direction de l'hôtel ne me prenne pas pour une fille de petite vertu aguichant le client ?

Samuel n'eut pas un sourire, mais lui tendit le bras et prit sa valise.

Dans la chambre, il lui fit face.

– Maintenant, dis-moi pourquoi tu es réellement venue.

Elle serra ses mains l'une contre l'autre.

– Sais-tu à qui j'ai pensé hier lorsque nous enterrions Mme Hardy ? À Abigail, et à notre enfant que j'ai perdu. J'ai eu si peu de temps pour les aimer, et puis ils étaient partis, disparus à jamais.

– Hannah, ne te torture pas ainsi, je t'en prie.

– Non, cela ne me fait plus autant mal. De retour à la maison après les funérailles, j'ai pensé à quel point nous avions été étrangers l'un à l'autre ces derniers mois. Je t'ai perdu quand Reiver t'a chassé, et tu as failli en mourir. Par miracle tu m'es revenu. Maintenant j'ai la chance de t'avoir de nouveau, et je ne vais simplement pas la gâcher.

Elle avait des larmes plein les yeux. Samuel la regardait sans bouger.

– Tu as reconnu que tu ne supporterais pas de renoncer quand Reiver rentrerait.

– C'est vrai. Mais maintenant, je suis prête à vivre pour l'instant présent, parce que j'ignore s'il reviendra jamais. C'est-à-dire, si tu veux toujours de moi après la façon dont je t'ai traité.

– Oh Hannah...

Il lui tendit la main. Cette fois elle vint à lui sans réserve, et quand il l'embrassa, elle ne pensa pas aux conséquences, seulement au merveilleux moment qu'elle vivait, sans passé ni avenir. Samuel lui caressa la joue.

– Es-tu sûre de toi ? Nous trahissons Reiver.

Elle soupira.

– Reiver a toujours aimé quelqu'un ou quelque chose plus que moi, et il continue. D'abord, Cécilia, puis ses Soieries. J'en ai assez de passer toujours au second plan. Il me reste peut-être les enfants, et la direction de la filature, mais mon cœur est si vide !

Samuel l'étreignit.

– Je n'ai cessé de ressentir cela depuis que tu as dû partir.

– Alors laisse-moi emplir ton cœur.

– Mon bien-aimé !

Elle se perdit dans son regard pâle brillant de passion. Son âme s'envola comme un oiseau dont la cage s'est enfin ouverte, tandis qu'elle retrouvait le goût de ses lèvres. Les années de solitude et de séparation s'évanouirent.

– J'espère que mon corps ne te décevra pas...

Comment lui dire que sa poitrine avait perdu sa fermeté première, et que son tour de taille ne faisait plus cinquante centimètres, même avec le corset le plus serré ?

– Je ne suis plus une svelte jeune fille, tu sais.

– Ai-je besoin de te rappeler que je ne suis plus un jeune homme non plus ? Je n'ai qu'une main, mais cela ne m'empêchera pas de t'aimer.

Malgré les paroles rassurantes de Samuel, Hannah se sentit gênée tandis qu'il délaçait son corset et s'attardait sur chaque carré de peau dévoilée. Pour finir, il la regarda, rougissante, vêtue seulement de sa chemise et de ses pantalons. Elle lui jeta un bref coup d'œil en enjambant l'amas de soie noire qui gisait sur le sol, et retint son souffle en voyant l'ardent désir qui enflammait son visage.

– À toi, dit-elle.

Elle l'aida, de ses doigts tremblants. Elle brûlait d'envie de toucher sa peau douce sur les muscles durs, de humer son parfum d'homme, mais elle se retenait. Patience. Elle refusait de se précipiter après avoir attendu si longtemps. Samuel chuchota :

– Laisse-moi te voir nue. J'ai attendu une éternité.

Hannah baissa les bretelles de sa chemise et dénuda ses seins. Elle s'inquiétait sans raison. Le regard de Samuel lui dit clairement que pour lui, quel que soit le temps écoulé, elle aurait toujours vingt-six ans.

Ils s'aimèrent avec lenteur, comme si chaque sensation devait être savourée et conservée, souvenir précieux.

– Tu m'as tellement manqué, murmura Hannah.

– Tu m'as parfois tellement manqué que j'aurais voulu mourir.

Au plus fort de la passion, Hannah fit le serment qu'un jour, ils seraient réunis à jamais.

Ils revinrent à Coldwater et continuèrent de s'aimer en secret, se donnant rendez-vous chaque fois que c'était possible ; mais Hannah redoutait le jour où Reiver réapparaîtrait.

Les mois passèrent sans nouvelles de lui ni de Benjamin et elle commença à craindre qu'ils ne revinssent jamais, surtout après la pendaison de l'abolitionniste John Brown coupable du massacre de Harpers Ferry en décembre 1859. Les rumeurs de sécession coururent dans tout le pays comme une fièvre. Un an plus tard, la Caroline du Sud rejoignit l'Union ; Reiver et Benjamin n'étaient pas revenus, et Hannah se demanda si elle les reverrait un jour.

20

Le 16 avril 1861, Reiver et Benjamin rentrèrent chez eux après une absence de trois années.

Hannah et toute la famille Shaw attendaient sur le quai de la gare, soulagés de les savoir arrivés sains et saufs à New York malgré le long siège de Fort Sumter. Insurrection ou pas, ils étaient en vie, c'est tout ce qui comptait.

Mais chaque commencement entraîne une fin.

Hannah échangeait des regards éloquents avec Samuel. Nous avons vécu l'instant présent, semblait-il lui dire, et maintenant c'est terminé. Tous deux s'étaient résignés à vivre un amour sans espoir et avaient cessé de rêver de finir leurs jours ensemble.

— Est-ce que c'est ce train ? demanda Davy sans enthousiasme.

Il s'était épanoui en l'absence de son frère et n'était pas prêt à céder sa place.

— Juste à l'heure, dit James, impatient de retrouver Georgia et leur troisième enfant, une petite fille qui saurait tempérer l'ardeur de ses frères.

Le train ralentit et s'immobilisa dans un jet de vapeur et un crissement de roues à vous rompre les tympans. Les portes s'ouvrirent sur les passagers qui sautèrent sur le quai. Hannah cherchait les deux seuls visages qui lui étaient familiers dans la foule.

— Mère !

La voix bien connue ne correspondait plus au grand jeune homme dégingandé qui se hâtait vers elle, mais quand elle eut l'impression de voir son propre père lui sourire, elle reconnut son fils aîné. Elle le prit dans ses bras et l'étreignit comme lorsqu'il était un petit enfant.

Il se raidit.

– Mère, je vous en prie. Vous me gênez.

– Pardonne-moi d'être si sentimentale, il y a si longtemps que...

Elle se tut en voyant la fine cicatrice rouge qui courait le long de sa joue.

– Benjamin ! Que t'est-il arrivé ?

Il toucha sa cicatrice avec fierté.

– Oh ça, ce n'est rien. Père et moi nous sommes retrouvés au beau milieu d'une guerre chinoise.

Avant qu'elle ait pu ajouter quoi que ce fût, Benjamin se tourna vers ses oncles et son frère. Elle se retrouva face à Reiver.

Ses yeux bleus l'inspectèrent rapidement.

– Vous avez quelque chose de changé.

– J'ai trois ans de plus.

Puis elle l'étreignit comme elle l'aurait fait d'un ami après une longue absence.

– Bienvenue. Je suis heureuse que vous m'ayez ramené mon fils en entier.

Reiver eut un grand sourire et parut plus jeune de dix ans.

– Nous avons eu chaud quelquefois, mais nous nous en sommes tirés.

Puis il s'avança vers ses frères, les prit dans ses bras et leur donna des bourrades. En voyant David il hocha la tête, stupéfait.

– J'ai laissé un enfant et je retrouve un jeune homme.

Davy, qui n'avait pas pardonné à son père de le laisser à la maison en emmenant Benjamin, dit d'un ton gauche :

– J'ai seize ans, et je travaille à la filature.

– Un excellent travail, ajouta Hannah.

– Où est Elisabeth ? demanda Reiver.

Il était au courant du décès de Mme Hardy par les quelques lettres qu'il avait réussi à intercepter au cours de ses déplacements en Orient.

– Elle voulait venir vous accueillir, mais elle a un petit rhume et j'ai trouvé plus prudent qu'elle reste à la maison.

Reiver regarda sa famille assemblée autour de lui.

– Benjamin et moi avons des quantités de choses à vous raconter.

– Et nous aussi, répliqua Hannah. Mais attendons d'être à la maison.

Reiver répéta, les yeux brillants d'impatience :

– À la maison.

– ... et si le capitaine Lawson ne m'avait pas appris à me servir d'un sabre, racontait Benjamin à son auditoire captivé, je n'aurais pas eu la moindre chance contre ces Chinois diaboliques.

Hannah regarda la pendule et n'en crut pas ses yeux : une heure du matin. Depuis leur arrivée, toute la famille était restée suspendue aux lèvres de Reiver et Benjamin, sous le charme de leurs récits d'aventures. Tempête dans le détroit de Magellan, guerre de l'opium avec les Chinois, des histoires à vous faire dresser les cheveux sur la tête, mais Hannah aurait préféré apprendre ce qu'il en était du commerce de la soie japonaise plutôt que des trop nombreuses occasions où son fils avait frôlé la mort.

Enfin, elle dit :

– Il est très tard. Nous devrions aller nous coucher.

En étouffant des bâillements de fatigue mais non d'ennui, tous se souhaitèrent bonne nuit et montèrent un à un ; seuls restèrent Hannah et Reiver, silencieux et contraints.

Va-t-il me demander si je lui ai été infidèle ? se demandait Hannah. Samuel et elle étaient convenus de tout nier.

– Nous avons tant à nous dire, commença Reiver.

Son expression était indéchiffrable. Qu'attendait-il exactement ?

– Les affaires ont été très bonnes, dit-elle, ainsi que vous le constaterez d'après les livres de comptes. Samuel est allé plusieurs fois à Washington plaider notre cause et David s'est mis au travail avec beaucoup de cœur.

– Oui, j'ai remarqué qu'il était impatient de me dire tout ce qu'il a appris.

– Nous devrons nous montrer très prudents en ce qui concerne les garçons. Davy s'est fait sa place au soleil depuis que Benjamin est parti et la moindre preuve de favoritisme aurait un effet désastreux.

Reiver, qui avait toujours préféré Ben, surprit Hannah en approuvant. Il ajouta :

– Lizzie est une vraie petite beauté. Je suis étonné qu'elle se souvienne de moi, elle était si jeune quand je suis parti.

– Je lui ai parlé de vous et de Ben tous les jours et je lui ai montré vos daguerréotypes afin qu'elle ne vous oublie pas.

– C'est très bien de votre part. Ce soir, quand vous êtes descendue avec elle, j'ai vu à quel point elle s'est attachée à vous.

– C'est normal. Je suis la seule mère qu'elle ait eue.

Reiver eut l'air mélancolique.

– Cécilia serait heureuse de savoir que sa fille est entre de bonnes mains.

— Lizzie est tout ce qu'Abigail n'aurait pu être.

Reiver baissa les yeux sans répondre. Même après toutes ces années, il ne pouvait se résoudre à parler d'Abigail qu'il n'avait pas aimée.

Ils évoquèrent la famille, la filature, et Hannah s'aperçut qu'après vingt et une années de mariage ils parvenaient enfin à trouver un terrain d'entente, à se sentir à l'aise l'un avec l'autre. Le temps avait fini par cicatriser les anciennes blessures.

Enfin elle se leva.

— Je vais me coucher avant de m'endormir sur place.

— Cette journée a été épuisante.

Il attendit qu'elle se joignît à lui. Elle ne savait comment interpréter son expression. Il prit une lampe et ils montèrent ensemble. À la chambre d'Hannah, il fit une halte. Pensait-il qu'elle allait l'inviter à entrer ? Insisterait-il ?

Il lui souhaita le bonsoir avec un baiser, puis continua vers sa chambre sans un regard en arrière.

Hannah eut un petit soupir de soulagement et se coucha, seule.

Reiver s'éveilla tard et se rendit à la filature. Sur le chemin de Mulberry Hill, il respira à fond l'air printanier, heureux de sentir le sol yankee sous ses pieds et d'entendre parler anglais. Depuis trois ans, malgré toutes les merveilles qu'il avait découvertes au cours de ses voyages, la pensée de reconquérir ses droits sur la filature ne l'avait pas quitté. Il avait signé ce pacte infernal avec Hannah pour la sauvegarde de Lizzie parce qu'il n'avait pas le choix, mais à présent que sa fille avait grandi, il devait trouver le moyen d'obliger sa femme à lui rendre ses parts.

Ce ne serait pas une tâche facile. Il voyait bien qu'elle se délectait de ce pouvoir qu'elle était pratiquement la seule de son sexe à exercer ; elle aurait horreur d'y renoncer mais il y avait un moyen : exploiter sa faiblesse.

Et cette faiblesse, c'était Samuel.

Un matin de juillet, Hannah et Georgia se tenaient à l'ombre du plus gros chêne du jardin ; Hannah devait se rendre chez la mère d'un employé de la filature, un garçon de dix-sept ans qui avait répondu à l'appel du président Lincoln pour rejoindre l'armée de l'Union et qui avait été tué à la bataille de Bull Run le 21 juillet.

Georgia avait des larmes plein les yeux.

– Je ne connaissais pas Artemus, mais James m'a dit que c'était un bon ouvrier, et qu'il voulait aider à mettre fin à l'esclavage.

– Il était très idéaliste. Il a emprunté plusieurs fois *La Case de l'oncle Tom* à la bibliothèque.

Georgia frissonna.

– Cela rend la guerre plus proche, vous ne trouvez pas ?

Le regard d'Hannah se perdit dans le paysage idyllique qui s'étendait devant elle : un ciel pur, sans nuage, des arbres verdoyants et la malle-poste, là-bas, qui soulevait la poussière sur la route de Hartford. Comment imaginer qu'en ce même pays se trouvaient des champs de bataille jonchés de jeunes hommes blessés ou agonisants, tel Artemus ?

Elle eut un sourire triste.

– Par bonheur, Ben et Davy sont à la maison et vos jumeaux sont trop jeunes pour partir.

Georgia rougit.

– À propos des jumeaux... bientôt Victoria et eux auront un petit frère ou une petite sœur.

Déjà ? Hannah s'exclama :

– C'est merveilleux ! La maison Bickford va être pleine d'enfants, comme James et vous le désiriez.

Georgia, dont les relevailles ne duraient jamais plus de huit jours, rayonna :

– J'adore cette sensation d'un enfant qui grandit dans mon ventre. J'en aurai une douzaine, si je peux.

Hannah pensa à ceux qu'elle n'avait pu mener à terme et ressentit un pincement de jalousie, vite passé.

– Vous avez de la chance.

En se rendant chez la mère d'Artemus présenter ses condoléances, Hannah se disait que la guerre avait beau faire rage, la vie continuait. Tant que les soldats confédérés ne mettraient pas à sac Mulberry Hill et que les femmes continueraient d'acheter du fil et des rubans, sa famille serait à l'abri des horreurs.

Quand elle revint, Reiver l'attendait dans le bureau.

– Où étiez-vous ? demanda-t-il d'un ton impatient.

– J'ai rendu visite à la mère d'Artemus.

– Quel idiot ce garçon, s'enrôler ainsi !

Hannah s'essuya le front avec son mouchoir.

– Je suis si triste pour sa mère. Perdre un enfant est toujours tragique, mais plus encore lorsqu'on l'a vu grandir.

Les doigts de Reiver jouaient du tambour sur la table.

– Je voudrais parler avec vous d'une chose importante.

Hannah prit place sur la banquette et arrangea avec soin sa jupe arrondie par le cerceau.

– Vous avez l'air bien soucieux. De quoi s'agit-il ?

– Je veux récupérer ma filature.

– Pourquoi vous la rendrais-je ? Nous avons fait un pacte, vous vous en souvenez.

Il se renversa contre son dossier et croisa les bras.

– Ce satané accord a été passé il y a des années. Les circonstances ont changé et je veux le renégocier.

– Je ne vois pas ce qui a changé.

– Les garçons sont grands, et Lizzie n'est plus un bébé.

– J'ai voulu le contrôle des Soieries en échange de mes soins à votre fille illégitime. Êtes-vous en train de me dire que vous ne désirez plus que je m'occupe d'elle ?

– Oh non. Elle vous est bien trop attachée pour que je la sépare de vous.

Hannah eut un rire incrédule.

– Vous voulez donc que je continue de m'occuper d'elle, mais vous voulez aussi votre filature. Je regrette, mais je ne suis pas d'accord.

– Si vous acceptez mes conditions, je vous rends votre liberté.

Elle n'en crut pas ses oreilles.

– Ma liberté ?

– Cédez-moi vos parts, et je vous accorde le divorce. Vous serez libre d'épouser Samuel.

– Pourquoi épouserais-je Samuel ? Je vous l'ai dit, nos sentiments réciproques n'existent plus. Il n'y a rien entre lui et moi.

– Niez-le si vous voulez, mais je doute fort que vous n'avez pas été tentée pendant ces trois années.

Elle ouvrit la bouche pour protester mais il leva la main.

– Honnêtement, je m'en moque. Tout ce que je veux, ce sont mes parts. Et, puisque mon frère est handicapé, je vous octroierai une rente de dix pour cent sur les revenus de la société, ce qui vous assurera une vie confortable pour le restant de vos jours. Vous pourrez habiter l'ancienne maison. Je vous demande seulement de garder Lizzie avec vous.

Elle le regardait comme s'il était devenu fou.

– Pourquoi ce revirement soudain ? Vous teniez tant à ce que la fille de Cécilia soit élevée comme une Shaw. Vous avez même sacrifié la filature pour cette raison. Cela ne compte plus ?

— Je n'avais pas le choix à l'époque. À présent qu'elle est grande, tout ira bien si vous acceptez de la garder avec vous.

Hannah secoua la tête.

— Je ne sais pas...

Reiver prit un air implorant.

— Ce serait mieux pour tout le monde. Samuel et vous seriez ensemble sans que je vous gêne, et je redeviendrais le maître des Soieries Shaw.

— Et ce que j'ai accompli, moi ? Pensez-vous que je vais tout laisser tomber ?

Il détourna les yeux.

— Vous pourrez continuer à vous occuper des comptes si cela vous amuse, et rendre visite aux ouvriers malades, mais en tant que principal actionnaire c'est moi qui prendrai les décisions importantes.

Allait-il réduire de nouveau les salaires ? Remplacer sans pitié les mécontents ? Réaliserait-il le rêve d'Hannah, construire pour les employés des maisons bon marché ? Le connaissant, elle en doutait.

— Pourquoi hésitez-vous, Hannah ? Je vous offre ce que vous avez toujours souhaité.

Mais à présent, les Soieries Shaw comptent pour moi autant que Samuel, pensa-t-elle, et je ne sais pas si je suis capable d'y renoncer.

— Je vais réfléchir à votre offre.

Reiver l'arrêta comme elle allait partir.

— Les Soieries Shaw m'appartiennent. J'ai bâti cette société à partir de rien, et je veux que vous me la rendiez. Ne me contrariez pas, Hannah, ou vous allez le regretter.

La menace sous-entendue la fit frissonner.

— J'ai dit que j'allais réfléchir.

Elle quitta la maison et descendit la colline en direction de la ferme.

Samuel était assis à la table de la salle à manger, les manches relevées sur ses poignets, des papiers éparpillés devant lui. Il la regarda et son expression s'adoucit, mais il s'aperçut aussitôt qu'il se passait quelque chose.

— Qu'est-ce qui ne va pas ?

— Ce qui ne va pas ? Reiver vient de m'offrir tout ce que j'ai toujours désiré.

Elle lui raconta tout.

— Et qu'as-tu répondu ?

— Que j'allais réfléchir.

En disant ces mots, elle s'aperçut de son impair et craignit que Samuel ne se sentît trahi.

— Si j'étais plus jeune, je serais furieux que tu n'aies pas sauté sur l'occasion de passer le reste de ta vie avec moi. Mais je comprends que tu aies des centres d'intérêt plus importants que moi et mon égoïsme.

Hannah effleura sa barbe grisonnante.

— Tu sais que rien ne me rendrait plus heureuse. Mais nous ne sommes pas les seuls en cause. Il y a Lizzie, et le bien-être des ouvriers.

— Reiver les a toujours considérés comme faisant partie de la famille.

— Pas toujours. Il a réduit leurs salaires une fois, et si je n'avais pas insisté pour qu'il les rétablisse, il se serait contenté de remplacer les mécontents qui démissionnaient. Au contraire de bien des patrons, j'ai toujours refusé d'employer des enfants. Qui sait ce que Reiver envisage à ce sujet ?

Elle se mit à marcher de long en large dans la pièce.

— Cela peut paraître bien peu féminin de ma part, mais il me plaît de contrôler les Soieries Shaw, et je pense que j'ai fait un sacré bon travail. Quand rien d'autre dans ma vie ne marchait, cela m'a procuré une vraie source de réconfort et de satisfaction.

Samuel se leva à sa rencontre.

— Fais ce qui te semble le mieux.

Elle serra les poings.

— Ce n'est pas si simple. Reiver m'a menacée de représailles si je n'obtempère pas.

Samuel la prit dans ses bras.

— Je ne le laisserai pas te faire du mal.

— Ce n'est pas pour moi que je m'inquiète. Tu dépends de la générosité de Reiver. Que se passera-t-il s'il te renvoie à nouveau ? Je ne peux pas le laisser faire.

— Sache que je ne suis pas le parent pauvre, ainsi que tout le monde le pense, à cause de ceci.

Il leva sa main de bois.

— Certains membres du Congrès ont été favorablement impressionnés par mon intervention quand je suis allé à Washington.

Elle sourit.

– Cela ne m'étonne pas ! Mais il y a Lizzie. Que se passera-t-il si Reiver se remarie et l'éloigne de moi ? Elle a beau être la fille de Cécilia, je l'aime comme ma propre enfant et cela me briserait le cœur. Je croyais que Reiver l'aimait plus que les Soieries... mais j'avais tort. Les Soieries Shaw seront toujours au premier rang de ses préoccupations.

– Alors, que vas-tu faire ?

– Lui demander de me donner jusqu'à Noël pour prendre ma décision. J'espère savoir laquelle d'ici là.

Le second dimanche de novembre, il faisait froid et l'air était si immobile que pas une brindille ne bougeait. Après la messe, Benjamin raconta qu'une boucle de la Coldwater River avait gelé et que l'on pouvait y patiner.

Tout le monde pensait que la guerre serait longue, avec le Nord qui faisait le blocus des ports sudistes ; aussi Hannah comme Reiver se dirent qu'une partie de patinage changerait les idées de chacun. Hannah emmitoufla Lizzie et invita Samuel et James.

De nombreux patineurs de tous âges glissaient déjà sur la surface gelée quand ils arrivèrent. Hannah s'assit sur une souche et mit ses patins en regardant avec inquiétude le courant qui continuait de rouler au-delà de l'anse prise par la glace.

– Benjamin, la rivière n'est pas gelée. Elle coule toujours là-bas.

Il jeta un coup d'œil.

– Oui, mais l'anse est bien prise, mère. Regardez, tout le monde patine. Nous sommes en sécurité.

Elle n'était pas rassurée.

– Reste loin du bord, ce n'est pas sûr.

– Oui, mère, répliqua-t-il d'un ton exaspéré avant de s'élancer.

Elle le regarda s'éloigner, mécontente. Depuis son retour, il affichait un air d'enfant gâté, irrespectueux envers elle et dédaigneux envers tous les autres. Il était en train de devenir un jeune homme des plus déplaisants.

– Tante Hannah, dit Lizzie, vous venez patiner avec moi ?

– Laisse-moi te mettre tes patins et nous irons faire un petit tour.

Elle serra ses lacets, puis lui prit la main et elles avancèrent doucement. Hannah saluait ses connaissances sans quitter ses fils du regard ; ils semblaient avides de montrer lequel allait le plus vite.

Après plusieurs tours, Lizzie se dit fatiguée et Hannah revint avec elle s'asseoir sur la souche et regarder les patineurs.

Son fils cadet venait vers elle à longues glissades zigzaguantes, de plus en plus vite. Puis il se pencha en avant, plia les jambes et sauta par-dessus le tronc d'arbre avant de se rétablir sans faute, par miracle. Les spectateurs applaudirent bruyamment.

— Vous appréciez le concours ? demanda Reiver.

— L'un d'eux va tomber et se rompre le cou.

— Vous êtes une vraie mère poule. Peut-être devrions-nous faire un tour ensemble avant que les gens ne se mettent à jaser.

— Qu'est-ce que jaser ? demanda Lizzie de sa petite voix.

— Faire des remarques, répondit Hannah en levant les yeux sur Reiver, surprise qu'il l'invite.

Attendre sa réponse jusqu'à Noël lui avait fort déplu et leurs relations étaient aussi froides que ce jour de novembre.

— Il faut que quelqu'un veille sur Lizzie, dit-elle.

Reiver arrêta Benjamin qui passait.

— Fils, surveille ta cousine pendant que ta mère et moi allons faire un tour.

— Je ne suis pas une bonne d'enfant.

Reiver serra les mâchoires.

— Tu le seras pendant quelques instants. Fais ce que je te demande.

Benjamin s'éloigna avec Lizzie en marmonnant. Hannah et Reiver se prirent par les mains et patinèrent en duo.

— Faites au moins semblant d'apprécier, dit-il entre ses dents.

— Pourquoi, puisque ce n'est pas le cas ?

Ils firent le tour de l'anse, revinrent, et Hannah vit que Benjamin et Lizzie s'étaient beaucoup trop approchés du bord de l'eau courante.

— Reiver ! Ben a emmené Lizzie trop près de la rivière, c'est dangereux. Rappelons-les.

— Ben ne fera rien de dangereux pour Lizzie, répliqua-t-il avec irritation. Elle est en sécurité avec lui.

— Je suis inquiète. Je veux les rappeler.

Il resserra son étreinte pour qu'elle ne puisse pas s'éloigner.

— Vous élevez ces enfants dans du coton. Cessez donc de vous faire du souci.

Ils entamaient un second tour quand Hannah regarda par-dessus son épaule en direction de Benjamin et Lizzie. Sans avertissement, la glace se fendit avec un craquement sinistre.

Ben et Lizzie tombèrent à l'eau et disparurent.

Hannah hurla et échappa à Reiver.

— Mon dieu ! Ils sont tombés !

— Restez là ! cria Reiver.

Il s'élança aussitôt vers le bord fissuré de la plaque de glace. Tous les patineurs s'immobilisèrent et retinrent leur souffle. Plusieurs passèrent à côté d'Hannah, qui paraissait figée sur place. Puis Samuel fut là, et saisit sa main.

Elle comprit l'intention de Reiver et cria son nom, voulut s'élancer vers lui mais Samuel la retint. Ils regardèrent, horrifiés, Reiver plonger dans l'eau noire et glaciale.

Elle ne bougea plus, la main pressée sur sa bouche pour ne pas crier. Elle vit trois têtes sombres émerger comme des ballons à la surface, et deux hommes s'allongèrent sur la glace pour répartir leur poids et éviter qu'elle ne se fende de nouveau. Ils tendirent les bras. L'un d'eux était James.

Dieu, je vous en supplie, sauvez-les, priait Hannah. Je ferai tout ce que vous voudrez. Tout.

L'un des hommes attrapa quelqu'un et le tira sur la glace qui craqua dangereusement.

— Benjamin ! cria Hannah. Seigneur, il est sauvé !

L'un des patineurs se précipita vers le groupe en perdition avec une couverture de traîneau et la drapa autour de Benjamin, trempé et secoué de frissons, puis l'entraîna loin du bord. Malgré son désir d'aller vers son fils, Hannah ne pouvait détacher son attention du drame qui se jouait encore là-bas. Lizzie et Reiver étaient toujours dans l'eau, mais il semblait que Reiver parvenait à la maintenir à flot.

Puis les deux hommes sur la rive saisirent un petit corps et le hissèrent hors de sa tombe de glace. Un autre l'enveloppa dans une couverture et l'amena à Hannah.

— Lizzie, oh dieu, Lizzie mon bébé...

L'enfant tremblait de tous ses membres, ses lèvres étaient bleues et ses dents s'entrechoquaient, mais ses yeux hébétés étaient ouverts et elle respirait. Les larmes roulant sur ses joues, Hannah l'embrassa sur le front.

— Il faut la réchauffer avant qu'elle ne meure de froid.

Elle chercha Reiver du regard, mais ne le vit nulle part.

Elle attendit que les sauveteurs l'aident à regagner la rive, mais ils revinrent lentement vers elle. Un regard au visage ravagé de James, et elle comprit.

— Non ! cria-t-elle.

Grelottant, les vêtements à demi gelés, les joues ruisselantes de larmes, James s'approcha.

— Je suis désolé, Hannah, dit-il d'une voix hachée. Je l'avais presque attrapé, mais il était dans l'eau depuis trop longtemps, il n'en pouvait plus. Il n'a pas réussi à m'atteindre avant... avant que le courant ne l'emporte.

Il éclata en sanglots.

Plus tard, une fois qu'ils se retrouvèrent en sécurité et au chaud à la maison, Hannah demanda à James si Reiver avait dit quelque chose avant d'être entraîné.

Toujours sous le choc, il répondit :

— Un seul mot : Cécilia.

Hannah sourit au milieu de ses larmes. Reiver lui avait enfin rendu sa liberté.

Les funérailles du fils aîné de Rhummy Shaw ressemblèrent plus à celles d'un souverain qu'à celles du rejeton d'un ivrogne bon à rien. Les mêmes citoyens de Coldwater qui avaient tant méprisé le père rendirent hommage au fils, côte à côte avec les notables de Hartford et de New York.

Si quelques-uns perçurent un gloussement ironique sous les épais voiles noirs de sa veuve, ils l'attribuèrent à un excès de douleur et baissèrent la tête en priant.

— Benjamin, ce n'était pas ta faute.

Une semaine après les majestueuses funérailles de Reiver, Hannah, entièrement vêtue de noir, essayait de consoler son fils. Il restait assis sur la banquette, les traits tirés et les yeux rougis, comme le père d'Hannah lorsqu'il venait de perdre un patient.

— C'est ma faute, gronda-t-il en prenant sa tête entre ses mains. Je n'aurais pas dû aller si loin avec Lizzie. Elle aurait pu se noyer comme Abigail, et père est mort !

Hannah frissonna. Comment avait-elle pu oublier qu'Abigail était morte parce que ses frères s'étaient attardés à guetter un lapin au lieu de la surveiller ? Et maintenant, Ben s'accusait de la mort de son père. Elle le regarda avec fermeté.

— Écoute-moi, Benjamin. Tu n'étais qu'un petit garçon quand Abigail est morte, tu n'étais pas responsable. Quant à ce qui s'est passé dimanche dernier, plusieurs témoins ont dit que l'endroit où tu étais aurait dû tenir. N'importe qui aurait pu être la victime.

— Mais pourquoi père a-t-il essayé de nous sauver ? Pourquoi n'a-t-il pas laissé faire quelqu'un de plus jeune et plus fort ?

— Mon fils, écoute-moi.

Elle s'agenouilla et lui prit la main.

— Ton père a tenté de vous sauver, toi et ta cousine...

— Inutile de me mentir, mère.

Ben retira sa main.

— Je sais que Lizzie est ma demi-sœur. Lorsque nous étions au Japon, père m'a dit qu'elle était sa fille.

Et quoi d'autre ? se demanda Hannah. Que Samuel et moi nous nous aimions ? Que j'avais exigé les Soieries Shaw pour élever Lizzie ?

— Nous parlerons de cela plus tard. Ce que j'essaie de te dire c'est qu'en dépit de ses erreurs ton père aimait sa famille plus que tout. Il ne pouvait pas plus rester sans agir que s'arrêter de vous aimer. Mon fils, j'ignore pourquoi le Seigneur a choisi de nous ôter ton père, mais si douloureux cela soit-il, nous devons l'accepter parce que rien ne nous le ramènera.

Ben jaillit de la banquette.

— Jamais je ne l'accepterai ! Jamais !

Il sortit en trombe de la maison et un courant d'air glacé tourbillonna dans le vestibule avant que la porte ne claque.

Seule dans le silence, Hannah passa la main sur ses tempes douloureuses.

— Maman ?

David se tenait au seuil du salon, sombre et perdu dans ses vêtements de deuil.

— Est-ce que vous allez bien ? Puis-je faire quelque chose pour vous ? Un verre de sherry, une tasse de thé ?

Avec un pâle sourire, elle tendit la main vers son fils, dont la force et la compassion durant ces heures difficiles l'avaient étonnée.

— Je vais bien, merci, et j'ai bu assez de thé pour le restant de mes jours. J'ai peur que Ben ne prenne vraiment très mal la mort de votre père.

David haussa les épaules.

— Cela ne me surprend pas. Il a toujours été très proche de papa.

— Ton père t'aimait, David. Tu dois en être sûr.

– Dommage qu'il ne me l'ait pas dit.

Hannah le serra contre elle et lui fit signe de s'asseoir à son côté.

– Ton père était un homme compliqué, difficile. Quelquefois je l'ai aimé, quelquefois je l'ai haï.

– Vous l'avez haï ?

– Cela m'est arrivé. Tu trouves cela épouvantable ?

– Non. Cela m'est arrivé. Et Ben aussi, ajouta-t-il avec une grimace.

Puis, sérieusement :

– Je pourrais peut-être aller voir s'il a besoin d'aide.

– Non, je crois qu'il préfère être seul.

Mais Hannah, elle, avait besoin de compagnie.

La table de Samuel était couverte de dossiers mais il ne travaillait pas. Hannah le trouva dans son ancien atelier. La lumière blême se reflétait dans ses yeux clairs.

– Je n'arrive pas à croire qu'il n'est plus là, dit-il sans la regarder.

– Moi non plus. N'est-ce pas une ironie qu'il soit mort de la même façon qu'Abigail ?

– L'enfant qu'il n'a jamais aimée.

– Il me plaît de penser qu'il s'est racheté en sauvant Lizzie.

– C'est peut-être pour cela qu'il s'est jeté à son secours.

– C'est normal. Elle était sa fille.

Il se tourna vers elle.

– Et toi, Hannah, comment te sens-tu ? Avec les funérailles, et tous ces gens qui t'entouraient, je n'ai pas eu la moindre occasion de me retrouver seul avec toi.

Elle se croisa les bras.

– Je suis encore sous le choc. Reiver et moi avons connu bien des orages, mais à présent qu'il est mort, j'ai l'impression qu'il me manque. C'est curieux, n'est-ce pas ?

– Non, pas du tout. Sa mort va provoquer tellement de changements dans nos vies.

– Il est trop tôt pour que j'y pense.

Il dit sombrement :

– Sais-tu quelle a été ma première pensée ce matin ? Que nous étions enfin libres de vivre ensemble. Puis un sentiment de culpabilité terrible m'a pris et j'ai pleuré pour mon frère.

– J'ai eu les mêmes pensées, mais il est trop tôt. Il nous faut porter le deuil de Reiver avant de songer à vivre ensemble.

Samuel l'étreignit.

– Tu as raison.

Il l'accompagna vers la sortie.

– Je crois qu'il est temps que j'aille à Washington faire une nouvelle proposition d'augmentation des taxes.

La filature... comme cela la fortifiait, tout en allégeant sa peine.

– Mais c'est la guerre.

– Justement. Le gouvernement a besoin d'argent. Les industriels sont prêts à dire qu'ils ne peuvent rien payer à moins de recevoir des garanties contre les importations étrangères.

Lui aussi commence à avoir la filature dans le sang, se dit-elle.

Il se mit à fouiller dans ses papiers.

– As-tu entendu parler du traité de Cobden ?

– Celui qui a permis aux soies françaises d'être vendues horstaxes en Angleterre l'année dernière ?

– Oui. Eh bien crois-moi, ce traité sonne le glas de l'industrie anglaise de la soie, mais il peut nous être utile. Il va y avoir un afflux de tisseurs de soie anglais chez nous et, quand les filatures anglaises feront faillite, leurs machines seront mises en vente.

Elle commençait à partager son excitation.

– Nous pourrons acheter des métiers pour le tissu de soie et le jacquard.

– À très bas prix.

– Quand pars-tu à Washington ?

– Demain. Cela me fait drôle d'y aller si tôt après la mort de Reiver. Irrespectueux, en quelque sorte.

Elle secoua la tête.

– Reiver y tenait autant que toi. Tu dois y aller.

Deux semaines après son départ, Hannah faisait les comptes quand Ben se présenta.

– Mère, j'ai à vous parler.

La tête baissée de façon belliqueuse, semblable à son père, il entra et fit face à Hannah, les mains croisées dans le dos.

– Qu'y a-t-il ?

– Je veux que vous me donniez le contrôle des Soieries Shaw.

Sidérée, elle resta sans voix. Les yeux de Benjamin brillèrent de colère.

– Père m'a dit que vous l'aviez floué de ses droits sur la société.

Elle s'efforça de garder contenance, mais ses mains tremblaient.

– Je n'ai pas floué ton père. Nous avons passé un marché net et franc.

– Vous appelez cela un marché ? Non. Vous l'avez escroqué !

Blême, elle se leva.

– N'élève pas la voix contre moi, Benjamin Shaw ! Ton père exigeait que je me charge de sa fille illégitime !

– Tout homme aurait agi de même. C'était son enfant. Une bonne épouse aurait accepté n'importe quoi pour plaire à son mari sans rien demander en retour.

– Tu ne connais rien à ces choses, aussi n'essaie pas de me juger.

Il posa les mains sur le bureau et se pencha en avant.

– Tout ce que je sais, c'est que père a été abasourdi que vous preniez avantage de sa faiblesse pour obtenir le contrôle de sa filature. Sa filature, mère !

– Et moi ? Ton père s'est-il soucié de savoir ce que j'éprouverais à élever l'enfant de sa maîtresse ?

Il se redressa.

– Vous aimez Lizzie, donc quelle importance ?

– Il est inutile de discuter avec toi, Benjamin. Tu as pris le parti de ton père et tu refuses d'admettre mon point de vue.

– Père voulait me laisser la filature. Je suis l'aîné et j'ai beaucoup appris en voyageant en Orient avec lui.

– Tu es encore très jeune.

– J'ai vingt ans !

– Ton père en avait vingt-cinq quand il a débuté.

– Vous êtes une femme. Les femmes ne dirigent pas de filature.

– Eh bien cette femme que tu vois là, si, et fort bien malgré le handicap de son sexe.

Et mieux que bon nombre d'hommes ignorants.

Benjamin serra les poings.

– Je réclame ce qui me revient de droit, mère. Allez-vous me le donner, oui ou non ?

– Non. Tu es trop jeune et tu n'en sais pas assez pour rendre justice à la mémoire de ton père.

– Alors je vais m'enrôler.

Hannah sentit son cœur s'emballer et elle dit, stupéfaite :

– T'enrôler ?

– Si vous me refusez ce à quoi j'ai droit, je ferais tout aussi bien d'envisager une carrière militaire.

Hannah songea au pauvre Artemus mis en pièces par un canon ennemi à Bull Run et son sang se figea, mais en voyant l'air sournois, plein d'expectative, de son fils, elle se dit qu'il bluffait probablement.

– Fais comme tu veux, Benjamin.

Il la regarda fixement puis tourna les talons et sortit comme une furie.

Plus tard, en pensant à cette scène, Hannah se rendit compte que Benjamin n'avait pas parlé de sa liaison avec Samuel. S'il l'avait sue, il n'aurait pas manqué de la lui jeter en pleine figure.

Reiver ne lui en avait rien dit.

Du chantage. Benjamin lui faisait du chantage. Si elle refusait de lui donner ses parts afin qu'il prenne le contrôle de la filature, il s'engagerait dans l'armée et courrait le risque d'être tué.

Quelques jours après cet ultimatum, Hannah s'emmitoufla et se rendit à la filature, où elle demeura jusqu'à ce que ses pieds fussent si glacés qu'elle craignit les engelures.

Il était son fils. Elle était responsable de sa sécurité. Pourquoi lui refuser ce qui lui appartenait ? Reiver avait l'intention de laisser la société à ses fils.

Mais Hannah aussi avait des droits. C'était son œuvre au même titre que celle de Reiver. Des gens dépendaient d'elle, elle se devait de leur offrir un travail honorable et des conditions de vie décentes. Pourquoi donner tout cela à Benjamin, parce qu'il le réclamait comme un nouveau jouet ?

Elle espérait que son chantage puéril n'était qu'un coup de bluff pour l'obliger à accepter; sinon, elle risquait de le perdre.

Elle prit sa décision deux jours plus tard. Elle ne pouvait courir ce risque. Malgré ses réserves, elle acceptait de lui donner ses actions dans les Soieries Shaw.

Elle allait partir à sa recherche lorsque Samuel arriva. D'un regard, elle sut ce qu'elle voulait savoir. Elle courut se jeter dans ses bras.

– Nous avons gagné !

Il la fit tournoyer dans le vestibule.

– Nous les avons eus. Sais-tu ce que cela signifie, Hannah ? Nous pouvons fabriquer une soie susceptible de rivaliser avec les meilleures de France et d'Italie. Le monde entier va nous envier !

– Félicitations, Samuel. C'est une merveilleuse nouvelle.

Qui ne facilitait pas sa décision.

Elle fit venir Benjamin dans son bureau.

– Eh bien, mère ? demanda-t-il avec insolence en se laissant tomber sur le canapé. Avez-vous choisi la filature, ou bien moi ?

– Avant de parler de ma décision, j'ai autre chose à te dire.

Elle lui relata les efforts de son oncle pour faire augmenter les taxes d'importations.

– As-tu une idée de ce que cela signifie ?

Il haussa les épaules, visiblement ennuyé.

– Nous allons gagner plus d'argent.

– Oui, nous allons gagner plus d'argent. Mais tu ignores comment, n'est-ce pas ? Et pourquoi ? Ton père l'aurait su, et moi je le sais. Je dois admettre que dans un moment de faiblesse j'ai failli accéder à ta demande, mais je me rends compte que c'est impossible. Tu manques vraiment trop de maturité.

Il devint livide, et sa cicatrice ressortit vivement sur sa joue.

– Vous n'êtes qu'une...

– Garce ?

Elle leva fièrement la tête.

– Oui, Benjamin, cette fois je vais être garce. Je vais faire ce que *je* veux, et non ce qu'un autre me dicte. J'ai épousé ton père parce que mon oncle l'a voulu, mais je vais garder le contrôle des Soieries Shaw parce que moi, je le veux. Je sais que je peux en faire la réussite dont rêvait ton père.

– Très bien. Gardez votre précieuse filature. Je pars demain m'engager et quand je mourrai, ce sera votre faute !

– Si tu veux jouer les enfants gâtés, je ne peux t'en empêcher. Il y aura toujours une place pour toi ici, si jamais tu décides de revenir.

– Je ne reviendrai pas.

– Bonne chance, alors. Sois prudent.

Et n'oublie pas que je t'aime, quel que soit le mal que tu me fais, ajouta-t-elle en silence.

Il partit sans un regard.

De la fenêtre de son bureau, Hannah observait Benjamin qui serrait la main de David avant de monter dans la diligence.

– Tu as agi pour le mieux, dit Samuel en passant le bras autour de ses épaules pour la rapprocher de lui. Lui donner la filature aurait été un désastre.

Elle se blottit contre Samuel en s'efforçant de ne pas pleurer.

– Je sais que c'est vrai, mais mon cœur de mère...

– C'est un homme adulte, Hannah, et il se conduit plus mal qu'un enfant de deux ans. Il n'avait aucun droit d'exercer un tel chantage sur toi. De plus, c'est lui qui a choisi de partir. Il aurait pu rester.

– J'ai quand même l'impression de l'envoyer à la mort.

– Non, tu as fait de lui un homme, pour tout ce qui est important. Tu as des responsabilités envers les ouvriers. Avec quelqu'un d'aussi inexpérimenté que Ben, quel avenir auraient-ils eu ?

Elle soupira.

– Tu as raison.

– Et il n'aurait pas tenu compte de tes conseils si tu avais voulu l'aider.

– Oui, j'en suis sûre. Il est aussi entêté que son père et veut que les choses marchent à sa manière, que ce soit juste ou pas.

Samuel caressa la courbe de sa joue.

– Tu es veuve à présent, et tes enfants – sauf Lizzie – n'ont plus besoin de toi. Vas-tu enfin m'épouser ?

– Oui, Samuel. Je vais enfin t'épouser.

Ses yeux s'emplirent de larmes, mais cette fois c'était des larmes de joie.

Épilogue

On avait surnommé Coldwater la « ville de la soie ».

Jamais je n'aurais cru voir cela, se disait Hannah, qui contemplait son royaume depuis les hauteurs de Mulberry Hill, lourdement appuyée sur sa canne à pommeau d'argent.

Elle n'aurait jamais pensé vivre assez longtemps pour connaître le tournant du siècle, et pourtant elle était là, vieille dame de soixante-dix-huit ans prête à assister au mariage de la fille cadette de Lizzie en ce mois de juin 1900.

Elle se sentait pleine de fierté en comptant les onze bâtiments de brique rouge qui abritaient les Soieries Shaw. On n'y tissait plus seulement du fil et des rubans, mais de beaux jacquards de soie et des velours qui surpassaient n'importe quelle production au monde. Les Soieries Shaw étaient représentées à New York, mais aussi à Chicago, afin de satisfaire toutes les demandes.

Hannah avança à petits pas. Les passants soulevaient leur chapeau et saluaient avec respect cette figure familière, toujours vêtue de soie bleu pâle, au visage ridé et serein, aux cheveux blancs ramenés en chignon dans la nuque. Elle fit halte pour bavarder avec les enfants des ouvriers qui jouaient dans leur jardin, devant les maisons que leurs parents avaient achetées grâce aux prêts à faible taux consentis par la firme. Au cours des années, alors que la plupart des industriels de Nouvelle-Angleterre exploitaient leurs salariés à leur seul profit, Hannah s'en était tenue à sa certitude que les travailleurs devaient être traités et payés décemment, même si cela empêchait leurs patrons de devenir trop riches. Le résultat était que des ouvriers venus d'Irlande, d'Angleterre, de Scandinavie et de Pologne travaillaient de génération en génération pour les Soieries Shaw.

Vite fatiguée, Hannah dit au revoir aux enfants et revint vers Mulberry Hill. Cinq belles maisons entourées de grands chênes se dressaient à présent ; deux avaient été conçues par le célèbre architecte Stanford White, un ami de David, qui était président de la société fondée par son père. Benjamin, revenu indemne de la guerre civile et avocat de la famille, vivait dans l'une d'elles avec sa femme et quatre de ses six enfants. James avait renoncé à la ferme Bickford pour s'installer dans l'une des maisons quand sa Georgia bien-aimée était morte de tuberculose. Il n'avait plus jamais réparé de métiers à tisser et s'était éteint dans son sommeil une année plus tard, serrant dans sa main une boucle fanée des cheveux roux de sa femme. Leurs dix enfants s'étaient éparpillés sur tout le territoire des États-Unis, comme s'ils avaient trouvé étouffants les liens étroits que leurs parents chérissaient avec le reste de la famille Shaw.

Hannah fit une halte au seuil de sa demeure et regarda dans la direction de la ferme. Un homme en sortit et se dirigea vers la filature ; son allure, sa démarche lui parurent familières et son cœur bondit de joie en croyant que c'était Samuel. Mais cela ne pouvait être : son époux bien-aimé était mort dans ses bras d'une crise cardiaque quinze années plus tôt.

Ce ne sera plus très long maintenant, mon amour, se dit-elle. Sois patient.

– Tante Hannah !

Elle se tourna avec peine vers Lizzie. Le soleil faisait briller ses cheveux châtains et, pendant un instant, Hannah ressentit la présence de Cécilia avec une telle acuité que le souffle lui manqua. Des années auparavant, lorsqu'elle avait enfin dit la vérité à Lizzie sur ses parents, elle avait craint que la jeune fille ne se sente trahie et ne la quitte pour toujours. Mais à sa grande joie, cela ne s'était pas produit.

Lizzie passa son bras à celui d'Hannah, frêle et couvert de taches de rousseur, et la tint solidement à son côté.

– Ma petite Hannah-Elizabeth est prête à partir pour l'église. Elle voulait être sûre que vous nous accompagniez.

– Hum, je ne sais pas si je dois faire confiance à cette voiture à moteur dernier cri de son fiancé. Un cheval et une carriole sont bien assez bons pour moi.

Était-ce son imagination, ou devenait-elle aussi revêche que Mme Hardy ?

Elle jeta un regard à l'ancienne ferme. L'homme était parti.

Bientôt, elle aussi partirait, mais les Soieries Shaw demeureraient.

Hannah avait réussi, elle avait fait fortune. Maintenant, tout le monde à Coldwater dirait : « Que pouvait-on attendre d'autre de la veuve de Reiver Shaw ? »